Herbert Pelzer
Niemand

Vom Autor bisher bei *KBV* erschienen:

Es wird jemand sterben

Herbert Pelzer, geb. 1956, lebt und schreibt auf dem platten Land vor den Toren Kölns. Zuletzt hat er bis zum Frühjahr 2020 in der Film- und Fernsehausstattung gearbeitet, daneben widmet er sich seit einigen Jahren dem Schreiben.

Seit 2008 verfasst er Beiträge zur Regionalgeschichte, 2017 erschien mit *Durch die Jahre* sein Debütroman. 2021 veröffentlichte er bei KBV *Es wird jemand sterben,* die erste Kriminalerzählung, die – wie viele seiner Texte – in die Nachkriegszeit seiner Heimat, der Voreifel, führt.

HERBERT PELZER

NIEMAND

Roman

Originalausgabe
© 2022 KBV Verlags- und Mediengesellschaft mbH, Hillesheim
www.kbv-verlag.de
E-Mail: info@kbv-verlag.de
Telefon: 0 65 93 - 998 96-0
Umschlaggestaltung: Ralf Kramp
unter Verwendung von © Herbert Pelzer
Lektorat: Volker Maria Neumann, Köln
Druck: CPI books, Ebner & Spiegel GmbH, Ulm
Printed in Germany
ISBN 978-3-95441-608-0

Für Rhodin, Amrei und Rike

Da sind die bleichen Geister wieder,
Die Schatten längst vergangner Zeit,
Sie singen düstre, wilde Lieder,
Und zeigen auf ihr blutig Kleid.

Max Waldau

PROLOG

Sein Kopf schien ihm eine unförmige, taube Masse zu sein. Jedes Gefühl, jede Empfindung war von dem höllischen Schmerz überlagert, der sich mitten in der Nacht in ihm ausgebreitet hatte. So musste es sich anfühlen, wenn der Satan höchstselbst in einen menschlichen Körper einfuhr.

Seit Wochen schon wusste er um den kranken Zahn in seiner Backe, sein fauliger Atem hatte es ihm verraten. Mit weit aufgerissenem Maul hatte er vor dem Spiegel gestanden und umständlich seinen Kopf verrenkt, um das vermaledeite Ding zu betrachten. Groß und pechschwarz steckte es in seinem rosigen Zahnfleisch, doch damals hatte er noch keinen Schmerz verspürt und darum beschlossen, das Geld für den Zahnarzt wie gewohnt in Schnaps zu investieren. Sollte das schwarze Ding sich melden, konnte er immer noch den Weg nach Kerpen zum Zahnarzt antreten.

Den Haferbrei zum Frühstück hatte er nicht angerührt, speiübel ist ihm gewesen, seine Augenlider brannten, und der Schmerz drohte ihm den Verstand zu rauben. Sofort nachdem er die Kühe gemolken hatte, war er zum

Bauern gegangen und hatte ihn gebeten, den Zahnarzt aufsuchen zu dürfen.

»Du lieber Gott, wie siehst du aus? Man könnt glauben, ein Toter steht vor einem«, hatte der Bauer gesagt.

Bis zum Mittag dürfe er wegbleiben, das solle ausreichen, wenn er an den Gasthäusern vorüberginge und auch sonst nirgendwo einkehre. Mit dieser Mahnung hatte der Bauer ihn fortgeschickt, und Johann Kreutzer war in seine alten Stiefel gesprungen und vom Hof geeilt.

Draußen vor dem Dorf blies ihm ein eisiger Nordwind ins Gesicht. Wege und Felder waren unter einer zarten Schneedecke verborgen, der Himmel spannte sich als ein blassgraues Nichts über die Szenerie. Mit ausholenden Schritten strebte er dem gut sieben Kilometer entfernten Ort Kerpen zu. Es war zu der Zeit, als in Düsseldorf die hochschwangere Emmi Gründgens der Geburt ihres Sohnes Gustav entgegensah und Kaiser Wilhelm II. in Berlin vor einem lodernden Kaminfeuer saß und von leicht bekleideten Schönheiten in der Südsee träumte. In wenigen Tagen würde das neue Jahrhundert beginnen, das ein Durchbruch der Moderne werden sollte. Der Stallknecht Johann Kreutzer verschwendete an solch epochale Ereignisse keinen Gedanken, sein Sinnen war auf die Stelle in seinem Mund fixiert, an der der schmerzende Zahn saß.

Gleich nachdem er die Gebäude von Gut Ving passiert hatte, führte ihn der Weg in einem sanften Schwenk nach rechts geradewegs auf Kerpen zu. Frischer Schnee knirschte unter seinen Schritten, Pfützen waren mit einer milchig weißen Eisschicht bedeckt. Zu seiner Rechten stießen in einiger Entfernung die Schornsteine der Brikettfabrik Hubertus dunklen Rauch in den Himmel, Kreutzers Blick war fest auf sein Ziel gerichtet. Er war noch nicht weit gekommen, als ihm drüben bei den kahlen Büschen an der Wegkreuzung etwas auffiel. Dort lag was auf dem Boden, noch konnte er nicht erkennen, was es war, doch als er näher herangekommen war, schien es ihm, als ob es sich bei dem Ding um eine Kiste handelte. Dann erkannte er es, es war ein Korb, groß wie eine Weinkiste, mit einem gebogenen Henkel daran. Als er das Ding fast erreicht hatte, glaubte er, es wäre bis obenhin mit Lumpen gefüllt. Schließlich stand er neben dem Korb und wollte schon weitergehen, als er bemerkte, dass es keine Lumpensammlung, sondern eine saubere Wolldecke war. Sein Zahn schmerzte, er musste sich sputen, doch die Decke sah gut aus, sie schien neu zu sein. Dann trat er näher und strich mit der Hand darüber, sie war weich und trocken. Neugierig sah er sich um, niemand war zu sehen. Mit seinen schwieligen Fingern rieb er sich das unrasierte Kinn, eine solche Decke besaß er nicht, es wäre zu schade, sie hier jemand anderem zu überlassen.

Dann beugte er sich noch einmal hinunter und befühlte sie erneut. Vorsichtig steckte er seine Hand in den Korb, hob die Decke ein wenig an – und prallte zu Tode erschrocken zurück. In der Tiefe des Korbes tauchte das rosige Köpfchen eines neugeborenen Säuglings auf. Wie vom Donner gerührt stand er da und betrachtete das Kind, es hatte die Augen geschlossen und gab keinen Laut von sich. Sein Herz schlug wie verrückt, noch einmal sah er sich um, menschenleer und mucksmäuschenstill lag die winterliche Feldflur um ihn herum da.

Vielleicht ist es tot, schoss es Schang, wie er von allen genannt wurde, durch den Kopf. Teufel noch mal, ausgerechnet heute musste das geschehen. Für einen kurzen Moment war der Schmerz in seinem Kopf vom Schrecken verdrängt worden, tausend Gedanken gleichzeitig wirbelten darin wie toll durcheinander. Was sollte er tun? Ein toter Säugling lag hier zu seinen Füßen, er musste Hilfe holen, die Gendarmen und der Pfarrer mussten benachrichtigt werden. Mit Mühe bezwang er seine Panik. Und plötzlich fiel ihm ein weiterer Gedanke direkt vor die Füße: Vielleicht ist das Kind ja gar nicht tot. Noch einmal beugte er sich zum Korb hinab, befühlte mit seinen Fingerspitzen das Köpfchen und zuckte zurück. Es war warm. Noch immer hielt das Kind die Augen geschlossen, doch jetzt begann sein kleiner Kiefer ganz leicht zu zittern – und Speichelbläschen zeigten sich zwischen den blassen Lippen.

In dieser Sekunde erfasste Schang Kreutzer die Situation in voller Klarheit. Intuitiv begann er zu handeln; er entnahm dem Korb den Säugling mitsamt der wollenen Decke, öffnete seine Lodenjacke, die nach Kuhstall roch, und verbarg das Bündel darunter. Schneller als er bisher unterwegs gewesen war, eilte er zum Dorf zurück. Soweit es sein alter Körper zuließ, verfiel er in einen schwerfälligen Laufschritt. Als er an Gut Ving vorüberhastete, vergab er die Gelegenheit, das Kind bereits hier in die Wärme zu bringen. Schon tauchte der Kirchturm vor ihm auf, bald war er am Ziel, das Atmen fiel ihm schwer, helle Nebelschleier bildeten sich vor seinem Mund. Einmal wäre er um ein Haar auf einer zugefrorenen Pfütze ausgerutscht, Schweißperlen traten auf seine Stirn, während er mehr und mehr die Wärme des Menschleins an seiner Brust verspürte.

Der gusseiserne Ofen bollerte, behagliche Wärme breitete sich im Raum aus. Dichte Rauchschwaden waberten um den Kopf des Pfarrers, der bequem in seinem Lehnstuhl saß und die obligatorische Morgenpfeife paffte. Wie so oft zu dieser Stunde ruhte er ein wenig und dachte dabei über den Lauf der Welt nach. Die Kälte während der Frühmesse in der ungeheizten, feuchten Kirche steckte ihm noch in den Knochen, und obwohl er seine Zehen in den dicken Filzpantoffeln ständig bewegte, waren sie immer noch nicht warm geworden. Genüsslich tat er einen weiteren Zug an seiner Gesteckpfeife mit dem gedrechselten Holm und dem hübsch bemalten Pfeifenkopf aus weißem Porzellan, als es an der Tür klopfte.

»Was denn?«, rief er unwirsch. Die Haushälterin wusste doch um seinen ausdrücklichen Wunsch, zu dieser Stunde nicht gestört zu werden.

Zaghaft wurde die Klinke gedrückt, ihr fülliger Oberkörper erschien im Türspalt. »Entschuldigen Sie bitte, aber der Schang steht draußen. Mit einem Kind.«

Immer noch in die wollene Decke gewickelt, lag das Kind bald auf dem schweren Eichentisch in der Küche des Pfarrhauses. Vier Augenpaare schauten auf das kleine Bündel herab, die Sache war von höchster Dringlichkeit, weshalb man eiligst nach dem Bürgermeister geschickt hatte.

»Das lag da, in einem Korb, und kein Mensch war zu sehen«, berichtete Kreutzer.

Das Kleine hatte unterdessen seine Augen geöffnet, verzog das Gesichtchen und begann mit schriller Stimme zu schreien. Behutsam nahm die Haushälterin es auf, wiegte es in ihren Armen und sprach ihm beruhigend zu. Die Männer beobachteten sie mit ernster Miene.

»Wir müssen es so schnell wie möglich der Fürsorge übergeben«, entschied der Pfarrer, und niemand widersprach.

Das Kind ließ sich nicht beruhigen, sein Schreien schien den ganzen Raum zu erfüllen, weshalb der Bürgermeister sehr laut wurde, als er sagte: »Es gehört in ein Waisenhaus, wenigstens so lange, bis man die Mutter ausfindig gemacht hat.«

Wäre in diesem Moment nicht der Stallknecht Johann Kreutzer eingeschritten, dann wäre das Kind wohl tatsächlich in eines der völlig überfüllten Waisenhäuser der Umgebung gebracht worden. Wo es wie all die bedauernswerten Kinder dort unter den herrschenden Missständen zu leiden gehabt hätte. Später würde Schang sich fragen, woher er den Mut genommen hatte, sich gegen die Honoratioren des Dorfes zu stellen. Doch er tat es, und bis zum Ende seines langen Lebens sollte ihn dies mit Stolz erfüllen.

»Das Kind sollte im Dorf bleiben. Wegen der Mutter, die ist bestimmt hier ganz aus der Nähe«, gab er zu bedenken, und der Bürgermeister sah ihn erstaunt an.

Dann richtete er seine kleinen Äuglein unter den buschigen Brauen auf den Pfarrer, der seine Brille abnahm und auf das Kind blickte. Er dachte nach, während seine Haushälterin mit dem immer noch greinenden Kind vor dem Küchentisch auf und ab ging.

Schließlich setzte der Pfarrer seine Brille wieder auf, räusperte sich und verkündete: »Wir geben es einstweilen den Kroppens, zumindest bis seine Mutter ausfindig gemacht werden kann, was uns mit Gottes Hilfe gelingen möge.«

Die schmale Gasse führte von der Dorfstraße abzweigend nach Westen hinaus in die Felder. Im Sommer wirbelte hier der einfallende Wind den Staub auf und blies ihn durch jede noch so kleine Ritze. Im Frühjahr und Herbst verwandelte der Regen die Gasse in eine morastige Piste, in der die Dörfler knöcheltief durch den wässrigen Schlamm wateten. Jetzt im Winter war der Boden hart gefroren. Fast am Ende der Gasse, gleich vor einer windschiefen Scheune, in der sich zu allen Jahreszeiten die Ratten und Marder und anderes Getier tummelten, lag das kleine Tagelöhnerhaus. Eine dünne Rauchfahne kräuselte sich über dem Kamin, als die dreiköpfige Delegation vor dem Haus eintraf. Aus einem schäbigen Verschlag an der Giebelseite drang das heisere Meckern einer Ziege. Der Bürgermeister trug ein wenig unbeholfen den Säugling in seinen Armen, der Pfarrer hielt sich dicht hinter ihm, und Johann Kreutzer war trotz seiner immer noch infernalischen Zahnschmerzen nicht davon abzubringen gewesen, die beiden zu begleiten. Auf ihr Klopfen öffnete sich die Brettertür sofort. Mit einem leisen Knarzen in den Angeln gab sie den Blick frei in die im Halbdunkel liegende Behausung.

Gerald Kroppen war genau wie seine Vorfahren Tagelöhner, stinkend faul und gewalttätig. Das Haus hatte er von seinem Vater übernommen, der es wiederum von seinem bekommen hatte. Sie alle waren die erstgeborenen Söhne gewesen, weshalb sie jeweils den Besitz geerbt hatten, der aus nichts weiter als dieser Bruchbude bestand. Nachdem er die mittellose Magd Gudula aus dem Nachbarort geheiratet hatte, hatte er ihr in den vergangenen 16 Jahren zwölf Kinder gemacht, wovon drei jeweils noch vor dem Erreichen des ersten Lebensjahres verstorben waren. Für die Überlebenden bedeutete ihre Herkunft drei Generationen schwieriger Familiengeschichte mit bitterer Armut, Gewalt und Alkoholmissbrauch. Erst wenige Tage zuvor hatten Gerald und Gudula wieder einmal ihr jüngst geborenes Kind der kalten Erde übergeben müssen, es war ein Mädchen gewesen, und seitdem betäubte Gerald seinen Schmerz schon vom frühen Morgen an mit billigem Fusel.

»Wir wollen zu deinem Vater«, sagte der Bürgermeister zu Kroppens ältester Tochter Klara, die scheu hinter der Tür hervorlugte. Wortlos gab das Mädchen den Weg frei. Durch das einzige Fenster drang nur spärliches Licht in den Raum, der Küche, Wohnraum und Schlafstube zugleich zu sein schien. Schwer hing der üble Geruch von Kohl, vergorener Milch und menschlichen Ausdünstungen in der Luft. Gudula war nicht zu sehen. Gerald saß auf einem abgewetzten Kanapee, ein Mädchen in einem schmutzigen Kleid stand am Herd und rührte unbeteiligt in einem rußgeschwärzten Topf herum.

»Guten Morgen, Gerald«, ergriff der Pfarrer das Wort, »wir sind gekommen, um dir etwas mitzuteilen.«

Aus trüben Augen glotzte der Angesprochen die Besucher an, die Flasche auf dem Tisch vor ihm war halb leer.

»Wir haben beschlossen, dieses Findelkind«, er deutete auf das Bündel in den Armen des Bürgermeisters, »in deine Obhut zu geben. Zunächst so lange, bis man die Mutter ausfindig gemacht hat. Niemand kann sagen, wann das sein wird.«

»Was haben Sie?«, stammelte Gerald, sein Griff ging zur Flasche, doch der Pfarrer war schneller. Mit einer raschen Bewegung nahm er sie an sich und erklärte dem Trunkenbold die Situation, als spräche er mit einem Kind. Es sei wegen Gudula, der nach dem unergründlichen Willen des Herrn ihr Neugeborenes noch im Kindbett verstorben war und die darum nun in der Lage sei, dieses verlorene Menschenkind, wieder deutete er auf das Bündel in des Bürgermeisters Armen, an ihre Brust zu legen. Es sei die Pflicht eines jeden Christenmenschen, sich dem Wunsche des Herrn zu beugen. Dann sah er auf die Flasche und übergab sie mit einem Kopfnicken an Kreutzer, der in der offenen Tür stand. Er nahm sie an sich, wandte sich ab, tat einen Schritt vor das Haus und trank einen letzten Schluck aus der Flasche, bevor er den restlichen Inhalt in den schmutzigen Schnee goss.

»Trunksucht ist eine schwere Sünde, Gerald, vergiss das nicht!«, mahnte der Pfarrer, dann wollte er wissen, wo Gudula sei, worauf Gerald stumm zur Türe in den Nebenraum wies. Der winzige Raum war mit dem Ehebett, einer schweren Kommode und einer Kinderwiege vollgestopft. In der Ecke lag ein Stapel fadenscheiniger Decken auf einem Strohsack. Gudula lag im Ehebett, ihr

Gesicht war schweißnass, das ungekämmte Haar klebte ihr in wilden Strähnen am Kopf. Der Bürgermeister trat ein in den Raum, in dem es noch dunkler war als in dem anderen, und hielt Gudula das Kind entgegen. Müde schaute sie das Bündel an, betrachtete interessiert die saubere wollene Decke, doch sie machte keine Anstalten, sich aufzurichten und das Kind an sich zu nehmen.

»Für Gottes Lohn kann ich es aber nicht tun«, brachte Gerald hervor, der jetzt hinter dem Pfarrer im Türrahmen erschien.

»Nun, wir haben beschlossen, dir aus der Armenkasse den Betrag von einer Mark per Monat zu zahlen«, flötete der Pfarrer jovial, während er sich Gerald zuwendete.

»Ich will zwei!«

»Du unverschämter Crétin wagst es, Forderungen zu stellen? Hüte deine Zunge, sonst sorge ich dafür, dass du keinen einzigen Pfennig bekommst!« Laut wie ein Donnerschlag erfüllte die zornige Stimme des Pfarrers den Raum. Mit hochrotem Kopf starrte er den verschüchterten Gerald an.

Der schien etwas erwidern zu wollen, doch schließlich gab er nach »Nimm es!«, blaffte er Gudula an und schlurfte zurück zum Kanapee.

Schon zwei Tage später, am 22. Dezember des Jahres 1899, am gleichen Tag, an dem im fernen Düsseldorf Emmi Gründgens ihren Sohn Gustav in Steißlage gebar, an einem klirrend kalten Freitag, wurde das Findelkind getauft. Gerald Kroppen war es tatsächlich gelungen, seit der Ermahnung durch den Pfarrer vom Alkohol zu lassen. Zwei Tage wütende Prügel bei jeder Gelegenheit hatte das für die Familie bedeutet. Ohne Rücksicht auf Alter und Geschlecht waren die Kinder hart geschlagen worden. Niemand war vor seinem Zorn sicher, und am Abend hatte Klara auf ihrem Nachtlager liegend darum gebetet, dass der Vater doch bald wieder trinken möge. Gekleidet in der einzigen Kleidung, die sie besaßen, notdürftig mit viel zu dünnen Jacken und Mänteln, verfilzten Mützen und Schals vor der grimmigen Kälte geschützt, zogen die Kroppens über den gefrorenen Morast in ihrer Gasse hinunter zur Kirche. Die sechsjährige Klara vertrat ihre Mutter, die noch immer geschwächt im Kindbett lag. Sie ging voran, trug den Säugling sicher in ihren Armen, während die Geschwister und ein grimmig dreinblickender Vater ihr in einigem Abstand folgten. Drüben beim Dorfweiher erschallten die Rufe der Kolkraben in den kahlen Baumwipfeln. Geduldig warteten die pechschwarzen Vögel auf die Lämmer, die zu dieser Zeit geboren wurden und nach der Überlieferung nur allzu oft ihre leichte Beute wurden.

Das Findelkind war ein Knabe, sie tauften es auf den Namen Martin Niemand, und von der ersten Mark, die Gerald Kroppen aus der Armenkasse erhielt, kaufte er noch am gleichen Tag eine Flasche Schnaps.

Die erste Generation.

1. KAPITEL

Feldmann

Wie an jedem Abend lief die alte Moni voran, und alle anderen folgen ihr in immer gleichem Trippelschritt. Strahlend hell wie der Vollmond sei ihr Fell, hatte der Großvater bei ihrer Geburt gesagt, weshalb seine Enkel dem Zicklein sofort den Namen Moni gaben. Mittlerweile hatte sie selbst schon einige Zicklein geboren und gab ihren Besitzern schon seit vielen Jahren zuverlässig an jedem Abend ihre fette Milch. Die kleine Herde näherte sich dem Dorf vom Teufelsmaar her, hierhin trieb sie der Junge immer erst am späten Nachmittag. Die besten Kräuter sollten sie erst ganz zum Schluss bekommen. 23 Ziegen zogen jetzt vor ihm auf das Dorf zu, köttelten auf den staubigen Feldweg, und wie immer achtete der Junge darauf, dass seine Schuhe sauber blieben.

Hinter dem Dorf stand die Sonne schon tief, ihr grelles Licht ließ die schwarz glasierten Dachpfannen auf den Dächern der exakt 87 Wohnhäuser glänzen. In etwa zwei Stunden würde es dunkel sein, das wusste der Junge, und wie an jedem Tag würde er müde und hungrig auf sein Nachtlager sinken. Das Dorf, sein Dorf, lag umgeben von Feldern und Wiesen in der flachen Börde, die so flach war, dass man bei gutem Wetter die Eifel und in der entgegengesetzten Richtung das Siebengebirge ausmachen konnte. Der stramme Westwind nahm über die freie Ebene derart an Kraft zu, dass er in jedem Herbst und Frühjahr schwarz glasierte Dachpfannen durch die Luft wirbeln und an Mauern und auf Wegen zerplatzen ließ. Die meisten Dorfbewohner waren Bauern – mit einer Reihe schmaler Ackerparzellen um das Dorf herum, einer Handvoll dünner Kühe, ein paar Schweinen und Hühnern im Stall und einem brutal harten Tagwerk, das sie früh altern und schon bald sterben ließ. Daneben gab es die Handwerker: den Schreiner, den Schmied, den Metzger, den Bäcker, den Schuster und noch andere mehr. Jedes Gewerk war vertreten, und genau wie die Bauern, so schufteten auch sie von früh bis spät, ohne mehr als nur ein paar Mark auf ihrem Konto bei der Raiffeisenkasse zu besitzen.

Ganz unten in der Hierarchie standen die Tagelöhner. Ohne Besitz, ohne Bildung und ohne jede Chance, ihre Situation zu verbessern. Sie alle ertrugen ihre Armut mit Gelassenheit, in dem festen Glauben an die von Gott gewollte Form ihres Daseins. Dem Kaiser und dem lieben Gott schuldete man Gehorsamkeit, jeder an seinem Platz, ein Leben lang.

Bald hatte Moni die ersten Häuser des Dorfes erreicht. Hier und da bröckelte der Lehmputz zwischen den Fachwerkbalken von den Wänden, vor denen alte Männer mit runzelig gewordener Haut und zahnlosen Mündern auf groben Holzbänken saßen, um die letzten wärmenden Sonnenstrahlen des Tages aufzunehmen. Jede

Ziege kannte den Weg in ihren Stall. Nach und nach verließen sie die kleine Herde, um durch die offenstehenden Hoftore zu ihrem Besitzer zurückzukehren.

In der Mitte des Dorfes, wo die Wasserpumpe neben dem alten Kastanienbaum stand, dort scherten die beiden Gescheckten aus. Mit lautem Gemecker eilten sie ihrem Stall zu, und der Junge wollte schon weiterziehen, als er ihnen nachsah und stutzte. In der Hofeinfahrt lag ein Hund auf dem Boden, er winselte laut und schien nicht mehr auf die Beine zu kommen. Vor ihm stand der Bauer, er war aufgebracht, immer wieder stieß er das Tier mit seinen groben Stiefeln an. Neugierig ging der Junge näher heran.

»Los, auf mit dir«, brüllte der Bauer, doch der braune Mischlingsrüde hob nur seinen Kopf und winselte kläglich.

»Was ist mit ihm?«, wollte der Junge wissen.

Der Bauer sah ihn kurz an, dann wendete er sich wieder dem Hund zu, stieß ihn noch einmal, jetzt schon kräftiger, mit der Stiefelspitze an und sagte: »Er ist mir vor die Karre gelaufen, ein Rad hat ihn überrollt. Sieht so aus, als hätt' er sich was gebrochen.«

Als der Hund seinen Kopf wieder auf den schmutzigen Boden abgelegt hatte, scharrte er – anscheinend vom Schmerz gequält – mit den Vorderläufen. Sein Hinterteil lag völlig reglos da, ein Bein war unnatürlich verdreht.

»Los! Mach, das du wegkommst«, herrschte der Bauer den Jungen an, dann ging er hinüber zum Stall und langte nach der schweren Schaufel, die dort an die Wand gelehnt stand.

Der Junge begriff sofort. »Das dürfen Sie nicht, er wird bestimmt wieder gesund«, ging er den Bauern an, doch der stellt sich in Position, bereit zum Zuschlagen. »Ich nehm ihn mit, ich kümmer mich um ihn«, bettelte der Junge. Mit einem Satz war er vor das Tier gesprungen, hielt die Arme ausgebreitet und sah den Bauern flehend an.

Der zögerte, dann ließ er ab von seinem Vorhaben. Langsam wich die Härte aus seinem Gesicht, ein feines Grinsen zeigte sich sogar darin, als er sagte: »Meinetwegen kannst du ihn mitnehmen, auf einen Hungerleider mehr oder weniger kommt es bei Kroppens jetzt auch nicht mehr an.« Damit ließ er den Jungen stehen. Sein rauer Husten drang neben dem warmen Muhen der Kühe aus dem Stall, als der Junge den Hund vorsichtig aufnahm und davontrug.

Die alte Scheune stand schon so lange dort, wie er denken konnte. Gleich hinter ihrem Haus, am Ende der Gasse, war das windschiefe Gebäude zum Schandfleck für das Dorf geworden. Das Dach hing durch, an mehreren Stellen fehlte die Eindeckung, und der verbretterte Westgiebel war so löchrig, dass Regen und Schnee ungehindert eindringen konnten. Behutsam legte Martin Niemand den verletzten Hund auf einem alten Lumpen ab, den er über einem Haufen faulen Strohs ausgebreitet hatte. Regungslos blieb das Tier dort liegen, sah seinen Retter mit großen Augen an und winselte unentwegt vor sich hin. Da versuchte Martin ihn abzutasten, doch der Hund jaulte laut auf und schnappte nach seinen Händen.

Später behielt Martin eine Handvoll Brei von seinem spärlichen Abendmahl zurück, hockte sich in der

Scheune vor das verletzte Tier und hielt ihm den Brei unter die Nase. Der Hund schnupperte daran, zögerte nur kurz und schleckte dann Martins Hand gierig bis auf den letzten Krümel ab. Auch vom Regenwasser, das Martin ihm in der alten Emaille-Schüssel anbot, trank er. Mit niemandem im Haus hatte der Junge über den Hund gesprochen, sie würden es nicht dulden, darum wollte er ihn hier versteckt halten, bis er wieder gesund war.

Behutsam streichelte Martin den Kopf des Hundes; er befürchtete, dass der braune Rüde schwer verletzt war. Vermutlich hatte das eisenbeschlagene Rad der Karre seine Hüfte zertrümmert, vielleicht aber auch nur ein Bein gebrochen. Um ganz sicher zu sein, wollte er ihn am nächsten Morgen ganz früh zum alten Schang bringen. Schang mochte ihn, das wusste Martin. Jedes Mal, wenn sie sich im Dorf begegneten, lächelte der Alte den Jungen an, grüßte freundlich, und manchmal zwinkerte er ihm sogar zu. Hin und wieder saßen sie am Abend gemeinsam auf der Bank am Dorfrand und blickten schweigend hinaus auf die Felder. Dann tat Schang einen kräftigen Schluck aus seiner Schnapsflasche und begann, über die großen und kleinen Geheimnisse der weiten Welt da draußen und über die schreiende Ungerechtigkeit zu reden, die sich wie ein hässliches Geschwür unter der Menschheit ausgebreitet hatte. Martin saß daneben, folgte aufmerksam seinen Worten, während er in das runzelige Gesicht des alten Mannes blickte, und registrierte fasziniert, wie viel Wissen ein Mensch in einem langen Leben anzuhäufen vermochte. Darum vertraute Martin dem alten Knecht, der ständig nach Kuhstall roch und über den manche Leute lachten, weil sie den alten Trunkenbold für dumm hielten. Schang ist schlau, dachte Martin, er wird es schaffen, er wird mir helfen den Hund wieder auf die Beine zu bringen.

Martin Niemand war jetzt zwölf Jahre alt; dass er eigentlich nicht zu den Kroppens gehörte, wusste er schon immer. Warum er trotzdem bei ihnen lebte, das hatte ihm bis zu diesem Tag allerdings noch niemand gesagt. Finstere Vermutungen hatten sich in seinem Kopf eingenistet. Vielleicht waren seine Eltern tot oder krank und konnten sich darum nicht um ihn kümmern. Oder, und diese Vorstellung war die Furchtbarste von allen, sie hatten ihn nicht gewollt. Die Ungewissheit nagte an seiner kleinen Seele, und irgendwann hatte er sich getraut, danach zu fragen. Doch anstelle einer Antwort hatte er Prügel bekommen.

»Du bist jetzt hier, und gut ist!«, hatte Gerald Kroppen Martin angebrüllt, nachdem er mit einem Holzprügel auf ihn eingedroschen hatte. Wenn Martin seinen Ziehvater ansprach, dann sagte er wie von ihm verlangt, so wie alle anderen Kinder auch, Vater zu ihm. Doch in seinem Kopf war dieser Mensch immer nur der Kroppen. Kroppen! Der leibhaftige Teufel, der Martin ebenso erbarmungslos schlug, wie er seine leiblichen Kinder schlug. Der trank, bis er das Bewusstsein verlor. Der seine Frau ins Grab gebracht hatte, weil er auch sie brutal schlug, ohne Rücksicht auf ihre Gebrechlichkeit, die eine Folge ihrer vielen Schwangerschaften war. Vierzehn Kindern hatte sie das Leben geschenkt, davon waren drei schon im Säuglingsalter verstorben. Ihr Letztgeborenes war neun Jahre zuvor sofort nach der Geburt gestorben. Winzig klein und blau wie ein neugeborenes Kaninchen hatte der Junge auf dem blutigen Laken gelegen. Noch bevor sie die Nabelschnur durchtrennt hatte, hatte die Hebamme nach dem Pastor geschickt, doch ehe der das Tagelöhnerhaus erreicht hatte, war der Kleine schon tot. Obwohl Kroppen auch jetzt nicht von ihr abließ, war das ihre letzte Schwangerschaft gewesen. Fünf Jahre später, im Alter von 44 Jahren, war Gudula Kroppen dann plötzlich an einem nebligen Novembertag verstorben.

Heute, an diesem schönen Sommertag im Jahr 1912, dem Jahr, in dem seine Majestät Kaiser Wilhelm II. nun schon seit 24 Jahren über dieses Land herrschte, lebten neben Martin nur noch der schwachsinnige Anton und die älteste Tochter Klara im Haus. Alle anderen Kinder hatten es schon sehr früh verlassen. Die älteren Töchter hatten jung geheiratet, lebten in den Dörfern der näheren Umgebung und hatten mittlerweile selbst schon eine beachtliche Schar eigener Kinder bekommen. Die beiden Söhne Friedrich, den sie Fritz nannten, und Karl hatten trotz ihres bekannt schlechten Elternhauses eine Arbeit als Knechte bei einem der größeren Bauern in der Umgebung gefunden. Die jüngsten Töchter, 17 und 15 Jahre alt, waren nach Euskirchen gezogen, hatten ein kleines Zimmer in einer schäbigen Mietskaserne bezogen und schufteten als ungelernte Arbeiterinnen in einer Tuchfabrik. Alle waren sie bestrebt gewesen, dem erbärmlichen Leben im Tagelöhnerhaus, mit all dem Schmutz und Elend, mit all seiner Gewalt und Trostlosigkeit, so früh wie möglich zu entkommen, und waren letzten Endes doch nur von einer Hölle in die nächste geschliddert.

Nachdem der Bürgermeister Gudula Kroppen das Findelkind vor zwölf Jahren in die Arme gelegt hatte, hatten alle Bemühungen, seine leibliche Mutter zu finden, keinen Erfolg gebracht. Weder dem Pfarrer noch den Gendarmen war es gelungen, etwas in Erfahrung zu bringen. Der Bürgermeister hatte nur ratlos mit den Schultern gezuckt, was sollte er auch unternehmen, wenn niemand etwas von einer schwangeren Frau wusste, die entbunden hatte, ohne danach einen Säugling bei sich zu haben? In der ganzen Gegend forschte man nach einer solchen Person, gefunden hatte man sie nicht.

Selbst Jüdd Laib, der tagein, tagaus über Land zog und Viehhandel betrieb, konnte nicht helfen. Dabei war er oft derjenige, der die Neuigkeiten als Erster erfuhr und in Windeseile verbreitete. Er wusste, wer gestorben war und wer ein Kindlein bekommen hatte. Doch damals, im Dezember 1899, hatte er sich beim besten Willen nicht an eine Schwangere ohne Säugling erinnern können. Schließlich drängte sich die Vermutung auf, dass Martins Mutter keine Hiesige gewesen sein konnte. Vermutlich gehörte sie dem fahrenden Volk an, das rastlos umherzog und den Leuten die Wäsche von der Leine und die Hühner aus dem Stall stahl. Ohne Skrupel wird sie das Kind ausgesetzt haben und spurlos verschwunden sein. Zu dieser Überzeugung gelangten Bürgermeister und Pfarrer, nachdem man bis in das nächste Frühjahr hinein nach ihr gesucht hatte. Darum beschloss man, den Jungen einfach bei den Kroppens zu belassen.

So wuchs Martin im Tagelöhnerhaus heran. Als ungeliebtes Anhängsel, als lästige Begleiterscheinung in einer Familie, die getrost als katastrophaler Misserfolg bezeichnet werden konnte. Gudula Kroppen verbrachte ihre Tage einem willenlosen Zombie gleich zwischen Herd, Waschzuber und Wochenbett. Ständig umringt von ihrer hungrigen Kinderschar, die sie doch niemals satt bekam und die sich um das bisschen Liebe und Zuneigung balgte, die Gudula zu geben in der Lage war. Die Größeren schlugen die Kleineren, die Stärkeren nahmen den Schwächeren ihr Brot weg, während Gerald sie alle schlug, ohne jede Rücksicht bei den Mahlzeiten die größte Portion verschlang und Gudula sich mit dem begnügen musste, was er ihr übrig ließ. Immer wieder ging Gerald den Pfarrer um zusätzliches Geld an, Geld für Kleidung, Geld für Nahrung. Stets sollte es für Martin sein, doch von dem Wenigen, das der Pfarrer zu geben bereit war, wurden niemals auch nur ein paar Pfennige für den ungeliebten Bastard ausgegeben. Das Meiste vertrank Gerald sofort, und von dem, was übrig blieb, kaufte Gudula beim Lumpenkrämer gebrauchte Kleidung für ihre eigenen Kinder. Bis diese dann endlich von Martin getragen wurde, war sie zigfach notdürftig hergerichtet und machte ihn so auf der Straße für jeden sofort als Armeleutekind kenntlich.

Doch obwohl Martin unter solch erbärmlichen Bedingungen aufwuchs, entwickelte er sich gut. Wo Kroppens Kinder krumm und mit gesenktem Kopf daherkamen, wuchs er zu einem hoch aufgeschossenen Kerl mit gerader Körperhaltung und klarem Blick heran. Wo Kroppens Kinder begriffsstutzig und einsilbig waren,

bewies er einen klaren Verstand und Redegewandt-
heit. Gierig sog er auf, was Klara und der alte Schang
ihm an Wissen vermittelten. Klara war sechs Jahre älter als Martin und im Tagelöhnerhaus die Einzige, die
ihm zugetan war. Wenn Kroppen ihn mit Essensentzug
strafte, steckte sie ihm heimlich etwas von ihrer Ration zu. Wenn Martin krank war, pflegte sie ihn fürsorg-
lich. Wenn er sich abends auf seinem Nachtlager in den
Schlaf weinte, kam sie zu ihm, nahm ihn in ihre Arme
und trocknete seine Tränen. Sie lehrte ihn das Sprechen,
das Laufen, Zählen bis 100 und das Alphabet. Martin
verehrte sie wie eine Heilige, sie und Schang waren die
einzigen Menschen, denen er vertraute.

Dann kam dieser sonderbare Tag im November 1907.
Es war der Tag des heiligen Martinus, der Tag, an dem
die Knechte und Mägde und auch die Tagelöhner von
den Bauern ihren Jahreslohn erhielten. Gerald Kroppen hatte in diesem Jahr für seine Verhältnisse viel gearbeitet, weshalb er mit einer recht erklecklichen Menge
Geld nach Hause kam. Er war angetrunken, und be-
tatschte Gudulas Hintern, bevor er sich auf das alte Kanapee schmiss und einen lauten Furz ließ.

Das Abendmahl verlief an diesem Tag ohne den sonst
üblichen Streit zwischen Gerald und Gudula. Ohne
dass er herumbrüllte und ohne seine gefürchteten Ohr-
feigen an die Kinder zu verteilen, schlang Gerald sein
Essen hinunter. Er war bester Laune, das Geld lag auf
dem Tisch, und nachdem er gegessen und getrunken
hatte, verkündete er, was davon angeschafft werden
sollte. Eine neue Hose für Anton, ein Arbeitskittel für
Gudula, Klaras Schuhe sollten geflickt werden, »und

der«, dabei zeigte er mit der Flasche in der Hand auf Martin,» der geht ab morgen in die Schule.«

Alle schauten auf. Martin war acht Jahre alt, hatte bisher noch an keinem einzigen Tag die Dorfschule besuchen dürfen. Dieses Privileg war nur den Kroppen, Jungen vorbehalten, und auch die hatte er nur unregelmäßig zum Unterricht geschickt. »Soll keiner sagen, der Kroppen ist schuld, wenn seine Kinder doof bleiben.« Dann lachte er heiser und nahm erneut einen Schluck aus der Flasche.

An diesem Tag hatte sich Martin zum ersten Mal in seinem Leben gut behandelt gefühlt. Regungslos hatte er dagesessen, hatte seine Freude unterdrückt und inständig gehofft, dass Kroppen nicht losprusten und verkünden möge, dass er nur einen Scherz gemacht habe. Doch Kroppen prustete nicht los. Es war kein Scherz. Schon zwei Tage später, am Mittwoch, dem 13. November 1907, machte sich Martin Niemand am frühen Morgen auf den Weg in die Schulgasse. Dort stand das alte, langgestreckte Haus mit dem tief herabgezogenen Dach und der weiß getünchten Fassade, an der hier und da der Putz abbröckelte. In einem einzigen Klassenraum bot die Schule Platz für alle Kinder des Dorfes, die jeweils zu zweit auf schmalen Holzbänken hockten und nur dann sprachen, wenn sie dazu aufgefordert wurden. An diesem kalten Morgen war der Raum spärlich geheizt von einem mickrigen Feuerchen in dem kleinen Ofen, neben dem der Lehrer Hans Simbach stand. Mit finsterem Blick musterte er seinen neuen Schüler.

Simbach war 44 Jahre alt, er stammte aus dem winzigen Dörfchen Neroth in der Eifel. Zeitlebens hatte er davon geträumt, aus Neroth weggehen zu können. Eine Anstellung in der Stadt strebte er an, in Koblenz, Trier oder Köln, ganz egal wo, er würde überall hingehen, wenn er nur der kargen Eifel und der Armut seiner Familie entfliehen konnte. Doch seine Hoffnung hatte sich nicht erfüllt. Statt in der Stadt war er hier in diesem Kaff gelandet, in dem er mit seiner Familie eine klimperkleine Wohnung zur Miete in einem Haus bewohnte, von dem der Westwind im Winter die Pfannen vom Dach wehte. Die Arbeit als Dorfschullehrer frustrierte ihn, die Bezahlung war schlecht, und seine Schüler hielt er für dumme Bauerntölpel, bei denen alle Mühe vergebens war. Und nun stand wieder einer dieser Tölpel vor ihm: acht Jahre alt und noch keinen einzigen Tag zur Schule gegangen.

Martin spürte die Abneigung des Lehrers. Er fühlte sich unwohl, schämte sich für seine ärmliche Kleidung, die geflickte Hose, den ausgeleierten Pullover mit den ausgefransten Ärmelbündchen. An seinen abgelaufenen Schuhen haftete der Matsch aus der Gasse. Doch er war fest entschlossen, seine Chance zu nutzen. Er würde fleißig lernen, mehr als die anderen, denn im Gegensatz zu ihnen lechzte er geradezu nach Bildung. Gerade als die Anspannung aus seinem Gesicht wich, als sich ein freundliches Lächeln darin ausbreiten wollte, gerade in diesem Moment schlug Simbach zu. Die Ohrfeige traf Martin so hart, dass sein Kopf zur Seite flog.

»Morgen erscheinst du mit sauberen Schuhen in der Schule, hast du verstanden?«, schrie Simbach.

Martin biss sich auf die Lippen, unterdrückte seine Tränen, während er stumm nickte.

»Alles hat seinen Preis«, hatte Schang einmal gesagt, und wenn die Schläge des Lehrers der Preis für das Wissen waren, dann war Martin bereit, ihn zu zahlen. Denn auch ohne dass Simbach daran interessiert gewesen wäre, war Martin ein gelehriger Schüler. Aufmerksam verfolgte er den Unterricht, ertrug die Schläge und hing begierig an den Lippen des Lehrers, und es gelang ihm, seine Fähigkeiten im Rechnen, Schreiben und Lesen rasch zu verbessern. Klara war stolz auf ihn, und Martin war jeden Tag aufs Neue dankbar, weil er spürte, dass ihm der Besuch der Schule etwas gab, das er bisher nicht gekannt hatte: Selbstvertrauen.

Als das Frühjahr kam, hatte Martin gelernt, seinen Namen und einfache Sätze zu schreiben. Er konnte Zahlen bis 100 addieren und leidlich subtrahieren. Er hatte sich angewöhnt, täglich seine Schuhe zu putzen, und Klara hatte seine Kleider noch einmal sorgfältig ausgebessert. Doch dann wurde bei Kroppens das Geld wieder knapp, und Naturalien, um Simbach damit zu bezahlen, besaßen sie nicht, und so entschied Gerald schon im Mai des Folgejahres, dass Martin ab sofort nicht mehr zur Schule gehen dürfe. Stattdessen nahm er ihn mit zur Arbeit auf den Feldern. Martin lernte Rüben zu einzeln, er jätete Unkraut und rechte Heu. Im Sommer band er mit braun gebranntem Buckel das Getreide zu Garben, und am nächsten Martinitag nahm Kroppen das Geld, das er verdient hatte, an sich, ohne Martin noch einmal zur Schule zu schicken.

Zwei Jahre später, im Sommer 1910, der außergewöhnlich kühl und regnerisch war, entschied er, Martin zum alten Gisbert, den sie den schälen Bähtes nannten, in die Lehre zu schicken. Bähtes war der Ziegenhirte des Dorfes, er besaß nur noch ein Auge, und obwohl Ziegenhirte kein Ausbildungsberuf war, bestand Kroppen darauf, dass Martin fortan ein Ziegenhirtenlehrling sei. Morgens um sechs Uhr traf Martin sich mit dem schälen Bähtes im Oberdorf, von dort zogen sie an den Häusern vorbei und sammelten die Ziegen ein, mit denen sie dann bis zum Abend draußen zwischen den Feldern umherzogen. Bähtes war nicht nur einäugig, sondern zu dieser Zeit auch schon ziemlich gebrechlich. Am Ende eines langen und entbehrungsreichen Lebens wollten seine Beine lieber hochgelegt werden, als tagein, tagaus über die holprigen Feldweg stolpern zu müssen. Dazu quälte ihn das Reißen im Rücken.

Am Anfang war Bähtes sehr schweigsam, erst allmählich, erst nachdem er sich an den Jungen gewöhnt hatte, wurde er zugänglicher, und weil er spürte, wie seine Zeit ablief, beeilte er sich, sein Wissen an seinen Ziegenhirtenlehrling weiterzugeben. Bald schon kannte Martin jede Ziege, wusste um ihre Eigenarten und Vorlieben. Er lernte, welche Wildkräuter die Tiere liebten und welche sie niemals fressen durften, weil sie giftig waren. Er lernte die exakte Uhrzeit am Stand der Sonne abzulesen, verstand sich schon bald darauf, das Wetter anhand der Form der Wolken und der Farbe des Himmels vorherzusagen. Bähtes war ein guter Lehrmeister, und Martin war sein aufmerksamer Lehrling.

Doch dann, an einem warmen Nachmittag im darauffolgenden Jahr, die beiden hatten begonnen, sich wirklich zu mögen, da geschah es. Gerade hatte Bähtes über die Zeit vor dem Krieg gegen die Franzosen gesprochen. Jetzt sahen sie schweigend auf das dunkle Wasser des Maares. Martin hing seinen Gedanken nach. Während ihm die tiefstehende Sonne ins Gesicht schien, verscheuchte er mit der Hand die Mücken auf seinen nackten Beinen, als Bähtes einen leisen Seufzer tat und starb. Der Hirtenstab glitt ihm in dem Moment aus der Hand, als sein Kopf nach vorne auf die Brust fiel. Der alte Ziegenhirte Gisbert war bei seiner Herde und neben seinem Lehrling friedlich eingeschlafen.

Von diesem Tag an war Martin Niemand sein Nachfolger. Gerald Kroppen sammelte am Martinitag den Jahreslohn bei den Besitzern der Ziegen ein. Fast alle zahlten mit Naturalien, nur wenige Münzen befanden sich am Ende in Kroppens Taschen, doch wieder behielt er alles Geld für sich, während er Speck und Würste und Honig seiner Gudula in die Arme drückte.

Für fast ein ganzes Jahr Arbeit bekam Martin keinen Pfennig Lohn. Auch durfte er nicht wieder zur Schule gehen, Kroppen war der Meinung, dass es nun an der Zeit sei, etwas von dem, was er in den vergangenen Jahren bekommen hätte, an seine Zieheltern zurückzugeben.

Nachdem er am Abend noch eine Weile bei dem verletzten Hund in der alten Scheune gesessen und ihm gut zugeredet hatte, erhob sich Martin am nächsten Morgen in aller Frühe von seinem Nachtlager. Schang würde das Tier wieder auf die Beine bringen, da war Martin sich jetzt ganz sicher. Auf Zehenspitzen verließ er das Tagelöhnerhaus. Der Himmel hatte sich am Horizont schon aufgehellt. Noch bevor alle anderen wach wurden, wollte Martin auf dem Weg zu Schang sein. Er hatte die alte Scheune fast erreicht, als er im Dämmerlicht eine Gestalt daraus hervortreten sah. Ohne zu zögern, kam die Gestalt näher, und dann sah Martin, dass es Anton war. Anton war zwei Jahre älter als Martin, er hatte den Verstand eines Kleinkindes, aber die Kraft eines Erwachsenen.

Als sie sich trafen, hielt Martin ihn am Arm fest. »Wo warst du?«, fragte er.

Anton sah ihn mit schrägem Blick an und antwortete nur: »Kaputt.« Dabei wies er mit der Hand zurück zur Scheune.

Martin sah die Blutspritzer in Antons Gesicht. Sah die blutverschmierte Hand, und es war ihm, als würde ihm der Boden unter den Füßen weggezogen. Als wäre der leibhaftige Teufel hinter ihm her, so schnell lief er los, erreichte die Scheune und fand dort den Hund, dessen Leben er gerettet, dem er den Namen Feldmann gegeben hatte und den er nun zu einem guten Hütehund ausbilden wollte, mit eingeschlagenem Schädel vor. Ein blutiger Steinbrocken, groß wie ein Ziegenjunges, lag neben dem Kadaver.

Sein Herz pochte wie ein Dampfhammer: Dieser Idiot hatte seinen Hund totgeschlagen! Zuerst wollte er auf die Knie fallen, sich schützend über den Kadaver werfen, doch dann verharrte er regungslos, er benötigte einen Moment, um das, was er sah, zu verarbeiten. Dann hob er Feldmann auf, trug ihn zur Scheune hinaus, der Körper war noch warm. Mit dem toten Hund in seinen Armen stolperte er über die staubigen Dorfstraßen, rannte hinüber zu Schang, dem Einzigen, dem er jetzt nahe sein wollte. Martin fand den alten Knecht im

Stall, zwischen mächtigen Kuhleibern hockte er auf seinem Melkschemel und hantierte mit geübten Handgriffen an einem prallen Euter herum. Als er Martin sah, sprang er auf und hätte fast den Eimer umgestoßen, als der Junge, Feldmann noch in den Armen tragend, sich an ihn drückte. Ein Blick hatte Schang genügt, um die Situation zu erfassen, darum legte er sanft seine Hand auf Martins Rücken und sprach beruhigend auf den Jungen ein. Martins Tränen benetzten Schangs Arbeitsjacke, die nach Kuhstall roch und deren raue Fasern auf seinen Wangen kratzten.

So standen sie eine Weile, eine Kuh sah zu ihnen herüber und ließ ein warmes Muhen ertönen. Schließlich untersuchte Schang den Hund. Mehrmals fuhr er mit den Händen über das Hinterteil des Hundes, betastete seine Beine, bis er sich erhob und seine Diagnose kundtat: »An der Hüfte hat er nix gehabt, aber beide Beine gebrochen. Mit etwas Glück hätte er wieder gesund werden können.«

An diesem Tag hatte Martin kaum einen Blick für die Ziegen, er trieb sie hinaus zum Teufelsmaar und blieb entgegen seiner Gewohnheit den ganzen Tag dort. Seine Gedanken aber waren beim toten Feldmann. Und bei Anton. Voller Wut schmiedete er Rachepläne, der Idiot sollte büßen für das, was er getan hatte. Bilder von Anton, der mit eingeschlagenem Schädel in der Scheune lag, flammten vor seinem geistigen Auge auf. Martin dachte daran, Anton zu quälen oder der Strafe durch Kroppen zu überlassen. Doch das alles würde ihm nicht den brennenden Schmerz nehmen, den der Verlust Feldmanns in ihm bewirkte. Mit der Zeit wich seine

Wut einer tiefen Traurigkeit, die bleischwer auf seinen schmalen Schultern lastete, als er sich am Abend erneut auf den Weg zu Schang machte.

Martin solle zu ihm kommen, wenn alle Arbeit getan sei, hatte der Alte gesagt. Die wohltuende Abendruhe hatte sich bereits über den Hof gesenkt, Schang saß auf der Bank vor dem Kuhstall, paffte dort in aller Gelassenheit seine Pfeife. Als er den Jungen erblickte, erhob er sich.

»Komm mit«, knurrte er, und der Junge folgte ihm zum Schuppen hinüber, in dem Schang den Kadaver zum Schutz vor den Fliegen mit einem alten Sack abgedeckt hatte. Behutsam hob er den toten Hund nun in den Sack, warf ihn sich auf die Schulter, drückte Martin eine Schaufel in die Hand und zog dann wortlos voran. Runter vom Hof, hinaus aus dem Dorf, Martin immer dicht an seiner Seite, bis sie hinter Gut Ving auf den Feldweg nach Kerpen abbogen. An der Wegkreuzung standen dichte Holunderbüsche, um sie herum hatten sich Brennnesseln ausgebreitet, hier blieb Schang stehen und nahm den Sack von seiner Schulter.

»Hier ist es«, sagte er, während er Martin die Schaufel aus der Hand nahm und zu graben begann. Bald hatte er ein tiefes Loch ausgehoben, Martin roch die frische Erde und legte auf ein Zeichen von Schang den Sack hinein.

»Warum hier?«, wollte Martin mit dünner Stimme wissen, »so weit draußen vorm Dorf.«

»Hier bist du alleine mit ihm«, antwortete Schang und begann das Loch wieder zuzuschütten. Zum Schluss klopfte er sorgfältig die Erde auf dem kleinen Hügel fest, dann sammelte er ein paar Steine in der Nähe auf, und legte sie darauf. Regungslos stand Martin daneben als er sich anschickte, dem Alten zu helfen, wehrte der ihn ab. »Das brauchst du nicht, du bist jetzt in Trauer.«

Nachdem alles gerichtet war, stellte Schang sich neben Martin, holte die Pfeife aus seiner Jackentasche und entzündete sie. Einem glutroten Feuerball gleich stand die Sonne tief am Horizont, während drüben bei der Brikettfabrik dunkler Rauch kerzengerade aus den Schornsteinen in den Abendhimmel stieg. Schang hatte seinen Arm um Martins Schulter gelegt, schweigend standen sie so, bis die Sonne untergegangen war.

2. KAPITEL

Der Krieg und der Birnbaum

Im mäßig warmen Sommer des Jahres 1914 war Martin Niemand ein guter Ziegenhirte geworden. Weder hatte sich ein Tier in seiner Obhut je verletzt noch nasses Gras gefressen. Die Klauen der Ziegen waren sauber geschnitten, und sie gaben ausreichend Milch und gutes Fleisch. Ihre Besitzer waren zufrieden, sie lobten Martin allenthalben, doch seinen Lohn behielt noch immer Gerald Kroppen für sich, während sich die Familie über die Naturalien hermachte. Martin stand bereits in seinem fünfzehnten Lebensjahr, doch irgendeinen materiellen oder finanziellen Besitz hatte er bislang noch nicht erlangen können.

In diesem Sommer hatte er das Gefühl der Liebe kennengelernt. Zwar hatte er schon gehört, wie andere Jungen in seinem Alter darüber gesprochen hatten, doch erst als er eines Tages Klara hinter dem Haus dabei beobachtet hatte, wie sie die Wäsche von der Leine nahm, und sie ihm plötzlich wunderschön vorgekommen war, da hatte er gemeint, so müsse es sich wohl anfühlen, wenn man verliebt ist.

Nach ein paar Tagen hatte Klara ihn beiseite genommen und ihm fest in die Augen gesehen. »Martin«, hatte sie mit sanfter Stimme gesagt, »schau mich nicht so an, ich bin deine Schwester, und außerdem wäre ich zu alt für dich. Du musst dich nach einer anderen umschauen, du Dummkopf.« Dann war sie ihm lächelnd durch das Haar gefahren und hatte ihn auf die Wange geküsst.

Martin hatte nur verlegen zu Boden geschaut, unfähig, etwas zu erwidern. Doch von den gleichaltrigen Mädchen im Dorf wollte ihm partout keine gefallen, und so hatte er sich darum bemüht, sich nicht weiter mit dem Verliebtsein zu beschäftigen.

Bei seinem Bemühen kam ihm die riesige Staubwolke zu Hilfe, die an einem sonnigen Tag im August am Horizont auftauchte. Es war ein später Nachmittag, als Martin bei der Herde stand, ringsum auf den Feldern waren die Bauern und ihre Knechte mit der Mahd des Getreides beschäftigt. Über ihm, hoch am wolkenlosen Himmel, segelte in unendlicher Gelassenheit eine Kornweihe, sie war auf der Jagd nach einer der unzähligen Mäuse, die sich jetzt zwischen den Stoppeln um die liegen gebliebenen Getreidekörner stritten. Die lauten Rufe der Bauern hallten zu ihm herüber, als er mit der Hand seine Augen vor der Sonne schützte, um dem Flug des Greifvogels zu folgen. Plötzlich nahm er etwas am Boden wahr. Drüben auf der Straße, die von Meller auf das Dorf zuführte, zog eine scheinbar endlos lange Kolonne heran. Martin erkannte Berittene, dahinter einige Fuhrwerke, gezogen von jeweils vier Pferden. Den Abschluss der Kolonne bildeten Männer, die in einer geordneten Formation voranschritten. Das mussten Soldaten sein, schoss es ihm durch den Kopf, eine wahre Streitmacht, und sofort war Martins Neugier geweckt.

Eilig scheuchte er die Herde auf, über den Grasweg trieb er sie auf die befestigte Straße zu. Dieses Schauspiel musste er aus der Nähe betrachten, denn noch niemals in seinem Leben hatte er etwas Vergleichbares gesehen.

Als er bis auf wenige Meter herangekommen war, blieb er von Ehrfurcht ergriffen stehen. Regungslos bestaunte er die Soldaten, versuchte sie zu zählen, es gelang ihm nicht. Keiner schaute zu Martin herüber, dessen Blick wie gebannt an der wabernden Mixtur aus glänzendem Pferdefell, knarzenden Wagenrädern und üppigen Schnurrbärten in schweißnassen Soldatengesichtern klebte.

Es waren des Kaisers Soldaten auf ihrem Weg nach Westen. Es ging gegen die Franzosen, alte Rechnungen harrten darauf, beglichen zu werden. Doch davon, dass sein Land sich im Krieg befand, davon hatte der Ziegenhirte Martin Niemand bisher nicht die leiseste Ahnung gehabt. Er stand nur da, in seiner ganz und gar jämmerlichen Erscheinung, roch nach Ziege und seinem eigenen Schweiß und begaffte die Soldaten, bis auch der letzte drüben am Dorfrand zwischen den Häusern verschwunden war.

Den Rest des Tages verbrachte Martin voller Ungeduld auf das, was ihn am Abend im Dorf erwarten würde. Inständig hoffte er, die Soldaten würden dort ihr Nachtlager aufschlagen, denn er wollte die wunderschönen Pferde nur zu gerne aus der Nähe sehen. Die Soldaten bestaunen, die schweren Kanonen, und vielleicht durfte er die sogar einmal berühren. Schon immer hatte er voller Neid auf die bunt bemalten Zinnsoldaten geschaut, die Valentin Simbach, der Sohn des Dorfschullehrers, bisweilen den gleichaltrigen Jungen auf der Straße gezeigt hatte. Wichtigtuerisch hatte er sie aus seiner Hosentasche hervorgeholt, das saubere Stofftuch behutsam aufgeschlagen und die darin verpackten Figuren auf die Mauer vor dem Kirchenplatz drapiert. Keiner von den Jungen hatte sie anrühren, alle hatten sie sie nur betrachten dürfen. Nun hoffte Martin, endlich echte Soldaten zu sehen, und tatsächlich hatte ein Teil der Truppe im Dorf Quartier genommen. Staunend strich er zwischen all den Uniformierten, zwischen den vielen Pferden und schweren Fuhrwerken umher. War gefangen vom bedeutungsschwangeren Treiben und fühlte sich gleichzeitig klein und verloren. Verloren im eigenen Dorf.

Im Pfarrhaus speiste der Pfarrer zusammen mit den Befehlshabern und dem Bürgermeister von edlem Geschirr zu Abend, im Bewusstsein der Bedeutung ihres Beisammenseins erhob er das Weinglas. »Gott mit uns«, prostete er den anderen zu, man war sich sicher, für die gerechte Sache zu stehen. Das Säbelrasseln musste ein Ende haben, jetzt mussten endlich die Waffen entscheiden. An diesem Abend wurde also auch Martins Dorf von der überall im Land vorherrschenden Kriegsbegeisterung ergriffen. Der Begeisterung für etwas, bei dem es letztlich doch nur um Sterben und Töten ging. Das Kriegszitterer, Krüppel, Tote und junge Witwen hervorbringen würde. Im Hof von Hieronymus Horn gelang es Martin, mit der Hand über den kalten, schwarzen Stahl einer Kanone zu fahren. Er fühlte sich fantastisch an. Das war besser als Valentin Simbachs Zinnsoldaten, viel besser, und an diesem Abend schlief er erschöpft, aber zufrieden ein.

Kaum ein halbes Jahr später erreichten die ersten Todesnachrichten das Dorf. Unbarmherzig forderte das Stahlgewitter seine Opfer, nahm Müttern ihre Söhne, Frauen ihre Männer. Bald zwanzig Männer des Dorfes sollten bis zum Ende des Krieges ihr Leben für Kaiser und Vaterland lassen. Zwanzig hastig gedruckte Totenzettel für zwanzig Helden, und mit jedem Einzelnen ließ die anfängliche Euphorie für die gerechte Sache ein Stückchen mehr nach.

Gerald Kroppen scherte sich nicht um den Fortgang der Dinge außerhalb seiner eigenen Behausung. Er sah zu, dass ihm der Alkohol nicht ausging. Dass in der Familie das Geld und die Lebensmittel zum Ende des Jahres 1916 knapp wurden, quittierte er mit einem Achselzucken. Er lachte über Klaras wachsende Ängste vor einer Hungersnot, nannte sie ein dummes Weibsstück, das sich an den Herd scheren und das Maul halten solle.

In diesem Herbst schien der Regen niemals nachlassen zu wollen. Tagelang stand Martin in den Umhang des schälen Bähtes gehüllt unter einem schweren, dunklen Himmel bei den Ziegen und sah den Regentropfen zu, die große Blasen auf den ausgedehnten Pfützen bildeten. Zur gleichen Zeit klaubten Kroppen und die anderen Feldarbeiter noch fast grüne Kartoffeln aus dem aufgeweichten Ackerboden, die zusammen kaum die Hälfte der im Vorjahr geernteten Menge ergaben. Landauf, landab fiel die Ernte miserabel aus, und ein langer, eiskalter Winter streckte schon früh seine Hand nach ihnen aus.

Als der Januar 1917 angebrochen war, spürten die Dorfbewohner den Mangel an Lebensmitteln bereits deutlich. Sogar hier, inmitten der fruchtbaren Äcker, mussten sie jetzt den Gürtel enger schnallen. Die schlechte Ernte, die Handelsblockade gegen das Reich, die Versorgung der Truppen auf den Schlachtfeldern Europas, das alles hatte zu gravierenden Engpässen bei allen möglichen Gütern der Grundversorgung für die Bevölkerung gesorgt. Zu der mehr und mehr um sich greifenden Unzufriedenheit kam für Martin zu allem Übel noch eine weitere Enttäuschung in diesem Jahr dazu. Sowohl der Geldbetrag, den er als Lohn erhielt und der auch dieses Mal wieder in Kroppens Taschen verschwand, als auch die Menge der Naturalien fielen viel geringer als in den Jahren zuvor aus. Sie wollten es im kommenden Jahr ausgleichen, sagten die Leute achselzuckend, wenn dieser verdammte Krieg vorüber wäre, könne man sicher wieder mehr geben. Aus der gerechten Sache, für die man zu Beginn noch gebrannt hatte, war jetzt »der verdammten Krieg« geworden. Der Krieg, der nun schon mehr als zwei Jahre lang andauerte und ihnen so viele Opfer abverlangte, war ihnen lästig geworden.

Obwohl man im Tagelöhnerhaus am Ende der kleinen Gasse schon immer eine einfache Kost in kaum ausreichender Menge gewohnt war, erfuhren sie nun auch hier, dass es sogar noch schlimmer kommen konnte. Die großen Löcher in ihren Mägen wurden noch größer, und die Hoffnung darauf, sie zu füllen, wurde kleiner und kleiner. Den größten Anteil ihrer kargen Ernährung machten zu dieser Zeit Rüben aus. Fade Steckrüben und Futterrüben, die eigentlich als Viehfutter angebaut wurden. Rüben und schlechtes Brot waren zu ihren Grundnahrungsmitteln geworden. Ständig nörgelte Kroppen an den Mahlzeiten herum, aß jedoch wie eh und je das Meiste von der Rübensuppe, die Klara beinahe täglich auf den Tisch brachte. Rübensuppe, Rübenauflauf und schlechtes Brot – ein Reich, ein Kaiser, ein Volk, eine Rübe –, und Martin stellte sich in diesen Tagen immer wieder die Frage, ob dem Kaiser die Rübensuppe wohl genauso wenig schmecken würde wie ihm selbst.

Als der Winter dem Ende zuging, zog Martin schon früh mit der Herde wieder hinaus in die Felder. Es war die Zeit des Lammens, doch die Ziegen waren genauso wie ihr Hirte mager und kraftlos geworden, und zum ersten Mal in seinem Ziegenhirtenleben musste Martin zwei Totgeburten zwischen den Feldern verscharren. Erst im Mai kehrten das Licht und die Wärme endgültig zu ihnen zurück. Die Natur explodierte förmlich, und Martins blass gewordene Haut nahm allmählich wieder die gewohnt dunkle Färbung an. Am Nachmittag hatte er mit nacktem Oberkörper bei der Herde gelegen. Die Sonne schien ihm auf den flachen Bauch, aus dem ein leises Knurren drang. Gerade so, als gäbe es den Krieg und die vielen Toten und den Hunger nicht, so schön war der Tag gewesen, doch daran, dass es diesen Krieg eben doch noch gab, daran wurde Martin am Abend in brutaler Deutlichkeit erinnert.

Vor dem Hof, auf dem seine letzten beiden Ziegen meckernd in ihrem Stall verschwanden, standen zwei

Männer und unterhielten sich. Sie waren aufgebracht, ihre Stimmen klangen rau, und ihre Augen blitzten zornig. Vom Krieg sprachen sie, natürlich, alle sprachen vom Krieg und von den großen Opfern, die er forderte. Und sie sprachen vom Dolfes, einem Mann, den Martin nicht kannte.

»Dann wär er besser tot geblieben«, sagte der ältere der Männer.

»Wie kannst du denn so etwas sagen?«, erwiderte der andere, »gibt es noch nicht genug Tote?«

»Doch, die gibt es, aber wer will denn so leben? Das ganze Gesicht ist weg! Nur noch die Augen und die Ohren hat der jetzt. Die Marie ist fast bekloppt geworden, wie sie den gesehen hat.«

Dolfes hatte eine furchtbare Gesichtsverletzung erlitten, die ihn jedoch nicht getötet hatte, und von den Ärzten war er immerhin wieder so weit hergestellt worden, dass der Bedauernswerte atmen und schlucken konnte.

»Atmen und schlucken«, sagte der Ältere, »aber 'ne Nase und 'nen Mund hat er nicht mehr. Da ist alles vernarbt.« Fassungslos schüttelte er seinen Kopf.

Lange wälzte Martin sich an diesem Abend auf seinem Nachtlager hin und her. Er fand keinen Schlaf, immer wieder erschien das entstellte Gesicht vom Dolfes vor seinen Augen. In aller Deutlichkeit stellte er sich vor, wie ein Mensch ohne Nase und Mund wohl aussehen mochte. Das Bild eines Apfels kam ihm in den Sinn. Er war prall und rot, und jemand hatte ein großes Stück davon abgebissen. So mochte er aussehen, der Kopf vom Dolfes. Wo einst das Gesicht war, klaffte jetzt ein hässliches, vernarbtes Loch. Der Mund war nur noch eine unförmige Höhle, aus der Speichel herauslief. Wenn Dolfes zu sprechen versuchte, drang nur ein hohles Grunzen aus seinem Kopf. Martin fragte sich, ob der Kaiser wohl wisse, was der Krieg aus den Menschen machen konnte. Ob es ihm wohl gleichgültig sei, dass seine Soldaten als Krüppel oder gar als Leichen im Morast auf den Schlachtfeldern endeten. Ob er wohl weise sei, der Mann mit dem üppigen Schnurrbart und dem vielen Tand an seiner Uniform.

Am nächsten Morgen wurde er bei Tagesanbruch vom schaurigen Geschrei einer rolligen Katze geweckt. Eine Weile noch lauschte er dem Getöse, dann erhob er sich schwerfällig von seinem Lager. Seine Muskeln waren merkwürdig steif an diesem Morgen, gähnend reckte er sich endlos lange, kleidete sich schließlich an, nahm sein kärgliches Frühstück ein und verließ in dunkle Gedanken versunken das Tagelöhnerhaus. Die Zahl seiner Ziegen hatte sich reduziert. Nur noch fünfzehn Stück sammelte er an diesem Morgen ein, die Moni gehörte nicht mehr zur Herde. Sie war im vergangenen Winter im Kochtopf ihrer Besitzer gelandet. Nun zog die Hexe voran, eine braun-weiß Gescheckte mit störrischem Sinn. Weil ihm seine Arbeit an diesem Morgen kein bisschen Freude bereitete, ließ er die Herde gleich hinter dem Dorf bei dem kleinen Weiher am Blutmaar grasen. Das Gras wuchs spärlich hier, die Tiere waren unruhig, so als ob sie Martins innere Anspannung spürten. Rastlos ging er neben der Herde auf und ab, schon bald zog er weiter zu den Obstbäumen am südlichen Rand des Dorfes. Diesen Ort mochte Martin lieber, er genoss es, an einen Baumstamm gelehnt dazusitzen, während seine im Schatten liegenden Ziegen genügend Ruhe beim Wiederkäuen fanden. Heute suchte er sich einen alten Birnbaum aus, um die winzig kleinen Fruchtansätze daran schwirrten emsige Bienen. Er sah seinen ersten Schmetterling in diesem Jahr, sah die leuchtenden gelben Blüten des Löwenzahns ringsum. Die Luft war rein und klar, und Martin atmete tief und gleichmäßig, während ganz allmählich das Gefühl der Beklommenheit in ihm verblasste. Drüben rauchten in absoluter Verlässlichkeit wie eh und je die Schornsteine der Brikettfabrik. Die Straße nach Meller lag friedlich und verlassen vor ihm. Er kniff die Augen zusammen und blickte nach Südwesten, wo sich am dunstigen Horizont die Ausläufer der Eifel abzeichneten. So saß er da, blickte sich um, wurde ruhiger, bis er plötzlich Lust verspürte, in den Baum zu klettern, um noch viel weiter in das weite Land hineinschauen zu können. Das Klettern bereitete ihm keine Mühe, schon saß er auf dem obersten Ast, von dem sein Blick weit über die Felder ging, die aussahen wie ein riesengroßer Flickenteppich aus grünen, braunen und ockerfarbenen Stoffresten. Dazwischen ragten die Kirchtürme von Herrig und Lechenich in den blauen Himmel. Sanft wiegte sich der Ast unter ihm, der Wind trug ihm die reine Luft des Sommers zu, und Martin vergaß den Dolfes und den Kaiser. Er wurde ruhiger, atmete freier, als er plötzlich ein lautes Knacken unter sich vernahm. Blitzschnell versuchte er den Ast neben sich zu greifen, doch es war zu spät. Zweige und Blätter schlugen ihm ins Gesicht, mit der Schulter prallte er gegen hartes Geäst. Unaufhaltsam, wie eine leblose Puppe, stürzte er zu Boden, wo er benommen liegen blieb.

Dicht bei seinem Kopf brummte eine Hummel, Martin öffnete seine Augen und sah die sattgelben Blüten des Löwenzahns direkt vor sich. Er roch das frische Gras, sein Puls raste, doch er verspürte keinen Schmerz. Als sich sein Atem etwas beruhigt hatte, versuchte er sich aufzurichten. Er kam auf die Ellenbogen, wollte seine Knie anziehen, und in diesem Moment durchfuhr ihn der Schmerz mit einer derartigen Gewalt, dass er zusammenfiel wie ein leerer Sack. Der Schmerz saß in seinem linken Bein, unwillkürlich griff er sich an den Unterschenkel und erstarrte vor Schreck. Martin presste die Zähne zusammen, tat ein paar hektische Atemzüge durch die Nase und schrie dann auf wie ein gequältes Viech. Seine Hand griff in etwas Warmes, Klebriges. Und noch etwas Grauenvolleres ertastete sie. Es war glatt und hart, am Ende spitz. Das darf nicht sein, konnte er noch denken, lieber Gott, mach, dass es nicht wahr ist. Dann zwang er sich hinzuschauen. Er sah das Blut, sah das rohe Fleisch, aus dem das gebrochene Ende seines Schienbeins ragte, und dann versank er in ein schwarzes Loch.

Als Martin seine Augen wieder öffnete, erkannte er ein graues, verrußtes Nichts über sich. Er vernahm Stimmen, Klaras Stimme und die von Anton, der »kaputt, kaputt« brabbelte. Dann war da noch die Stimme eines Mannes. »Er braucht jetzt Ruhe«, hörte Martin ihn sagen, »und gutes Essen.« Es war die Stimme von Doktor Habicht aus Nörvenich.

Martin lag auf seinem Lager im Tagelöhnerhaus. Hieronymus Horn hatte ihn auf seinem Weg vom Feld zurück ins Dorf unter dem Birnbaum liegend aufgefunden, hatte ihn auf seinen Karren gehievt und zum Haus der Kroppens gebracht. Sie hatten nach dem Doktor geschickt, der mit seinem Einspänner vorgefahren war, einen offenen Schienbeinbruch diagnostizierte und ohne viel Federlesens Martins Bein gleich an Ort und Stelle richtete. Martin sah, wie er Klara etwas in die Hand drückte.

»Aspirin«, sagte Habicht, »gib ihm das, mehr kann ich nicht tun für euch.«

Kaum war der Doktor gegangen, polterte Kroppen ins Haus. Man hatte ihm die schlimme Nachricht überbracht, wütend stapfte er jetzt im Zimmer auf und ab, brüllte: »Du verdammter Bastard, brichst dir tatsächlich beim Ziegenhütten ein Bein!« Klara zuckte zusammen, sie wich ängstlich zurück, als Kroppen donnernd mit der Faust auf den Tisch schlug und fortfuhr: »Wer soll jetzt deine Arbeit tun? Wer kommt mir für den Verdienstausfall auf? Wer, frag ich dich!«

Regungslos lag Martin auf seinem Lager, hielt seine feuchten Augen geschlossen, kaute auf seiner Unterlippe, während er versuchte, den höllischen Schmerz zu verdrängen. Als Anton ein heiseres Lachen ausstieß und noch einmal »Kaputt, kaputt« stammelte, holte Kroppen aus und versetzte ihm eine krachende Ohrfeige, die den Jungen zu Boden gehen ließ, wo er sich zusammenrollte wie ein Hund.

Am nächsten Tag gelang es Klara unter größter Anstrengung und mit der wenig hilfreichen Unterstützung Antons, den immer noch vor Schmerzen wimmernden Martin von seinem primitiven Lager auf das abgewetzte Kanapee zu hieven. Kroppen würde toben am Abend, doch das war ihr egal. Sie bereitete eine sämige Rübensuppe zu, in die sie reichlich dicke Brocken alten Brots tat, und fütterte Martin damit. Der aß, obwohl er keinen Hunger verspürte, schenkte ihr ein dünnes Lächeln und fiel dann zurück auf das Kanapee, von dem er sich die nächsten acht Wochen nicht wieder erheben würde.

Gerald Kroppen wechselte bei seinen täglichen Wutanfällen zwischen Spott und üblen Drohungen, mit denen er Martin bedachte, hin und her. Er schlug Anton, und hin und wieder schlug er auch Klara – und betrank sich. Der Pfarrer kam zum Krankenbesuch, rümpfte die Nase und betete den Rosenkranz. Nachdem er noch rasch einen kaum verständlichen Segenswunsch heruntergeleiert hatte, verließ er das Tagelöhnerhaus wie ein Flüchtender. Hieronymus Horns Frau schickte eine Magd, die brachte Eier und ein winziges Stück Speck.

Eines Morgens, in aller Frühe, klopfte die spindeldürre Frau des Schneiders an die Tür, sie drückte Klara ein Glas eingeweckte Pflaumen in die Hand und erkundigte sich knapp nach Martins Befinden. Ihre beiden Ziegen würden sie jetzt am Dorfrand auf einer Brachfläche anpflocken, brachte sie dann vor, allerdings könne das natürlich nur eine vorübergehende Lösung sein, die Fläche sei viel zu klein, weshalb man sich wohl bald nach einem neuen Hirten umsehen müsse.

»Der Jung tut uns leid«, entschuldigte sie sich, »aber wir brauchen auch die Milch von unseren Ziegen, da müsst ihr doch Verständnis für haben.« Dann warf sie noch einen neugierigen Blick an Klara vorbei in die Stube und eilte auf ihren dünnen Beinen davon.

Einzig Johann Kreutzer nahm sich Zeit und zeigte echte Anteilnahme, wenn er an Martins Lager saß. Beinahe täglich kam er, und nie kam er mit leeren Händen. Wenn es ihm möglich war, brachte er etwas zu essen mit. Mal eine Scheibe Brot, die mit einer dicken Schicht Kunsthonig bestrichen war. Mal einen Apfel, schrumpelig und voller brauner Flecken, der von Klara in einen Rübenpfannenkuchen geschnitten wurde und so das Gericht zu einer Köstlichkeit machte. Das Wichtigste war jedoch die getrocknete Weidenrinde, die Schang immer wieder mitbrachte. Daraus bereitete Klara Tee zu, der bitter schmeckte und Martin die Schmerzen nahm und wohl auch verhinderte, dass sich die Wunde in Martins Bein entzündete.

An einem warmen Sommerabend im Juni saß der alte Schang wieder neben dem Kanapee. Nachdem er alle Neuigkeiten aus dem Dorf verkündete hatte, zog er ein kleines Büchlein aus seiner Jackentasche. Die Jacke roch nach Kuhstall, das Büchlein auch, doch Schang überreichte es Martin, als wäre es ein wertvoller Schatz. »Das hat meiner Mutter gehört. Ich kann ja nicht lesen, darum dachte ich, es ist sicher besser bei dir aufgehoben.«

Martin hielt das Buch ins Licht, stockend las er den Titel: »*Ratgeber für Gesunde und Kranke,* von Pfarrer Sebastian Kneipp« Das Buch war älter als Martin, und es war ziemlich ramponiert, aber es war Martins erstes eigenes Buch, deshalb betrachtete er es wie eine kleine Kostbarkeit, in die er von nun an täglich hineinschaute, um seine Lesefähigkeiten zu verbessern.

Dass sein Bein nie wieder so sein würde wie zuvor, das wusste Martin schon bald. Immer wenn er an sich heruntersah, bemerkte er die Fehlstellung, die sein Schienbein jetzt aufwies. Er hatte sich eine Spiralfraktur zugezogen, und dem Landarzt Julius Habicht war es leider nicht gelungen, die beiden Knochenenden exakt zusammenzufügen. Den Heilungsprozess hatte dies nicht beeinträchtigt, doch als sich Martin am 12. Juli 1917 zum ersten Mal wieder vom Kanapee erhob und sich am Tisch festhaltend aufrichtete, da schossen ihm die Tränen in die Augen. Der linke Fuß stand deutlich nach außen versetzt auf dem abgelaufenen Dielenboden. Martin wagte nicht, sich zu bewegen. Klara trat an seine Seite, legte sich seinen linken Arm über ihre Schulter und lächelte ihn aufmunternd an.

»Komm, versuch es mal«, spornte sie Martin an. »Na los, trau dich«, Klara schob ihn sanft nach vorne, und dann wagte Martin den ersten Schritt seit neun Wochen zu tun. Der Knochen hielt, er verspürte keinen Schmerz. Martin fühlte sich, als wäre er neu geboren. Zaghaft setzte er ein Bein vor das andere, drei Schritte nur, dann hatte er die Wand erreicht. Vorsichtig drehte er sich um und ging zurück. Sieben schmerzfreie Schritte ging er bis zur gegenüberliegenden Wand, die Anspannung in seinem verkniffenen Gesicht wich einem zaghaften Lächeln. Dort angekommen, ließ Klara ihn los, ein wenig wankte Martin, dann drehte er sich erneut um und ging die nächsten Schritte alleine. Immer noch ohne Schmerzen erreichte Martin das Kanapee und sank darauf nieder. Die wenigen Gehversuche hatten ihn erschöpft, doch das Glücksgefühl, dass sich bis in die letzte Faser seines Körpers ausbreitete, war überwältigend. Er konnte wieder laufen, er war wieder gesund! Dass seine Schritte eher ein Hinken waren, das drang in diesem Moment gar nicht richtig bis in sein Bewusstsein vor, zu sehr überwog die Erleichterung.

Was dieser Umstand letztlich für ihn bedeutete, das sollte Martin Niemand jedoch schon sehr bald erfahren. Seit nunmehr drei Jahren kämpften des Kaisers Soldaten schon im Krieg, und allmählich gingen den deutschen Generälen die Krieger aus. Die Einheiten lichteten sich in rasantem Tempo, weshalb man beschloss, nun auch den Jahrgang 1899 zu mobilisieren. Junge Kerle, kaum achtzehn Jahre alt, weder Kind noch Mann, so wie Martin Niemand und Valentin Simbach es waren, sollten nun für Gott und den Kaiser den Sieg erringen. Und jetzt widerfuhr Martin Niemand das große Glück, dass Krüppel nicht gebraucht wurden. Krüppel hatte der Krieg schon viel zu viele hervorgebracht. Solche Kerle wie Valentin wurden gebraucht, gesund und kräftig, und an dem Tag, an dem Valentins Eltern ihren Sohn unter Tränen am Bahnhof in Düren in eine ungewisse Zukunft verabschiedeten, an diesem Tag lag Martin im Tagelöhnerhaus auf dem Kanapee und las im *Ratgeber für Gesunde und Kranke* von Pfarrer Sebastian Kneipp.

3. KAPITEL

Blutbrot

Drei Wochen blieb Martin noch im Tagelöhnerhaus. Er trainierte bei täglichen Runden durch das Zimmer seine Muskeln, und obwohl es erbärmlich kurze Runden waren, musste er sich bald wieder auf das Kanapee niederlegen, wo er sich ausruhte und in Sebastian Kneipps Ratgeber las. Martin fühlte sich nutzlos, hin und wieder sah er von seinem Buch auf, träumte mit offenen Augen, während er die dicken Fliegen an der Wand beobachtete. Dabei dachte er an die bunten Zinnsoldaten und an Valentin Simbach, der jetzt unter die richtigen Soldaten geraten war. Auch der Dolfes kam ihm in den Sinn, und obwohl Valentin in Martins Augen ein übler Angeber war, hoffte er doch aufrichtig, dass es ihm nicht ergehen möge wie dem armen Dolfes. Dann, nach drei Wochen, wachte er am Morgen auf und wusste, dass der Tag gekommen war. Er musste wieder hinaus!

Es war Ende Juli, als Martin Niemand – noch ein wenig unsicher auf den Beinen – vor das Tagelöhnerhaus trat. Die Sonne schien, und die Luft war angefüllt mit den herrlichsten Düften des Sommers. Langsam ging er die Gasse hinunter. Weil er mit seinem linken Bein kürzere Schritte machte, schwankte sein Oberkörper bei jedem Schritt hin und her. Er erreichte den Dorfplatz, wo an der Ecke das Haus des Bäckers Düster stand. Ihm gehörten Hexe und noch eine weitere Ziege.

Düster beugte sich in seiner Backstube über den Arbeitstisch, als er Martin gewahr wurde. »Was willst du denn hier?«, fragte er unfreundlich.

Das Brot, das Düster zu dieser Zeit buk, hatte mit dem, worauf er zeitlebens so stolz gewesen war, nichts mehr gemein. Seit fast drei Jahren schon war das Backen in seinen Augen nur noch ein Gematsche und Gepansche, und zu seinem blanken Entsetzen hatte man ihn kürzlich sogar aufgefordert, ein Brot aus Schlachtblut und Roggenschrot zu backen. Dem Liebhaber von süßem Backwerk und leckerem Kuchen war speiübel geworden bei dem Gedanken, in seiner Backstube mit Schweineblut hantieren zu müssen. Das, was er nun aus seinem Backofen holte, nannte man Blutbrot, es roch nicht gut, war von abstoßender Farbe, und der Geschmack ließ Düster das Gesicht verziehen. Nein, es waren keine guten Zeiten für einen leidenschaftlichen Bäcker, weshalb Düster ständig übler Laune war, die er an jedem ausließ, der in seine Nähe kam.

»Ich bin wieder gesund«, sagte Martin freundlich lächelnd, »ich könnt mich bald wieder um die Ziegen kümmern.«

»Hab schon gehört, dass du wieder rumlaufen kannst«, grummelte der Bäcker, »freut mich, aber mit den Ziegen ist es aus für dich.« Damit schien die Sache für ihn erledigt zu sein.

Doch Martin gab noch nicht auf. Wankend trat er näher heran, sah Düster an und sagte: »Wieso ist es denn aus mit den Ziegen? Die brauchen mich doch, oder haben Sie einen neuen Hirten gefunden?«

Da hielt Düster inne, richtete sich auf und bog seinen schmerzenden Rücken durch. Dann sah er Martin ein ganz kleines bisschen freundlicher an. »Hör zu, Junge, die Ziegen werden jetzt vorm Dorf angebunden. Da haben die sich gut dran gewöhnt. Außerdem gibt es nicht mal mehr ein Dutzend, das lohnt sich doch gar nicht für dich. Und überhaupt, womit sollen wir dich denn bezahlen? Du weißt doch, was los ist. Und ob das noch die richtige Arbeit für dich ist«, Düster sah auf Martins krummes Bein, »das weiß ich gar nicht.«

Wieder zurück auf der Straße, war der Tag merkwürdigerweise noch genauso freundlich wie zuvor, doch Martin sah weder den blauen Himmel noch roch er den Sommer. Vor ihm türmte sich vielmehr eine dunkle, unheilvolle Wolkenfront auf, die ihn zu verschlingen drohte. Schließlich gab er sich einen Ruck. Wie an unsichtbaren Fäden hängend, bewegte er sich durch das Dorf auf die schmale Gasse zu, hinüber zum Tagelöhnerhaus. Er ignorierte Anton, der neben der Eingangstür in den Staub pinkelte, und fand sich schließlich auf dem wackeligen Stuhl in der Stube sitzend wieder.

Kroppen bekam einen Tobsuchtsanfall, als Martin ihm am Abend die schlechte Nachricht verkündete. Das Blut schoss ihm in das vom Alkohol aufgedunsene Gesicht, die verquollenen Augen weit aufgerissen, sprang er auf und fiel über Martin her. »Du verdammter Bastard!«, brüllte er, »bist noch zu dämlich, ein paar Ziegen zu hüten.«

Stühle fielen um, Geschirr zersprang auf dem Fußboden, während Kroppen Martin am Kragen zu fassen bekam und voller Wut auf ihn einschlug. Doch diesmal war es anders als sonst, dieses Mal setzte Martin sich zur Wehr. All die aufgestaute Wut, seine ganze Verzweiflung ließen seine Fäuste zu Stahl werden. Mit aller Kraft schlug er nach Kroppen, der wie ein entfesselter Berserker zurückschlug. Das Blut spritzte.

Klara Stimme gellte durch die Stube: »Hört auf damit«, schrie sie, »ihr bringt euch ja um!«

Plötzlich sah Martin ein Messer in Kroppens Hand aufblitzen. Wie gelähmt starrte er es an, schaute sich verzweifelt nach einer Deckung um, als Anton von irgendwoher auftauchte und sich mit einem schrillen Kreischen auf seinen Vater stürzte.

In diesem Moment schien Kroppen tatsächlich zur Besinnung zu kommen. Keuchend hielt er inne, starrte Martin an mit wirrem Blick, dann keuchte er: »Wegen dir Dreckskerl geh ich nicht ins Zuchthaus.« Langsam sank seine Hand mit dem Messer darin, »das würde dir so passen. Wenn ich wollt, könnt ich dich abstechen wie ein Schwein, aber es geht auch anders: Pack deinen Kram und verschwinde! Sofort! Wer nicht arbeitet, hat hier nix mehr zu suchen.« Drohend funkelten seine Augen, Kroppen war wild entschlossen seinen Ziehsohn vor die Türe zu setzen. »Raus mit dir«, wiederholte er und wies Martin mit einem Kopfnicken die Tür.

Die folgende Nacht verbrachte Martin in der alten Scheune am Ende der Gasse. Mit den Jahren war sie noch weiter verfallen, er fand ein altes Brett und legte es über ein paar herumliegende Steine, darauf streckte es sich aus zu einer unruhigen Nacht. Noch immer erschöpft vom Kampf mit Gerald Kroppen, lag er rücklings auf seiner harten Unterlage, sein Körper schmerzte, und der Durst quälte ihn. Regungslos blickte er hinauf zum Scheunendach, Schmerzen und Durst traten allmählich in den Hintergrund, sein Puls normalisierte sich, und plötzlich begriff er die ganze Tragweite der Ereignisse dieses Tages. Er hatte seine Arbeit und sein Zuhause verloren, völlig überwältigt von all dem Leid, das ihm ohne jede Vorwarnung zugestoßen war, konnte er schließlich seine Tränen nicht länger zurückhalten. Leise schluchzend lag er noch lange wach, zu sehr mit sich selbst beschäftigt, um das Rascheln der Ratten in den Ecken und das Aufkommen des Windes zu registrieren, bis er endlich in einen unruhigen Schlaf verfiel.

Das Brot lag direkt vor seinem Gesicht. Eine einzige Scheibe nur, doch zusammen mit dem winzigen Stück Speck verschlang Martin sie am nächsten Morgen mit Heißhunger. Zuerst glaubte er, Schang habe es ihm gebracht, doch der wusste ja noch nichts von seiner misslichen Lage. Es konnte also nur Klara gewesen sein, die ihm auch jetzt noch half, wo es ihr möglich war. Hinter dem Tagelöhnerhaus schöpfte er mit der Hand etwas Regenwasser aus der Tonne, um seinen gewaltigen Durst zu stillen, dann stahl er sich davon, weil er sich davor fürchtete, noch einmal mit Kroppen zusammenzustoßen.

Ohne Halt durchquerte er das Dorf, froh darüber, niemanden auf der Straße anzutreffen. Wie sehr hatte sich doch sein Leben in kürzester Zeit verändert. Seine Situation war ihm zeitlebens bewusst gewesen, nie hatte er sich etwas vorgemacht, dazu war er viel zu sehr ein Realist. Martin wusste um seine Armut, seine geringe

Bildung, er kannte die Gefahr, die von Kroppen ausging, und er wusste auch, dass Gerald Kroppen nicht sein leiblicher Vater war. Doch er hatte seinen Platz auf der Welt gehabt, war gesund und voller Hoffnung auf ein besseres Leben. Ja, er hatte wirklich geglaubt, dass aus ihm einmal etwas werden könne, doch jetzt, innerhalb von nur wenigen Wochen, hatte sich das Blatt komplett gewendet. Ohne Zuhause, ohne Arbeit und mit einem krummen Bein stand er jetzt da. Er, Martin Niemand, der nun tatsächlich zu einem Niemand zu werden drohte. In Gedanken sah er sich schon als bettelnder Landstreicher umherziehen, von allen beschimpft und verachtet.

Bald nachdem er Gut Ving passiert hatte, erreichte er sein Ziel. Das Gebüsch an der Wegekreuzung stand in üppigem Grün, hierhin hatte er gewollt, ein paar Schritte noch wankte er durch das hohe Gras, dann setzte er sich in den Schatten des Holunderbusches. In seinem Kopf herrschte Stille, es fühlte sich an, als säße er in einem großen, leeren Raum. Er brauchte eine Idee, einen Plan, wie es nun weitergehen sollte, doch er konnte nichts denken. Nichts, nur diese große, dunkle Stille war da. Während sich vielleicht gerade in diesem Moment der Soldat Valentin Simbach einen Orden für seine Tapferkeit vor dem Feind verdiente, saß der gleichaltrige Martin als ein ganz und gar bedauernswerter Habenichts in seiner mitleiderregenden Aufmachung unter einem Holunderbusch und versuchte, die Stille in seinem Kopf zu durchbrechen. Martin bemerkte nicht, wie die Zeit verging. Er bemerkte auch den Mann nicht, der sich über den holprigen Feldweg näherte. Zum

Schutz gegen die Sonne trug er einen Strohhut mit breiter Krempe tief ins Gesicht gezogen, sein Hemd hatte er bis zum Bauchnabel geöffnet. Der Mann führte einen schweren Ackergaul, und als er Martin erreicht hatte, brachte er den Gaul mit einem langgezogenen »Hooho« zum Stehen.

»Deivel noch mal«, rief er zu Martin herüber, »was sitzt du denn hier, am helllichten Tag?« Es war Franz, einer der Knechte Hieronymus Horns.

Martin kannte ihn, so wie er alle Knechte im Dorf kannte, darum antwortete er, ohne nachzudenken. Nachdem er seine Situation geschildert hatte, nahm Franz den Hut vom Kopf, und tupfte sich mit seinem Taschentuch den Schweiß von der Stirn.

»Junge, Junge, das ist bitter«, stellte er treffend fest, während das Pferd seinen Kopf schüttelte, um so die lästigen Fliegen aus seinem Gesicht zu verscheuchen. Franz schien nachzudenken. Eine Weile blickte er den immer noch am Boden kauernden Martin an, dann kommandierte er: »Komm mit.«

Sofort sprang Martin auf, beeilte sich, Franz zu folgen, der mit dem Pferd schon ein gutes Stück voraus war. Als er ihn eingeholt hatte, sah Franz auf Martins Bein und bot ihm an, aufs Pferd zu steigen, doch Martin lehnte ab, angestrengt darum bemüht, mit Franz Schritt zu halten. Nachdem sie ein gutes Stück schweigend gegangen waren, kamen sie an ein Feld, auf dem Männer damit beschäftigt waren, Getreidegarben auf einen Leiterwagen zu verladen. Einer der Männer war Hieronymus Horn. Franz ließ Martin stehen, ging zu Horn hinüber und redete auf ihn ein. Gleichzeitig sahen sie Martin an. Der senkte den Blick, er fühlte sich unbehaglich.

Dann kam Franz zurück, nahm ihm die Zügel ab und sagte. »Du sollst zum Hof gehen, sollst der Frau sagen, dass sie dir eine Arbeit geben soll.«

»Eine Arbeit soll ich dir geben?« Horns Frau war nicht wenig überrascht, als Martin Niemand vor ihr in der Küche stand und ihr die Anweisung ihres Mannes überbrachte. Die Horns wussten um die Zustände im Tagelöhnerhaus, alle im Dorf wussten es, und jetzt stand der schmächtige Ziehsohn Gerald Kroppens in ihrer Küche, und sie sollte ihm eine Arbeit zuweisen. Der Junge würde es nicht wagen, sie anzulügen, dachte die Frau, während ihr prüfender Blick Martins dünnen Leib zu durchbohren drohte. Hieronymus hatte ihr gesagt, wie sehr der Junge ihm leidgetan habe, als er ihn damals unter dem Birnbaum liegen sah. Sicher hatte er ihm für ein paar Stunden Arbeit eine warme Mahlzeit versprochen, ein gottgefälliges Werk, eine gute Tat, die ihnen in dieser schlimmen Zeit ganz sicher zur Ehre gereichen würde. Darum sagte sie: »Geh hinter die Scheune«, ihr Blick blieb misstrauisch, »da liegt Holz, das kannst du hacken, bis wir dich holen kommen.«

So begann Martins Zeit auf dem Hof des reichen Hieronymus Horn. Der Ziegenhirte war zum Schweinejungen geworden, er schlief auf einer Pritsche im Pferdestall, erhielt jeden Tag ein warmes Essen, und wenn er sich nicht um die Schweine kümmerte, dann hackte er Holz, schürte den Backofen, fegte den Hof, trug schwere Waschkörbe, striegelte die Pferde, putzte das Zaumzeug und kümmerte sich um die Hühner. Wenn im Winter die schlimmen Westwinde die Pfannen vom Dach geweht hatten, dann schickte Horn seinen Schweinejungen trotz seines krummen Beins hinauf aufs Dach, um es wieder zu richten.

Von Gerald Kroppen hörte Martin in dieser Zeit nichts mehr, und niemand im Dorf schien sich daran zu stören, dass Kroppens Ziehsohn nun auf Horns Hof lebte. Nur Klara besuchte ihn manchmal, dann steckte sie Martin ein Stück Brot zu, denn sie sah ihm an, dass er kaum ausreichend zu essen bekam. Weinend erzählte sie, Kroppen habe bei einem seiner Wutausbrüche Martins Buch ins Herdfeuer geworfen, erst als er die Stube verlassen hatte, sei es ihr gelungen, es den Flammen zu entreißen und im Wasserbottich zu löschen. Mit trauriger Mine reichte sie Martin die verkohlten Überreste, dabei sah er, dass ihre Hand verbunden war. Sie hatte sich böse verbrannt beim Griff in das Herdfeuer.

»Ach Klara«, sagte Martin traurig, »hättest du es doch nur verbrennen lassen.« Dann nahm er sie in seine Arme, und sie saßen eng umschlungen und schwiegen.

Hin und wieder traf er sich mit Schang. Auch dem alten Knecht hatten die entbehrungsreichen Kriegsjahre gehörig zugesetzt, er war gebrechlich geworden, weshalb er seine Arbeit schon nicht mehr in gewohnter Weise verrichten konnte. An warmen Sommerabenden saßen sie nebeneinander auf ihrer Bank am Dorfrand. Dann schob Schang sich seine Pfeife in den nun zahnlosen Mund und paffte, ab und zu nahm er einen Schluck aus der Flasche, bevor er sie an Martin weitergab. Obwohl ihm der Schnaps bei jedem Zug in der Kehle brannte, nippte der Junge daran, verzog das Gesicht, woraufhin Schang milde lächelte und sagte: »Das wird noch, Martin, auch das wirst du noch lernen.« Das waren die Momente, in denen sich ein warmes Glücksgefühl in Martins Körper ausbreitete, das er jedes Mal genoss wie eine zarte Umarmung von Klara.

Der Tag im August 1918 war warm und freundlich, gerade hatte Martin die Milchkannen gespült und war dabei, sie mit der Öffnung nach unten zum Trocknen aufzuhängen, als er diese Frau im Hof stehen sah. Als getraute sie sich nicht näher zu kommen, stand sie gleich beim Hoftor vor der Hauswand, an der ihr die blühenden Stockrosen bis zu den Schultern reichten. Die Sonnenstrahlen tauchten die sonderbare Szenerie in helles Licht, und obwohl die Frau schon älter war, Martin schätzte sie mindestens doppelt so alt, wie er selbst war, und obwohl ihre Kleidung verriet, dass auch sie nicht zu den Reichen gehörte, sah sie dort, vor den rot erblühten Stockrosen, wunderschön aus.

Die Frau schien ihn zu beobachten. Ihr blondes Haar hatte sie hochgesteckt und unter einem Strohhut verborgen. So wie sie dastand in der gleißenden Sonne vor den hübschen Blumen, erschien sie Martin fast wie eine unwirkliche Erscheinung. Für einen Augenblick hielt er inne, wollte sich schon wieder seiner Arbeit zuwenden, als die Frau ihren Arm hob und ihm schüchtern zuwinkte. Reflexartig hob auch Martin seine Hand, winkte zurück, lächelte ihr sogar zu. Da huschte auch ihr ein scheues Lächeln übers Gesicht, die Hand hielt sie weiterhin zum Gruß erhoben, nur einen kurzen Moment noch, dann wendete sie sich abrupt ab, raffte ihre Röcke und eilte davon.

Unabhängig davon, wie tapfer Valentin Simbach und seine Kameraden an der Westfront auch kämpfen mochten, die Kaiserlichen waren zu dieser Zeit längst schon keine siegreichen Truppen mehr. Und auch an der Heimatfront lief es nicht gut. Des Kaisers Untertanen maulten über die Situation im Reich. Zu viele Tote und zu wenig zu fressen waren Gründe genug, um endgültig den Begeisterungstaumel zum Schmelzen zu bringen wie schmutzigen Schnee im März. Die Schlacht war verloren, das Reich ruiniert. Es roch nach Revolution, sogar bis in das Dorf war es zu spüren, und als dann im November dunkelgraue Wolken den nahenden Winter ankündigten, da nahm Friedrich Wilhelm Viktor Albert von Preußen seine Haube mit dem blank polierten Pickel darauf vom Kopf und begab sich ins Exil in die Niederlande.

Von dem Moment an waren Johann Kreutzer und Heinrich Morgenroth Bürger der gerade ausgerufenen neuen Deutschen Republik. Morgenroth war der Dorfschuster, sein Wohnhaus mit der kleinen Werkstatt darin lag an der Dorfstraße, genau in der Mitte zwischen der Kirche und dem Dorfplatz. Schang Kreutzer war sein Freund, sie kannten sich von klein auf. Als Kinder waren sie im Sommer barfüßig vor dem wütenden Schwan auf dem Dorfweiher davongelaufen. Im Winter hatten sie mit steif gefrorenen Fingern Schneemänner gebaut, und im Herbst 1870 waren sie gemeinsam in den Krieg gegen die Franzosen gezogen. Beide hatten sie den Krieg unbeschadet überstanden, und beide hatten sie nach ihrer Heimkehr ihr Dorf nicht wieder verlassen. Morgenroth war, wie sein Vater auch, Schuster geworden, Kreutzer hatte sich als Knecht auf einem der größeren Höfe verdingt.

Jetzt waren sie alt, hatten zahnlose Münder und kahle Köpfe. Die hageren Körper waren krumm von der vielen Arbeit, die ihnen von Tag zu Tag schwerer fiel. Kaum gelang es ihnen noch, ihr Werkzeug zu benutzen, die Gicht war in ihre schwieligen Hände gefahren, weshalb Heinrich Morgenroth an manchen Tagen unmöglich in der Lage war, die Ahle, geschweige denn eine Nähnadel zu führen. Im Winter hockten sie häufig in der geheizten Werkstatt beisammen, Schang, fast gänzlich von der Arbeit auf dem Hof befreit, sah Morgenroth dabei zu, wie der an einem Schuh oder einer zerschlissenen Ledertasche herumhantierte. Oft schwiegen sie, nahmen ein Schlückchen aus der Flasche und fühlten sich wohl in der heimeligen Werkstatt, die mit ihrem angenehmen Geruch, der beruhigenden Ordnung in den hölzernen Regalen und dem staubigen Bild ihres Herrn Jesus Christus neben Morgenroths Meisterbrief an der Wand zu ihrem Rückzugsort geworden war. Zu ihrem uneinnehmbaren Bollwerk gegen all das Übel, das sich in der Welt ausgebreitet hatte wie ein bösartiges Geschwür im Körper eines kraftlos dahinsiechenden Menschen.

»Gut, dass der weg ist«, sagte Schang, »in Holland in einem Schloss hat er sich verkrochen.«

»Hmm«, grummelte Morgenroth, während er mit einer selbstgedrehten Zigarette im Mundwinkel damit beschäftigt war, einige fehlende Nägel unter der Sohle eines groben Arbeitsschuhs zu ersetzen. »Dem Düster sein Bruder soll ja auch tot geblieben sein. In Belgien, von dem sollen seine Kameraden nur noch ein paar Stücke gefunden haben.«

»Hmm«, sagte Morgenroth wieder und warf zornig seinen Hammer vor sich auf den Arbeitstisch.

Erschrocken fuhr Schang zusammen.

Morgenroth knallte den Schuh neben den Hammer auf den Tisch und tat einen tiefen Zug an der Zigarette. »Deivel noch mal!«, schimpfte er, »wenn das so weitergeht, kann ich die Werkstatt bald zumachen.« Es war wieder einer dieser schlimmen Tage, an denen ihm die Gicht allzu sehr zu schaffen machte. Der Schmerz in seinen Händen, beim Versuch, den Hammer zu halten, trieb ihn zur Weißglut.

»Komm her«, sagte Schang sanft, »lass mich das machen.« Immer öfter musste Schang seinem Freund zur Hand gehen, der nahm dann zum Trost einen Schluck aus der Flasche, während er kritisch beobachtete, wie Schang Nägel mit breiten Köpfen in die Sohle schlug. »Eines Tages musst du sowieso aufhören, Hein, du kannst ja nicht ewig weiterarbeiten.« Schang sprach die Worte wie beiläufig, aus den Augenwinkeln fixierte er Morgenroths Gesichtsausdruck.

»Ich mach hier weiter, bis ich tot umfalle, Schang, das weißt du ganz genau.«

»Verrückter Kerl!«, schleuderte Schang seinem Freund entgegen, »Du kannst ja nicht mal mehr den Hammer halten. Du bist am Ende.« Schang machte eine Pause, wartete auf Morgenroths Reaktion.

Der schielte unter buschigen Augenbrauen zu ihm herüber, knurrte ein weiteres »Hmmh« und zog an der Kippe, ohne Schang aus den Augen zu lassen.

»Es sei denn …«, fuhr der fort »Es sei denn, du holst dir einen Lehrling in die Werkstatt.«

4. KAPITEL

Liam Parsons

Sorgfältig wischte Martin mit einem sauberen Lumpen die Staubschicht von der Schusterkugel. An jedem neuen Morgen gehörte diese Arbeit zu den ersten und wichtigsten Aufgaben, die er in Heinrich Morgenroths Werkstatt zu verrichten hatte. Als Nächstes fütterte er Hansi. Der Kanarienvogel hüpfte unruhig auf den Stangen in seinem hölzernen Käfig auf der Fensterbank herum. Das tat er immer, wenn Martin die Werkstatt betrat, und nachdem Martin ihm Futter und Wasser in die gläsernen Töpfchen gefüllt hatte, bedankte sich der leuchtend gelbe Vogel mit dem ersten Pfeifkonzert des Tages. Danach öffnete Martin das Fenster, der strahlende Sommertag flutete den Raum mit seiner lieblichen Frische, die Sonnenstrahlen bündelten sich in der Glaskugel und warfen ein helles Oval auf den Tisch. Diesen kurzen Moment des Alleinseins in der Werkstatt genoss Martin sehr, er freute sich an jedem Morgen darauf. In aller Frühe erhob er sich von seinem Schlafplatz in Horns Pferdestall, wusch sich am Waschbecken vor der Gesindestube und machte sich dann gut gelaunt auf den Weg hinüber zu Morgenroths Haus.

Zuerst war Hieronymus Horn wütend geworden. Auch nach gut vier Jahren Krieg hatte er immer noch stämmig und mit einem wulstigen Stiernacken ausgestattet in seinem breiten Sessel versunken dagesessen und Martin einen undankbaren Lumpen genannt. Wer nun die viele Arbeit erledigen solle und ob er so rasch vergessen habe, wer ihn davor bewahrt hatte, in der Gosse zu landen. Martin hatte keine Antwort gewusst, war verlegen vor dem Bauern gestanden und hatte stumm zu Boden gestarrt.

Während Hansi sein Pfeifkonzert darbot, band Martin sich seine Arbeitsschürze um, dann setzte er sich auf den dreibeinigen Holzschemel an den Arbeitstisch. Eine dicke Schicht aus Schusterleim, Lederfett und Schuhwichse hatte die Tischplatte mit einer Patina überzogen, die mit den Jahren während ungezählter, endlos langer Arbeitstage entstanden war. Hier zu sitzen und auf Meister Morgenroth zu warten, bedeutete dem nun 19-jährigen Martin Niemand nicht weniger als die Erwartung eines weiteren, freudvollen Tages in seinem bisher so freudlosen Leben. Diese bescheidene Werkstatt war zu seinem Zufluchtsort, zu seinem heiligen Tempel geworden, in dem der Hohepriester Heinrich Morgenroth an jedem einzelnen Tag ein neues Freudenfest nur für ihn, nur für den Bastard Martin Niemand zelebrieren würde.

Martin hatte jetzt eine *richtige* Arbeit, er war ein Schusterlehrling, der von einem Schustermeister ausgebildet wurde. Obendrein bekam er Geld für seine Arbeit. Er wusste nicht, dass Schang seinen alten Freund Morgenroth bedrängt hatte, ihm eine monatliche Vergütung zu zahlen. »Gib ihm fünfzehn Mark, das kommt bestimmt rum bei der Sache, und wenn der Junge sich zu dumm anstellt, dann kannst du ihn immer noch wegschicken.« Morgenroth hatte zugestimmt. Er hatte auch zugestimmt, als seine Schwester Traud darauf bestanden hatte, dem Jungen täglich ein Frühstück zu bereiten, und er hatte Gerald Kroppen aus seinem Haus geworfen, als der plötzlich aufgetaucht war und Geld von Morgenroth verlangt hatte. Furchtbar anzuschauen, unrasiert und mit wirrem Haar hatte Kroppen dagestanden und seine Forderung gelallt, über die der Schuster nur gelacht hatte.

Martin war damit beschäftigt, das Werkzeug vor sich auf dem Arbeitstisch zu richten, als Hein Morgenroth die Werkstatt betrat. Sein Gang war schlurfend, laut ächzend setzte er sich an den Arbeitstisch, der älter als er selbst war, und drehte sich seine erste Zigarette an diesem freundlichen Sommertag. Während er das hauchdünne Papier zwischen seinen knotigen Fingern zu einem rauchbaren Etwas zu formen suchte, sah er Martin freundlich lächelnd an. Überhaupt war Morgenroth ein freundlicher Mensch, der bei der Arbeit leise vor sich hin pfiff und über seine harmlosen, kleinen Witze selbst am meisten lachte. Alleine deswegen mochte Martin seinen Meister. Nachdem die Zigarette geraucht, der Muckefuck getrunken war, begannen sie mit ihrer Arbeit, und die bestand in diesen Tagen ausschließlich daraus, abgetragene Schuhe auszubessern. Flicken und Reparieren, tagein, tagaus.

»Die Leute haben jetzt andere Sorgen, als sich um ein paar neue Schuhe zu kümmern«, erklärte Morgenroth,

»aber wart nur ab, Junge, eines Tages wird der Rummel vorbei sein, dann machen wir zwei zusammen die feinsten Schuh in der ganzen Gegend.« Dabei zwinkerte er Martin verschmitzt zu, über dessen Gesicht ein zufriedenes Lächeln huschte.

Zu dem Rummel, von dem Morgenroth sprach, gehörten die vielen fremden Soldaten im Dorf. Nachdem ihre eigenen Truppen auf ihrem Rückzug bis auf die östliche Rheinseite in wilder Hast durchgezogen waren, hatte sich direkt anschließend eine französische Einheit hier einquartiert. Für die meisten Dorfbewohner waren die Franzosen die ersten Ausländer, denen sie je begegnet waren. Eine nie gehörte Sprache und unbekannte Gerüche erfüllten das Dorf, in dem die Bewohner staunend hinter ihren Gartenzäunen blieben. Aber so plötzlich wie die Fremden gekommen waren, so plötzlich zogen sie auch wieder ab. Machten Platz für die Engländer, die begleitet von kaltem Nieselregen ins Dorf einmarschierten.

Lance Corporal Liam Parsons hatte sein dreißigstes Lebensjahr gerade erst vollendet. Dass er diesen Tag erleben durfte und nicht wie so unendlich viele seiner Kameraden auf den Schlachtfeldern Frankreichs das Ziel einer deutschen Kugel geworden war, diesen Umstand wertete er als einen weiteren Beweis dafür, dass das Schicksal gerade ihm eine ungeheure Portion Glück zugestanden hatte. Parsons stammt aus der Stadt Cardigan am St.-Georgs-Kanal in Wales, er war Torfstecher, Bergmann, Hafenarbeiter und ein ziemlich erfolgloser Preisboxer gewesen, bevor er sich 1916 als Freiwilliger zum

Dienst bei der British Army gemeldet hatte. Jetzt gehörte er zu einer Einheit, die während der alliierten Rheinlandbesetzung in die linksrheinischen Gebiete geschickt worden war. Der Marschbefehl hatte sie geradewegs in das Dorf inmitten der fruchtbaren Ebene zwischen den rheinischen Braunkohlerevieren und den nördlichen Ausläufern der Eifel geführt. Dorthin, wo Martin Niemand zufrieden als ein talentierter Schusterlehrling lebte und Valentin Simbach ohne sein linkes Bein auf Krücken aus dem Krieg heimgekehrt war. Natürlich war die Landschaft bei Weitem nicht so anmutig anzusehen wie seine Heimat, mit den sanft geschwungenen, sattgrünen Hügeln, über die der beständige Wind die würzig frische Seeluft trieb. Auch hielt die blasse Plörre, der man hierzulande schamlos die Bezeichnung Bier verliehen hatte, bedauerlicherweise nicht den Vergleich mit einem anständigen Ale stand. Doch Liam Parsons war nicht unzufrieden. Der Dienst im besetzten Deutschland war eine durchaus angenehme Angelegenheit im Vergleich mit dem, was er in den vergangenen zweieinhalb Jahren erlebt hatte. Der Sommer hier war strahlender und wärmer als zu Hause. Die Menschen waren freundlich zu ihnen. Ohne zu murren, hatten sie sich registrieren lassen, trugen wie verlangt den Ausweis, den sie von den Briten bekommen hatten, mit sich herum und grüßten mit fast übertriebener deutscher Zackigkeit die britische Flagge, die Parsons Kameraden am Haus des Dorfbürgermeisters aufgezogen hatten. Das Beste allerdings waren die deutschen Frauen. Viele hübsche, junge Frauen waren alleine, weil ihre Männer gefallen oder in Gefangenschaft geraten waren. Da passte es ausgezeichnet, dass er als Kutscher ständig seine Offiziere irgendwohin chauffieren musste. So kam er viel rum und hatte mächtig viel Zeit, sich umzuschauen.

Am Morgen eines sonnig warmen Sommertages im ersten Jahr der Deutschen Republik war er zu dem Haus bestellt, in dem zwei Offiziere untergebracht waren, die er mit einem leichten Einspänner hinüber zum Hauptquartier nach Nörvenich chauffieren sollte. Das Haus lag in der Mitte der Dorfstraße, direkt gegenüber von Schuster Morgenroths Werkstatt. Die Herren ließen sich Zeit, das war nicht ungewöhnlich, darum stellte Liam Parsons die Bremse fest und zündete sich eine Zigarette an. Gerade hatte er es sich auf dem gepolsterten Kutschbock gemütlich gemacht, als er zwei Frauen die Straße herunterkommen sah. Schwatzend kamen sie näher, noch schienen sie den Einspänner nicht bemerkt zu haben, im Gegensatz dazu hatte Parsons die Frauen schon fest ins Visier genommen. Gut gelaunt und jung obendrein, kamen sie ihm an diesem schönen Tag wie gerufen, sich die Wartezeit mit einem kleinen Flirt zu versüßen. So richtete er sich auf, hob lässig die Hand zum Gruß an seine Kopfbedeckung und flötete zuckersüß: »Good Morning, Ladys.«

Bis zu diesem Moment hatten die Frauen den auf dem Kutschbock sitzenden Parsons noch gar nicht wahrgenommen, jetzt unterbrachen sie ihr Gespräch abrupt. Sie blieben stehen und schauten zu ihm auf.

»Good Morning«, brachte die größere der beiden hervor. Ihr blondes Haar hatte sie mit einem weißen Kopftuch zusammengebunden, ihre nackten Füße steckten in groben Holzpantinen.

Als Parsons sah, dass sie ihre Begleiterin rasch am Oberarm ziehend zum Weitergehen drängte, setzte er das liebenswürdigste Lächeln auf, zu dem er fähig war, und deutete zum Himmel hinauf. »Schön«, sagte er.

Gleichzeitig hoben die Frauen ihre Köpfe, und ihre Blicke folgten seinem Fingerzeig. Die kleinere der beiden glaubte dort oben etwas Besonderes entdecken zu müssen. Als sie aber nichts als bloß einen makellos blauen Himmel ausmachen konnte, lachte sie Parsons fröhlich an. Der lachte auch und fand ihre Wangengrübchen entzückend.

Von dem fröhlichen Lachen auf der Straße aus seiner Konzentration gerissen, schaute Hein Morgenstern von der Arbeit auf und zum offenen Fenster hinaus. Er sah einen Soldaten auf einem Kutschbock sitzen, der mit ausladenden Gesten mit jemandem redete, und weil Morgenroth fraglos ein neugieriger Mensch war, erhob er sich nach kurzem Zögern und mit einigem Ächzen von seinem Hocker und schlurfte zum Fenster hinüber, um zu sehen, mit wem der Tommy da so munter parlierte. »Hab ich es mir doch gedacht«, murmelte er vor sich hin, »die sind den ganzen Tag lang hinter den Weibern her.«

Martin sah, wie Morgenroth missbilligend den Kopf schüttelte, das dünne, schlohweiße Haar darauf war wirr und ungekämmt. Nun wollte auch Martin wissen, um welche Frauen es sich handelte, darum ging auch er ans Fenster und lugte durch die Gitterstäbe von Hansis Käfig nach draußen. Er erkannte sie sofort. Die blonde, hochgewachsene Trin, die als Magd auf Gut Ving arbeitete, stand neben Billa, die eigentlich Sybille hieß und die Tochter des Stellmachers war. Ihr rotblondes Haar leuchtete hell in der Morgensonne, und Martin sah deutlich die vielen kleinen Sommersprossen in ihrem breiten Gesicht. Natürlich schaute Martin die jungen Frauen und gleichaltrigen Mädchen des Dorfes inzwischen auch mit den Augen eines Mannes an. Die Frauen dort vor dem Fenster wiegten sich kokett in den Hüften, zeigten lachend ihre weißen Zähne und kicherten hinter vorgehaltener Hand. Darum war er zunächst eifersüchtig auf diesen albernen Kerl dort auf dem Kutschbock, doch da weder Trin noch Billa bislang sein Herz erobert hatten, war ihm im Grunde genommen einerlei, was diese dummen Hühner dort auf der Straße trieben. Darum wollte er sich schon abwenden, konnte es dann aber doch nicht unterlassen, sich aus dem Fenster zu lehnen und den beiden zuzurufen: »Macht, dass ihr weiterkommt, ihr Schlunzen, ihr versteht doch gar nicht, was der Kerl erzählt!«

Als hätte Beelzebub persönlich sie angerührt, so erschrocken fuhren die Frauen herum. Vielleicht lag es an dem strengen Blick Hein Morgenroths, vielleicht ließen sie sich aber auch von seinem Lehrling derart einschüchtern, jedenfalls wendeten sie sich auf der Stelle ab, hakten sich unter und zogen mit gesenkten Köpfen davon.

Liam Parsons blieb gelassen. Fast teilnahmslos beobachtete er die Szene, blickte Martin dann fest in die Augen, bis ihm ein schelmisches Lächeln über das Gesicht huschte, und Martin glaubte sogar, der Tommy habe ihm dabei zugezwinkert. Parsons angelte sich eine weitere Zigarette aus der Schachtel und zündete sie an, blies den Rauch in den Himmel und scherte sich nicht weiter um die Deutschen. Die Ladys waren nett, ohne Zweifel, aber rotblonde Frauen mit blasser Haut und Sommersprossen hatten sie in Wales mehr als genug. Ihm war nach Abwechslung zumute, nach Schwarzhaarigen, mit samtiger, sonnengebräunter Haut. So eine wie diese Dralle, die er schon öfter im Dorf gesehen hatte, und er wusste sogar, wo sie zu Hause war, nämlich in der alten Bruchbude am Ende der schmalen Gasse.

Drei Wochen später fand Heinrich Morgenroth seine Schwester Traud tot in ihrem Bett liegend. Sie trug eine weiße Nachthaube auf dem Kopf, die fahle Gesichtshaut glänzte wie Kerzenwachs. Die Augen und der zahnlose Mund standen weit offen, ihr Blick war starr an die Decke gerichtet. Ein schwerer, übler Geruch hing in der Luft. War das der Geruch des Todes? Oder war das nur der Geruch, der sich mit den Jahren in Trauds Kammer festgesetzt hatte und sich selbst bei geöffnetem Fenster nicht mehr verflüchtigen ließ? Vorsichtig näherte Morgenroth sich dem Bett, ergriff Trauds Hand, sie war eiskalt. Seine Schwester war vor Stunden bereits verstorben, vermutlich am Vorabend, kurz nachdem sie sich zu Bett gelegt hatte. Still betrachtete er die Tote, die wie aufgebahrt dalag. Inmitten ihrer Gebetbücher, Rosenkränze, Marienbilder und dem Weihwassergefäß an der Wand. Dann gab er sich einen Ruck und schloss ihr mit zitternder Hand die Augen. Merkwürdig, dachte er bei sich, er hatte ihr niemals für ihre Hilfe gedankt, und er hatte sie auch niemals nach ihrem Befinden gefragt.

Alle Dorfbewohner, die es irgendwie ermöglichen konnten, nahmen an der Beerdigung teil. Valentin Simbach war auf Krücken neben seinem Vater erschienen, und sogar eine Abordnung der britischen Soldaten war anwesend. Unter ihnen befand sich auch Liam Parsons. Mit wenig Anteilnahme verfolgte er die Zeremonie, dabei beobachtete er Klara Kroppen aus seinen Augenwinkeln.

Heinrich Morgenroth erwies sich unerwartet gefasst. Den plötzlichen Tod seiner Schwester nahm er hin wie das Kommen und Gehen der Jahreszeiten. So wie er es zeitlebens gehalten hatte, so war auch jetzt sein Blick schon wieder nach vorne gerichtet. »Vorne spielt die Musik«, hatte schon sein Vater gesagt, und weil Morgenroth es gewohnt war, Entscheidungen alleine und zügig zu treffen, darum räusperte er sich, kaum dass die Begräbnisblumen auf Trauds Grab verwelkt waren, und sprach völlig ruhig zu seinem Lehrling: »Dem Horn sein Pferdestall ist kein guter Platz für dich. Trauds Kammer steht jetzt leer, da könntest du schlafen, dafür hilfst du mir ein bisschen im Haus. Was meinst du dazu?«

Fast hätte Martin sich in den Finger gestochen, so sehr überrascht war er von Morgenroths unvermitteltem Vorstoß. Der Alte sah ihn erwartungsvoll an. Für ihn schien es für eine Entscheidung kein langes Abwägen zu geben, darum schob er gleich noch ein »Was ist nun?« hinterher.

»Ja, ähm, das ist eigentlich eine gute Idee, Meister. Und ich muss wirklich nix bezahlen, wenn ich hier wohne?«

»Spülen muss du und putzen und, wenn du kannst, auch mal kochen.«

Eine eigene Kammer! Nur ein paar Schritte vom heiligen Tempel entfernt! Nein, da war tatsächlich kein langes Abwägen vonnöten. Die Vorteile waren unübersehbar, besser konnte es das Schicksal mit einem Bastard ja gar nicht meinen, darum strahlte Martin seinen Meister dankbar an. »Ja, gern«, brachte er hervor, worauf Morgenroth zufrieden nickte und ihm auftrug: »Abgemacht. Dann geh und hol deine Sachen, kannst gleich heute Abend einziehen.«

In der Kammer gab es sogar elektrisches Licht. Andächtig drehte Martin den schwarzen Schalter an der Wand – und wieder zurück. Die Lampe an der niedrigen Decke, mit den weiß getünchten, frei liegenden Balken glühte auf und erlosch wieder. Noch einmal ein und wieder aus schaltete er das Licht, bevor er sein mickriges Bündel auf das Bett warf und das schmale Fensterchen öffnete. In Horns Pferdestall hatte es besser gerochen, sehr viel besser, das Fenster ging hinaus in den Garten, Martin sog die frische Luft tief ein, er würde es in den nächsten Tagen nicht mehr schließen.

Es war noch immer sein Dorf. Bestehend aus 87 Wohnhäusern und einer Kirche. Mit dem Dorfweiher und den unbefestigten Straßen, die im Sommer staubtrocken und im Winter verschlammt waren. Daran hatte sich in den vergangenen zwanzig Jahren, die sein Leben nun fast währte, nichts geändert.

Doch das Leben an sich hatte sich geändert. Krieg und Hungersnot, ein Kaiser, der nun in Holland vorm warmen Kaminfeuer saß und vielleicht immer noch von leicht bekleideten Schönheiten in der Südsee träumte.

Revolutionäre, Demokraten, Kommunisten, fremde Soldaten überall, sie alle trugen die Schuld daran, dass die Situation äußerst prekär blieb. Doch die Dorfbewohner wären keine wahrhaftigen Rheinländer gewesen, wenn sie nicht auch jetzt noch, in dieser schwierigen Zeit, all dem Schlechten um sie herum doch noch irgendetwas Gutes abzugewinnen in der Lage gewesen wären. Das Erntedankfest sollte es sein, dieses wichtige Fest musste in diesem Jahr, da die Waffen bereits seit fast einem Jahr schon schwiegen, unbedingt gefeiert werden. Darum zogen Bürgermeister und Pfarrer ihre besten Kleider an und begaben sich auf den Weg nach Nörvenich ins Hauptquartier der britischen Soldaten.

Es war später Vormittag, als man sie zum Befehlshaber vorließ. Der fläzte sich in dem Haus, das ihm nicht gehörte, in einem breiten Sessel, der ihm ebenfalls nicht gehörte, und nahm gerade einen kräftigen Schluck vom goldenen Rheinwein, den er im Keller des Hauses konfisziert hatte. Seine Uniformjacke hatte er geöffnet, mit glasigen Augen schaute er die Deutschen an, während man ihm ihr Anliegen übersetzte. »*Thanksgiving, oh yes, I understand you, Thanksgiving, of course*«, näselte er freudig nickend und gab der Bitte ohne Umschweife statt. Er war nicht in dieses Land gekommen, um hier die trostlosesten Jahre seines Lebens zu verbringen. Jede Ablenkung vom eintönigen Dienst bei diesen merkwürdigen Deutschen war ihm recht, darum überlegte er keine Sekunde, und natürlich würde er persönlich am Fest teilnehmen.

Am 5. Oktober, dem Sonntag nach Michaeli, begann das Fest, nachdem die Dorfgemeinschaft das Hochamt besucht hatte. Gut gelaunt zogen die Bewohner zum Festplatz hinter der Kirche, aßen am Mittag von der Rübensuppe, die mit einigen Kartoffeln, frischem Gemüse und sogar mit etwas Fleisch zubereitet worden war, und am Nachmittag vom Rübenkuchen mit Pflaumen. Dazu tranken sie Kaffeeersatz und Alkohol. Es gab Bier und Schnaps, viel Schnaps, und für die britischen Soldaten Rheinwein, den sie hinunterstürzten, als wäre es Wasser. Es war wahrlich ein schönes Fest, ganz so, wie sie alle es sich erhofft hatten.

Am Abend, als die ersten Knechte schon in den Kuhställen bei ihrem Milchvieh hockten, wurden Lieder gesungen. Laut und wunderschön klang der Gesang über den Festplatz, man lachte schallend über derbe Witze, und als die Stimmung seinen Höhepunkt erreicht hatte, da stieg der Befehlshaber der Briten rotgesichtig und mit glasigen Augen auf eine Bank und sprach mit bebender Stimme einen Toast aus. Niemand verstand, was er sagte, doch alle taten es ihm nach, als er sein Glas erhob und der Festgesellschaft zuprostete.

Es begann bereits zu dämmern, als Klara Kroppen sich von ihrem Platz erhob, um ihren Bruder zu suchen. Anton Kroppen war den ganzen Tag über ruhelos auf dem Festplatz umhergeirrt. Kinder waren schreiend vor ihm davongelaufen, wenn er sabbernd und mit weit ausgebreiteten Armen auf sie zugestolpert war. Die britischen Soldaten hatten ihn gehänselt. Als er versucht hatte, sich zur Wehr zu setzen, hatten sie ihn ausgelacht. Klara fand ihren Bruder unter einem Gebüsch in der Nähe der Festwiese. Müde geworden vom vielen Herumlaufen hatte er sich hierhin zurückgezogen, er kaute an seinen kaum noch vorhandenen Fingernägeln. Ohne zu murren, ging er mit ihr mit. Klara war in Eile, wie gerne wollte sie noch einmal zurückkehren zum Fest, wann hatte sie schon die Gelegenheit, ein paar abwechslungsreiche Stunden in fröhlicher Gesellschaft zu verbringen? Darum drängte sie Anton, der unbeteiligt wie immer hinter ihr her zockelte. Endlich bogen sie in die schmale Gasse ein, das Dorf schien wie ausgestorben, vom Festplatz her waberten die fröhlichen Stimmen der Feiernden zu ihnen herüber. Im Tagelöhnerhaus half sie Anton aus seinen Kleidern, stülpte ihm das verschlissene Nachthemd über. Wie ein Kind hüpfte er in sein Bett, das schon bedenklich knarzte, zog sich die alte Wolldecke bis zur Nasenspitze hoch und ließ einen langgezogenen Furz.

»Schlaf schön, Toni«, rief Klara ihm zu, bevor sie noch rasch ihre Haare in dem kleinen Spiegel an der Wand richtete. Gut gelaunt verließ sie das Haus.

Fast wäre sie mit ihm zusammengestoßen. Er stand dicht vor ihrer Haustür und sah unverschämt gut aus. *»Sorry, I didn't mean to scare you«*, sagte er, während er ein entschuldigendes Lächeln aufsetzte. Das Lächeln wich auch nicht aus seinem Gesicht, als er weitersprach, ganz so, als ob Klara ihn verstehen würde. Doch die verstand kein Wort, sie sah ihn an, wie sie wohl jemanden angesehen hätte, der mit grüner Haut vor ihr stand, die mit blauen Punkten bedeckt war. Als sie glaubte, dass der Soldat es gut mit ihr meinte, lockerte sich ihr Gesichtsausdruck, es gelang ihr sogar, ebenfalls zu lächeln, und da machte er einen Schritt zurück, damit sie ungehindert vor das Haus treten konnte. Mit ausladender Geste bedeutet er ihr, ihm zu folgen, während er hinaus auf die Gasse ging. Was wollte der Kerl von ihr? Wieder winkte er Klara heran, sprach ununterbrochen weiter, als er jetzt hinaus auf den Feldweg deutete, der gleich am Ende der Gasse begann, und direkt auf die tief am Himmel stehende Abendsonne zulief.

»Wollen Sie mit mir spazieren gehen?«, fragte sie.

Liam Parsons dachte nach, dann schien er zu verstehen, nickte heftig mit dem Kopf und ließ die nach unten ausgestreckten Zeige- und Mittelfinger seiner rechten Hand zappeln.

Klara rührte sich nicht, der Kerl wollte sie tatsächlich zu einem Spaziergang hinaus vor das Dorf abholen! Sie zögerte, eigentlich machte der Soldat ihr keine Angst, so wie er vor ihr stand, in seiner sauberen Uniform und der Schirmmütze, die er ein wenig schräg aufgesetzt hatte, was ihm ein verwegenes Aussehen verlieh. Sein Haar war sorgfältig geschnitten, sein Gesicht frisch rasiert. So gepflegt liefen längst nicht alle Männer des Dorfes herum, das gefiel ihr, und als er ihr wieder zuwinkte, ihm zu folgen, da gab sie sich einen Ruck und eilte an seine Seite. Sollte das Erntedankfest unten im Dorf eben ohne sie weitergehen, es war ihr gleichgültig in diesem Moment. Wusste sie doch genau, was eine junge, unverheiratete Frau bei solchen Gelegenheiten mitunter zu erwarten hatte. Anzügliche Witze, unverschämte Blicke – und Hände, die unverhofft hinlangten, wo sie nicht hinzulangen hatten.

Ganz kurz nur, für einen winzigen Augenblick, zögerte sie noch ob der Gefahr, in die sie sich unter Umständen begab, wenn sie mit diesem wildfremden Kerl mitgehen würde. Doch sie würde schon darauf achten, sich nicht zu weit vom Dorf zu entfernen, würde laut schreien und davonrennen, wenn er zudringlich werden sollte. Das Leben im Tagelöhnerhaus hatte sie gelehrt, mit gewalttätigen Männern umzugehen, ja sie glaubte sogar, so etwas wie ein Frühwarnsystem entwickelt zu haben, darum rang sie ihre Bedenken nieder, lächelte ihn an und spazierte neben Liam Parsons hinaus zum Dorfrand.

Parsons redete weiter auf sie ein. Er ignoriert, dass sie ihn nicht verstand, er redete und lächelte sie an mit diesem besonderen Lächeln, von dem er nur zu genau wusste, was es bei den Frauen auslöste. Schon waren sie beim Wasserturm angekommen, vor dem eine prächtige Weide stand mit einer Bank darunter, auf der die Leute am Abend gerne saßen, um die untergehende Sonne zu beobachten.

Parsons steuerte zielstrebig darauf zu, bedeutete Klara, sich hinzusetzen. Sie tat es, worauf er sich gleich neben sie setzte. Allerdings rückte er dabei etwas zu nahe an sie heran, wie Klara meinte, tadelnd sah sie ihn an, woraufhin er brav ein wenig abrückte von ihr.

»Sorry«, sagte er, wieder begleitet von diesem gewinnenden Lächeln. Dann holte er eine Packung Zigaretten aus seiner Jacke, steckte sich eine in den Mund und hielt Klara die Packung hin.

»Rauchen?« Klara lachte auf, »nein, nein«, wehrte sie ab, »das ist nichts für mich.« Auch Parsons lachte, hielt ihr aber die Packung immer noch hin.

Sie schüttelte fröhlich lachend den Kopf, als er fortfuhr: »Probieren?« Seine Aussprache klang lustig, fand Klara, und jetzt lachten sie beide, und Klara dachte, was für ein charmanter Mann, zu schade, dass er Ausländer war.

Während er lachte, war er wieder ein kleines Stückchen näher an sie herangerückt. Ich weiß, dachte der Lance Corporal Liam Parsons in diesem Moment bei sich, wann in dem großen Spiel die entscheidenden Züge zu machen sind. Lach du nur, gleich ist es so weit, gleich werde ich ihn machen, den entscheidenden Zug, und mir die schwarze Dame holen. Und plötzlich war sein Gesicht direkt vor ihrem, seinen Arm hatte er um ihre Schulter geschlungen, hielt sie fest, als er versuchte, sie zu küssen.

Doch Klara reagierte schnell, blitzschnell schlug sie ihm ins Gesicht, wand sich geschickt aus seiner Umklammerung und war schon aufgesprungen, als er sich noch verdutzt die Wange hielt.

»Sorry«, nuschelte er, während er ebenfalls aufstand und auf sie zuging. »Hör auf mit deinem verdammten Sorry«, schrie Klara, »du bist genauso ein Schwein wie die anderen auch. Was lass ich mich überhaupt ein, mit einem wie dir?« Wütend starrte sie Parsons an. Ihre Augen blitzten, und so gefiel sie ihm sogar noch besser. Als sie sich abwendete, um davonzurennen, sprang er ihr nach, packte sie am Arm und zerrte sie herum. Doch Klara war kräftig, wie eine Furie setzte sie sich zur Wehr, schlug nach ihm, er griff ihren Arm und hielt ihn fest umklammert.

Miteinander ringend stolperten sie weiter, bis sie beim Wasserturm waren, wo er Klara mit Wucht gegen die Steinwand stieß. Sofort war er dicht an sie herangerückt, schlug ihr ins Gesicht, während er seinen muskulösen Körper gegen den ihren presste. Klaras Kraft erlosch, der brutale Schlag hatte sie geschockt. Mit seinen Knien stieß Parsons ihre Beine auseinander, riss ihr die Röcke hoch und drang in sie ein.

Stocksteif spürte Klara die groben Mauersteine in ihrem Rücken, während sie seinen Atem roch und sein Keuchen vernahmen, bis er schließlich von ihr abließ. Verzweifelt versuchte sie ihre zitternden Knie unter Kontrolle zu bringen, dann gaben ihre Beine nach, und sie sackte vor ihrem Peiniger zusammen. Vage nahm sie Liam Parsons wahr, der hinter ihrem Tränenschleier erschien und anscheinend seelenruhig seine Kleider richtete. Lachte diese Bestie dabei, oder täuschten ihre Sinne sie? Klara wusste seinen Gesichtsausdruck nicht zu deuten, doch was er sagte, das verstand sie genau.

»Sorry«, sagte er und stiefelte in aller Ruhe davon.

Die Welt schien stillzustehen, und sie war hier draußen mutterseelenallein. Mit letzter Kraft kam sie wieder auf die Beine, Schwindel und Übelkeit überkamen sie in nie gekannter Heftigkeit, sie hechelte nach Luft, die plötzlich so dünn geworden zu sein schien wie der Faden, an dem in diesem Moment ihr Lebenswille hing. Sie musste sich an der Mauer abstützen, bemühte sich um einen sicheren Stand, bis sie schließlich so weit war, den ersten Schritt zu tun. Staksend machte sie sich auf den Weg zurück ins Dorf, während Liam Parsons Samen an ihren Schenkeln herablief.

Es war bereits später Abend, als das Fest zu Ende ging. Alle Flaschen waren geleert, alle Speisen verzehrt worden. Zufrieden und gut gelaunt verschwanden die letzten Besucher in ihren Häusern, worauf das Dorf schnell in die gewohnte nächtliche Totenstille versank. Doch diese Nacht war grausam kurz. Gerade waren die Letzten im tiefsten Schlaf versunken, als sich die Sonne in unerschütterlicher Verlässlichkeit erhob und den Himmel mit einem atemberaubend schönen Schleier aus Dunkelblau und Violett überzog, der schon bald von einem strahlenden Goldgelb verdrängt wurde. Vom Farbenrausch animiert gaben die Hähne ihr Bestes, und kaum war das Goldgelb kräftiger geworden, da erschienen, wie an jedem Morgen, die ersten Menschen auf den Straßen.

Die blonde Trin mit ihrer blassen Haut gehörte wie immer zu den ersten. Reichlich unausgeschlafen und aus diesem Grund noch tief in bleierner Bettschwere versunken, war sie zu Fuß auf dem Weg hinaus nach Gut Ving, wo der Meisterknecht jedes Mal einen cholerischen Anfall bekam, wenn jemand aus dem Gesinde zu spät seinen Dienst antrat. Darum hastete sie mit schnellen Schritten durch die Straßen, um ihren Oberkörper hatte sie einen breiten Schal gegen die schon empfindlich kühle Morgenluft geschlungen. Ihr Kopftuch war tief in ihre Stirn gerutscht, als sie den Dorfweiher erreichte. Träge schwammen ein paar Enten darauf, sie quakten leise, als sie Trin bemerkten. Da hob sie ihren Kopf, lugte unter dem Tuch hervor – und sah den Mann sofort. Bäuchlings lag er dort beim Weiher, seine Beine auf dem mit Entenkot übersäten Uferrand, sein Oberkörper war halb im Wasser versunken. Zu Tode erschrocken stieß sie einen spitzen Schrei aus.

»Gütiger Jesus«, stammelte sie und bekreuzigte sich. War in der vergangenen Nacht ein Betrunkener in den

Weiher gefallen? War er tot? Oder schlief er nur? In ihrem Kopf überschlugen sich die Fragen, sie entschloss sich, den Mann aus der Nähe zu betrachten.

Vorsichtig balancierte sie zwischen dem Entenkot näher, das Gesicht des Mannes lag halb zur Seite gedreht im trüben Wasser, seine Arme waren weit ausgestreckt. Ihr schauderte. »Hallo, Sie da«, rief Trin ihn an, doch er reagierte nicht. Auch als sie zaghaft mit ihrem Holzklumpen gegen sein Bein stieß, regte er sich nicht. Ihre Klumpen versanken fast im morastigen Uferschlamm, während sie sich zu dem Mann hinunterbeugte, beinahe wäre sie der Länge nach in den dunklen Schlamm gestürzt, als sie erkannte, dass Liam Parsons tot war.

5. KAPITEL

Anni

Am Abend würde er wieder Griesbrei bekommen. Warmen Griesbrei, so wie er ihn an jedem Abend bekam, dem Klara im Sommer ein paar Stückchen frisches Obst beimischte. Etwas anderes konnte sie ihm nicht bieten, weil die Summe so gering war, die man ihr für sie und ihren Sohn sowie für ihren Bruder Anton aus der Armenkasse zur Verfügung stellte. Ab und an steckte Martin ihr etwas Geld zu, wovon sie jedes Mal nur für ihren Pauli, wie sie ihren Sohn nannte, etwas Gutes kaufte. So wie das Mehl, aus dem sie heute sogar einen Kuchen gebacken hatte, den sie mit Apfelmus und einem filigranen Gitterwerk aus Teigriemchen bedeckt hatte. Denn an diesem Tag feierten sie Paulis dritten Geburtstag. Mit seinen großen, dunklen Augen und dem schwarzen Lockenkopf saß das Kind am Nachmittag zwischen seinen Onkeln Anton und Martin an dem alten Tisch, an dem schon sein Urgroßvater gesessen hatte, und versuchte, sich ein weiteres Stück vom Kuchen in seinen mit Apfelmus beschmierten Mund zu stecken. Wie eh und je verbreitete die Stube ein starkes Fluidum der Armut, mit dem alten Tisch in der Mitte und den wackeligen Stühlen drumherum, mit der alten Kommode, in der sämtlicher Hausrat verstaut war, dem alten Herd und den dünn gekälkten Wänden. Mit dem abgewetzten Kanapee an der Wand, auf dem sich der nun einundzwanzigjährige Anton Kroppen an jedem Abend unter der alten Wolldecke zusammenrollte wie ein Hund, um in nahezu unveränderter Position am nächsten Morgen wieder zu erwachen.

In dem kleinen Raum hinter der Stube schliefen jetzt Klara und ihr Söhnchen alleine. Im vergangenen Winter hatte sie ihren Vater Gerald an einem bitterkalten Morgen tot im Bett liegend aufgefunden. Dass er tot war, wusste sie sofort. Hier hätten weder Doktor Habicht noch irgendein anderer Arzt noch helfen können, deshalb hatte sie ruhig das Fenster geöffnet, damit Kroppens kranke Seele sofort das Haus verlassen konnte. Und schon sehr bald nach seinem Begräbnis behauptete manch tapferer Trinker, auf seinem nächtlichen Heimweg durchs Dorf von Kroppens Geist mit kläglichem Gewimmer um ein Gebet für sein Seelenheil angegangen worden zu sein. Von Kroppens elf Kindern, die das Säuglingsalter überlebt hatten, kamen nur drei zu seiner Beerdigung zurück ins Dorf. Mit ausdruckslosen Mienen standen sie neben Klara und Anton am offenen Grab, schon am Nachmittag desselben Tages hatten sie den wahren Grund für ihr Erscheinen preisgegeben. »Irgendwo muss er doch wenigstens ein paar Mark versteckt haben«, hatte Friedrich, der älteste Sohn, vermutet. Karl, der Zweitgeborene, hatte mit grimmiger Miene hintergeschoben: »Oder hast du schon alles beiseitegeschafft?«

Klara war zornig geworden. »Ihr könnt alles auseinandernehmen, hier werdet ihr nichts finden. Er hat doch alles bis auf den letzten Pfennig versoffen, oder was glaubt ihr? Schaut uns doch an, schaut euch das Haus an, wir sind völlig mittellos.« Dann war sie in Tränen ausgebrochen.

Friedrich hatte eine Schublade in der Kommode geöffnet und begonnen, darin herumzuwühlen, und wäre ihr nicht ihre Schwester zu Hilfe gekommen, dann hätten die Brüder womöglich tatsächlich das Haus auf den Kopf gestellt.

»Die haben doch wirklich nichts, das seht ihr doch. Macht euch lieber Gedanken darüber, wer sich jetzt um den Anton kümmern soll!«, war sie die Brüder angegangen. Schon seit vielen Jahren war sie nicht mehr zu Hause gewesen, hatte sich weder um den alten Vater noch um Anton gekümmert. Mittlerweile, so munkelte man im Dorf, arbeitete sie als Tänzerin in einem billigen Tingeltangel am Kölner Eigelstein.

»Den Anton?«, hatte Friedrich gestammelt, »das ist doch klar, der bleibt bei Klara, die kümmert sich, so wie immer.«

»Aber das Haus willst du ihr nehmen?« Kampfbereit hatte die Tingeltangeltänzerin ihre Fäuste in die Hüften gestemmt. »So geht das nicht, Fritz, ich werd dir sagen, wie es hier weitergeht. Hier bleibt alles, wie es ist, und wir haben mit dem«, dabei deutet sie mit ihrem Kopf auf Anton, der auf dem Kanapee saß und verständnislos glotzte, »nix mehr zu schaffen.«

Klara spuckte in einen Lappen und wischte ihrem Pauli das Apfelmus aus dem Gesicht. Der protestierte kreischend, zappelte auf seinem Stuhl herum, um sich aus der Umklammerung seiner Mutter zu befreien, bis sie von ihm abließ und ihm einen feuchten Kuss ins Gesicht drückte. Eine Szene, wie sie sich in tausend anderen Haushalten im Reich zur gleichen Zeit hätte abspielen können. Die liebende Mutter schenkte ihrem Kind ihre ganze Aufmerksamkeit. Tat alles, was in ihrer Macht stand, um ihm ein angenehmes Leben zu bereiten. Und doch war sich Klara der Tatsache bewusst, dass ihr Sohn mit einer zentnerschweren Hypothek belastet war. Er war nämlich hineingeboren worden inmitten bitterster Armut. Von der ersten Stunde an gehörte Paul Kroppen zu den kleinen Leuten im Land, die zu arm waren, um sich einen Klecks Sahne auf ihrem Geburtstagkuchen leisten zu können. Damit er es im Leben einmal zu etwas bringen konnte, würde er sich mächtig anstrengen müssen. Mehr noch als jedes andere Kind würde er kämpfen müssen, um sich auch nur die allerkleinste Annehmlichkeit ergattern zu können.

Es sei denn, ihr Sohn war vom Schicksalsgott mit ebenso viel Glück bedacht worden, wie es sein Vater zu besitzen geglaubt hatte. Bis die blonde Trin den ausgefuchsten Liam Parsons am frühen Morgen tot im Dorfweiher gefunden hatte. Nie würde Klara diesen Tag vergessen können. Wie sie hinunter zum Weiher gelaufen war, dicht gefolgt von Anton, der seine geliebte Wolldecke gepackt hatte. Wie sie sich durch die anderen Schaulustigen ganz nach vorne gedrängt hatte, bis sie ihn liegen sah, halb im aufgewühlten Wasser, halb im zertrampelten Morast. Niemand hatte sich getraut, ihn zu berühren, alle standen sie und gafften. Erst als der Bürgermeister das Wort ergriff, zwei Männern auftrug, ihn aus dem Wasser zu ziehen und auf den Rücken zu drehen, erst da war sie sich sicher gewesen. Vor ihnen lag die Leiche der Bestie. Rasch hatte sie sich bekreuzigt und dabei Gott gedankt. Die verdreckte Uniform, das blutverschmierte Haar, die ganze Zerschundenheit dieses menschgewordenen Teufels hatte sie mit zuckersüßer Genugtuung erfüllt. Bis die britischen Soldaten erschienen waren, die die Schaulustigen mit groben Stößen zurückdrängten. Lange hatte sie noch ihren Hals gereckt, um ihn da liegen sehen zu können, den Lance Corporal Liam Parsons aus der Stadt Cardigan am St.-Georgs-Kanal, der bekommen hatte, was er verdiente. Und er tat ihr kein bisschen leid.

Rasch waren sich die britischen Soldaten sicher gewesen, dass ihr Kamerad ermordet worden war. Der Befehlshaber war erschienen, hatte Anweisung erteilt, befahl den Dörflern, in ihre Häuser zu gehen und dort zu bleiben. Doktor Habicht hatte Parsons untersucht, der wies Verletzungen auf, die von mehreren wuchtigen Hieben mit einem stumpfen Gegenstand rührten. Vermutlich war er im Wasser liegend ertrunken. Auch ein paar deutsche Gendarmen waren aus Düren herübergekommen, hatten versucht, sich wichtig zu tun bei den Verhören, die sie in jedem Haus durchführten. Scharf angegangen waren sie die Dorfbewohner, hatten gebrüllt und gedroht. Genutzt hatte das alles nichts, die Bevölkerung war nicht in der Lage gewesen, brauchbare Hinweise zu geben. Niemand konnte sich erinnern, mit wem Parsons in den letzten Stunden des Festes zusammen gewesen war. Es hatte keinen Streit gegeben, nichts Auffälliges. Den Leichnam Parsons hatten sie später fortgeschafft, es wurde erzählt, dass er vom Hafen in Dover aus mit dem Schiff nach England gebracht worden sei. Schließlich äußerte der Bürgermeister in einer der vielen Besprechungen mit den Briten, an denen auch der Pfarrer teilzunehmen hatte, die Vermutung, dass der Täter womöglich gar nicht aus seinem Dorf stamme. Das zustimmende Kopfnicken des Pfarrers war so heftig gewesen, dass seine Hängebacken wie ein weicher Pudding nur so geschwabbelt hatten. Der Befehlshaber hatte mürrisch geknurrt, aber seit diesem Tag patrouillierten weniger bewaffnete Briten in den Straßen. Sie schienen sich tatsächlich auf die nähere Umgebung konzentriert zu haben. Die Ausgangssperre wurde gelockert, schließlich ganz aufgehoben.

Allmählich war es ruhiger geworden um die Sache, zwar betete der Pfarrer noch eine Zeit lang in den Messen, die er bald wieder feiern durfte, für das Seelenheil Liams Parsons, doch niemand konnte sich des Eindrucks erwehren, dass man durchaus zufrieden sei mit der Version vom auswärtigen Täter. Sollten die Briten ruhig die anderen Dörfer aufs Korn nehmen, von hier kam er jedenfalls nicht, der Mörder des schönen Tommis.

Vier Stücke vom Geburtstagskuchen waren übrig geblieben. »Für jeden eins für morgen«, freute Klara sich. Das Zusammensein mit Klara und dem kleinen Paul, das waren die angenehmen Stunden, die Martin so sehr mochte. Sie lenkten ihn ab von seinen Sorgen. Oft lag er in diesen Tagen am Abend noch lange wach in seinem Bett, geplagt von den bohrenden Fragen um seine Zukunft. Meister Morgenroth war ein alter Mann, an jedem Tag sah Martin, wie seine Gebrechlichkeit zunahm. Wie lange würde er noch neben ihm in der Werkstatt sitzen? Er war der Meister, wäre Martin wohl in der Lage, die Werkstatt weiterzuführen, wenn er starb? Zwar erledigte Martin die meisten Arbeiten mittlerweile allein, Morgenroth saß dann auf seinem Hocker und stellte ihm Rechenaufgaben, die Martin im Kopf lösen musste. Auch hatte er mit ihm das Schreiben und Lesen geübt, so lange, bis Martin es nahezu perfekt beherrschte. Er war ihm Lehrmeister, Lehrer, väterlicher Ratgeber, und ja, er war ihm auch ein Freund geworden. Wie sollte Martin nur ohne diesen wunderbaren Menschen weitermachen können?

Schang besuchte sie schon seit längerer Zeit nicht mehr in der Werkstatt. Irgendwann hatten seine Beine ihn nicht mehr tragen wollen, sämtliche Kräfte schienen aufgebraucht zu sein, und der alte Stallknecht war zu einem bettlägerigen Pflegefall geworden. Sooft es ihm möglich war, besuchte Martin ihn. Dann saß er am Bett in der engen, dunklen Kammer, in dem Schang als ein winziges Bündel Mensch in den Kissen versunken regungslos dalag und zur Decke hinaufschaute. Oft schwiegen sie, aber manchmal erzählte Martin voller Begeisterung von seiner Arbeit, und dann sah Schang ihn aus trüben Augen an, und ein zufriedenes Lächeln huschte über sein fahles Gesicht.

An einem der letzten kalten Tage im Februar 1923 hatte Martin wieder an Schangs Bett gesessen. Der heiße Ziegelstein, den er mitgebracht hatte, wärmte die steif gefrorenen Zehen des Greisen, als der unvermittelt zu sprechen begann. Jetzt wäre wohl die Zeit gekommen, hatte er genuschelt. Dann hatte er dicken, gelben Schleim in sein schmutziges Taschentuch gehustet und mit brüchiger Stimme zu reden begonnen.

Von jenem besonderen Tag im Dezember 1899 hatte er gesprochen. Von den höllischen Zahnschmerzen, die ihn hinaus auf den Weg nach Kerpen getrieben hatten, wo er den Zahnarzt aufsuchen wollte. Dass er um ein Haar an dem Korb vorbeigeeilt wäre wegen der Schmerzen und dass ihn die schöne Decke darin gereizt hätte. Davon, wie der Pastor nach dem Bürgermeister geschickt hatte, sprach Schang, und wie sie schließlich alle zusammen zum Tagelöhnerhaus gegangen waren, um den Findling in Kroppens Obhut zu übergeben, damit er vor den Schrecken einer Kindheit im Kinderheim bewahrt bliebe. Als Schang die Geschichte zu Ende erzählt hatte, war ihm eine Träne über das faltige Gesicht gelaufen, aber er schien erleichtert.

»So, jetzt ist es gesagt, Martin, es tut mir leid.«

Die letzten Worte hatte er fast gehaucht.

Martin war aufgestanden, hatte ihm die Bettdecke gerichtet und war wortlos gegangen. An den dahinsiechenden Schang und an die Geschichte, wie der ihn in diesem Korb gefunden hatte, an Hein Morgenroth und an Gerald Kroppen, an Klara und an den Hund Feldmann dachte Martin in den schlimmen Nächten, in denen der Schlaf partout nicht kommen wollte. Weil sich diese Gedanken jedes Mal wie ein zäher, dunkler Brei über sein Gemüt stülpten. Wie tröstlich waren da die wenigen unbeschwerten Stunden, die er im Tagelöhnerhaus verbringen konnte. Noch immer fühlte er sich von Klara als Frau angezogen. Er bewunderte sie für ihre Stärke, und er freute sich für sie, weil sie nun endlich von der Drangsal durch Gerald Kroppen befreit leben konnte. Und er liebte ihren Sohn Pauli, der ohne Vater aufwachsen musste, weshalb er beschlossen hatte, ihm immer zur Seite zu stehen.

Bald nachdem man den toten Parsons im Dorfweiher aufgefunden hatte, waren die Briten abgezogen. Danach war es still geworden um die Sache, auch die Gendarmen waren nicht wieder aufgetaucht im Dorf, und irgendwann hatte das Gerücht die Runde gemacht, einer von Parsons Kameraden habe ihn in jener Nacht im Streit getötet. Wer sollte nun, nachdem so viel Zeit vergangen war, noch einen Grund haben, an der Version eines tödlich geendeten Streits zwischen betrunkenen Soldaten zu zweifeln? »So besoffen wie die ständig waren«, sagten die Männer in der Gastwirtschaft, »da musste es ja irgendwann einmal zu so was kommen.« Damit gab man sich zufrieden und bestellte sich ein weiteres Bier zu zwei Milliarden Mark.

»Über Nacht«, tönte Hieronymus Horn, »alles wertlos, über Nacht!«

Rasend schnell war die Hyperinflation über das Land gekommen – zu schnell, um noch reagieren zu können. Die Geldscheine wurden größer und bunter, und der Nominalwert sank ins Bodenlose.

Mit leerem Blick starrte Horn in sein Glas, fassungslos standen sie vor der Katastrophe. Sie alle, jeder Einzelne, und dann blickte er auf, mit hochrotem Kopf, die Adern an seinen Schläfen wie Kordeln so dick: »Schuld daran sind nur diese Versager in Berlin«, brüllte er los, »die sind unsere wahren Totengräber. Nicht der Franzmann und auch nicht die Tommis. Die feinen Herren Demokraten sind unser Untergang.« Das Wort Demokraten zog er verächtlich in die Länge. »Uns fehlt ein echter Kerl an der Macht, so einer, wie der Kaiser es war. Der wusste immer, wo es langgeht.«

Drei Jahre später eröffnete Hein Morgenroth ihm beim gemeinsamen Frühstück, dass er beabsichtige, eine Frau anzustellen. »Die kann sich um das alles hier«, dabei ließ er seinen Blick durch die Küche schweifen, »kümmern. Mir wird das alles zu viel, und du hast schon in der Werkstatt mehr als genug Arbeit. Da bin ich ja auch mehr am Zugucken, als dass ich dir noch helfen kann.«

Damit hatte Martin nicht gerechnet. Der Aufenthalt im Haus des Schusters war ihm auch nach so vielen Jahren immer noch eine große Freude. Die zusätzliche Hausarbeit fiel ihm nicht schwer. Er hatte eine eigene Kammer, verdiente sein eigenes Geld, und mittlerweile fühlte er sich sogar schon wie ein richtiger Schuster. Erst kürzlich hatte er sein erstes eigenes Paar Schuhe angefertigt. Freilich unter der Aufsicht des Meisters, doch der elegant gekleidete Kunde aus Kerpen hatte sich überschwänglich für die gute Arbeit bedankt und Meister Morgenroth mit huldvollen Worten gelobt. Warum sollte sich also etwas ändern an ihrer funktionierenden Zweisamkeit?

»Am Samstag kommt sich jemand vorstellen, und wenn du einverstanden bist, dann fängt die Frau am nächsten Ersten hier an.« Damit war alles gesagt. Hein Morgenroth tunkte sein Brot in die warme Milch und verschlang es schmatzend.

Anneliese Vosen war die Tochter des Schneiders Karl Vosen aus Lechenich. Sie war dreiundzwanzig Jahre alt und hatte bis vor Kurzem im Haushalt eines pensionierten Beamten in Stadtkyll in der Eifel gedient. Der fette Herr war ein rechter Schürzenjäger und seine Frau ein wahrer Drachen, der Anni, wie sie von allen genannt wurde, nicht die geringste Arbeit recht machen konnte. Die Winter dort waren lang und bitterkalt und die kurzen Sommer angefüllt mit Arbeit von Sonnenaufgang bis Sonnenuntergang. Die Bezahlung war obendrein schlecht, und als die Anzüglichkeiten des alten Lüstlings gar zu aufdringlich und das Gekeife der Frau unerträglich geworden waren, da hatte Anni nach drei Jahren ihre Sachen gepackt und war mit dem nächsten Zug nach Hause gefahren. Ihr Vater hatte geschimpft, ihre Mutter war in Tränen ausgebrochen, doch dann hatte die Liebe zu ihrer Tochter gesiegt, und sie hatten ihre Entscheidung akzeptiert. Wie gut kam es ihnen da zupass, dass sie erst kurz zuvor vom Schustermeister Morgenroth gehört hatten, der dem Vernehmen nach eine Hausangestellte suchte.

Anni war nervös. Als das Dorf mit dem markanten Wasserturm in Sicht kam, bog sie an der nächsten Kreuzung nach rechts ab und radelte bald darauf über die Dorfstraße, vorbei an der Kirche, bis zu dem angegebenen Haus kurz vor dem Platz. Der Schuster und sein Geselle empfingen sie in der Werkstatt. Mit einem höfliche Knicks begrüßte Anni die beiden und starrte dann verlegen zu Boden.

»Morgen, Anneliese«, begrüßte sie der alte Schuster freundlich. Schwerfällig erhob er sich von seinem Schemel und reichte ihr seine knochige Hand. »Das ist der Martin«, Morgenroth schüttelte Annis Hand sehr lange und deutet mit dem Kopf hinüber zum Arbeitstisch, »mein Geselle, und jetzt zeig ich dir gleich mal das Haus.«

Martin sah kurz auf, nickte ihr stumm zu, und Anni nickte ebenfalls. Es vergingen nur wenige Minuten, bis die beiden wieder in der Werkstatt erschienen.

»Du musst dich nicht sofort entscheiden, Anneliese, lass dir alles durch den Kopf gehen, und dann gib mir eine Nachricht.«

»Ich brauch keine Bedenkzeit, Herr Morgenroth«, Anni zeigte ein hinreißendes Lächeln, sie hatte ihre Arme hinter ihrem Rücken verschränkt, als sie weitersprach, »ich würd gerne bei Ihnen anfangen, wenn Sie mich wollen.«

Morgenroth lächelt jetzt auch. »Das ging schnell, Anneliese. Natürlich bin ich einverstanden, aber sicher doch. Was meinst du denn, Martin, bist du auch einverstanden?«

Martin hielt inne in seiner Arbeit, er spürte, wie er errötete, während er sagte: »Nee, also ja, ich meine, ich hab auch nix dagegen.«

Am Abend lag Martin lange wach in seinem Bett, über ihm an der Wand hing immer noch das Bild mit einem gütig blickenden Jesus Christus darauf. Seit dem Morgen hatte Martin Annis Gesicht vor Augen. Ihre Stimme klang noch immer in seinen Ohren, und wenn er glaubte, ihr Anblick wolle vor seinem geistigen Auge verblassen, dann schloss er die Augen und konzentrierte sich, bis es wieder glasklar geworden war. In dem

Augenblick, in dem sie die Werkstatt betreten hatte, war er sich sicher gewesen, dass er sie gefunden hatte, die Frau, die Klaras Platz in seinem Herzen einnehmen würde. Diese Anmut, diese Sanftheit! Er war sich sicher, nie zuvor eine schönere Frau getroffen zu haben. Als er endlich eingeschlafen war, schlief er tief und fest bis zum nächsten Morgen. Es war die Nacht, in der Johann Kreutzer starb.

6. KAPITEL

Vom Leben und Sterben

Die Flammen züngelten zwischen dem trockenen Reisig. Als es lichterloh brannte, legte Martin einige Kienspäne und einen dünnen Holzscheit nach und stellte den Topf mit der Milch darin für Meister Morgenroth auf die Herdplatte. Gerade hatte er die Herdklappe noch einmal geöffnet, um zu kontrollieren, ob das Feuer kräftig auflodderte, als er hörte, wie draußen vor der Tür die Stimme eines Kindes erklang. »Martin«, rief das Kind, »du sollst kommen, der Schang ist tot.«

In der Kammer stand bereits ein knappes Dutzend Bedienstete des Hofes dicht gedrängt vor Schangs Bett. »Er ist friedlich eingeschlafen«, murmelte die alte Magd, die neben dem Bett auf einem Stuhl saß, »es muss in den frühen Morgenstunden passiert sein, in der Nacht habe ich noch mal nach ihm gesehen, da hat er noch geatmet.« Dann wendete sie sich wieder ihrem Rosenkranz zu, und einige der Umstehenden fielen murmelnd in ihr Gebet ein.

Zwei Tage später fand die Beerdigung statt. Ein schlichter Sarg senkte sich hinab in ein Erdloch, ein Hügel aus nasser Erde mit ein paar wenigen Blumen darauf und ein bescheidener Leichenschmaus auf der Tenne neben dem

Kuhstall, so endete das Leben des Johann Kreutzer, der über sechzig Jahre lang Kühe gemolken hatte.

Der Bauer drückte Martin ein Stoffbündel in die Hand. »Da sind Sachen vom Schang drin«, sagte er und legte ihm seine schwielige Hand auf die Schulter, »die wollt er nur dir vermachen. Ist nicht viel, nur alter Kram, mach, was du willst, damit.«

Es begann bereits zu dämmern, als Martin sich auf den Weg machte. Die Bewegung und die frische Abendluft taten ihm gut, er ließ das Dorf hinter sich, passierte Gut Ving, bog dann ab auf den Feldweg in Richtung Kerpen und hatte bei den Holunderbüschen am Wegrand sein Ziel erreicht. Hierhin hatte es ihn getrieben. Hier wollte er sein an diesem Abend. Alleine sein an dem Ort, an dem Schang ihn vor bald siebenundzwanzig Jahren an einem kalten Wintertag gefunden hatte. Als er sich seiner angenommen und ihm damit das Leben gerettet hatte. Wo sie gemeinsam gestanden und um den Hund Feldmann getrauert hatten. Und wenn er es sich recht überlegte, dann war hier der Ort, an dem Schang für ihn zu einem Vater geworden war.

Andächtig zog er das Stoffbündel aus seiner Tasche. Es enthielt einen Rosenkranz mit schwarz glänzenden Perlen, Schangs Pfeife mit dem zerbissenen Mundstück und eine alte Taschenuhr. Das Metallgehäuse der Uhr war angelaufen, das Glas vor dem Ziffernblatt verkratzt. Enttäuscht stellte Martin fest, dass sich die Krone nicht mehr drehen ließ. Während in der Ferne die Schlote der Brikettfabrik in der aufziehenden Dunkelheit verschwanden, dachte Martin an das zerfledderte Buch von Sebastian Kneipp, er dachte an den ersten

Schluck Schnaps, den er aus Schangs Flasche getrunken hatte, und an den bitteren Tee aus Weidenrinde. Gedankenverloren beugte er sich vor und strich mit der linken Hand über sein krummes Bein. In seiner Rechten hielt er die Uhr, er sah auf das zerkratzte Ziffernblatt und beschloss, die Uhr reparieren zu lassen, sobald er das Geld dafür gespart hätte.

Pünktlich um halb sieben kam Anni mit dem Fahrrad bei Morgenroths Haus vorgefahren. Immer war sie schon zu so früher Stunde gut gelaunt, ihre Stimme durchdrang das Haus wie heller Glockenklang, wenn sie über Morgenroths Scherze lachte, mit denen er sie oft empfing. Keine Arbeit war ihr zu viel, niemals schien sie müde zu werden, und wenn sie am Abend wieder ihr Fahrrad bestieg, um nach Hause zu radeln, selbst dann verabschiedete sie sich mit einem fröhlichen Lachen im Gesicht.

Oft stand Martin dann am Fenster und sah ihr nach, wie sie die Dorfstraße hinauffuhr, hinter der Kirche im Oberdorf verschwand, und ihre Stimme klang ihm noch in den Ohren, als sie vermutlich schon längst in ihrem Zuhause in Lechenich angekommen war. Er war erfüllt von Liebe zu ihr, seine Gedanken waren heller, sein Puls kräftiger, und seine Seele war gesünder geworden, seit sie in sein Leben getreten war. Und noch nie hatte sie ihm gesagt, er solle sie nicht so anschauen, wenn er sie wieder so angeschaut hatte.

Die Wochen vergingen, ohne dass Martin sich getraute, ihr seine Liebe zu gestehen, erst als der nasskalte Winter endlich vorüber war und der Flieder in Morgenroths Garten schon in voller Blüte stand, erst da nahm er all seinen Mut zusammen und sprach sie an. Es war ein Montag, und Anni war damit beschäftigt, die Wäsche im Garten aufzuhängen. Martin hatte sie durch das Fenster beobachtet und war dann wild entschlossen zu ihr hinausgegangen. Sein Geständnis war alles andere als eine romantische Liebeserklärung, seine Stimme klang belegt, die Worte kamen wie Pfeilschüsse aus seinem Mund, und das Lächeln, das er dabei zustande brachte, war ziemlich verunglückt.

Doch auch jetzt blieb Anni freundlich. Mit sanftem Blick sah sie ihn an, ihn, der heftig errötend dastand, mit schwitzenden Händen, dem fast der Atem stockte, als sie ihm sanft über die Wange strich und sagte: »Die Liebe ist eine ernste Angelegenheit, Martin.« Nur diesen einen Satz sagte sie, sah ihm dabei tief in die Augen – und wendete sich wieder ihrer Arbeit zu.

Alle, die ihm nahestanden, bemerkten es. Meister Morgenroth verfolgte die heimlichen Blicke, die er mit Anni tauschte, mit einem Lächeln und zwinkerte Martin verschmitzt zu. Klara sprach es ohne Umschweife aus: »Martin Niemand, du bist ja verliebt! Es ist die junge Frau beim Morgenroth, stimmt's?« Und Anton wippte auf dem Kanapee herum und wiederholte: »Verliebt, verliebt.«

Doch weil die Liebe anscheinend tatsächlich eine ernste Angelegenheit war, ließ Anni ihn noch eine endlos lange Zeit im Unklaren. Erst als die Blätter des Fliederbuschs im Garten schon braun geworden waren, gab sie seinem Werben nach, und im folgenden Jahr, am ersten Mai des Jahres 1927 wurde wieder einmal eine Hochzeit im Dorf gefeiert.

Die Braut trug das weiße Hochzeitskleid, das schon ihre Verwandten getragen hatten. Der weiche, seidig glänzende Stoff umspielte ihre schlanke Figur, und in ihr dunkles Haar war ein Kranz aus frischer Myrthe geflochten. Sie sah hinreißend aus. Martin glaubte vor Liebe zu Anni und vor Durst nach einem Leben an ihrer Seite zu vergehen, und dann endlich, in der Nacht lagen sie unter dem Bild des gütig blickenden Jesus Christus als Mann und Frau beieinander.

Zu dieser Zeit hatte sich die Lage im Reich ein wenig entspannt. In den Zeitungen wurde sogar von einer relativen Stabilisierung gesprochen, was von Hieronymus Horn während der hitzigen Diskussionen am Sonntagvormittag in der Dorfwirtschaft mit höhnischem Spott bedacht wurde.

»Die haben den Laden einfach nicht im Griff, die feinen Herren Demokraten in Berlin«, tönte er und erhielt dafür zustimmendes Kopfnicken. In ihren Sonntagskleidern schwitzende Männer redeten laut durcheinander, tranken Bier und pafften ihre Pfeifen dabei, und einige unter ihnen waren sogar regelrecht aufgebracht.

»Wir hätten den Krieg eben nicht verlieren dürfen!«, rief der Bäcker Düster in die Runde. Niemals werde das Reich diese Niederlage verwinden können, war er überzeugt. »Das ist eine Schmach, mit der wir jetzt leben müssen, und das ist nicht gut für uns!« Kaum jemand trug jetzt noch den üppigen Schnurrbart, den einst der Kaiser salonfähig gemacht hatte.

In der Schusterei Morgenroth zweifelte niemand am Eintritt einer relativen Stabilisierung im Reich. Hielten sie doch beinahe täglich den Beleg dafür in ihren Händen. Die Kunden zahlten jetzt mit der Reichsmark, mit richtigem Geld, und manche hatten mehr in ihren Taschen und manche weniger. Einige besaßen sogar so viel, dass sie sich bei Morgenroths ein Paar neue Schuhe davon anfertigen lassen konnten. Anni war in das Haus an der Dorfstraße gezogen, nachdem Morgenroth das Paar gedrängt hatte, hier Wohnung zu nehmen. Nun saßen sie manchmal am Abend nebeneinander auf der Bank im Garten, gingen Hand in Hand vor das Dorf, um den Sonnenuntergang betrachten zu können, oder sie statteten Klara einen Besuch im Tagelöhnerhaus ab. Ganz besonders liebten sie beide die Ausflüge am Sonntagnachmittag nach Düren, wo sie dann hin und wieder eine Tasse echten Bohnenkaffee im Café Corso in der Kölnstraße tranken. Als sie das erste gemeinsame Weihnachtsfest unter einem üppig mit Lametta behangenen Christbaum feierten, da war Annis Bauch schon so rund wie eine Kugel. Das Kind regte sich darin, während sie den aparten, blauen Hut nach der neuesten Mode aufsetzte, den Martin ihr geschenkt hatte.

Ohne Vorwarnung, wie der Einschlag eines Asteroiden auf der Erde, mit einer solchen Wucht traf ihn die erneute Begegnung mit dieser sonderbaren Frau. Es war Frühjahr geworden, das Wetter hatte sich beruhigt, und die Sonne schien hell in die Werkstatt herein. Martin hatte das Fenster zur Dorfstraße hin weit geöffnet. In seine Arbeit vertieft, spürte er plötzlich, dass er beobachtet wurde. Er hob seinen Blick – und da stand sie. Dicht vorm Haus stand wieder diese Frau, durch das geöffnete Fenster sah sie ihn mit neugierigen Augen an. Kaum verändert, älter zwar, aber immer noch von herber Schönheit, stand sie nach all den Jahren wieder vor ihm. Ihr blondes Haar war fast komplett ergraut, doch Martin erkannte sie sofort. Ihr Blick war freundlich, ohne jede Bewegung stand sie einfach nur da und schaute zu ihm herein. Martin ließ den Schuh sinken, wollte sie gerade ansprechen, als sie ihm zuvorkam.

»Wie ist dein Name?«, fragte sie mit leiser Stimme.

Martin erhob sich und ging auf das Fenster zu, da warf sie einen raschen Blick auf sein krummes Bein. Das Lächeln wich aus ihrem Gesicht, abrupt trat sie einen Schritt zurück.

»Ich heiße Martin. Martin Niemand. Warum wollen Sie das wissen?«, antwortete er.

Die Frau blieb stumm.

Zehn Jahre, schoss es ihm plötzlich in den Kopf, vor zehn Jahren habe ich sie schon einmal gesehen, drüben beim Horn. Und wieder meinte er eine sonderbare Verbindung zwischen ihm und dieser Frau zu spüren. »Warten Sie, ich komm raus«, sagte er, »bitte bleiben Sie stehen, ich komme raus zu Ihnen.« Dann hastete er durch das Haus, riss die Eingangstür auf und trat auf die Straße, doch die Frau war verschwunden.

Es war Freitag, der 29. Juni 1928, als Anni Niemand wie vom Blitz getroffen mitten in der Küche auf die Knie sank. Ein infernalischer Schmerz hatte sich in ihr ausgebreitet, in Wellen wuchs er an und ebbte wieder ab. Sie rief nach Martin, schleppte sich hinüber in ihre Kammer, wo sie es auf ihr Bett schaffte, bevor eine erneute Wehe sie erfasste. Die Hebamme kam auf ihrem

Fahrrad aus dem Nachbardorf herbeigeeilt, sie beruhigte Martin mit klaren Worten und ihrer routinierten Gelassenheit, orderte heißes Wasser, Seife und saubere Tücher und verschwand dann hinter einer beige lackierten Tür, hinter der sich einmal mehr das größte aller Wunder des irdischen Daseins vollzog.

Martin war nervös wie ein Rennpferd, Morgenroth brachte einen Schnaps, Martin lehnte ab, trank ihn dann doch – und plötzlich dachte er an diese Frau. Zweimal schon war sie im Dorf aufgetaucht, immer nur für einen kurzen Moment. Wie ein Trugbild war sie ihm vorgekommen. Wie eine Fata Morgana, so unreal, und doch war sie ein Mensch aus Fleisch und Blut. Konnte es sein, dass diese Frau seine Mutter war? War sie es, die ihn als Säugling in dem Korb ausgesetzt hatte? In dieser Stunde war er sich dessen absolut sicher, und dann riss ihn das Krähen eines Neugeborenen aus seinen Gedanken. Anni hatte einen gesunden Jungen zur Welt gebracht.

Es war der Festtag der Heiligen Petrus und Paulus, diesen Umstand hätten sehr viele Eltern fraglos als göttliche Fügung aufgefasst. Dem riesigen Heer der Peters und Pauls hätten sie ohne zu zögern einen weiteren Angehörigen hinzugefügt. Doch Martin und Anni hatten sich anders entschieden, ihr Sohn sollte den Namen Kaspar bekommen. Kaspar Niemand, der Sohn des Martin Niemand, der als Säugling ausgesetzt wurde und nur um ein Haar dem sicheren Tod entkommen war.

7. KAPITEL

Zeitenwende

Kaspar wuchs zu einem kräftigen Kind heran. Er hatte braune Augen, eine rosige Haut und das dunkle Haar seiner Mutter, das so wie bei ihr auch in der hellen Sonne kastanienbraun schimmerte. Seine Eltern liebten ihn aus tiefster Seele. Hein Morgenroth betrachtete ihn als seinen Enkelsohn, dem er von Anfang an gestattete, den Lauf der Dinge in seinem Haus zu bestimmen.

Doch im selben Maß, wie sich das Kind zur Freude seiner Eltern gut entwickelte, so verschlechterte sich die Situation in der jungen Republik mehr und mehr. Als Kaspar in der noch warmen Spätsommerluft unter dem Fliederbusch im Garten in seinem Kinderwagen lag, seine geballten Fäustchen reckte und aus voller Brust nach seiner Mutter krähte, da wurde die Regierung in Berlin bereits vom zehnten Kanzler seit der Reichgründung zehn Jahre zuvor geführt. Als sich die ersten Schneidezähne in seinem Unterkiefer zeigten, schlugen sich Mitglieder der Kommunistischen Partei und der Nationalsozialistischen deutschen Arbeiterpartei auf offener Straße die Köpfe blutig. Als Kaspar kränkelte, weil sein erster Backenzahn durchbrach, zu der Zeit taumelte die Welt – und mit ihr das Deutsche Reich

– in eine Wirtschaftskrise von nie gekanntem Ausmaß. Männer, die ihre Arbeit in den umliegenden Industriebetrieben verloren hatten, betranken sich am helllichten Tag, als Kaspar seine ersten Gehversuche unternahm.

Es war wahrlich keine gute Zeit, in die Kaspar Niemand hineingeboren wurde. Er war noch keine zwei Jahre alt, als sich Börsianer Kugeln in die Köpfe schossen, als Firmeninhaber bankrottgingen und Millionen Menschen über Nacht ihre Arbeit verloren. In den Städten stritten sich die Bettler um die besten Plätze, Obdachlose drängten sich in Hauseingängen zusammen, um dem kalten Regen zu entkommen.

Diese ganze ungute Entwicklung vermochte jedoch keinesfalls Martins und Annis positive Einstellung zu ändern. Wild entschlossen waren sie darauf bedacht, sich ihr gemeinsames Leben nach ihren Vorstellungen so angenehm wie möglich einzurichten. Sie vergötterten ihr Kind und ließen sich tragen von ihrer Liebe zueinander, die ihnen in diesen Tagen so stark erschien, dass sie glaubten, gegen jede Unbill des Lebens gefeit zu sein. Die Werkstatt war noch immer Martins heiliger Tempel, und der Hohepriester Hein Morgenroth war immer noch an seiner Seite. Während draußen die Hausierer jetzt in großer Zahl durch die Straßen zogen, schusterte Martin, wenn es etwas zu schustern gab. Wenn die verzweifelten Trunkenbolde auf der Straße in Streit gerieten, wenn fahrende Musikanten auf dem Platz mit ihrer altersschwachen Drehorgel ein Konzert gaben, dann tranken Martin und Anni jetzt wieder Kaffeeersatz anstelle echten Bohnenkaffees im Café Corso und beobachteten ihren Kaspar, der im Garten

auf wackeligen Beinchen den Schmetterlingen hinter-
herlief.

Ein Stück die Straße hinauf stand Bertho Simbach
heulend vor seinem Vater und rieb sich die Händchen.
Bertho war etwa vier Monate älter als Kaspar und hieß
eigentlich Berthold, doch Valentin Simbach und seine
Asta nannte ihr Söhnchen immer nur Bertho. Valentin
hatte seine alten Zinnsoldaten hervorgeholt und seinen Sohn damit spielen lassen. Ein Kürassier war dem
Kind auf den steinernen Boden gefallen, dabei war dessen Kopfbedeckung verbeult worden und Farbe von der
blauen Uniform abgeplatzt. Valentin war wütend geworden und hatte seinem Sohn auf die Finger geschlagen.

»Aber Valentin«, sagte Asta, als sie Bertho auf ihre
Arme nahm. »Er ist doch noch so klein!« Ihr Blick war
zornig, doch Valentin blieb unbeeindruckt: »Dafür ist
man nie zu klein, Asta. Ein Junge kann gar nicht früh
genug lernen, was es heißt, sich gegen den Feind zu
stemmen.«

Am Morgen des 27. Juni 1931 erschien Hein Morgenroth
zum ersten Mal seit Menschengedenken nicht in seiner
Küche. Es war zwei Tage vor Kaspars drittem Geburtstag, weshalb Anni in Gedanken bei den Vorbereitungen
für diesen Tag war. Erst als die Kirchturmuhr bereits
zur Frühmesse schlug, registrierte sie, dass er nicht wie
gewohnt auf seinem Stuhl neben der Küchentür saß.
Sie ging hinaus in den Flur, um ihn zu rufen, doch sie
erhielt keine Antwort. Noch einmal rief sie laut seinen
Namen hinüber zu seiner Kammertür, dann beschlich
sie ein ungutes Gefühl – und sie sollte recht behalten.

Kraftlos und bleich lag Morgenroth in seinem Bett, sein Gesicht war eingefallen, aus trüben Augen sah er Martin und Anni an, die in der offenen Tür zu seinem Schlafzimmer standen.

»Was ist mit Ihnen, Meister?«, wollte Martin wissen und betrat die Kammer, »sind Sie krank?«

»Ich weiß es nicht. Ich fühl mich heute Morgen gar nicht gut.«

»Tut Ihnen irgendwas weh?«

»Ich glaube nicht. Bin nur müde, hundsmüde.«

Auf Annis Fahrrad machte sich Martin auf den Weg nach Nörvenich, er fuhr wie der Teufel, sein Hemd war nassgeschwitzt, als er in Doktor Habichts Praxis ankam.

»Er kommt, sowie er Zeit dafür findet«, erklärte die Frau des Doktors schnippisch, und nachdem der Doktor Zeit gefunden und Morgenroth untersucht hatte, empfahl er Biersuppe mit ordentlich Brot darin. »Oder eine gute Rindfleischsuppe, mit tüchtig Fett drin.« Draußen vor der Schlafzimmertür raunte er Anni zu, dass es dem alten Morgenroth im Grunde ziemlich gut gehe. »Der Blutdruck könnt' besser sein, in der Lunge rasselt's ein wenig. Alles dem Alter entsprechend. Ein paar Tage Ruhe, und dann springt er wieder wie ein Junger umher«, prognostizierte er, zwinkerte Anni unverschämt anzüglich zu und verabschiedete sich.

In seinem nagelneuen Wagen, einem senfgelben Ford A mit schwarzen Kotflügeln und chromglänzendem Kühlergrill, fuhr Habicht davon. Das Gefährt erregte mächtig Aufsehen auf der staubigen Dorfstraße, es war eine pure Provokation. So viel Kraft, so viel Eleganz, da empfand so manch einer blanken Neid. Während sie nicht wussten, woher sie das Essen für ihre Kinder für den kommenden Tag nehmen sollten, fuhr der Herr Doktor mit diesem aufgeblasenen Automobil durch die Gegend.

»So weit ist es also gekommen im Land!«, tönte Hieronymus Horn, als man am Sonntag nach dem Gottesdienst vor der Kirche beisammenstand, »die Kleinen haben nichts zu fressen, und die Großen kutschieren in teuren Automobilen herum!«

Drei Tage später fanden sie Hein Morgenroth am Morgen tot in seinem Bett. Als wollte das Bett ihn in sich aufsaugen, so schlaff und so eingefallen lag er da. Seine Lungen waren randvoll mit Wasser gefüllt, und das Herz hatte wohl mitten in der Nacht aufgehört zu schlagen.

Was würde nun aus ihnen werden? Dunkle Vorahnungen beschlichen Martin. Jetzt, da Morgenroth tot war, konnte er die Werkstatt weiterführen? Konnten sie in dem Haus an der Dorfstraße wohnen bleiben? Die Sorgen türmten sich wie graue Wolken am Himmel über ihm auf. Mittlerweile beherrschte Martin das Schusterhandwerk perfekt, Morgenroth war ein guter Lehrmeister gewesen, aber er war der Meister – und jetzt war er tot. Würden sie nun kommen und die Werkstatt schließen? Martin wusste es nicht. Schließlich entschied er, dass zunächst einmal alles so bleiben sollte, wie es war. Er würde einfach weiterarbeiten, solange man ihn ließe.

Hieronymus Horn, Valentin Simbach, dessen Vater Hans und der Bäcker Düster, sie waren die ersten Männer im Dorf, die ein Parteibuch der NSDAP zu Hause in ihren Kommoden liegen hatten. Hans Simbach stutze seinen Schnurrbart, bis er die gleiche Form hatte, wie sie der Parteivorsitzende Hitler trug. Düster war der Erste, der das braune Hemd der SA anzog, und Hieronymus Horn, der so gerne gottgefällige Werke tat, der heftete sich voller Stolz das Parteiabzeichen ans Revers seines Sonntagsrocks. »Die Einzigen, die den Karren jetzt noch aus dem Dreck ziehen können«, verkündete er mit Blick auf das kleine, runde Blech, und mehr und mehr Männer stimmten ihm kopfnickend zu.

Dem Bürgermeister wurde der Titel des Gemeindevorstehers verliehen. Mit geschwellter Brust ließ er sich neben dem großen Haufen schwerer Wackersteine fotografieren. »Ein Geschenk des Führers«, verkündete er vollmundig, »damit werden endlich unsere Straßen ausgebaut, womit wir uns aus dem Morast der dunklen Jahre erheben werden.«

Große Reden führen, das lag ihnen, diesen neunmalklugen Herren, dachte Martin und behielt seine Meinung für sich. Doch die Steine lagen auch noch unberührt da, als der Gemeindevorsteher sein Amt an Hieronymus Horn abgeben musste. Aus dem Gemeindevorsteher Horn wurde bald der Gemeindeschulze Horn, der jetzt alle Entscheidungen ohne Mehrheitsbeschluss nach dem Führerprinzip fällen durfte, während die Steinhaufen weiterhin unberührt, von Disteln und Brennnesseln überwuchert, an der Straße lagen. Als dann bei den Reichstagswahlen im Juli 1932 die NSDAP exakt die dreifache Anzahl der Stimmen für die Zentrumspartei erhielt, da wehten sie endgültig im Dorf, die roten Fahnen mit dem markanten Hakenkreuz darauf. Wie aufdringliche Gockel flatterten sie an alten Fachwerkfassaden im Wind, und sie waren so groß und schwer, dass man um die Stabilität von so manchem Gebälk fürchten musste.

Martin mochte weder die Fahnen noch die knarzenden Stimmen der Politiker im Radio, vor dem sie am Abend saßen. Er liebte Anni und Kaspar, und er liebte seine Arbeit, und damit gab er sich zufrieden.

Im Tagelöhnerhaus stritten sich Klara und ihr Pauli, der jetzt nur noch Paul genannt werden wollte. Der Streit war heftig, es ging um Geld. Alle im Dorf hatten den Kosenamen Pauli übernommen, und so hatte ihn auch der Gemeindeschulze angesprochen.

»Pauli«, hatte er ihn zu sich herangerufen, »sag mal, Junge, wie alt bist du jetzt eigentlich?«

»Fünfzehn, Herr Horn«, war die Antwort gewesen, und Pauli war sehr stolz darauf, dass der Gemeindeschulze ihn angesprochen hatte.

»Fünfzehn, hm, also, das ist doch genau das richtige Alter. Du warst nicht im Jungvolk, stimmt's?«

»Nein, Herr Horn.«

»Aber jetzt könntest du in die Hitlerjugend eintreten. So prächtige Kerle, wie du einer bist, solche brauchen wir da. Was meinst du? In Nörvenich gibt es jetzt eine Kameradschaft, alles prima Kerle, da willst du doch sicher auch dabei sein. Oder nicht?«

Mit ausholenden Gesten hatte Horn von der Freude, in einer Gruppe Gleichgesinnter zu sein, von der properen Uniform, von gemeinsamen Fahrten und Zeltlagern, von Lagerfeuern und dem Taschenmesser gesprochen, und Pauli hatte an seinen Lippen geklebt – und ja, er hatte dabei sein wollen. Sofort war er von der Vorstellung, ein Hitlerjunge zu sein, gefesselt gewesen. Vor seinem geistigen Auge sah er sich schon als Held, der gefährliche Abenteuer besteht, der das Fleisch von ihm eigenhändig erlegten Wildtieren am offenen Feuer brät.

»Doch«, hatte Pauli geantwortet, »doch, da wär ich gerne dabei.«

Horn hatte gestrahlt. Er solle nach Hause zu seiner Mutter gehen und ihr seine Entscheidung mitteilen. Sie würde stolz auf ihn sein und ihm das Geld für die Uniform gerne geben. Doch Klara war nicht stolz. Sie hatte geschimpft und gefragt, wer ihm solche Verrücktheiten in den Kopf gesetzt habe. Und woher sie das Geld nehmen solle, hatte sie gefragt. »Das ist nichts für uns arme Leute, Pauli. Du brauchst dabei nicht mitmachen, du kannst doch auch so genug Spaß haben mit deinen Freunden.« Pauli wurde zornig. Er schrie so laut, dass Anton erschrocken aufsah von seinem Essen. Klara versuchte, Pauli zu beruhigen, doch ihr Junge war nicht mehr zu beruhigen. Er sprang hoch, trat mit dem Fuß auf und beschwerte sich über sein schäbiges Leben, aus dem er jetzt mit der Hilfe des Gemeindeschulzen wenigstens ab und zu für ein paar Stunden ausbrechen konnte.

»Der Horn hat dir den Floh ins Ohr gesetzt?«, staunte Klara. Wieso machte sich dieser Mensch an ihren Sohn heran? Wieso verlangte er von ihr, das Geld für eine Uniform aufzubringen? Er wusste doch, wie es um sie stand. Immer noch zornig, starrte Pauli seine Mutter an. Er wird nicht nachgeben, dachte sie, so entschlossen hatte sie ihn noch nie erlebt. Angestrengt dachte sie nach, es musste eine Lösung geben, sie musste ihren Jungen irgendwie von dieser Idee abbringen. Plötzlich wusste sie, wie sie es schaffen konnte.

»Pauli, ich kann dir das Geld nicht geben, ich hab doch nichts. Aber wenn der Horn dich so gerne dabei hätte, dann wird er dir bestimmt etwas geben. Wir können es bei ihm abzahlen. Geh hin und sag ihm das.« Das habe ich perfekt hinbekommen, dachte sie, als sich Paulis Gesichtszüge entspannten. Jetzt wird er den Horn fragen, und der wird ihm das Geld natürlich nicht geben. Wer leiht schon einem armen Schlucker etwas? Zufrieden versuchte sie ihrem Sohn, der sie jetzt schon um einige Zentimeter überragte, über das dichte Haar zu streichen, doch der wich ihr aus, setzte sich an den Tisch zurück und verschlang mit Heißhunger sein kalt gewordenes Essen.

Ohne zu zögern, gab Horn das Geld. Er bestellte auf seine Kosten eine Köperbluse, eine Sommermütze und ein schwarzes Halstuch mit Lederring für Pauli. »Auf die Hose musst du noch warten, die kriegst du, wenn du dich ordentlich benimmst und dem Dorf keine Schande machst.«

Tränen standen in Klaras Augen, als ihr Pauli zum ersten Mal als Hitlerjunge ausstaffiert vor ihr stand. In den Sachen sah er fast aus wie ein Soldat, wie ein großes Kind, aus dem über Nacht ein Exerzierer, ein Befehlsempfänger, ein Kämpfer geworden war. Außerdem würde es ewig dauern, bis sie das Geld zurückgezahlt haben würde.

Pauli platzte beinahe vor Stolz. Er würde dem Dorf keine Schande machen, er nicht, niemals. Alle sollten sie ihn bewundern, auch seine Mutter, der jetzt vor Rührung und Stolz die Tränen kamen.

8. KAPITEL

Unergründliche Wege

Anni war wieder schwanger. Als sie sich dessen ganz sicher war, sagte sie es Martin. Sie standen sich in der Küche gegenüber, er strahlte sie an, zog sie an sich, küsste sie auf die Stirn und umarmte sie vorsichtig.

»Du kannst mich ruhig feste drücken, Martin, ich bin ja noch ganz am Anfang.«

Da drückte er sie fester und küsste sie.

Als sie sich wieder voneinander lösten, sagte Anni: »Wenn's ein Mädchen wird, soll sie Eva heißen, so wie meine Mutter und meine Großmutter auch.«

»Eva«, wiederholte Martin andächtig, »das klingt schön.«

Am nächsten Morgen saß er früher als sonst an seinem Platz in der Werkstatt. Mit fast überschäumender Energie nahm er die Arbeit auf, der Berg von Schuhen, die darauf warteten, von ihm repariert zu werden, hatte ein beträchtliches Ausmaß angenommen. Sogar zwei Bestellungen für Neuanfertigungen lagen in der Schublade neben der Geldkassette. Arbeitslose trieben sich nun nicht mehr auf der Straße vor seinem Fenster herum. Auch Bettler, Hausierer und untalentierte Straßenmusiker waren von der Bildfläche verschwunden.

An der Wand von Lehrer Simbachs Schule hing plötzlich für jedermann gut sichtbar ein Schild mit der Aufschrift: *Juden sind in diesem Orte unerwünscht.* Es wurde aufgeräumt, aussortiert und aufgebaut. Die überdrehten Stimmen knarzten im Radio, und die Leute waren wieder in der Lage, Martin für seine Arbeit zu bezahlen. Der Haufen Wackersteine allerdings, der lag weiterhin unangetastet, einem steinernen Monument gleich, am Straßenrand, während die Dörfler sich nach wie vor durch Staub und Morast fortbewegen mussten.

Sechs Wochen nachdem Martin seine Anni in der Küche umarmt hatte, verlor sie das Kind. Sie erlitt einen Nervenzusammenbruch, Martin war heillos überfordert mit der Situation, er schickte nach Doktor Habicht, der diesmal tatsächlich umgehend erschien. Schwerfällig ließ er sich auf den Stuhl nieder, den Martin für ihn am Bett bereitgestellt hatte. Habicht war alt geworden, sein Haar war schlohweiß, prall gefüllte Tränensäcke hingen unter seinen blutrot geränderten Augen. Doch sein Geist war noch hellwach, es war nicht die erste Fehlgeburt, zu der er gerufen wurde, er wusste, was zu tun war.

»Dein Schmerz wird vergehen, Anni«, sagte er nach der Untersuchung in tröstlichem Ton, »du bist jung und gesund, ihr werdet noch sehr viele Kinder bekommen.« Er tätschelte ihre Hand und sah sie lange an. Dann nahm er seine Tasche, die er schon bei sich getragen hatte, als Martin mit gebrochenem Bein auf Kroppens Kanapee gelegen hatte. Jetzt war aus dem armen Waisenkind Martin Niemand ein fähiger Handwerker geworden, dem die Leute haufenweise Arbeit ins Haus brachten. Die Werkstatt lief gut, so was sprach sich rum in der Gegend, Martin war zu Geld gekommen, und es würde Habicht nicht wundern, wenn der alte Morgenroth ihm seinen gesamten Besitz vererbte. Mit gezieltem Griff fischte Habicht zwei Röhrchen Opiumtinktur aus seiner Tasche. Das Medikament war hochwirksam, und er würde es sich gut bezahlen lassen.

»Du brauchst jetzt Ruhe«, sagte er, während er sich mit einem unterdrückten Ächzen vom Stuhl erhob, »zwei Tage solltest du noch das Bett hüten. Das hier«, seine knochige Hand reichte ihr die Röhrchen, »nimmst du unverdünnt ein. Jeden Tag eines, das wird dir guttun.«

Mit einem aufmunternden Lächeln wendete er sich ab, klopfte Martin auf die Schulter und verabschiedete sich mit einem höflichen Kopfnicken. Sein senfgelber Ford A glänzte in der Sonne wie am ersten Tag, auf der Dorfstraße überholte er einen mit Heu beladenen Zweispänner, der zum Gut Ving gehörte. Der Kutscher lupfte seine speckige Kappe und schnalzte mit der Zunge.

Am Nachmittag besuchte Klara sie. Wie immer trottete Anton hinter seiner Schwester her, Pauli schuftete zu dieser Zeit bereits auf den Baustellen in der gesamten Region. Nachdem er die Volksschule verlassen hatte, war es ihm mit einiger Mühe gelungen, einen Malerbetrieb zu finden, der ihn als Lehrling einstellte. Der Chef war ein unsensibler Kerl, der seine Mitarbeiter zu Höchstleistungen trieb und schlecht bezahlte. Die Arbeit war eintönig. Hauptsächlich tünchten sie die Stallgebäude der Bauern bis weit in die Eifel hinein, strichen Fabrikhallen und Hausfassaden. Grobe Arbeiten für grobe Kerle. Die Flasche mit billigem Fusel kreiste schon am Morgen unter den Arbeitern, und auch der Lehrling wurde zum Trinken animiert. Wenn Pauli am Abend zurück ins Dorf kam, dann half er noch bei der Ernte auf Horns Feldern, doch auch der bezahlte ihn schlecht dafür. Aber Pauli war jung und strotzte vor Kraft, die viele Arbeit machte ihm nichts aus. Er gab den größten Teil seines Geldes seiner Mutter, die immer noch die HJ-Uniform beim Horn abstotterte, und an den Samstagnachmittagen und Sonntagen war er in seiner Kameradschaft einer der Besten beim Wettstreit. Stets war er vorne mit dabei, lief allen voran und schlug am heftigsten zu, bis er am Montag wieder die schweren Farbtröge für die Gesellen auf die höchste Ebene der Baugerüste schleppen musste.

Klaras Bestürzung war groß, Annis Fehlgeburt war eine Katastrophe. Weinend umarmten die Frauen sich, bis Klara von Anni abließ und sich anschickte, das Haus wieder zu verlassen. »Bleib nur«, bat Anni, »ich freu mich, dich zu sehen, es ist schwer, jetzt alleine zu sein.«

Nur einen kurzen Moment zögerte Klara, dann setzte sie sich auf den Stuhl neben Annis Bett und wies Anton an, sich neben sie zu setzen. Kaspar schaute kurz ins Zimmer, begrüßte die Besucher freundlich und verschwand gleich wieder. Stumm saßen sie beieinander, Klara hielt Annis Hand und sprach ein leises Gebet. Schließlich brachte Martin Kaffee, Anton bekam ein Glas von der süßen Zitronenlimonade, die er so gerne mochte, er leerte das Glas in wenigen Zügen.

»Eigentlich bin ich gekommen, um euch etwas zu zeigen«, hob Klara zögernd an, nachdem sie an ihrem Kaffee genippt hatte. »Ich weiß gar nicht, ob das jetzt der richtige Moment ist, aber ich muss es euch einfach zeigen.« Aus ihrer Kitteltasche zog sie ein Papier hervor. »Der ist heute Morgen gekommen.«

Martin nahm das Papier an sich, es war ein behördliches Schreiben, dem er entnahm, dass Anton auf Veranlassung des Hausarztes Bernhard Habicht aus Nörvenich in die Provinzial Heil- und Pflegeanstalt in Düren eingewiesen wurde. Zu diesem Zweck habe er sich am Montag, dem 24. Oktober 1938, um 8 Uhr morgens dort einzufinden.

»Das sind nur noch fünf Tage bis dahin«, jammerte Klara, »von heut auf morgen soll ich den Anton in die Irrenanstalt schaffen! Ich verstehe das alles nicht.«

»Die schreiben hier etwas von *rassenhygienischer und rassenpolitischer Gesetzgebung*«, zitierte Martin aus dem Schreiben, wobei ihm die Begriffe etwas holprig über die Zunge kamen.

»Ich verstehe es nicht«, wiederholte Klara.

Martin las das Schreiben ein zweites Mal, seine Augen wanderten über die Zeilen, während seine Miene sich verfinsterte. Dann blickte er auf und sah Klara an. »Der feine Herr Doktor also!«

Anton hielt Martin das leere Glas hin und brabbelte: »Noch mehr.«

»Ich werd die Werkstatt heute eine Stunde früher schließen, den Habicht kauf ich mir! Der ist ja ein ganz Ausgekochter.« Entschlossen faltete Martin das Schreiben zusammen und steckte es in die Brusttasche seiner Schürze. »Mach dir keine Sorgen, Klara, hier ist das letzte Wort noch nicht gesprochen!«

Scheinbar gelassen hörte Habicht sich Martins Ausführungen an. Als der seinen Redeschwall beendet hatte, lehnte Habicht sich auf seinem Schreibtischstuhl zurück. Er sah müde aus, seine Stimme klang angestrengt. In knappen Sätzen erklärte er Martin, dass er nichts für sie tun könne. Er sei angehalten worden, alle in Frage kommenden Personen in seiner Gemeinde zu melden. Diese Anweisung liege ihm schon lange vor, und immer habe er die Erledigung hinausgezögert. Jetzt sei der Druck zu groß geworden. Er bringe sich selbst in Gefahr, wenn er jetzt nicht handele. »Martin«, sagte er beschwichtigend und sah Martin ein wenig freundlicher an, »wenn du ehrlich bist, weißt du doch selbst, dass so einer wie Anton nicht frei herumlaufen darf. Der ist eine Gefahr für alle im Dorf. Was ist, wenn er sich mal ein Kind greift? Oder mit Feuer spielt und dir das Haus überm Kopf anzündet?«

»Wieso sollte Anton das tun? So was hat er noch nie getan! Anton ist so harmlos wie ein Lamm.«

Habicht ließ Martins Frage unbeantwortet, fuhr stattdessen fort: »Außerdem wird Anton in der Anstalt viel besser betreut, als Klara das kann. Er wird es gut haben da. Und jetzt grüß mir deine liebe Frau, ich hoffe, es geht ihr schon bald wieder besser.«

Wenn der Doktor nicht helfen wollte, dachte Martin, als er mit Annis Fahrrad trotzig den Kreuzberg in Nörvenich hinaufstampfte, dann würde er es eben beim Pfarrer versuchen. Der Pfarrer war noch nicht lange im Dorf, er war jung und ruhig, und dann stand er Martin sehr dürr und mit einer dicken Hornbrille auf der spitzen Nase im Flur des Pfarrhauses gegenüber. Er bat seinen Besucher nicht in seine Schreibstube, offensichtlich hatte er nicht vor, ihm allzu viel Zeit zu widmen.

Nachdem Martin sein Anliegen vorgebracht hatte, schien der Pfarrer irritiert. »Und was erwarten Sie in dieser Angelegenheit von mir?«, fragte er in einem Ton, der Martin sofort zu verstehen gab, dass der Herr Pfarrer sich für ganz und gar nicht zuständig hielt.

»Ich wollte Sie bitten, vielleicht ein Schreiben aufzusetzen, in dem steht, das der Anton nicht in die Anstalt muss. Klara kümmert sich schon ihr Leben lang um ihn, sie kennt ihn ganz genau, sie weiß am besten mit Anton umzugehen.«

Da machte der Pfarrer große Augen hinter den dicken Brillengläsern. Dem Wunsch könne er leider nicht nachkommen, sagte er in schmerzlicher Deutlichkeit. Er kenne Anton ja kaum, und außerdem sei es eine Sache der Mediziner und der Behörden. Die wüssten schon, warum sie so entschieden hätten. Nein, er könne da leider gar nichts machen.

Der Regen fiel schräg vom Himmel, als Klara zusammen mit Anton am Morgen des 24. Oktober von der Haltestelle am Kaiserplatz hinüber zur Meckerstraße in Düren ging. Sie trug den abgestoßenen Koffer, in den sie Antons Kleider und Wäsche und etwas Waschzeug gepackt hatte. Anton zockelte neben ihr her, bestaunte das Treiben in der Stadt, die er kaum kannte, und weder er noch Anni ahnten, dass es seine letzten Schritte in Freiheit waren. An der Pforte der Anstalt nahm ein Wärter in einer grauen Uniform Anton in Empfang. Klara übergab ihm den Koffer und zog Anton noch einmal in ihre Arme, sie drückte ihn an sich und küsste ihn, und danach sah Anton sich nur noch ein einziges Mal nach ihr um, bevor er neben dem Pfleger hinter einem Rhododendronbusch verschwand. Mit ihrem Taschentuch trocknete Klara ihre Tränen, es duftete nach Kölnisch Wasser und war mit einem blassgrünen Häkelrand versehen. Wie eine Festung lag die Anstalt hinter dem nun verschlossenen Tor, Klara schnäuzte sich geräuschvoll und wendete sich ab. Die letzten Monate im Leben ihres Bruders hatten begonnen.

»Anton ist ein unnützer Esser.« Pauli stand in seiner HJ-Köperbluse, zu der er jetzt eine lange, schwarze Hose trug, im Türrahmen. Gerade eben war er aus Nörvenich vom Kameradschaftstreffen zurückgekommen.

»Wer sagt das?« Klara war außer sich. Sie ließ die gefüllte Schöpfkelle zurück in den Suppenkessel plumpsen, dass es nur so spritzte.

»Das hat der Kameradschaftsführer gesagt. So welche kosten nur Geld, und arbeiten tun die auch nix.«

Längst überragte ihr Sohn sie um fast eine ganze Kopflänge, sein sehniger Körper war von der vielen Arbeit gestählt, doch mit zwei Schritten stand Klara vor ihm und gab ihm eine schallende Ohrfeige. »Sag so was nie wieder«, schrie sie, während der völlig verdatterte Pauli sich die Wange hielt wie ein kleiner Junge, den man fürs Äpfelstehlen bestraft hat.

»Wenn sie dir bei denen«, sie wies verächtlich auf Paulis Uniform, »nichts anderes beibringen als solche Frechheiten, dann sorg ich dafür, dass du da nie wieder hingehst. Wag es nicht noch einmal, so von unserem Anton zu sprechen, hast du mich verstanden?«

Verstanden hatte er seine Mutter schon, aber nachgeben konnte er nicht. Paulis Augen funkelten vor Wut, er atmete gepresst, als er Klara entgegenschleuderte: »Das schaffst du nie. Die Kameradschaft und ich, wir gehören zusammen, uns kriegst du niemals auseinandergebracht!« Dann schlug er die Tür hinter sich zu und lief hinaus in das Dorf, über das gerade die Dämmerung hereinbrach.

Erfüllt von tiefster Liebe zu ihr beobachtete Martin, wie Anni sich rasch erholte. Sie war schweigsamer zu dieser Zeit, schweigsamer noch als sonst, doch sie zerbrach nicht an dieser Prüfung, die ihnen auferlegt worden war. Und vielleicht hatte der Pfarrer ja sogar recht, wenn er immer wieder aufs Neue verkündete, der Herrgott werde in seiner unermesslichen Weisheit alles zum Besten richten. Draußen vor ihrer Tür, da wurde jedoch zunächst einmal gar nichts besser. Es wird immer schlimmer, dachte Martin, während er beobachtete, wie Hieronymus Horn nach allem trat, was unter ihm stand, und mit Hingabe die Stiefel des Ortsgruppenführers Katzmer in Nörvenich leckte. Wie der neue Pfarrer blass und zögerlich umherhuschte und zu allem schwieg und wie der alte Dorfschullehrer Simbach den Kindern des Dorfes aus der *Deutschen Jugendburg* vorlas. Horn wurde jetzt wieder mit dem Titel Gemeindebürgermeister angesprochen, dabei war ihm der Titel völlig gleichgültig, wenn er nur den Posten behalten würde. »Das kommt von ganz oben, das hat seine Richtigkeit«, verkündete er.

Eines Tages tauchte er in Martins Werkstatt auf und schielte mit gerunzelter Stirn auf Morgenroths Meisterbrief an der Wand. »Der Herr Ortsgruppenleiter aus Nörvenich wird uns bald einen Besuch abstatten. Er wünscht, sämtliche Gewerbebetriebe aufzusuchen. Meinst du nicht auch, Martin, da wär es gut, wenn auch in deiner Werkstatt ein Bild unseres Führer hängt?«

»Wo soll das denn noch hin? Sie sehen doch, dass hier kein Platz mehr ist.« Ohne zu Horn aufzusehen, arbeitete Martin weiter.

»Na, hier«, grinste Horn, »hier wär doch ein schöner Platz.« Horn deutete auf den Meisterbrief.

»Der bleibt hängen. Eine Werkstatt ohne Meisterbrief! Das geht nicht.«

Das Grinsen blieb in Horns Gesicht. »Na gut, wenn du meinst, Martin. Wollen nur hoffen, dass es bald wieder einen Meister gibt hier im Betrieb.«

9. KAPITEL

Zu den Waffen

Zehn Monate später war aus der bohrenden Ungewissheit Gewissheit geworden.

»Ich glaube, es ist Krieg«, sagte die blonde Trin zu ihrer Freundin Billa. Aus Trin war jetzt Frau Düster geworden, ihren Werner, den Sohn des alten Bäckers, hatten sie im Frühjahr zur Wehrmacht eingezogen. Die beiden Frauen standen am Morgen in der warmen Septembersonne auf der Straße, so wie bei allen anderen im Dorf war ihr Kopf prall gefüllt mit den unheilvollen Nachrichten, die seit Tagen überall herumschwirrten. Lange schon hatten die knarzenden Stimmen im Radio das Volk auf den Ernst der Lage eingeschworen. Es ging wieder um alte Feindschaften, um gekränkte Ehre und um die Bedrohung der arischen Rasse.

Nun zogen also wieder deutsche Soldaten in den Krieg. Die Luft flirrte vor Anspannung, die bösen Geister waren wieder auferstanden. Die Sanften schwiegen, die Wilden frohlockten. Bürgermeister Horn verhöhnte die Pollaken, und der Pfarrer betete für die Männer des Dorfes, die im Feld standen. Für den Führer und den Frieden.

»Sei vorsichtig mit dem, was du sagst! Es sind Leute schon wegen viel Geringerem weggekommen«, drohten Hieronymus Horn und Ortsgruppenleiter Katzmer den Dorfbewohnern, die es wagten, nur den geringsten Zweifel am Handeln der Regierung zu äußern.

Martin wusste nicht, was Wegkommen bedeutete, ahnte jedoch, dass damit etwas Unheilvolles gemeint war. Schwere Zeiten für einen, der neben einer Herde friedlich grasender Ziegen aus dem Schatten einer leidvollen Kindheit herausgetreten war. Der von solch edelmütigen Männern wie dem schälen Bähtes, Schang Kreutzer und Hein Morgenroth in die reinen Wahrheiten des Lebens eingewiesen worden war.

Bald nach Morgenroths Tod hatte Martin ein Schreiben der Handwerkskammer erreicht. Er müsse einen *Großen Befähigungsnachweis* erlangen, um den Betrieb fortzuführen. Man werde ihm baldmöglichst Ort und Termin nennen, an dem er diesen in einer praktischen und theoretischen Prüfung erlangen könne. Martin war erleichtert. Wie sehr hatte er sich doch davor gefürchtet, die Werkstatt schließen zu müssen. Jetzt blieb das Radio am Abend stumm, weil Martin sich in Meister Morgenroths Lehrbücher vertiefte. Sein Eifer war riesengroß, er würde diese Prüfung bestehen, in der Werkstatt würde es wieder einen Meister geben, den Schuhmachermeister Martin Niemand. Seinen Meisterbrief würde Martin an die Wand in der Werkstatt hängen, gleich neben den von Hein Morgenroth. Außerdem planten sie, ein Sortiment Schuhe aus der Fabrik einzukaufen, um sie ihren Kunden anzubieten. Anni schlug vor, die Schuhe hinter dem Fenster zur Dorfstraße auszustellen, keine große Sache, nur ein, zwei Modelle für den Herren und ein paar mehr für die Damen. Wenn Martin nur bald zur

Prüfung eingeladen würde. Bis es so weit wäre, würde er wie bisher weiter schustern. Er bemühte sich darum, Ruhe zu bewahren, und niemals hängte er eine Hakenkreuzfahne ans Haus. Morgenroth hatte ihnen das alte Haus in der Dorfstraße überschrieben. Gleich nachdem Martin und Anni geheiratet hatten, ohne je ein Wort darüber zu verlieren.

In diesem Jahr hieß das Weihnachtsfest wieder Kriegsweihnacht. Martin störte sich an dieser Wortschöpfung, die ihm so fremd vorkam wie ein Wort aus einer exotischen Sprache. Das Radio übertrug die Weihnachtsringsendung, Anni schaltete es nach dem Abendessen ein, sie saßen in der Stube, naschten vom Weihnachtsgebäck und beobachteten Kaspar, der mit seiner neuen Rennbahn spielte, auf der zwei Blechautos auf einer Spur im Kreis hintereinanderfuhren. Ihre Tochter Eva lag im Stubenwagen und schlief. Nach einer Weile stand Martin auf, ging zum Radio hinüber und sah Anni an, sie nickte, und er schaltete das Gerät aus. Anni sah wunderschön aus, wie sie dasaß und von einem Weihnachtsplätzchen abbiss, die erneute Schwangerschaft sowie die Geburt ihres zweiten Kindes waren ohne Komplikationen verlaufen. Eine heftige Woge goldstrahlenden Glücksgefühls überkam Martin, das im gleichen Moment wieder von tiefschwarzen Gedanken verdrängt wurde. Eva war in Kriegszeiten hineingeboren worden, und niemand konnte sagen, was ihr in dieser Welt Schlimmes widerfahren würde. Denn die bösen Geister ließen sich nicht wieder in die Löcher zurückdrängen, sie waren gekommen, um zu bleiben.

Pauli Kroppen war unterdessen der Plackerei als Anstreicher entkommen, auch seine geliebte HJ-Uniform hatte er ausgezogen, er war zum Arbeitsdienst eingezogen worden. Die Postkarte mit den farbigen Abbildungen der Sehenswürdigkeiten Kleves stand im Tagelöhnerhaus auf der Kommode an ein gerahmtes Foto ihres Sohnes gelehnt. Zigmal schon hatte Klara sie in die Hand genommen und gelesen. *Liebe Mutter,* stand da in kindlicher Schönschreibschrift, *wir bauen hier einen Bunker aus Beton. Mir geht es gut, hoffe das Gleiche von dir. Paul.*

Während der eine in der Volksgemeinschaft also bereits zum Bunkerbauer aufgestiegen war, begann für die Kleinsten gerade erst der steinige Weg zum wertvollen Mitglied dieser Gemeinschaft. Anni und Martin Niemand betrachteten ihren Sohn mit mächtig sorgenvollen Mienen. Die Uniform, die ihn als Mitglied des deutschen Jungvolks auswies, war ihm zu groß. Seine dünnen Beine lugten weiß und zerbrechlich aus der kurzen Hose heraus. Mit spitzen Fingern zog Kaspar am Stoff der Köperbluse. Er mochte die Montur nicht, darin war er sich mit seinen Eltern einig, doch Anni strich ihm übers Haar und sagte mit sanfter Stimme: »Es geht nicht anders, Kaspar, alle Jungen müssen da jetzt mitmachen. Schlafen im Zelt und Lagerfeuer im Wald werden dir bestimmt viel Spaß machen. Der Bertho ist doch auch dabei und all die anderen Jungens.«

»Der Bertho muss mit seinem Opa im Garten marschieren. Exerzieren, sagt er, heißt das. Der freut sich schon auf das Exerzieren beim Jungvolk.« Martin sah Anni an, dann wandte er sich an Kaspar: »Deine Mutter hat recht, es geht nicht anders, sei vernünftig, und pass auf, dass du denen nicht so viel erzählst.« Bei diesen Worten tat es einen kleinen Stich in Martins Herz. So weit war es bereits gekommen, er hatte gerade seinen Sohn dazu angehalten, sich wie ein Kriecher zu verhalten. Still nahm Anni Martins Hand und drückte sie, sie verstand ihn, er hatte richtig gehandelt. Während Kaspar die Köperbluse wieder auszog und missmutig auf das Sofa warf, drang ein lautes Glucksen aus dem Stubenwagen, das gleich in ein noch lauteres Greinen überging. Anni nahm Eva auf ihre Arme, die Kleine war hungrig, und Anni setzte sich neben die Köperbluse aufs Sofa und stillte ihr Kind.

Natürlich hatte Klara versucht, ihren Bruder Anton in der Irrenanstalt in Düren zu besuchen. Ihr bestes Kleid hatte sie getragen, als sie mit schwammigen Knien vor dem großen Eingangstor in der Meckerstraße stand und an der Schelle zog. Ein Wärter in Uniformjacke und mit einem ungepflegten Schnauzbart in einem pickeligen Gesicht öffnete das Tor – und wies sie ab.

»Besuche nur in dringenden Ausnahmefällen und mit gültiger Erlaubnisbescheinigung«, schleuderte er ihr barsch entgegen, bevor er das Tor gleich wieder geräuschvoll schloss.

Klara war bestürzt. So ging man hier also mit den Angehörigen der Patienten um, die man ihrem Zuhause entrissen und hinter hohen Mauern versteckt hatte. Sie war wütend, schluckte ein paar Tränen herunter und machte sich enttäuscht auf den Weg zurück in ihr Dorf.

Bürgermeister Horn war ihr keine Hilfe bei der Suche nach einer Möglichkeit, an diese vermaledeite Besuchserlaubnis zu gelangen. »Da kannst du wohl nichts machen«, sagte er schulterzuckend, »die wissen schon, was gut ist für Anton.«

Klara hatte nicht noch einmal versucht, ihren Bruder Anton zu besuchen. Gebetet hatte sie für ihn, dass es ihm gut gehen solle in der Meckerstraße in Düren, und gehofft, Bürgermeister Horn würde recht behalten mit seiner Annahme.

Ein paar Wochen später, Klara hatte ihre Lebensmittelmarken für den beginnenden Zuteilungszeitraum in der Amtsstube in Nörvenich abgeholt, fand sie zu Hause einen Brief vor. Dieser Brief verhieß nichts Gutes, das sah sie dem Kuvert beim ersten Blick darauf an, und ihre Vorahnung wurde auf das Brutalste bestätigt. Es war ein Schreiben des Standesamts der Stadt Bernburg an der Saale. Darin wurde ihr schnörkellos mitgeteilt, dass Anton am 18. Oktober 1940 in der hiesigen Pflegeanstalt nach langer, schwerer Krankheit verstorben sei. Der Leichnam sei bereits eingeäschert worden, auf Antrag und auf eigene Kosten könne die Asche überstellt werden. Sie schrie auf, schlug wütend die Fäuste auf die Tischplatte, ihr Puls raste, während sie ein heftiger Weinkrampf überkam.

In der Küche im Schusterhaus runzelte Martin die Stirn, dann reichte er das Schreiben an Anni weiter. Während sie las, sprang er auf und lief in der Küche auf und ab. Wenn er aufgebracht war, musste er sich bewegen. Die Küche war klein und seine Schritte waren ausholend, er hinkte auf seinem krummen Bein herum wie ein Derwisch und deutete auf das Schreiben in Annis Händen.

»Wieso war Anton in – wie hieß der Ort noch gleich? Bernburg? An der Saale? Du hast ihn doch nach Düren gebracht, warum konnte er denn nicht da bleiben?«

»Ich weiß es nicht«, schluchzte Klara, »womöglich war Anton schon gar nicht mehr in Düren, als ich ihn besuchen wollte. Ich versteh das alles nicht.«

Martin setzte sich wieder hin, sein Bein schmerzte, er musste nachdenken. »Die Saale«, dachte er laut nach, »das ist ein Fluss in Mitteldeutschland, warum haben sie Anton da hingebracht?«

Weder Hieronymus Horn noch der Ortsgruppenleiter waren in der Lage, diese Frage zu beantworten. Der Briefträger bestätigte, dass der Ort in Mitteldeutschland lag. »Das gehört zur Provinz Sachsen«, tat er kund, doch von einer Heilanstalt dort wusste er nichts. Sie schrieben einen Brief an das Standesamt in dieser Stadt an der Saale, eine Antwort erhielten sie nicht. Mit nur achtunddreißig Jahren war Anton Kroppen an einer schweren Krankheit verstorben, in einer fremden Stadt, in der er noch nie zuvor gewesen war, umgeben von fremden Menschen. Klara blieb nichts von ihm, außer dem Schreiben aus Bernburg und der alten Decke, die sie vergessen hatte ihm mitzugeben, als sie ihn in die Irrenanstalt nach Düren gebracht hatte.

Bald darauf feierten sie die zweite Kriegsweihnacht. Es folgten das dritte und das vierte Weihnachtsfest nach dem gleichen Muster: In ihrer Sonntagskleidung saßen sie nach Seife duftend unter einem silberglänzenden Christbaum hinter verdunkelten Fenstern. Mit alten Liedern und neuen Sorgen. Mit frommen Wünschen und gedämpfter Hoffnung. Bevor sie kurz vor Weihnachten 1943 ihren bittersten Tag in dieser bitteren Zeit erlebten.

Nachdem die feindlichen Bomben bereits dicht bei ihrem Haus ins Dorf gefallen waren, nachdem der betagte Knecht Franz mitsamt dem Pferd bei der Feldarbeit in winzig kleine Fleischbrocken zerbombt worden war, nachdem Hieronymus Horn eine junge ukrainische Zwangsarbeiterin in der Milchküche vergewaltigt hatte und nachdem bereits zwei Dutzend Männer aus der Gegend gefallen waren, nach all diesen schrecklichen Vorfällen brachte Kaspar Niemand in diesem Jahr neben seinem Zeugnis auch den Heranziehungsbescheid für den Dienst als Luftwaffenhelfer aus der Schule mit nach Hause. Kaspar besuchte die fünfte Klasse der Oberschule für Jungen in Düren, seinen Dienst bei der Flakbatterie dort sollte er gleich nach den Feiertagen, am 5. Januar 1944, antreten. Die bösen Geister streckten kichernd ihre scharfen Krallen nach ihnen aus, und sie wussten sich nicht dagegen zu wehren. Ihr Kaspar sollte zum Krieger werden, in einem Krieg, der nicht der ihrige war.

»Luftwaffenhelfer, Flakbatterie«, Anni hielt das Schreiben in ihrer zitternden Hand und wiederholte die Worte so angewidert, als spräche sie den Namen des leibhaftigen Gehörnten aus.

Martin setzte an, sie zu beruhigen, doch sie unterbrach ihn barsch, »Kaspar ist noch keine sechzehn Jahre alt! Er ist ein Kind, und Kinder gehören nicht in den Krieg, Martin. Wir müssen etwas unternehmen.« Sie sprachen mit Horn und mit dem Ortsgruppenleiter in Nörvenich. Mit dem Schuldirektor, und nach den Feiertagen sprachen sie sogar mit dem Batteriechef der leichten Heimatflakbatterie in dessen Gefechtsstand in Düren. Sie alle konnten nichts für sie tun. Der Führer brauchte die Kinder des Reiches.

»Pass auf, dass du nicht auch noch gezogen wirst«, warnte Ortsgruppenleiter Katzmer mit einem schrägen Blick auf Martins krummes Bein, »am Ende kommt es auf jeden einzelnen Mann an!« Im Gegensatz zu Valentin Simbach, der schon seit geraumer Zeit Dienst in der Schreibstube der leichten Heimatflakbatterie in Düren tat, war Martin bisher von jeglichen Aufforderungen zum Militärdienst verschont geblieben. Im Dorf munkelte man, Valentin habe sich auf Drängen seines Vaters freiwillig gemeldet.

Der 5. Januar war ein Mittwoch. So wie Bertho Simbach und viele andere Jungen auch erschien Kaspar an diesem Tag pünktlich bei seiner Schule, von wo aus sie zu ihren Stellungen in der Stadt marschieren mussten. Der 5. Januar im fünften Kriegsjahr bedeutete für Martin Niemand und seine Familie: Die bösen Geister hatten sich in ihr Leben gedrängt, sie saßen mit ihnen zusammen am Tisch, und sie lagen mit ihnen gemeinsam im Bett, an jedem einzelnen Tag waren sie bei ihnen, und nur seine Arbeit lenkte Martin für einige Augenblicke von seinen Sorgen ab. Zudem wartete er immer noch auf die Einladung zur Meisterprüfung, doch er wartete vergebens, und im Grunde war das schon längst ohne Bedeutung.

Zu dieser Zeit wurde Pauli vom Arbeitsdienst direkt zur Wehrmacht eingezogen. Es kam jetzt auf jeden Mann an, seine erste Karte als Soldat schickte er aus Billerbeck nach Hause. Eine Postkarte, die in bunten Farben schöne, alte Häuser und eine Kirche mit sehr spitzen Türmen zeigte.

Mir geht es gut, schrieb Pauli seiner Mutter. *Wir werden hier ausgebildet. Mach dir keine Sorgen. Paul.* Die zweite Karte war ein grauer Karton mit dem Aufdruck *Feldpost* darauf. Sie war schmutzig. *Mir geht es gut. Der Feind kämpft zäh, er lässt uns keine Ruh. Mach dir keine Sorgen. Paul.*

Das Frühjahr brachte liebliche Tage. Die Natur scherte sich nicht um den Krieg, der Frühling kam mit Macht und bereitete, so wie es seine Bestimmung war, den Weg für einen heißen Sommer. Frisches, sauberes Grün, bunte Blüten und tanzende Schmetterlinge, das Repertoire war unverändert, und doch bildete es in diesem Jahr nur die liebliche Kulisse für schwere Tage der Unwägbarkeit. Die Menschen taten wachsame Blicke zum Himmel hinauf, lauschten dem Grollen in der Ferne. Frauen in schwarzer Trauerkleidung huschten durchs Dorf, Feldarbeiter suchten unter ihren Pferdekarren Schutz vor den Bordwaffen der feindlichen Tiefflieger. Der Ortsgruppenleiter und seine Gefolgsleute verkrochen sich in ihren Häusern, während Menschen aus weiter westlich gelegenen Orten mit hochbeladenen Fuhrwerken und prall gefüllten Handwagen auf ihrer Flucht Richtung Osten durch den Ort zogen. Einige Familien im Dorf taten es ihnen gleich. Andere weigerten sich zu gehen. Abgekämpfte Einheiten der Wehrmacht jagten über die Dorfstraße, sie waren auf dem Weg an die Westgrenze, wo sie einen übermächtigen Feind aufhalten sollten. Der Wind trug den Kanonendonner bis in das Dorf hinein, nachts leuchtete der Himmel glutrot vom Feuerschein. Familien brachen auseinander, Zivilisten starben, und die ersten Hitlerbilder wurden zerschlagen oder im Garten vergraben.

Im Winter erschienen wieder deutsche Truppen im Dorf, diesmal kamen sie von Westen her, sie nahmen Quartier, waren wüst und schmutzig und hasteten nach ein, zwei Nächten weiter. Rückzug bis hinter die Erft, weiter bis zum Rhein, immer weiter zurück. Plötzlich stand der Amerikaner in Nörvenich. Die Kreisleitung aus Düren hatte sich im Dorf verschanzt, sogar angesichts der unaufhaltsam vordringenden alliierten Truppen untersagte sie immer noch jeden Versuch, sich nach Osten abzusetzen, doch als der erste Panzer mit einem weißen Stern darauf in Sichtweite auftauchte, verschwanden ihre Uniformen unter dampfenden Misthaufen und in Kloakengruben, und die Amtsträger machten sich so plötzlich auf und davon, wie sie aufgetaucht waren. Das Schießen kam näher, das Grollen der Panzer wurde lauter und lauter, bis dann, am Nachmittag, Soldaten mit runden Helmen in geduckter Haltung von Haus zu Haus bis zum Dorfplatz vordrangen.

Staunend und ängstlich zugleich beobachteten Martin und Anni die fremden Soldaten durch das spinnwebenverhangene Kellerfenster ihres Hauses. »Der Krieg ist zu Ende«, flüsterte er ihr zu, während sie hörten, wie über ihnen die Amerikaner auf der Suche nach deutschen Soldaten in ihr Haus stürmten.

Nur zögernd wich die Anspannung der vergangenen Wochen von ihnen ab. Die amerikanischen Soldaten waren ernst und jung, mit knappen Kommandos bedeuteten sie ihnen, aus dem Keller zu steigen, dann drängten sie sie hinaus auf den Platz, wo schon andere Dorfbewohner versammelt waren. Bis zum Einbruch der Dämmerung ließ man die Deutschen dort warten, währenddessen durchkämmten die Amerikaner ihre Häuser, wühlten in ihren Sachen herum, stahlen ihren Wein und Schnaps und schlugen alles kaputt, was an den Führer und Partei erinnerte. Am Abend saßen Martin und Anni in ihrer Stube, die ihnen sonderbar fremd vorkam. Der Geruch der Soldaten hing noch in der Luft, die gläserne Blumenvase, die ihnen Annis Eltern zur Hochzeit geschenkt hatten, lag zerbrochen auf dem Boden. Anni war nicht in der Lage, die Scherben aufzufegen.

»Es ist vorbei«, tröstete Martin sie, »wir sind am Leben geblieben, Anni, der Krieg ist aus.« Als spräche er sich selbst Mut zu, so klangen seine Worte. Sie lächelten sich nicht an, sie waren zu erschöpft.

Klara war bei ihnen und die blonde Trin mit ihrem Baby, sie fürchteten sich davor, alleine in ihren Häusern zu sein. Die Vorhänge waren zugezogen. Weil es keinen Strom gab, hatten sie Kerzen angezündet. So saßen sie und nahmen gemeinsam ein karges Abendbrot ein. Niemand sprach, nervös lauschten sie auf die fremden Geräusche draußen auf der Straße. Ihre Gedanken waren bei ihren Angehörigen, von denen sie nichts wussten. Schließlich legten sie sich in ihren Kleidern zum Schlafen hin.

Die bösen Geister aber, die schliefen auch in dieser Nacht nicht. Das Knattern der Maschinengewehre, die dumpfen Einschläge der Kanonen verstummten auch in der Nacht nicht. Mal schien ganz nahe beim Dorf, dann wieder weiter weg geschossen zu werden. Anni hörte Trin leise beten. Plötzlich erhob sich das vertraute Geheule der Jagdbomber in der Luft. Noch waren sie weit entfernt, doch Martin war sofort auf den Beinen, brüllte los, riss Anni mit sich fort, hinüber zur Treppe in den Keller hinunter. Das alles geschah in völliger Dunkelheit, die Frauen kreischten, die Kinder schrien, sie schoben und drängten sich gegenseitig die schmale Stiege hinab, über ihnen schwoll das Heulen an, bis es alles übertönte. Ganz in der Nähe vernahmen sie eine gewaltige Detonation. Zu vier Erwachsenen und zwei Kindern quetschten sie sich in dem engen, muffigen Keller zusammen. Der grelle Schein der explodierenden Bomben fiel durch das schmale Kellerfenster auf ihre bleichen Gesichter. Eva glühte in Annis Arm, sie fieberte.

Dann, nachdem das Heulen über ihnen für einen winzigen Moment nachgelassen hatte, schwoll es erneut wieder an, und diesmal zu nie gekannter Lautstärke. Ein deutscher Sturzkampfbomber flog direkt auf sie zu, mit ohrenbetäubendem Knall schlug eine 250 Kilogramm schwere Panzersprengbombe in ihr Haus ein, das Kellergewölbe zerbarst in der gleichen Sekunde, und ein gleißend helles Licht erfasste Martin Niemand. Alles Denken, alles Fühlen setzte aus. Er sah die Gesichter des schälen Bätes, des Schang Kreutzer und des Hein Morgenroth vor sich. Hell und klar sah er sie. Das zerschundene Gesicht des Dolfes, das Gesicht der unbekannten Frau in makelloser Schönheit, und auch das Gesicht des Liam Parsons tauchte vor ihm auf. Engelsgleich, von einem hauchzarten Schleier umhüllt, erschienen sie alle ihm freundlich lächelnd. Alle nacheinander und alle gleichzeitig, in der gleichen Sekunde. Jede körperliche Wahrnehmung war erloschen, jedes Gefühl erstarrt, für die Dauer eines Wimpernschlags nur, dann zerriss die Explosion seinen Körper.

Erst drei Tage später, erst nachdem die bösen Geister weitergezogen waren, um bei den Rheinbrücken ihre Opfer zu suchen, erst dann gelang es, die Opfer aus den Trümmern zu bergen. Martins linke Bein fand man unter einem Berg von zersplittertem Holz und Backsteinen, in den Resten seiner Hose steckte ein gefalteter Brief. Darin gestand Martin den Mord an Liam Parsons.

Er endete mit den Worten: *Ich habe ihn umgebracht, und ich habe es nie bereut.*

Die zweite Generation.

10. KAPITEL

Freie Männer

Bertho Simbach war bei ihm. Und Günter Heck, der aus dem kleinen Weiler Muldenau in der Voreifel stammte und schon siebzehn Jahre alt war. Eng aneinandergepresst saßen sie zwischen mürrischen Wehrmachtssoldaten auf der Ladefläche eines Lkw. Die Soldaten waren unrasiert, und sie stanken, ihre Wintermäntel starrten vor Schmutz. In hohem Tempo fuhr der Lkw durch die Nacht, die Beleuchtung war ausgeschaltet, aus der Ferne drang das Heulen der feindlichen Jagdbomber zu ihnen herüber.

Die Fahrt ging nach Graurheindorf, wo die Sieg in den Rhein mündete. Von hier aus würden sie mit der Fähre über den Fluss ans Ostufer gebracht werden, um in Mondorf in Stellung zu gehen. Doch das alles wusste Kaspar Niemand zu diesem Zeitpunkt noch nicht. Wo er am folgenden Tag sein würde, wo der Feind stand, wo die Front verlief, von alledem wusste er nichts, für ihn war der Krieg zu einem undurchschaubaren Wirrwarr geworden.

Vor gerade einmal vierzehn Monaten waren er und Bertho und einige andere Jungen seiner Schule in Düren zu ihrer Flakstellung in die Veldener Straße marschiert. Dort hatte Unteroffizier Amlong sie in Empfang genommen. Amlong stammte aus Wien, die Jungen amüsierten sich über seine Aussprache. Bertho marschierte stramm wie ein richtiger Soldat, und der Dienst an den Scheinwerfern kam ihnen vor wie ein Abenteuer. Selbst dann noch, als die ersten feindlichen Flugzeuge am Himmel erschienen.

In warmen Sommernächten hatten sie bei Fliegeralarm auf dem Flachdach eines Fabrikgebäudes gehockt, waren heiß darauf gewesen, ihre Geschütze zu bedienen, während sie doch nicht mehr tun konnten, als den Feuerzauber aus der Ferne zu beobachten. Sie trugen luftwaffenblaue Uniformen, die auf der Haut kratzten und so groß waren, dass sie die Hosenbeine umschlagen mussten. Sie aßen kochgeschirrweise süße Milchsuppe und begafften die Männer aus fremden Ländern, die in ihrer Einheit Dienst taten. Im Herbst 1944 brachte man sie an die Westgrenze, nach Eijgelshoven in Holland, wo sie tagelang Gräben ausheben mussten. Hier sahen sie die ersten russischen Kriegsgefangenen, die hohlwangig und mit stumpfem Blick neben ihnen in den Gräben schaufelten. Auch Günter Heck trafen sie hier, der sich aufspielte wie ein alter Hase. Weil er ein Jahr älter war als Kaspar und Bertho und weil ihre Dörfer so nahe beieinanderlagen, nahm er sie unter seine Fittiche. »Haltet euch nur an mich, dann kann euch nix passieren«, hatte er getönt.

Von Eijgelshoven waren sie nach Berrenrath gekommen, dort beobachteten sie den Luftraum über der Ville. Bei ihrer ersten Feindberührung warfen sie sich in den kalten Schlamm hinter einer Mauer, während über ihnen britische Bordschützen die Krauts ins Visier nahmen. Danach genehmigte Amlong ihm vier Tage Urlaub. Kaspar ging den Weg nach Hause zu Fuß, seine Mutter hatte geweint, als sie ihn in ihre Arme schloss, und sein Vater hatte sich darüber gewundert, dass sein Sohn jetzt rauchte. Die Stellung in Berrenrath wurde bald aufgegeben, sie kamen nach Knappsack, Amlong ernannte sie zu Kanonieren, und sie tranken Schnaps wie die alten Landser. Kaspar landete seinen ersten Treffer. Die Maschine zog eine schwarze Rauchfahne hinter sich her, als sie zu Boden trudelte. Sie sahen die Explosion beim Aufschlag. Unteroffizier Amlong heftete Martin das Flakkampfabzeichen an die luftwaffenblaue Uniformjacke. Den amerikanischen Piloten hätten sie tot in den Trümmern gefunden, sagte er und klopfte Kaspar auf die Schulter. In Knapsack bekamen sie keine süße Milchsuppe mehr, überhaupt aßen sie jetzt wenig, und sie wuschen sich noch weniger. Stattdessen rauchten und tranken sie jetzt mehr.

Nachdem sie an einem Samstagnachmittag den bisher schlimmsten Angriff erlebt hatten, scheuchte Amlong sie in der Nacht von ihren Schlafplätzen auf und zu den Lkw hin. Woher die gekommen waren und wer die Soldaten um sie herum waren, wusste Kaspar nicht, er war auf die Ladefläche gestiegen und hatte eben einen Platz zwischen Bertho und Günter gefunden, als der Fahrer das Gaspedal durchtrat und der Lkw sich mit einem Ruck in Bewegung setzte. Endlos lange ging die Fahrt durch die Nacht, sie froren unter der dünnen Plane über der Ladefläche. Das Heulen über ihnen schwoll an und wieder ab, Kanonendonner hallte durch die Nacht, ganz in der Nähe erhellte gleißender Feuerschein den grauschwarzen Himmel.

Plötzlich kam ihr Lkw zum Stehen. Die Heckklappe fiel herunter, und Unteroffizier Amlong erschien in der Dunkelheit. »Gschwind, kommt's alle ausse«, brüllte er, »gemma, gemma.« Er dirigierte den ersten Soldaten hinüber zum Haus, das sich als ein Gasthof erwies. In wilder Hast rannten alle hinüber, wo sie gleich angewiesen wurden, hinab in den Keller zu steigen. Es war ein massiver Gewölbekeller, der bereits mit Menschen überfüllt war. Die Soldaten drängten sich ohne Rücksicht hinein, hockten dicht gedrängt zwischen den gut fünfzig Zivilisten auf schmutzigem Stroh, während draußen das Inferno losbrach.

Als der Morgen graute, ließ das Schießen nach. Schließlich verstummte es ganz, die Soldaten warteten noch eine Weile, dann schickten sie die Späher hinaus. Am Nachmittag setzten sie mit der Fähre über den Fluss. Kaspar wusste nicht, ob der Amerikaner vor ihnen oder hinter ihnen war. Seine Einheit war ein wüster Haufen, Reste versprengter Wehrmachtssoldaten, alte, müde Volkssturmmänner und russische Kriegsgefangene, die alle freiwillig dabei waren und rücksichtslos erschossen wurden, wenn sie sich abzusetzen versuchten. Niemand redete mit den drei Flakhelferkanonieren, nur ein alter Volkssturmmann knurrte sie an, sie sollten verschwinden, ihre Mütter würden sich um sie sorgen, der ganze Scheiß sei sowieso bald vorbei.

Auf der anderen Rheinseite gelangten sie nach Mohndorf, wo sie in eine vorbereitete Stellung einzogen. Hier bekamen sie die erste Verpflegung nach mehr als sechsunddreißig Stunden – und in der Nacht einen Volltreffer durch die Amerikaner, die schon am anderen Rheinufer lagen. Am Abend tauchten Lightnings am Himmel auf und attackierten sie. Kaspar war einer Flakstellung zugeteilt, bei der er den Suchscheinwerfer bedienen sollte. Ein Russe, den sie Iwan nannten, so wie sie fast alle Russen Iwan nannten, schaffte die Munition heran, bis sie sich zum Schutz vor dem Bordwaffenbeschuss aus den Lightnings in einen Graben warfen. Der Volltreffer schlug mitten in die Stellung ein; während Kaspar von umherfliegenden Erdbrocken getroffen wurde, zerfetzte ein Grantsplitter dem neben ihm liegenden Iwan den Oberkörper. Sein Schreien übertönte das anhaltende Kanonengetöse. Kaspar sah den aufgerissenen Leib, Innereien und Därme ergossen sich in den Dreck, bevor Iwan reglos auf der Seite liegen blieb und ihn mit weit aufgerissenen Augen anstarrte.

Bei dem Angriff war Günter schwer verletzt worden, schweigend sahen Bertho und Kaspar auf den blutigen Verband herab, den er um den nackten Oberkörper trug. Günter lag auf einer Trage, die im Schützengraben auf dem Boden stand, er war schweißnass, schrie unablässig, wobei er seinen Kopf hin und her warf. Ein Sanitäter gab ihm eine Spritze, danach wurde er ruhiger, doch er reagierte nicht auf das, was Kaspar ihm sagte. Zwei Tage lang konnten sie die Stellung noch halten, die nur noch aus einem mit Gras bewachsenen Bunker und ein paar Erdlöchern bestand. Zwei Tage lang waren sie hier dem Tod so verdammt nahe, ohne Verbindung zu ihrer Einheit und ohne die geringste Chance auszubrechen.

Am dritten Tag setzten die Amerikaner über den Rhein. Kaspar hockte in seinem Erdloch und beobachtete das Gelände, das sich vor ihm hinunter bis zum

Rhein erstreckte. Von der Baumgruppe links bis hinüber zum Weg hinab ans Flussufer; ein etwa 500 Meter breiter Streifen Deutschland war sein Beobachtungsgebiet. Er trug einen Karabiner bei sich und pinkelte in das Erdloch hinein, weil sie unter Dauerbeschuss lagen. Der Karabiner lag vor ihm, und Kaspar wagte es nicht, ihn zu benutzen. Hinter ihm knatterten Maschinengewehre, vor ihm tauchte ein Panzer auf. Das Schießen war vor ihm, hinter ihm und über ihm. Es war überall, die Rohre glühten. Schließlich konnte er die Helme der amerikanischen Infanteristen ausmachen, im gleichen Moment bekam der Bunker einen Volltreffer. Kaspar sank in seinem Erdloch auf die Knie, unfähig zu irgendeiner Handlung kauerte er im Matsch und hörte sich selber beten: »Vater unser, der du bist …«

Dann wurde es ruhiger über ihm, Kaspar verharrte weiter regungslos in seinem Loch. Er wartete auf die nächste Detonation, doch die kam nicht. Er atmete stoßweise, der Schweiß rann ihm über den Rücken, bis er ein metallisches Klacken über sich vernahm. Reflexartig sah er auf, er blickte direkt in einen Gewehrlauf.

»*Come on, out with you, boy!*« Das Gesicht hinter dem Gewehrlauf war schwarz, der Soldat wartete.

Als der Boy sich aufrichtete, trat der Soldat einen Schritt zurück. Kaspar hob die Hände und begann zu weinen.

Wieder stieg er auf einen Lkw. Und wieder war die Ladefläche mit Menschenleibern vollgestopft. Sie standen so eng zusammen, dass er kaum atmen konnte. Er versuchte, sich am Gestänge über ihm festzuhalten, sah in fremde, leere Gesichter, roch den Schweiß des Soldaten neben sich, hörte jemanden aus wunden Bronchien husten. Sie passierten ausgebrannte Panzer, tote Pferde mit aufgedunsenen Bäuchen, Felder, die mit Bombenkratern übersät waren, und Dörfer, in denen Häuser ohne Dächer standen.

Als der Lkw hielt, blickte Kaspar auf eine unüberschaubar große, kahle Fläche, auf der hinter Stacheldrahtzäunen Tausende Wehrmachtssoldaten standen oder auf dem nackten Boden saßen. Ein hoch aufgeschossener, bulliger Amerikaner winkte ihn vom Lkw herunter und bedeutete ihm, zu einer Gruppe verschüchtert dastehender Jungen in der Nähe eines Zeltes zu gehen. Vielleicht werden sie uns in dem Zelt unterbringen, dachte Kaspar, doch als alle Lkw entladen waren, führten der Bullige und ein weiterer Soldat die Jungen durch ein mit Stacheldraht bespanntes Tor in das Lager hinein. Hinter einem weiteren Tor bedeutete er ihnen, dass sie ihren Platz erreicht hätten. Sein Kamerad verschloss das Tor hinter den Jungen, dann zogen die beiden über die schlammige Lagerstraße davon.

Kaspar blickte sich um, er sah in blasse Milchgesichter, gerötete Pickelgesichter, Gesichter, in denen weicher Bartflaum stand. Bertho war nicht mehr bei ihm, seit dem letzten Gefecht in der Stellung bei Monheim hatte Kaspar ihn nicht mehr gesehen. Günter war auf einer Trage von amerikanischen Soldaten mit roten Kreuzen auf den Helmen weggebracht worden. Kaspar war ganz alleine unter Fremden hier in diesem abgetrennten Bereich, in dem ausschließlich die Kinder und Jugendlichen untergebracht waren, die Hitler als sein letztes Aufgebot gegen einen klar überlegenen Feind geschickt hatte. Rund um diesen Bereich herum waren die Erwachsenen untergebracht, irgendwo, so hörte er später, sollte es einen Bereich für Frauen geben. Sie alle, Frauen, Männer und Jugendliche, hockten hier auf dem nackten Boden, kauerten in Erdlöchern oder hier und da unter schiefen Zeltdächern, die man aus Planen gebaut hatte.

Sie aßen trockenes Brot, dünne Suppen und tranken bitteres, stark gechlortes Wasser. Kaspar freundete sich mit Werner Sitt an, der aus Wallenborn in der Eifel stammte und von Wasser erzählte, das klar und rein aus dem Boden brubbelte.

Werner kannte die Simbachs in Neroth. »Die sind Spinner, die Simbachs, waren die schon immer. Das hat mein Opa mir erzählt«, sagte er, während sie nebeneinander auf ihrem Erdhügel hockten und auf einem Kanten trockenen Brots herumkauten.

Das Beste an Werner war jedoch der Mantel, den er irgendwo einem toten Soldaten ausgezogen hatte. Der schützte sie beide vor den vielen kalten Regenschauern, die jetzt im April niedergingen. Manchmal ging der Regen in Hagel über, dann hockten sie unter dem ausgebreiteten Mantel und hörten, wie die Eiskristalle auf den festen Stoff über ihnen prasselten. Jede Nacht legte Werner sich zum Schlafen in den Mantel, damit niemand kommen und ihn stehlen konnte.

Nicht weit von ihrem Areal floss der Rhein in ewigem Gleichmut dahin. Wenn Kaspar sich auf ihrem Erdhügel hochreckte, konnte er bei schönem Wetter das Wasser in der Sonne glitzern sehen.

»Wenn wir es bis zum Ufer schaffen«, raunte Werner ihm zu, »dann könnten wir von hier verschwinden. Wir lassen uns mit der Strömung forttreiben und versuchen irgendwo auf der anderen Seite an Land zu kommen.«

Kaspar erschrak über diesen Plan. »Das schaffen wir niemals, wir kommen bestimmt noch nicht einmal bis zum Wasser hin«, flüsterte er.

»Pah«, stieß Werner aus, »wir drücken die Drähte mit dem zusammengerollten Mantel nach unten, dann schlüpfen wir durch und sind ruckzuck am Ufer. Das ist ein Kinderspiel.«

»Du weißt, was die Schüsse in der Nacht bedeuten, Werner. Du weißt es ganz genau, und doch willst du, dass wir es auch versuchen? Die schießen uns ab wie die Hasen.« Kaspars Entschluss stand fest, er würde nicht mitkommen, das erkannte Werner in seinem Gesicht.

»Pah«, flüsterte der noch einmal, »dann versuch ich es eben alleine. Ich will hier nicht verrecken, ich nicht!«

Als die Nacht hereingebrochen war, begleitete Kaspar seinen Freund bis zu dem Stacheldrahtzaun, der ihren Bereich von dem für eine Gruppe Männer abtrennte. Wie geplant stieg Werner mit Leichtigkeit durch die Drähte. Ein kurzes Kopfnicken, dann verschwand er zwischen den schlafenden Gefangenen in der Dunkelheit. Kaspar blieb beim Zaun. Angespannt lauschte er in die Nacht, mit angehaltenem Atem erwartete er die Gewehrschüsse der Wachposten, die ohne zu zögern auf jeden schossen, der sich dem Fluss näherte. Ganz in der Nähe schnarchte jemand, irgendwo klapperte ein Kochgeschirr. Werner müsste längst am Ufer sein, dachte Kaspar. Ob man die Bewegung des Wassers hörte, wenn Werner hineinglitt?

Plötzlich vernahm Kaspar ein Rumoren. Flüsternde Stimmen huschten durch die Dunkelheit, Schritte näherten sich, und dann erkannte Kaspar zwei Gestalten, die sich dem Zaun näherten. Es war Werner, der von einem Mann am Kragen gepackt vorangetrieben wurde. Kaspar lief den Zaun entlang, bis sie sich gegenüberstanden.

»Los jetzt, zurück mit dir auf deine Seite«, zischte der Mann.

Werner gehorchte, mit Hilfe des Mantels überwand er den Zaun ein zweites Mal in dieser Nacht. Der Mann trat nahe an sie heran, seine dunklen Augen blitzten, als er Werner zuraunte: »Versuch das nicht noch einmal. Idiot. Durch den Rhein kommt hier niemand raus, beim geringsten Geräusch ballern die los. Oder willst du sterben? Willst du denn gar nicht heim zu Mutti? So ein junger Kerl wie du, hast das Leben doch noch vor dir! Also, hau dich in dein Loch und warte ab.« Dann hielt er Werner mit seiner schmutzigen Hand eine Zigarette hin. Der nahm sie, und der Soldat verschwand lautlos in der Dunkelheit.

Nie wieder sprachen sie darüber. Nachts sahen sie drüben beim Fluss die zuckenden Lichtkegel, hörten die Gewehrschüsse, und tagsüber lebten sie ohne jede Abwechslung zwischen ihrem Erdloch und der Essensausgabe. Hin und wieder schritten sie ihr Areal ab, »damit wir nicht einrosten«, sagte Werner. Sie spielten primitive Spiele, kratzten sich gegenseitig die Läuse vom Kopf und spürten, wie die Löcher in ihren Mägen größer wurden, weil der Hunger sich wie ein zähnefletschendes Raubtier darin festgebissen hatte.

An einem heißen Tag im Mai, sechs Wochen nachdem sie das Lager betreten hatten, stand Kaspar auf ihrem Erdhügel. Er spürte, wie die Sonne ihm die Haut verbrannte, seine Lippen waren bleich und rissig, als der Bullige in Begleitung zweier Kameraden ihr Areal betrat. Die Begleiter waren viel kleiner und schmächtiger als er, sie trugen Stahlhelme und hielten ihre Gewehre im Anschlag.

Etwa in der Mitte angekommen, baute der Bullige sich auf, zog ein Papier aus seiner Brusttasche und begann mit lauter Stimme Namen zu verlesen. Die Genannten erhoben sich, und einer der Schmächtigen winkte sie mit dem Gewehrlauf zu sich heran. Dann fiel Werners Name und schließlich auch Kaspars. »Kaspar Niemand«, rief der Bullige, und er sprach das A wie ein Ä.

Als etwa dreißig Jungen aufgerufen worden waren, packte er das Papier zurück in die Tasche. Mit einem Blick, der Mitleid erkennen ließ, musterte er den schmutzigen Haufen verunsicherter Krauts, bevor er sich abwandte und das Areal verließ. Die Schmächtigen bedeuteten den Krauts, ihm zu folgen. Werner rollte noch rasch seinen Mantel auf, und dann trotteten sie in einer Reihe hintereinander dem Lagertor zu. Als sie es durchschritten hatten, dirigierte man sie in eines der Zelte, wo ihnen Soldaten in langen Kitteln aus großen Kartuschen ein übel riechendes Pulver in die Haare und unter die Kleidung bliesen. Anschließend bekam jeder ein Schriftstück in die Hand gedrückt, erhielt einen Kanten Brot und einen Becher Wasser ausgehändigt und wurde dann zu einem Lkw geschickt.

»*Get up there*«, befahl ein Soldat mit asiatischem Aussehen. Als der letzte Junge die Ladefläche erklommen hatte, verschloss er die Ladeklappe, und der Lkw fuhr mit aufheulendem Motor los. Martin sah das Lager hinter sich kleiner werden, und er fragte sich, wohin sie nun gebracht würden.

»Vielleicht schaffen sie uns in ein anderes Lager«, mutmaßte Werner.

»Unsinn!«, fiel ihm ein Kerl mit pockennarbigem Gesicht ins Wort, »wir kommen nach Amerika. Uns junge und kräftige Kerle lassen sie da arbeiten. Bis wir alt und grau geworden oder verreckt sind.«

Der Lkw entfernte sich immer weiter weg vom Rhein. Kaspar sah Felder, auf denen niemand arbeitete, auf zerschossenen Ortsschildern las er Namen von Dörfern, die er nicht kannte. Immer wieder hielt der Fahrer an, sprach mit Wachposten, die sich irgendwelche Papiere zeigen ließen und dann provisorische Straßensperren beiseiteschoben. Hinter Meckenheim überquerten sie die Erft auf einer Pontonbrücke. Der Lkw kam nur langsam voran, von quälender Ungewissheit ergriffen, suchte Kaspar die Gegend nach etwas Bekanntem ab.

Wenn man sie nun tatsächlich rüber nach Amerika brächte? Wie sollten sie dorthin kommen? Mit dem Schiff, mit dem Flugzeug? Wie lange würden sie dort bleiben müssen? Kaspars Hände zitterten, als er sich seine allerletzte Zigarette anzündete. Schließlich ging die Sonne unter, sie tauchte den Horizont in ein warmes Goldgelb, und sie verriet Kaspar, dass ihre Fahrt immer noch Richtung Nordwest ging. Das Ortsschild von Bergheim hätte er fast übersehen. Es lag neben einer gepflasterten Straße, die mit Schlaglöchern übersät war, zwischen allerlei Gerümpel am Boden, und Kaspar dachte einen Moment lang daran, vom Lkw zu springen und davonzulaufen. Sein Dorf lag nicht weit von Bergheim entfernt, er würde es in einem strammen Tagesmarsch erreichen können. Da bog der Lkw von der Straße ab und hielt schließlich vor einem dunklen Backsteingebäude. Die Bremsen kreischten, aus dem Gebäude traten Soldaten hervor, sie umstellten den Lkw, der angehalten hatte und mit laufendem Motor unter einem Lindenbaum stand.

Die Kleidung der Soldaten unterschied sich von der, die er von den Amerikanern kannte. Sie trugen keine Stahlhelme, ihre Gewehre hatten sie geschultert. Der Kleinste unter ihnen trat vor und kommandierte: »Alle absteigen! *In front of the track* aufstellen.« Er trug eine olivfarbene Schirmmütze mit roter Litze und schwarz glänzendem Schirm. Er schien kaum älter als Kaspar, doch seine Stimme hallte überraschend tief und kräftig über den Platz. »Einzeln eintreten, im ersten Zimmer rechts zur Registration melden!«, befahl er, wobei er auf die zweiflügelige Tür in dem Gebäude wies.

Drinnen wurden ihre Namen in eine Liste eingetragen, dann bekamen sie alle einen Stempel auf ihr Entlassungsdokument gedrückt. »*You can sleep* in diese da«, sagte die kräftige Stimme und deutete auf den gegenüberliegenden Raum. In der Ecke standen noch ein paar Schulbänke, die Tafel an der Wand war zerbrochen, und der Boden war komplett mit Stroh bedeckt.

Die Jungen sahen sich an, sie verstanden nicht, was hier vor sich ging, dann wagte jemand zu fragen: »Was geschieht jetzt mit uns?« Alle starrten den Kleinen mit der kräftigen Stimme an.

»Ihr seid frei«, sagte der, »ihr könnt schlafen hier oder sofort nack Hause gehen. Ihr seid freie Männer.«

11. KAPITEL

Die Organisatoren

Der Geschmack von bitterem Kaffee erfüllte noch seinen Mund, als Kaspar das schwer zerstörte Bergheim schon weit hinter sich gelassen hatte. Die Briten hatten ihnen am Morgen echten Kaffee gegeben und eine Scheibe Brot mit einem fleischähnlichen, salzigen Belag darauf, die er gierig in sich hineingestopft hatte. Dann war er losmarschiert. Er wusste, dass er nach Süden gehen musste, die Sonne stand schon hoch am Himmel, der Durst quälte ihn.

Am vorherigen Abend war er nach kurzem Zögern todmüde auf das Stroh niedergesunken. Er war nicht fähig gewesen, eine Entscheidung zu treffen, er wollte nur schlafen, und das Stroh war weich und frisch gewesen. Nach wenigen Sekunden war er in einen tiefen Schlaf gefallen. Am Morgen hatte er sich umgeblickt und gesehen, dass mindestens die Hälfte seiner Kameraden bereits verschwunden war. Werner hatte neben ihm gelegen. Nachdem sie ihre Brote gegessen hatten, waren sie auf die Straße hinausgegangen, wo Werner vorschlug, gemeinsam per Anhalter in die nächste größere Stadt zu fahren, wo sie einen Zug nehmen würden, der sie nach Hause brächte.

»Nach Hause? Mein Zuhause liegt dort drüben«, Kaspar hatte nach Süden gezeigt, »dahin laufe ich zu Fuß, das schaffe ich bis zum Abend.« Und dann hatten sie sich getrennt, der Junge aus Wallenborn in der Eifel, der um ein Haar am Ufer des Rheins erschossen worden wäre, und Kaspar Niemand, der so nahe bei seiner Familie war, dass er es kaum erwarten konnte, loszurennen und das Luftwaffenhelferleben mit jedem Schritt ein Stück weiter hinter sich zu lassen.

Der Stand der Sonne zeigte ihm an, dass es um die Mittagsstunde war, als er Kerpen erreichte. Das Marschieren bereitete ihm Mühe, seine Füße schmerzten, und der Durst quälte ihn bei jedem Schritt. Wie fast alle Orte, durch die er gekommen war, seitdem er das Lager am Rhein verlassen hatte, bot das Städtchen einen todtraurigen Anblick. Gleich beim ersten Haus klopfte Martin an die Tür, es schien bewohnt, und tatsächlich, schon wurde die Tür geöffnet, und eine alte Frau mit tief herabhängenden Ohrläppchen trat hervor.

»Hätten Sie bitte ein Glas Wasser für mich?«, fragte Kaspar höflich.

Die Frau fasste sich an ihr rechtes Ohrläppchen, drückte es und musterte ihn dabei misstrauisch. Ihre wachen Augen huschten zwischen Kaspar und der Straße hin und her, dann sagte sie mit lauernder Stimme: »Bist du getürmt?«

»Nein, nein«, erwiderte Kaspar hastig, »ich bin entlassen worden, ich habe Papiere.« Blitzschnell zog er das Dokument aus seiner Hosentasche, doch die Alte beachtete es nicht.

»Komm rein«, befahl sie, während sie einen prüfenden Blick die Straße hinaufschickte.

Das Wasser schmeckte köstlich. Nachdem sie Kaspar ein weiteres Glas hingestellt hatte, setzte sie sich ihm gegenüber an den Küchentisch und beobachtete ihn aufmerksam.

»Wohin willst du?«, fragte sie nach einer Weile.

Martin nannte den Namen seines Dorfes.

»Um Nörvenich rum hat es auch schwer geknallt. Dabei ist viel kaputt gegangen.«

Martin leerte auch das zweite Glas in einem Zug.

»Du stinkst, als kämst du aus dem Schweinestall. Im Hof kannst du dich waschen.« Sie brachte ihm ein Stück noch verpackter Seife und ein frisches Handtuch. Als sie ihn mit nacktem Oberkörper vor dem Bottich klaren Regenwassers stehen sah, rief sie ihm zu: »Zieh alles aus, ich guck dir schon nix weg. Gleich kriegst du frische Sachen.«

Der kalte Steinboden unter Kaspars nackten Füßen tat gut, die Seife roch aufdringlich nach frischen Blüten. Kaspar konnte den Duft keiner Pflanze zuordnen, doch er schäumte sich von Kopf bis Fuß ein, und er spürte, wie die Poren seiner geschundenen Haut wieder frei wurden. Er meinte, nach Wochen von Staub und Dreck zum ersten Mal wieder belebenden Sauerstoff aufzunehmen. Zum Schluss steckte er seinen Kopf tief in den Bottich hinein, blieb unter Wasser, solange er den Atem anhalten konnte. Als er japsend wieder auftauchte, stand die Alte neben ihm. Sie hielt ihm frische Kleider und Wäsche hin. Kaspar nahm sie und bedeckte sich damit.

»Die kannst du behalten, mein Junge braucht die nicht mehr.«

Sie verabschiedeten sich im Hausflur, Kaspar bedankte sich überschwänglich für alles. Die Alte wehrte ab und drückte ihm einen Ring Blutwurst in die Hand. Dann verschwand sie, ohne ein weiteres Wort zu verlieren, in einem Raum am Ende des Flurs. Draußen auf der Straße stand Kaspar in den Kleidern des Sohnes dieser Frau, deren Namen er nicht kannte, und schaute auf zum Himmel. Graue Wolken waren aufgezogen, es würde bald regnen.

Hinter Kerpen fand er den Weg, der schnurgerade zu seinem Dorf führte. Links von ihm standen die Schlote der Brikettfabrik wie für die Ewigkeit geschaffen am Horizont. Er fühlte sich befreit. Er meinte, in eine andere Welt einzutauchen, obwohl das Land, das er gerade durchschritt, einer hässlichen, geschundenen Brache glich. Doch er sah nicht die zerschossenen Bäume, die Bombentrichter rechts und links des Weges. Das demolierte Motorrad im Straßengraben, die gesprengten Reste einer Flakstellung, das alles nahm Kaspar nicht wahr. Er roch den Duft der Seife auf seiner Haut und fühlte die frische Wäsche auf seinem Körper. Das leuchtende Gelb der Blüten des Löwenzahns, das reine Weiß der Apfelbaumblüten sog er tief in sich auf, bis es ihn ganz und gar auszufüllen schien. Das kräftige Grün der sprießenden Gräser am Wegrand, das alles betörte ihn, und es verdrängte die Erinnerung an all die traurigen Farben, die ihm in den vergangenen Wochen die Gedanken verfinstert hatten.

Während er voranschritt, blieb es still um ihn herum. Nur das Gezwitscher der Lerchen über den Feldern begleitete ihn. Solange die Lerchen noch singen, wird die Welt nicht untergehen, kam ihm in den Sinn, und er fand den Gedanken ebenso tröstlich wie albern zugleich.

Als er Gut Ving passierte, hörte er fernen Donner. Dann erkannte er den Kirchturm, das schiefergedeckte Dach war verschwunden, und erste dicke Tropfen zerplatzten auf dem staubigen Boden. Am Dorfrand erschien der Wasserturm, er war unbeschädigt, und aus den dicken Tropfen wurde dichter Regen. Im Nu waren die Kleider des Jungen aus Kerpen durchnässt, der warme Regen pappte sie an seinen Körper, und Kaspar dachte an Werners Mantel. Das Rauschen des Regens hatte die Lerchen verstummen lassen, am Teufelsmaar klatschte er auf die dunkle Wasseroberfläche, die hier und da Blasen warf. Ein Berg von Munitionskisten ragte aus dem Uferschilf hervor. Kaspar erreichte den Dorfrand, in der Giebelwand des Hauses zu seiner Rechten klaffte ein Loch von der Größe eines Kleiderschranks, zu seinen Füßen floss schlammiges Regenwasser über den abschüssigen Weg ins Dorf hinein.

Von all dem unberührt schritt Kaspar voran. Seine Füße patschten in dem Schlamm, vorbei an dem beschädigten Haus, bis er nur noch ein kurzes Stück vom Platz entfernt war, von dem es hineinging in die Dorfstraße, wo ihr Haus stand, in dem seine Eltern saßen und sich um ihn sorgten. Seit Wochen hatten sie nichts voneinander gewusst. Er sah seine Mutter in der Küche stehen, umgeben vom Geruch von Herdputzmittel und Weißkohl. Er sah seinen Vater in der Werkstatt sitzen, der das krumme Bein ausgestreckt hatte, während er mit der Ahle das Leder durchstach. Er schritt voran, durch den strömenden Regen, gelangte auf den Platz und sah durch den Regenschleier den Schutthaufen liegen, der einmal sein Elternhaus gewesen war.

»Da war nix mehr zu machen«, sagte Hieronymus Horn, »alles zerfetzt.«

Mit ausdruckslosem Blick schaute er zu Kaspar auf, der vor ihm stand, doch es war nur ein kurzer Blick. Als bitte er Kaspar um Verzeihung, so zuckte Horn einmal noch mit seinen Schultern und sah dann hinab auf seine verschränkten Hände. Das Regenwasser tropfte aus Kaspars Kleidung, auf dem Holzboden in Horns Wohnstube hatte sich bereits eine kleine Pfütze gebildet. Schließlich begann Horn mit belegter Stimme die Ereignisse in jener Nacht vom 1. auf den 2. März zu schildern. Von den Amerikanern sprach er, die das Dorf bereits eingenommen hatten. Und von der Nacht, in der die deutsche Luftwaffe einen Gegenangriff geflogen sei, bei dem unglücklicherweise Morgenroths Haus getroffen wurde.

»Soviel wir bis heute wissen, hatten sich deine Eltern mit deiner Schwester, Klara Kroppen und Trin Düster mit ihrem Kind im Keller verschanzt. Alle zerfetzt. Da war nix mehr zu machen.«

Horn hielt den Blick gesenkt, während er sprach. Er sah nicht das tränennasse Gesicht, nicht die gelbe Rotzblase unter der Nase des Jungen. Er hörte ihn nur aufheulen, das raue Krächzen aus dem weit aufgerissenen Mund erfüllte die Wohnstube, und Horn knetete seine verschränkten Hände.

Schließlich fand Kaspar seine Sprache wieder. »Was soll ich denn jetzt bloß anfangen?«, wimmerte er.

»Du gehst morgen nach Nörvenich aufs Amt«, entschied Horn knapp, »da meldest du dich. Da kriegst du deine Marken, und vielleicht finden die was, wo du jetzt wohnen kannst. Heut Nacht kannst du bei mir im Stall schlafen, die Scheune ist ja auch ausgebrannt, aber im Stall hast du ein festes Dach überm Kopf.«

»Aber ich dachte, Sie wären hier zuständig«, Kaspar schnäuzte seine Nase in den klatschnassen Ärmel seines Pullovers.

»Ich bin hier gar nix, ich hab hier nix zu sagen. Ich hatte nie was zu sagen, ich hab nur gemacht, was die von mir verlangt haben.« Horn hob seinen Kopf, sah Kaspar direkt in die Augen, der etwas erwidern wollte, doch Horn kam ihm zuvor: »Jetzt haben hier andere das Sagen, und was davor war, das interessiert kein Schwein mehr. Hast du mich verstanden, Kaspar?«

In der Amtsstube in Nörvenich roch es nach Bohnerwachs, hinter einem schlichten Holztisch mit grüner Linoleumplatte darauf saß eine hagere, alte Frau mit grauen Haaren und sah Kaspar durch eine kleine Nickelbrille an, in der das rechte Glas gesprungen war.

»Warst du Mitglied in der Partei?«, fragte sie Kaspar, nachdem er den Grund für sein Erscheinen genannt hatte. »Nein. Unser Haus ist weg«, antwortete Kaspar, »meine Eltern sind tot, alle, ich hab kein Geld, ich brauche …«

»Nun mal langsam, junger Mann«, mit ihren dünnen Fingern hielt sie einen ziemlich kurzen Bleistiftstummel in der einen und holte mit der anderen Hand eine Karteikarte hervor, auf der sie zu schreiben begann. Auf ihr Geheiß hin legte Kaspar seine Papiere vor, die Frau linste durch die kaputte Brille darauf, schrieb und fragte dann, ohne ihn anzusehen: »Verwandte?«

»Tante Klara, aber die war auch im Haus, sie lebt auch nicht mehr.«

»Klara wer?«

»Kroppen, sie hieß Kroppen, so wie mein Onkel Pauli auch, aber ich weiß nicht, wo der ist …«

»Das Kroppens-Haus steht noch. Da kannst du wohnen, fürs Erste.« Hastig kritzelte die Frau etwas auf ein Papier, kramte ein paar Bezugsmarken aus einem Stapel zu ihrer Linken, packte alles zusammen und schob es über den Tisch zu Kaspar herüber. Dann schickte sie ihn fort.

Aus der Ferne wirkte das Tagelöhnerhaus am Ende der schmalen Gasse wie immer. Es schien unbeschädigt zu sein, rechts davon, bei dem windschiefen Verschlag an der Giebelseite, stand der Fliederbusch bereits in voller Blüte. In der Gasse spiegelte sich die Maisonne in tiefen Pfützen, der Regen hatte erst in der Nacht nachgelassen. Kaspar balancierte durch den tiefen Schlamm, rutschte aus und fing sich wieder, bis er vor der verbretterten Haustüre stand. Das Haus war tatsächlich fast unbeschädigt geblieben. Eine MG-Salve hatte eine Reihe von Einschlägen in der Hauswand hinterlassen, und ein fehlendes Fensterglas war durch Pappkarton ersetzt worden, der nach dem Regen am Vortag wellig geworden war. Von drinnen drang das Weinen eines Kindes an sein Ohr. Auf sein Klopfen öffnete eine alte Frau. Im Dämmerlicht erschien hinter ihr eine weitere Frau, sie war deutlich jünger und trug ein weinendes Kind auf dem Arm.

Als die Alte die Türe gleich wieder schließen wollte, stellte Kaspar seinen Fuß hinein, zog das Papier, das
ihm die Frau in Nörvenich gegeben hatte, aus der Tasche, und hielt es ihr hin.

»Ich wohne jetzt hier«, sagte er.

»WIR wohnen hier, man hat uns hier einquartiert, das
Haus ist voll.« Die Alte schlug die Türe gegen Kaspars
Fuß. »Jetzt verschwinde schon, such dir was anderes.«

»Das Haus gehörte meiner Tante, sie ist tot«, sagte
Kaspar, und da hörte die Alte auf, sich gegen die Türe
zu stemmen.

»Lass gut sein, Mutter.« Die Frau mit dem Kind auf
dem Arm war jetzt hinter die Alte getreten. »Er hat doch
Papiere. Nachher kommen sie noch und setzen uns auf
die Straße. Der Junge kann auf dem Boden schlafen.«

Ilse Winter hatte in Düren alles verloren. Ihr wun-
derschönes Haus aus der Gründerzeit war bei einem
Bombardement zu einem staubigen Schutthaufen zusammen fallen. Möbel, Hausrat, Kleidung, alles weg,
sie besaß nichts als das, was sie auf dem Leib trug. Zusammen mit ihren vier Kindern und ihrer Mutter war
sie aus der Stadt geflohen und hatte in Nörvenich um
Hilfe gebeten. So war sie im leerstehenden Tagelöhnerhaus gelandet, wo sie jetzt auf die Rückkehr ihres Mannes wartete. Von diesem Tag an schlief ihre Mutter mit
einem der Kinder auf dem alten Kanapee, Ilse und die
übrigen Kinder schliefen in der Schlafstube. Kaspar
streckte sich vor dem Kanapee auf dem Fußboden aus,
versuchte das Schnarchen der Alten zu ignorieren und
bedeckte sich mit der schmutzigen, fadenscheinigen
Wolldecke, die sie im Haus gefunden hatten.

Es war schon in der zweiten Woche, nachdem er zurückgekehrt war, als Hieronymus Horn ihn ansprach: »Komm zu mir, heute Abend. Es gibt noch was zu besprechen.«

Kaspar wartete, bis Ruhe im Dorf eingekehrt war, dann ging er hinüber zum Hof der Horns. Auch hier war zerborstenes Fensterglas durch Pappkarton ersetzt worden, von der massiven Backsteinscheune rechts vom Wohnhaus standen nur noch die Außenmauern, das verkohlte Dachgebälk lag wie das schwarze Gerippe eines ausgestorbenen Sauriers auf dem Boden. Horns Frau ließ ihn eintreten und wies ihm den Weg zur guten Stube, wo Hieronymus in einem Lehnsessel saß und rauchte.

»Gut, dass du da bist«, sagte er und klopfte die Asche seiner amerikanischen Zigarette in einen schweren Aschenbecher aus grünem Marmor. »Da ist nämlich noch was, das solltest du wissen.« Dann steckte er sich die Kippe zwischen die Lippen, kniff die Augen zusammen und kramte umständlich ein Stück Papier aus seiner Gesäßtasche. »Setz dich«, sagte er und wies auf den Sessel zu seiner Rechten, »lies das.«

Kaspar faltete das Papier auseinander und las. Es war der Brief seines Vaters, Kaspar las ihn einmal und dann gleich noch ein zweites Mal. Schweigend beobachtete Horn, wie Kaspars Miene sich verfinsterte. Schließlich legte der Junge den Brief auf den Tisch vor sich, seine Hand zitterte leicht, sein Gesicht war vor Schreck erstarrt.

»Vater hat den Engländer totgeschlagen«, sagte Kaspar wie zu sich selbst. Er ist, er war ein …«

Er sah Horn an, der räusperte sich und sagte dann: »Ja, Martin, dein Vater war ein ...«, auch Horn zögerte, fuhr dann aber fort, »er war ein Totschläger.«

In dem Brief schilderte Martin Niemand mit einfachen Worten, wie Klara an jenem Abend des 5. Oktober 1919 völlig aufgelöst zu ihm gekommen war, wie sie ihm gestanden hat, was der Engländer Liam Parsons ihr angetan hatte, und wie er, Martin, sofort losgezogen ist, um ihn zu suchen. Klara habe ihn aufhalten wollen, doch er sei außer sich gewesen vor Wut. Er habe Parsons gefunden, der bei seinen Kameraden gesessen und getrunken habe, so als ob nichts geschehen wäre. Parsons habe gelacht und gesungen, und Martin habe im Gebüsch gehockt und gewartet. Später hätten die Engländer nach und nach die Festwiese verlassen. Nur Parsons sei geblieben, bis zum Schluss, bis auch er und ein Kamerad sich erhoben hätten und der Kamerad zur Dorfstraße und Parsons zum Weiher getorkelt sei. Hier habe Martin ihn zur Rede gestellt, gerade als er in den Weiher pinkeln wollte, doch Parsons habe ihn ausgelacht. Martin sei sicher gewesen, dass der Engländer verstanden hatte, warum er ihn ansprach, doch der habe nur gelacht und eine abwehrende Handbewegung gemacht. Darum habe Martin mit dem Stein zugeschlagen, den er im Gebüsch neben sich gefunden hatte. Nur einen Schlag habe er getan, doch der Engländer sei umgefallen wie ein Baum. Vornüber in den Weiher gefallen sei er und habe sich nicht mehr gerührt.

»Das ist fünfundzwanzig Jahre her«, flüsterte Kaspar, »und nie ist ihm irgendjemand draufgekommen.«

»Bald sind es schon sechsundzwanzig, Kaspar. Sechsundzwanzig Jahre, das ist eine lange Zeit. Und in all den Jahren ist keiner auf den Gedanken gekommen, dass dein Vater was mit dem toten Engländer zu tun hatte.«

Wie in Trance sah Kaspar, wie Horn von irgendwo eine Flasche Korn herzauberte, wie er zwei Gläser füllte und eins zu ihm rüber über den Tisch schob. »Hier, trink. Ich hab den Brief bisher noch keinem gezeigt, aber dir konnte ich ihn nicht ersparen. Sechsundzwanzig Jahre sind eine lange Zeit, da sollte man jetzt auch nicht mehr in den alten Sachen rumwühlen. Das bleibt unter uns. Geht keinen was an. Wenn du willst, kannst du hier bei mir wohnen, überm Stall im Heu stell ich dir ein Feldbett auf, Essen kriegst du auch. Arbeit gibt es genug hier, die Scheune muss freigeräumt werden und …«

»Ich werd auf gar keinen Fall hier wohnen!«, fiel Kaspar dem Horn ins Wort, »und arbeiten tu ich auch nicht für Sie.« Dann stand er auf, kippte den Schnaps in einem Zug und verließ, mit dem Brief seines Vaters in der Hand, das Haus.

Das Dorf war kaum wiederzuerkennen. Was vorher sauber und aufgeräumt gewesen war, war nun ein schmutziges Durcheinander. Tiefe Furchen in den verschlammten Straßen, Löcher in den Hauswänden und offene Dächer, durch die der Regen fiel. Verwüstete Felder, vermintes Gelände und zerrissene Stromleitungen, deren Enden wie dicke Schnürsenkel an schiefen Masten hingen. Ein verwundeter Ort in einem geschundenen Land. Die bösen Geister hatten, ohne Rücksicht zu nehmen, ihren irren Tanz aufgeführt, und nun war es an den Überlebenden, die Scherben aufzufegen. Man schränkte sich ein, man improvisierte, jeden Tag aufs Neue und in allen Lebensbereichen.

Nun waren also die Pragmatiker gefragt, die Organisatoren, die für alle Probleme eine Lösung parat hatten. Wer sich zu helfen wusste, wer schneller als die anderen war und wem es gelang, seine Skrupel in die Schranken zu verweisen, der gehörte in diesen irren Tagen zu den Helden der Stunde.

Kaspar war nach Düren gegangen, hatte mit eigenen Augen sehen wollen, was man sich erzählte. Die Stadt habe aufgehört zu existieren, hatten sie gesagt. Kein Stein stünde mehr auf dem anderen, nur Schutt und Asche, wohin man schaue, hatten sie gesagt. Er war durch die häuserlosen Straßen gegangen, das Fabrikgebäude, auf dessen Dach er als Flakhelfer den Luftkampf am nächtlichen Himmel beobachtet hatte, existierte nicht mehr. Alles verschwunden, das Gelände war bedeckt von staubigen Haufen aus Ziegelsteinen. Er sah die Menschen in den Trümmern hausen, sah sie vor der Stadtküche für eine warme Suppe anstehen, die sie mit zwanzig Pfennigen bezahlten und gleich an Ort und Stelle im Stehen verschlangen. Er sah die Männer hinter fensterlosen Resten von Hauswänden heimlichtun. Sah, wie sie Dinge blitzschnell in Jackentaschen verschwinden ließen. Als er sich diesen Männern näherte, fragte ihn einer, was er anzubieten habe. Kaspar verstand nicht, der Mann ging zu einem anderen, und Kaspar sah, wie sie mit raschen Bewegungen Dinge tauschten. Schließlich nahm er allen Mut zusammen und sprach jemanden an. Ein dürrer Kerl mit einer speckigen Kappe auf dem kahl rasierten Kopf, der Kaspar misstrauisch ansah, doch als er merkte, dass der Junge tatsächlich keine Ahnung hatte, da zog er Kaspar beiseite und quetschte ihn aus.

Schließlich raunte er ihm zu: »Hör zu, Junge, ich kann dir helfen. Ihr habt doch genug zu fressen bei euch auf'm Dorf, guck, was du auftreiben kannst, und komm her damit, hier kannst du gute Geschäfte machen. Komm zu mir, wenn du was hast. Komm nur zu mir, ich heiße Karl und ich bin jeden Tag hier.« Dann war er weggegangen, und Kaspar hatte verstanden.

Eine Zeit lang hatte Kaspar noch nutzlos im Tagelöhnerhaus herumgesessen, hatte das Geschrei der Kinder und das Gekeife der Alten verdrängt, während er seine Skrupel niederrang. Hatte noch mehrmals das Geständnis seines Vaters gelesen und hier und da einen Blick auf Ilse Winter geworfen. Schließlich beschloss er, ab sofort zu den Organisatoren zu gehören.

Auf den verschlammten Straßen seines Dorfes, das er kaum wiedererkannte, meinte Kaspar misstrauischen Blicken zu begegnen. Es schien, als beäugten sie ihn mit argwöhnischem Gesichtsausdruck, in dem die Fragen hinter der gerunzelten Stirn nur so schepperten.

Valentin Simbach bedrängte ihn, alles zu berichten, was er über Berthos Schicksal wisse. »Du bist doch auch schon wieder heimgekehrt, warum bloß unser Junge noch nicht?«

Stand Kaspar auf dem Friedhof vor den einfachen Holzkreuzen auf den Gräbern seiner Eltern und seiner Schwester, dann meinte er hinter sich das Getuschel der Leute zu hören. Erst als ihm die alte Frau Düster am

Abend eines schwülen Tages im August auf der Straße gegenüberstand, als sie ihn aus trüben Augen ansah, dabei leicht ihren Kopf schüttelte und dann zu sprechen begann: »Das hätte ich deinem Vater nicht zugetraut.« Als er nur ein verdutztes »Was denn?« hervorbrachte und sie unverhohlen fortfuhr, »dass der einen Menschen totschlagen konnte, nein, niemals hätte ich ihm das zugetraut«, erst da verstand Kaspar das misstrauische Verhalten der Dörfler ihm gegenüber. Hieronymus Horn hatte sein Wort gebrochen. Er hatte ihnen von dem Brief erzählt, und Kaspar wollte zu ihm gehen und ihn verprügeln.

Doch er besann sich. Sollten sie ihn nur verachten, sollten sie ihn hinter vorgehaltener Hand nur den Sohn des Totschlägers nennen. Er würde es verwinden, ja, es würde ihm die Sache sogar erleichtern, denn von nun an wollte er ein Organisator sein, und das Zeug für Karl mit der speckigen Kappe, das würde er bei denen organisieren, die ihm hier im Dorf so feindselig begegneten.

Es begann damit, dass er eine ordentliche Portion Sauerkraut aus dem Fass in Horns Keller holte. Als er sich davonstehlen wollte, gelang es ihm sogar, aus dem Hühnerstall hinter dem Schuppen drei noch warme Eier an sich zu nehmen. Damit ging er nach Düren, traf den Karl und bekam eine Amizigarette von ihm dafür.

»Bisschen dürftig, Junge. Wenn du hier mitspielen willst, dann muss da schon mehr kommen«, sagte Karl, während er die Sachen blitzschnell in seiner Jackentasche verschwinden ließ. »Für den Einstieg ganz nett, aber mehr auch nicht. Bring Fleisch oder Wurst, verstehst du, was Ordentliches für zwischen die Zähne!«

Behutsam schob Kaspar die Zigarette in die Brusttasche seines Hemdes. Während des ganzen Weges zurück ins Tagelöhnerhaus spürte er sie dort stecken, bis er sie, zu Hause angekommen, in die verbeulte Blechdose packte, die er hinter dem Kanapee versteckte, auf dem die Alte in jeder Nacht lag und laut schnarchte. In Horns Vorratskammer nahm er eine grobe Leberwurst vom Haken, bei der alten Frau Düster war es ein ordentliches Stück geräucherter Schinken. Kaspar war geschickt, schlank wie ein Wiesel und beweglich wie ein Zirkusakrobat. Er schob sich durch Kellerlöcher und Vorratskammerfenster. Karl war zufrieden, die verbeulte Blechdose hinter dem Kanapee war bald prall gefüllt mit Amizigaretten.

»Ich nehm auch was Lebendiges, Hühner, Karnickel, egal, ich nehm alles«, raunte Karl ihm zu, und Kaspar lieferte. Bald dehnte er sein Organisationsgebiet auch auf die Nachbardörfer aus. Ein- oder zweimal in der Woche machte er sich mit einem gut gefüllten Rucksack auf dem Rücken auf den Weg nach Düren. Nie benutzte er die Landstraßen, Kaspar ging über die Felder, oft schon im Morgengrauen, und wenn er die Stadtgrenze erreicht hatte, dann sah er hungrige Gestalten in die entgegengesetzte Richtung aufbrechen. Sah ihre blassen Gesichter, ihre verzweifelten Blicke, sah, wie sie leere Rucksäcke und Taschen bei sich trugen, die sie mit irgendetwas Essbarem zu füllen suchten, bei den Bauern in den Dörfern, die Kaspar auf seinem Weg in die Stadt gemieden hatte.

Sein Zigarettendepot hinter dem Kanapee wuchs stetig an. Er selbst rauchte nur die Stummel, die er in der

Stadt vom Boden auflas, an den Stellen, wo die britischen Soldaten sich herumtrieben und den jungen Frauen hinterherpfiffen. Neben einzelnen Zigaretten hatte er sogar schon drei noch original verschlossene Packungen Luckys organisiert. Karl zahlte prompt, besonders für Fleischwaren jeder Art.

Hin und wieder klopfte der Skrupel bei ihm an. Kaspar hatte geglaubt, damit fertig zu sein, doch der aufdringliche Kerl bohrte sich immer wieder mal in seine Gedanken, und Kaspar versprach, nur damit er Ruhe gab, sein Organisationsgebiet um ein weiteres Stück zu vergrößern. Am Nachmittag saß er oft im Tagelöhnerhaus auf dem Stuhl, auf dem schon der alte Kroppen gesessen hatte, und vertrieb sich die Zeit, indem er seine Sachen in Ordnung brachte. Dann schrubbte er seine Schuhe oder er bürstete seine Kleider aus, und hin und wieder warf er einen heimlichen Blick auf Ilse Winter. Sie stand in ihrem dunkelblauen Alltagskleid am Spülstein, um ihre schlanke Taille hatte sie eine graue Schürze gebunden, und die weiße Haut ihrer nackten Waden leuchtete so rein und frisch wie der Morgentau auf den Wiesen draußen vor dem Dorf. Und wenn er so dasaß und sie ansah, dann meinte er, in flüssigem Gold zu versinken. Alles war plötzlich leuchtend hell und warm, es gab weder Hunger noch Trauer in diesen Momenten, und er saß da und lächelte wie ein unschuldiges Kind.

Als er wieder einmal dasaß und lächelte, da bemerkte er plötzlich, wie sie sich ihm zuwendete. Sie blickte über ihre Schulter und sah ihn an. Ihre Blicke trafen sich, auch Ilse lächelte dieses Lächeln, und Kaspar stockte der Atem. Schließlich drehte sie sich zu ihm um, lehnte sich gegen den Spülstein, ohne ihren Blick von ihm abzuwenden. Längst hatte er aufgehört, seine Schuhe zu schrubben, sein Magen zog sich zusammen, und sein Atem ging flach. Schließlich spürte er, wie ihm die Röte ins Gesicht stieg. Sofort wollte er sich abwenden, wollte seinen Blick zurück auf seine ausgeleierten Schuhe hinabsenken, doch sie war schneller. Reichlich kokett blies sie sich noch eine Strähne ihres braunen Haars, die sich aus ihrem Kopftuch gelöst hatte, aus dem Gesicht, ließ ihre weißen Zähne bei einem letzten Lächeln aufblitzen und drehte ihm im gleichen Augenblick den Rücken zu.

12. KAPITEL

Altes und neues Geld

Der Vollmond tauchte die Obstwiese in fahles Licht. Es war noch vor dem Morgengrauen, als Kaspar sich lautlos unter dem Drahtzaun herschob und auf der anderen Seite auf allen vieren hockend verharrte und in die Dunkelheit hineinlauschte. Es blieb ruhig, er war allein zwischen den Obstbäumen. Das Dorf hinter der Obstwiese war nicht sein Dorf, sondern eines auf seinem Weg hinaus nach Düren, wo er dem Karl die frischen Früchte anbieten wollte. Er nahm, was er bekommen konnte, Pflaumen, Äpfel, Birnen – es war September, die Auswahl war groß. Eine Weile noch blieb er reglos im hohen Gras hocken, lauschte, sah sich nach allen Seiten um, dann sprang er auf. Er musste schnell sein, in jedem Moment konnte der Eigentümer der Bäume erscheinen, der seine Ernte mit der Mistgabel verteidigen würde. Andere Diebe konnten auftauchen, und nicht zuletzt lauerte die Gefahr von Minen, die überall liegen konnten und sofort hochgingen, wenn man sie berührte. Man hatte schon von üblen Verletzungen und sogar von Todesfällen durch detonierende Minen gehört. Während er mit flinken Bewegungen die Früchte von den Bäumen riss, zuerst Birnen, dann Pflaumen, alle auf dem Höhepunkt der Reife, beschloss er, auch heute wieder einen Teil seiner Beute am Abend mit ins Tagelöhnerhaus zu bringen. Der Hunger war zum ständigen Mitbewohner dort geworden, und Ilse und die Alte fragten nie danach, woher die Sachen kamen, die er ihnen gab. Schweigend nahmen sie alles an, was er ihnen brachte, und verarbeiteten es sofort.

Dann war sein Rucksack gut gefüllt. Vorsichtig schlich er in den Spuren, die er im hohen Gras hinterlassen hatte, zurück zum Zaun, huschte darunter hindurch auf den Weg und machte sich in geduckter Haltung davon. Nachdem er ein gutes Stück Weg zurückgelegt hatte, erreichte er das Gebüsch, in dem er sich bis zum Morgen verstecken wollte. Den Rucksack vor sich haltend, schob er sich durch die hohen Brennnesseln, tauchte unter einigen Holunderbüschen hinweg und drang ein in ein dichtes Unterholz, wo er sich vor neugierigen Blicken geschützt niederließ.

Die Luft war kühl in dem Gebüsch, und es roch nach feuchter Erde. Auf der Suche nach einem geeigneten Lagerplatz sah Kaspar sich um. Behände kroch er ein wenig weiter den Hang hinab, an dem sich das Gebüsch befand. Trotz des vollen Mondes war es finster hier unten, er schaute, und dann blieb sein Blick an etwas Sonderbarem hängen. Zunächst war er sich nicht sicher, er kroch noch näher heran, bis er es erkannte: Dort drüben, vor dem schwarzen Baumstamm, stand ein Auto. Es war einer dieser Kübelwagen, die er im Krieg so oft gesehen hatte. Mit seiner schräg abfallenden Front war der Wagen gegen den Baum geprallt. Sie war verbeult, das Reserverad fehlte. Vorsichtig schob Kaspar sich näher heran, der Wagen war über und über mit Laub und Zweigen verdreckt, die Scherben der zersplitterten Frontscheibe lagen verstreut herum. Der Innenraum war leer, offensichtlich war der Fahrer mit dem Wagen verunglückt und hatte ihn danach hier im Gebüsch zurückgelassen. Neugierig untersuchte Kaspar das Wrack. Ein Klappspaten und ein Reservekanister waren auf dem linken vorderen Kotflügel montiert, das Klopfen gegen den Kanister verriet Kaspar, dass er leer war. Eine zerfledderte Landkarte lag auf dem Rücksitz, auch sie war verdreckt.

Unterdessen war es heller geworden. Noch einmal umrundete Kaspar den Wagen, schob dünne Zweige beiseite, stieg über einen mit Moos überzogenen Stein, doch etwas Brauchbares fand er nicht. Angestrengt dachte er darüber nach, wie er aus seinem Fund einen Nutzen ziehen konnte. Sollte er einem Schrottkerl den Fundort gegen Bezahlung verraten? Würde der sich die Mühe machen, das Ungetüm aus dem Hang herauszuziehen? Eigentlich hatte er hier in seinem Versteck noch ein, zwei Stunden schlafen wollen, doch nun war er zu aufgekratzt dazu. Ihm musste etwas einfallen, so eine Gelegenheit, ein lukratives Geschäft zu machen, begegnete einem nicht oft in diesen Tagen.

Dann wusste er, wonach er suchen musste: Sprit. Im Wagen befand sich vielleicht noch Sprit, den konnte er nehmen und dem Karl anbieten. Mit einiger Mühe gelang es ihm, den Tankdeckel zu öffnen, gespannt klopfte er an dem Wagen herum, doch diesmal verriet ihm das Geräusch nichts über den Inhalt des Tanks. Darum kroch er hinauf zum Rand des Gebüschs, fand einen dünnen Holunderzweig, entfernte die Blätter daran und schob ihn in den Tankstutzen. Nachdem er ihn wieder herausgezogen hatte, drehte er ihn so lange gegen das Blätterdach über ihm, bis er in der zunehmenden Helligkeit erkennen konnte, dass der Zweig nass war. So weit, wie er ihn eingeführt hatte, war der Zweig nass, Kaspar roch daran: Es war Sprit, eindeutig, der Tank war sicher noch zur Hälfte gefüllt. Zufrieden ließ er sich auf dem Boden nieder, es würde ein guter Tag werden, dachte er bei sich, ein sehr guter sogar, sein Rucksack war prall mit frischem Obst gefüllt, und hier unten, versteckt unter dichtem Buschwerk hatte er einen wahren Schatz gefunden, den ihm niemand mehr streitig machen würde.

In Düren traf er den Karl mit der speckigen Kappe am gewohnten Ort. »Für die Birnen zwei und für die Pflaumen eine Kippe, mehr ist nicht drin.« Karl zahlte ausschließlich mit Zigaretten. Was er mit Geld wolle, dafür bekomme man doch nichts, hatte er geantwortet, als Kaspar danach gefragt hatte. »Nee, nee, Kippen sind wertvoller, dafür kriegst du ALLES!« Damit war die Sache entschieden gewesen, und Karls Quote schien eine Zigarette für alles zu sein, was Kaspar ihm brachte. Da waren die zwei Zigaretten für die Birnen schon eine erfreuliche Ausnahme, der Tag würde gut werden, dachte Kaspar noch einmal und bedeutete Karl mit gekrümmtem Zeigefinger, näher zu kommen. Jetzt wollte er ihm zeigen, dass er ein wirklich guter Organisator war.

Verstohlen sah er sich um, es war niemand in ihrer Nähe, dann raunte er Karl zu: »Was zahlst du für Sprit?«

»Sprit?«, wiederholte Karl, und seine Augen weiteten sich. »Mann, Sprit! Wie viel?« Aber nach dem ersten Erstaunen druckste er sofort herum: »Also Sprit ist nicht leicht an den Mann zu bringen. Ist schwierig. Wie viel hast du denn? Und woher kommt das Zeug?«

»Seit wann interessiert dich, woher mein Zeug kommt? Die Quelle ist natürlich geheim, was denkst du denn? Ist aber 'ne ganze Menge, die ich liefern kann. Doch ich brauche einen Kanister oder Flaschen mit Korken und ein Stück Schlauch. Kannst du das besorgen?«

Karl schien nachzudenken. Mit der flachen Hand fuhr er sich durch sein hageres Gesicht. Kaspar hörte, wie die Bartstoppeln unter der Hand kratzten. Dann sagte Karl: »Also gut, ich besorg Flaschen und Schlauch, Lieferung wieder ausschließlich an mich, ist das klar?«

Kaspar kam nicht mehr dazu zu antworten. Wie aus dem Nichts tauchte plötzlich ein gutes Dutzend Polizisten auf, von allen Seiten näherten sie sich den Organisatoren. Trillerpfeifen ertönten, jemand schrie laut: »Halt! Stehen bleiben, keiner verlässt diesen Platz!«, und Kaspar rannte los.

Es gelang ihm, zwischen zwei älteren Schupos durchzuschlüpfen und die Straße hinunterzulaufen. Niemand verfolgte ihn, er rannte, bis das Geschrei hinter ihm verklungen war, dann sprang er nach rechts auf ein Trümmergrundstück und versteckte sich dort.

Abends lag Kaspar auf seinem Lager neben dem durchgesessenen Kanapee, auf dem die Alte sich ausgestreckt hatte, wo sie Stunde um Stunde reglos blieb und mit der Präzision eines Schweizer Uhrwerks gleichmäßig schnarchte. Oft lag er noch lange wach in dem alten Tagelöhnerhaus und fühlte sich nutzlos und verlassen. Zusätzlich quälte ihn dann der Hunger, denn fast immer gab er am Abend von seiner Ration etwas ab an die Kinder, die sich darum stritten, neben ihm zu sitzen, weil sie glaubten, damit die größte Chance auf einen zusätzlichen Brocken Brot oder eine Kartoffel zu haben. Dann blickte Kaspar in ihre kränklichen Gesichter, schob seinen Teller über den Tisch, zündete sich eine Kippe an, die er tagsüber auf der Straße aufgelesen hatte, und sah zu, wie das Kind sein Essen verschlang. Schließlich geleiteten ihn das Knurren seines Magens und das laute Schnarchen der Alten doch noch hinüber in einen unruhigen Schlaf, in dem er jetzt im Herbst unter der dünnen Wolldecke fror. Und so sicher, wie auf Regen Sonnenschein folgt und der Sommer dem Winter weichen muss, so sicher kamen in fast jeder Nacht die wirren Träume. In grellen Farben sah er sich mit seinen Eltern in der Küche ihres Hauses sitzen. Hörte den Vater mit ruhiger Stimme reden und spürte, wie die Mutter ihm sanft über den Kopf strich. Der Vater schusterte in seiner Werkstatt, Kaspar roch das Lederfett, hörte das Klopfen des Hammers. Er sah die Mutter in der Küche stehen, sah sie im Garten unter dem blühenden Fliederbusch lachen, und im gleichen Moment tauchte die Fratze des Russen Iwan im Graben auf der Anhöhe bei Mondorf vor ihm auf. Kaspar sah, wie sich die hervorquellenden Därme Iwans auf die saubere Schürze der Mutter ergossen, er hörte sie entsetzt aufschreien, sah Unteroffizier Amlong hinzueilen, der rief: »Passt's doch auf! G'schwind, geh furt doh!«, bis ihr Haus schließlich von einem Volltreffer getroffen in sich zusammenstürzte. Dann fand er sich kerzengerade auf seinem Lager sitzend wieder. Das rhythmische Schnarchen holte ihn allmählich in die Realität zurück, und es dauerte jedes Mal sehr lange, bis der Schlaf wieder zu ihm zurückkam.

Die erste Lieferung Sprit bestand aus vier Flaschen, die jeweils einen Liter fassten. Ohne Schwierigkeiten war es Kaspar gelungen, das Benzin im Tank mit einem Stück Gummischlauch anzusaugen und in die Flaschen abzufüllen. Weil Karl nur drei Korken organisiert hatte, verschloss Kaspar die letzte Flasche mit einen Stofflappen. Er hatte auf einen guten Preis gehofft, sein Zigarettendepot war etwas geschrumpft, weil er Ilse davon gegeben hatte, damit sie einen warmen Mantel für ihre Jüngste eintauschen konnte. »Es ist nur geliehen«, hatte sie gesagt, »wenn mein Mann zurückkommt, bekommst du es wieder.«

Doch Karl blieb konsequent bei seiner Quote. Eine Zigarette für alles. Und diesmal gab er sogar nur eine Zigarette für zwei Flaschen. Für vier Liter besten Sprit bekam Kaspar nur zwei Zigaretten.

»Sprit ist schwierig«, wiederholte Karl und steckte ihm blitzschnell vier leere Flaschen in den Rucksack.

Kaspar war ehrlich enttäuscht. Als er an diesem Nachmittag ins Tagelöhnerhaus zurückkehrte, fühlte er sich sehr müde. Müde und niedergeschlagen, und Ilse bemerkte es sofort. Sie saß in der Stube auf dem alten Stuhl, auf dem schon Gerald Kroppen gesessen hatte, und flickte an den zerschlissenen Kleidern der Kinder herum. Kaspar ließ sich auf dem Kanapee nieder. Sie schwiegen. Nach einer Weile blickte Ilse von ihrer Handarbeit auf und fragte ihn, was los sei.

Kaspar war zu müde zum Reden, er saß auf der Kante des Kanapees, hatte die Ellbogen auf seine Knie gestützt und ließ den Kopf hängen. »Ach«, sagte er nur. »Nichts weiter.«

Sie stand auf, kam zu ihm herüber und setzte sich neben ihn.

»Ach«, setzte Kaspar wieder an, » es ist alles so furchtbar schwer.«

Da legte sie ihren Arm um seine Schulter und hob mit der freien Hand seinen Kopf an. »Mein armer Kaspar«, sagte sie milde lächelnd.

Die Berührung und ihre sanfte Stimme durchfuhren Kaspar wie ein greller Blitz. Er richtete sich auf und sah sie an.

»Du armer, einsamer Junge«, flüsterte Ilse jetzt, während sie ihm mit den Fingerspitzen über die stoppelige Wange strich. Ihre Hand war zart und weich wie die Haut eines Säuglings.

Er wusste nicht, wie er sich verhalten sollte, sein Blick versank in ihren dunklen Augen, verlor sich darin, doch dann zog er sich plötzlich von ihr zurück und sagte lauter, als er es beabsichtigt hatte: »Wo sind die anderen alle? Ist denn keiner von denen hier?«

»Sie sind raus auf die Felder gegangen, Mutter will mit den Kindern nach liegen gebliebenen Kartoffeln suchen. Sie werden nicht eher zurückkommen, bis der Eimer voll ist.« Dann griff sie nach seiner Hand, beugte sich vor und küsste ihn.

Kaspar erstarrte, er spürte ihre weiche Haut in seinem Gesicht, roch den Duft ihrer Haare, und dann gab er seine Zurückhaltung auf. Ungestüm erwiderte er ihre Küsse, sie schmeckten nach kühlem Himbeereis. Eng umschlungen wiegten sie sich hin und her, bis sie auf das Kanapee niedersanken, das endlich unter Kaspars heftigen Stößen knarzte.

Der Tank im Kübelwagen erwies sich als ergiebige Quelle. Acht weitere Flaschen hatte Kaspar schon an Karl verkauft, und er war immer noch nicht leer. Dazu immer ein paar Hände voll Kartoffeln, die er nachts auf den Feldern ausgegraben hatte. Der Klappspaten war ein Geschenk des Himmels. Mitten in der Nacht stahl er sich aus dem Tagelöhnerhaus hinaus in sein Organisationsgebiet, machte am Vormittag in Düren seine Geschäfte und war dann am frühen Nachmittag wieder zurück. Im Haus ignorierte er die Alte und wich Ilses Blicken aus. Wurde die Anspannung zwischen ihm und den Frauen unerträglich, dann ging er hinaus ins Dorf, damit der Druck auf seiner Brust vergehen konnte. Dort traf er den alten Simbach, der sich an nichts mehr erinnern konnte, außer dass sich sein Enkel Bertho noch immer in Feindeshand befand.

»Du bist doch auch schon wieder heimgekehrt«, sagte Hans Simbach dann jedes Mal zu ihm, »warum bloß unser Junge noch nicht?« Dabei starrte er Kaspar herausfordernd an, ganz so, als müsste der den Grund dafür kennen. Mit seinem Taschentuch betupfte der Alte dann seine tränenden Augen, und wenn Kaspar sich schulterzuckend abwendete, rief Simbach ihm noch nach: »Wir wissen nichts von dem Jungen, gar nichts!« Doch da war Kaspar bereits ein ganzes Stück weitergegangen.

Oder er traf auf die alte Frau Düster, deren Schwiegertochter und Enkelkind im Keller des Schusterhauses neben seinen Angehörigen ums Leben gekommen waren.

»Du siehst krank aus«, sagte die Düster, »aber das ist ja kein Wunder in diesen Zeiten.« Auf ihren Gehstock gestützt, mit krummem Rücken und krummen Beinen stand sie vor ihm und musterte ihn. »Hab gehört, du wolltest nicht beim Horn arbeiten. Warum denn nicht? Du musst doch was arbeiten, sitzt du denn den ganzen Tag in der Bruchbude rum?« Dabei deutete sie mit ihrem Stock die schmale Gasse hinauf zum Tagelöhnerhaus. »Das geht doch nicht. Sieh zu, dass du eine Arbeit findest, ein junger Kerl wie du!«

Hieronymus Horn war immer noch darüber verstimmt, dass Kaspar sein Angebot, bei ihm zu wohnen und zu arbeiten, ausgeschlagen hatte. »Die Niemands waren schon immer eigen«, tönte er, »der Junge kommt eben auf den Vater. Hoffentlich wird aus dem nicht auch mal ein Mörder!«

Fast immer endeten Kaspars Runden durchs Dorf auf dem kleinen Friedhof neben der Kirche, deren Glockenturm aussah wie ein großer dicker Bleistift ohne Spitze. Hier stand er vor den einfachen Holzkreuzen, in die die Namen seiner Eltern und seiner Schwester eingeritzt waren. Dann konnte er nichts denken, konnte nicht beten, war wie erstarrt. Mit hängenden Schultern stand er nur dort und biss die Zähne zusammen. Er sah das Holz der Kreuze, das vom Regen schon grau geworden war, sah die Erdhügel darunter, auf denen keine Blumen standen, sondern Unkraut wuchs. Alles Denken war dann wie ausgeschaltet. Doch tief drinnen in seiner Brust, da regte sich etwas. Da entstand ein Gefühl, so schmerzlich wie ein Messerstich, und es weitete sich aus, bis es seinen Körper bis in die kleinste Faser hinein erfasst hatte. Dann schluckte er trocken und wendete sich ab, und der Schmerz wurde zu Wut, und als er einmal nach einem solchen Besuch auf dem Friedhof am Dorfweiher vorbeikam, an dem Kinder spielten, von denen eines zu singen begann: »Wer hat bloß den Tommi totgemacht?«, worauf die anderen im gleichen Singsang antworteten: »Niemand, Niemand«, da rannte Kaspar los, ergriff den Größten unter den Kindern und gab ihm eine so kräftige Ohrfeige, dass die Wange des Jungen rot wie eine reife Tomate anlief.

Eine Woche nachdem er und Ilse auf das Kanapee gesunken waren, geschah es zum zweiten Mal. Wieder war er am frühen Nachmittag aus Düren zurückgekehrt, und wieder war die Alte mit den Kindern auf die Felder gezogen. Doch dieses Mal war Kaspar derjenige, der die Initiative ergriff. Als er sich sicher war, dass sie alleine im Haus waren, schob er sich von hinten an Ilse heran. Er griff ihr um die Taille und küsste sie in den Nacken.

»Nein, lass das«, sagte Ilse, doch sie meinte nicht, was sie sagte, sondern drehte sich in seinen Armen um und ließ sich von ihm küssen.

Kaspar war egal, dass sie zwanzig Jahre älter war als er. Er verschwendete keinen Gedanken daran, dass sie verheiratet war, er wollte sie, und sie ließ sich von ihm auf das Kanapee drücken, als wäre es die selbstverständlichste Sache auf der Welt.

Sie hatten kaum voneinander abgelassen, waren gerade damit fertig geworden, ihre Kleider zu richten, als die Alte in der Stube erschien. Ihr Atem ging schwer, als hätte sie sich beeilt, zurück ins Tagelöhnerhaus zu kommen. Sie sah Ilse an, und sie sah Kaspar an, ihr Blick war durchdringend, und Kaspar erkannte darin, dass sie wusste, was gerade in diesem Raum geschehen war.

Es war der letzte Freitag im Oktober. Die Luft war rau, mit klammen Fingern hatte er an dem Kübelwagen herumgefingert, war über das feuchte Laub gekrochen, das unter dem Gebüsch bereits den Boden bedeckte, und nun eilte er an diesem diesigen Herbsttag über die Feldwege nach Düren. Die Flaschen klackten rhythmisch in seinem Rucksack. Als er die Stadt erreicht hatte, blähten sich in den Ruinen schmutzige Säcke vor leeren Fensteröffnungen, hinter denen die vielen Wohnungslosen sich vor dem kalten Westwind zu schützen suchten. In der Innenstadt ging er schnurstracks zum gewohnten Treffpunkt, wo er sich ungeduldig nach Karl umschaute. Dessen hoch aufgeschossene Gestalt war gewöhnlich leicht in der Masse der Organisatoren auszumachen, doch an diesem Tag konnte Kaspar ihn nirgends entdecken. Er wartete, ging unauffällig hin und her auf der Straße, die mittlerweile vollständig von den Trümmern befreit war, die sich nun mehr als mannshoch an den Seiten auftürmten. Karl tauchte nicht auf. Schon eine halbe Stunde war vergangen, als ihn einer ansprach, den Kaspar zwar schon hier gesehen hatte, dessen Namen er jedoch nicht kannte.

»Auf Karl brauchst du heute nicht zu warten«, sagte der Mann, »den haben sie geschnappt, gestern, vielleicht haben sie ihn sogar eingelocht.« Er trug einen ziemlich sauberen Mantel aus brauner Wolle, den Kragen hatte er hochgeschlagen. Seine Hände waren tief in den Taschen vergraben, aus listigen Schweineaugen beobachtete er Kaspar.

Der runzelte die Stirn. »Aber wie lange bleibt er denn weg? Ich meine, ich treffe mich doch sonst immer hier mit dem.«

»Verstehst du mich nicht?« Unruhig sah der Mantelmann sich um, »heute nix Geschäftchen, heute ist der Laden geschlossen.« Dann lachte er ein heiseres Lachen.

Kaspar sah ihn ungläubig an.

»Es sei denn ...«, fuhr da der Mantelmann fort, und seine Schweineaugen leuchteten, »du willst mit mir was machen.«

Kaspar zögerte. Die Schweineaugen fixierten ihn, bis Kaspar sich räusperte und im Flüsterton sagte: »Warum nicht? Ich hab Sprit.« Er öffnete den Rucksack und ließ den Mantelmann hineinschauen.

Der pfiff leise durch die Zähne. »Tadellos«, sagte der, »nehm ich, kriegst acht Luckys dafür. Was meinst du dazu?«

Beinahe wäre Kaspar der Rucksack aus den Händen geglitten. »Acht Luckys?«

Der Mantelmann hob die Augenbrauen. »Mehr geht nicht, Benzin ist schwierig.«

Kaspar wurde schwindlig. Da bot ihm jemand ohne Umschweife das Vierfache von dem, was er von Karl bekommen hatte.

Der Mantelmann bemerkte sein Erstaunen. Wieder lachte er dieses heisere Lachen. »Was denn? Das ist der normale Preis.«

Kaspar fand seine Stimme wieder. »Aber der Karl hat ...«

»Der Karl ist eine ganz miese Ratte. Das weiß hier jeder.« Ganz dicht waren die Schweineaugen jetzt vor

Kaspar, der Mann roch nach Alkohol. »Der versucht jeden zu betrügen, lass die Finger von dem. Wie viel hat er dir denn gegeben? Etwa nur die Hälfte? Was?«

»Ja, genau, nur die Hälfte«, log Kaspar.

Heimlich und blitzschnell wechselte ein Handvoll Zigaretten den Besitzer.

»Komm morgen wieder«, sagte der Mantelmann, »dann kriegst du Leergut von mir.« Mit einem flüchtigen Augenzwinkern wendete er sich ab und war schon verschwunden, bevor Kaspar sich versah.

Am nächsten Tag ist Kaspar nicht nach Düren gegangen. Und auch die beiden folgenden Tage nicht. Drei Tage lang hat er sich im Dorf und in den Feldern herumgetrieben, hat sich bemüht, seine Wut und Enttäuschung über den schäbigen Karl zu bändigen. Weil er der Alten im Tagelöhnerhaus aus dem Weg gehen wollte und weil er meinte, im Dorf hinter bald jedem Fenster einen Blick auf sich gerichtet auszumachen, darum ging er die schlammigen Straßen entlang hinaus vor das Dorf. Ging hinüber zu den Obstbäumen, die alle bereits bis auf die letzte schrumpelige Frucht abgeerntet waren, ging zu den Kartoffelfeldern, die schon zigfach durchwühlt worden waren und wo nicht der kleinste Krümel mehr zu holen war. Schließlich saß er stundenlang im feuchten Gras am Teufelsmaar, schaute auf das brackige Wasser und paffte seine Zigarettenstummel. Die Munitionskisten im Schilf waren verschwunden, ein verbeulter Kanister aus Blech lag noch da, und Kaspar beförderte ihn mit einem wütenden Fußtritt in hohem Bogen in das dunkle Wasser des Maars.

»Ich schlag ihn tot«, stammelte er, »wenn der Karl mir in die Finger kommt, dann schlag ich ihn tot.«

Doch er war nicht hingegangen, drei Tage lang war er nicht zum Treffpunkt gegangen. Weil er sich davor fürchtete, die Beherrschung zu verlieren. Eine Abreibung sollte er bekommen, der Karl, dieses Dreckschwein, aber totschlagen durfte er ihn nicht. Drei endlos lange Tage brauchte er, um seine Wut zu zügeln, dann war er so weit, dann glaubte er es wagen zu können, noch einmal nach Düren zu gehen.

Am Treffpunkt sah er ihn sofort, die speckige Kappe überragte die vielen anderen Kopfbedeckungen, die die Männer jetzt trugen. Weil der grimmige Westwind seine feuchtkalte Hand nach ihnen ausstreckte. Und er sah den Mantelmann, der zu ihm herüberblickte, doch weil der erkannte, dass Kaspar keine Ware bei sich trug, wendete er sich gleich wieder ab.

Dann standen sie sich gegenüber. Der hochaufgeschossene Karl und der gut einen Kopf kleinere Kaspar.

»Was ist? Hast du nix organisiert?« Karl tat geschäftig wie immer.

»Für dich organisiere ich nie wieder was!«

Karl blieb ruhig, er beugte sich vor und fasste Kaspar am Oberarm. »Hör mal, wenn du nix hast …«

Kaspar riss sich los. All seine Muskeln waren angespannt, seine Hände zu Fäusten geballt. »Du bist ein Betrüger!«, zischte Kaspar, »hast mich ausgepresst wie eine Zitrone, aber damit ist jetzt Schluss.« Blitzschnell schlug Kaspar zu, seine Rechte landete mitten in Karls hagerem Gesicht.

Der wich zurück, fasste sich an die Wange. »Bist du bescheuert?«, stieß er aus und wollte sich auf Kaspar stürzen, doch der war schneller und trat ihn mit aller Wucht gegen das linke Schienbein. Karl fuhr zusammen, beugte sich nach vorn, um sich ans Bein zu fassen, da schlug Kaspar erneut zu. Wieder landete seine Faust in Karls Gesicht, diesmal genau auf der breiten Nase, die hörbar brach, und Karl taumelte nach vorn, hielt sich die Hände vors Gesicht, strauchelte, bis Kaspar ihm die dünnen Beine wegtrat und ihn damit zu Fall brachte. Blitzschnell war Kaspar über ihm, hatte irgendwo einen Backstein gegriffen und war bereit zuzuschlagen, als er von hinten gegriffen wurde.

»Lass den Scheiß«, rief der Mantelmann und zerrte an Kaspars Händen herum, bis der den Stein fallen ließ.

Andere Männer eilten hinzu, es entstand ein wüster Tumult, in den sich plötzlich das schrille Geräusch von Trillerpfeifen mischte. Noch einmal sah Kaspar auf Karl herab, dann richtete er sich auf, erkannte, dass die heraneilenden Polizisten schon bedrohlich nahe gekommen waren, und rannte mit vollem Tempo in die entgegengesetzte Richtung davon.

Er rannte, ohne sich umzudrehen. Rannte, so schnell er konnte, vorbei an der Ruine der Annakirche, über den Marktplatz, bis zu der Ecke, an der rechts die Kölnstraße begann. Hier erklomm er auf allen vieren einen Schuttberg zu seiner Rechten, stieg auf der anderen Seite wieder hinunter und gelangte zu den Trümmern eines eingestürzten Hauses. Dort verkroch er sich hinter einem großen Betonbrocken und lauschte hinaus auf die Straße. Kaspars Herz trommelte wie wild in seiner

Brust, sein Atem ging schwer, doch auf der Straße blieb es ruhig.

Nach ein paar Minuten sah er sich um, er suchte nach einer Möglichkeit, wie er, ohne die Straße zu nutzen, an den Ostrand der Stadt gelangen konnte. Soweit er sehen konnte, türmten sich Schuttberge auf. Eisenträger ragten wie riesige Speere daraus hervor. Dann entdeckte er ganz in der Nähe einen verschütteten Hauseingang, er war von einem geschwungenen Türsturz versperrt, doch unter dem Sturz war ein schmaler Spalt frei geblieben. Gerade so groß, dass ein Hund hindurchschlüpfen konnte – oder ein sehr dünner Mensch.

Kaspar schlich in gebückter Haltung darauf zu, sah eine Pfütze unter dem Türsturz, stockte und legte sich dann doch flach mit dem Rücken auf den Boden und schob sich, den Kopf voran, unter dem Sturz hindurch. Das Wasser in der Pfütze war eiskalt, Kaspar hielt den Atem an, schob sich mit den Füßen weiter, und als sein Brustkorb die Enge passiert hatte, zog er den Rest seines Körpers ohne große Mühe nach. Schwere Holzbalken hatten sich über eine Treppe hinab in den Keller verkeilt, Kaspar kroch auch darunter hinweg, gelangte nach unten und kam in einem dunklen Kellerraum wieder auf die Beine. Er hatte davon gehört, dass man hier unten Mauerdurchbrüche von einem zum anderen Haus angelegt hatte. Dadurch hatte man Verschütteten die Möglichkeit geben wollen, ihrem Verlies zu entkommen. Vielleicht konnte er diese Mauerdurchbrüche jetzt nutzen und sich auf diese Weise so weit von der Stadtmitte entfernen, dass er den Rest des Weges aus der Stadt hinaus, ohne von der Polizei entdeckt zu werden, im Schutz der Trümmerberge bewältigen konnte.

Vorsichtig tastete er sich voran. Die Decken waren niedrig, es roch modrig. Hin und wieder drang etwas Licht durch ein nicht verschüttetes Kellerloch, das half ihm, sich zu orientieren. Er war bereits drei Häuser weiter vorgedrungen, als seine Nase neben dem feuchten Moder noch einen weiteren, üblen Geruch wahrnahm. Es war der Geruch von Verwesung.

Hier war der Raum etwas höher, in einem schmalen Fenster gleich unter der Decke befand sich sogar noch Fensterglas. Es war schmutzig, doch ein breiter Lichtstrahl drang hindurch bis zur gegenüberliegenden Wand, und genau dort lagen sie. Es waren ein Mann und eine Frau, beide trugen sie Mantel und Hut. Sie lagen auf dem Rücken nebeneinander und hielten sich bei den Händen. Ihre Gesichter waren grässlich entstellt, die Haut an ihren Händen war pechschwarz. Kaspar erschrak zu Tode, er hielt sich eine Hand vor den Mund und unterdrückte den Würgereiz. Nur schnell weiter, dachte er und wollte schon hinüber in den nächsten Raum hasten, als er den Koffer sah. Der Mann hielt einen Koffer in seiner Hand. Ein kleiner, brauner Lederkoffer, der ganz vom Staub bedeckt war und flach auf dem Boden neben dem Mann lag. Kaspars Neugier war geweckt.

Der Gestank in diesem Raum war entsetzlich, wieder musste Kaspar würgen. Mit dem Ärmel seiner Jacke wischte er sich den Schweiß von der Stirn und presste ihn sich dann vor seine Nase. So geschützt, näherte er sich dem Mann und zog vorsichtig an dem Koffer. Doch die schwarze Hand hielt ihn fest umklammert, darum zog Kaspar nun kräftiger. Der Mann rutschte auf dem staubigen Boden ein wenig auf ihn zu, Kaspar zog weiter an dem Koffer, ruckelte daran, stemmte sein Bein gegen den Oberkörper der Leiche, bis es ihm gelang, ihr den Koffer zu entreißen. Behände rappelte Kaspar sich auf, kam auf die Beine und schlüpfte, mit dem Koffer in der Hand, durch ein weiteres Loch in der Kellerwand hinüber in das nächste Haus. Erst als er nicht mehr weiterkam, als er vor einer intakten Kellerwand stand, erst dann hielt Kaspar an.

Die kalte, nasse Kleidung klebte ihm am Rücken, der Schweiß rann ihm von der Stirn, noch immer spürte er die Übelkeit in sich rumoren. Erschöpft ließ er sich auf einer Kiste nieder. Er brauchte eine Pause, sein Puls musste sich beruhigen. Nachdem er ein paar tiefe Atemzüge getan hatte, spie er weißen Schleim aus, wischte sich den Mund ab und suchte nach einem Ausgang. Er fand ein offenes Kellerloch, es schien von außen mit nur wenig Schutt bedeckt zu sein. Vorsichtig spähte er hinaus, dann schob er zuerst den Koffer und danach seinen schlanken Körper durch das Loch.

Als er sich draußen umsah, stellte er enttäuscht fest, dass er weniger weit vom Stadtzentrum entfernt war, als er gehofft hatte. Aufmerksam blickte er in alle Richtungen, es war niemand zu sehen. Jetzt zur Mittagszeit war es still in der Stadt, nur eine leise Stimme erklang in der Ferne, sie rief jemandem etwas zu, von der Polizei war jedoch nichts zu sehen und zu hören. Erleichtert atmete Kaspar aus. In gebückter Haltung schlich er entlang der Trümmer, bis er die Ruinen des gesprengten

Wasserturms erreichte. Den Koffer fest an sich gepresst, verfiel er dort in einen raschen Laufschritt, und erst als er die Stadtgrenze schon hinter sich gelassen hatte, erst als er wieder in den Feldern war, erst da hielt er an. Keuchend sank er hinter einem Baum am Wegrand auf die Knie, schaute sich noch einmal nach allen Seiten um, und als er sah, dass niemand in der Nähe war, gönnte er sich einen Moment des Verschnaufens.

Wie eine Trophäe lag der Koffer zu seinen Knien. Kaspar wischte über das schmutzige Leder, dann betätigte er die beiden Verschlüsse neben dem Griff, sie sprangen mit einem leisen Knacken auf. Als er den Deckel anhob, hielt er den Atem an. Der Koffer war mit einem glänzenden Stoff ausgeschlagen, sein Inhalt war wild durcheinandergewirbelt. Kaspar blickte auf einige Papiere und ein paar alte Zeitungen. Er fand ein Familienstammbuch, einige Versicherungspolicen, eine alte Pappschachtel und ein prall gefülltes, verschlossenes Briefkuvert. Noch bevor er es geöffnet hatte, wusste er, dass es Geld enthielt. Mit spitzen Fingern griff er nach den Scheinen, zählte sie, verzählte sich, begann noch einmal von vorn und kam auf die Summe von 4700 Reichsmark. Sein Herz schlug ihm bis zum Hals. Er legte das Kuvert zurück in den Koffer, nahm die Pappschachtel in die Hand und schüttelte sie. Sie gab ein hohles Rasseln von sich. Einst hatte sie als Verpackung für Parfüm der Marke 4711 gedient. Als Kaspar sie öffnete, stieg ihm noch ein Hauch des süßlichen Dufts in die Nase. In der Schachtel befanden sich eine goldene Uhr und Schmuck, der wild ineinander verschlungen war. Alle Teile waren ebenfalls aus Gold, einige mit funkelnden Edelsteinen besetzt.

Zum Schluss nahm Kaspar das Familienstammbuch in die Hand, ein dünnes, braunes Büchlein mit Goldprägung. Er schlug es auf und blätterte darin herum, die Namen sagten ihm nichts, in weniger als zwei Jahren hätten die Leute ihre goldene Hochzeit gefeiert.

»In Frankreich ist er! In der Nähe von Reims, in einem Lager.« Hans Simbach tastete sich auf seinen Gehstock gestützt über die verschneite Dorfstraße. Sein Sohn Valentin ging neben ihm, er zog das linke Bein nach, die beiden Männer kamen nur langsam voran. Ihre Gesichter waren von der Kälte gerötet, in hellen Nebelschwaden entwich ihr Atem den Mündern. Als sie Kaspar erkannten, blieben sie stehen, und der Alte rief ihn an. »Gestern ist eine Karte gekommen«, fuhr er fort, »nach über einem Jahr das erste Lebenszeichen. In Frankreich. Bei der Kälte!«

Kaspar war auf dem Weg zum Bäcker Düster, als er den Simbachs direkt in die Arme lief. Jetzt standen sie sich gegenüber, der Alte atmete schwer, das Gehen auf der hart gefrorenen, verschneiten Straße strengte ihn an. »Bertho ist jetzt bei den Franzosen in Gefangenschaft. Wir wissen noch nicht, wie er da hingekommen ist, aber wenigstens wissen wir jetzt, dass er noch lebt.« Valentin Simbach, Berthos Vater, sah Kaspar traurig an, als er das sagte, sein Blick verriet aber auch Erleichterung. Doch dann fuhr er fort: »Ihr wart doch immer zusammen, du und Bertho. Bis zum Schluss wart ihr doch in einer Einheit, oder nicht?«

»Doch, wir waren zusammen, bis wir nach Mondorf kamen«, erwiderte Kaspar.

»Ja, und dann? Was ist denn da passiert, dass du schon wieder hier bist und unser Junge immer noch nicht?« Valentins Blick hatte sich jetzt verändert, die Erleichterung war daraus verschwunden, nun blickte er den verdutzten Kaspar vorwurfsvoll an.

»Ich weiß nicht, was mit Bertho passiert ist«, verteidigte Kaspar sich, »er war plötzlich nicht mehr da, es war doch alles so ein schlimmes Durcheinander.«

»Man lässt doch seine Kameraden nicht im Stich«, mischte sich jetzt der Alte wieder ein, doch Valentin bedeutete ihm, ruhig zu sein. »Kaspar«, setzte er an, »es ist doch merkwürdig, dass ihr beiden Jungens aus demselben Dorf nicht zusammengeblieben seid. Ihr seid doch am gleichen Tag gefangen genommen worden. Da gibt man doch aufeinander Acht. Ihr wart Freunde, verdammt noch mal!«

»Aber ich hab doch niemanden mehr von der Einheit gesehen, plötzlich war da ein Lkw, da musste ich drauf«, versuchte Kaspar sich zu verteidigen, »und dann haben die mich weggebracht, Herr Simbach, ich war da doch auch ganz allein unter fremden Soldaten.«

Wieder mischte sich der Alte ein. »Das kann ich gar nicht glauben, Kaspar, wie soll denn das gegangen sein? Oder hast du dich abgesetzt? Wolltest du nach Haus laufen, und die Amis haben dich geschnappt? Das wär ja Fahnenflucht gewesen, das wär ja noch schlimmer. Aber wundern würde mich das bei euch Niemands nicht! Überhaupt nicht.«

»Jetzt lass es gut sein, Vater.« Valentin bedeutete seinem Vater noch einmal, dass er schweigen solle.

Der quittierte das mit einem strengen Blick und rammte dabei wütend seinen Gehstock in den Schnee.

»Was auch immer da passiert ist, Kaspar«, Valentin hatte jetzt seinen ausgestreckten Zeigefinger auf Kaspar gerichtet, »ich hoffe, dass du die Wahrheit sagst. Irgendwann wird unser Junge ja wieder nach Hause kommen, und dann werden wir wissen, was da los war in Mondorf. Aber eines sollst du wissen, Kaspar Niemand, wenn ich rauskriege, dass du unseren Bertho im Stich gelassen hast, dann gnade dir Gott, dann lernst du mich kennen, da kannst du dich drauf verlassen!«

Mit seinem ausgestreckten Zeigefinger stieß Valentin hart gegen Kaspars Brust, die Nebelschwaden vor ihren Mündern vermischten sich, bis Berthos Vater von ihm abließ. So langsam wie sie gekommen waren, so langsam zogen die Simbachs weiter.

Kaspar sah ihnen trotzig nach, spuckte vor sich in den Schnee. Dann fiel ihm wieder Bäcker Düster ein, er musste sich beeilen, wollte er noch eines der wenigen Brote bekommen, die in diesen Tagen dort gebacken wurden.

Bertho war also in Frankreich gelandet, als Gefangener. Wie ein richtiger Soldat, dachte Kaspar und sah Bertho mit stumpfem Blick zwischen unrasierten Landsern hinter rostigem Stacheldraht hocken. Dabei waren sie doch nur einfache Flakhelferkanoniere gewesen. Aber wo war Günter Heck gelandet? Und wo war Paul Kroppen, sein lieber Onkel Pauli? War er auch in Gefangenschaft, oder war er tot? Kaspar wünschte sich, Pauli würde eines Tages plötzlich vor der Türe stehen, dann wäre er endlich nicht mehr allein auf der Welt.

Den Koffer hatte er vergraben. Draußen bei den Obstbäumen hatte er in der Nacht ein tiefes Loch gegraben, den Koffer in einen Jutesack gesteckt und hineingelegt. Mit dem Laub der Bäume hatte er zum Schluss die Stelle bedeckt. So war sie gut getarnt, und jetzt bedeckte eine dicke Schneeschicht die Stelle. Er hatte alles, was sich im Koffer befand, darin gelassen. Die Papiere, den Schmuck und das Geld. »Für Geld kriegst du nix«, hatte Karl gesagt, und so war es auch, da konnten die 4700 Reichsmark genauso gut unter den Obstbäumen versteckt liegen, bis sich irgendwann die Zeiten wieder bessern sollten.

Mit Karl machte er keine Geschäftchen mehr. Hin und wieder sahen sie sich aus der Entfernung feindselig an, wenn sie sich hinter den traurigen Resten der Hauswände in Düren trafen, doch dann ging jeder seiner Wege, es gab genug andere, mit denen man ein Geschäftchen machen konnte.

Und dann kam dieser üble Tag, an dem er in das Tagelöhnerhaus zurückkehrte, vor dem Ilse ihn schon an der Türe erwartete. Kalter Regen war bereits am Morgen auf den nassen Schnee gefallen, und nun, am frühen Nachmittag, standen schmutzig braune Pfützen in der Gasse vorm Haus. Ilse war anders als sonst, ihre Haut war blass wie das Wachs der Kerzen in der Kirche, ihr Blick war zornig.

»Es ist was unterwegs«, begrüßte sie ihn.

Kaspar streifte sich an der Türschwelle den Schmutz von den Schuhen, dann trat er ein und sah sie verständnislos an.

»Ich bin schwanger. Ich bekomme ein Kind.« Ilse war aufgebracht, sie verschränkte ihre Arme vorm Bauch und ließ Kaspar dabei nicht aus den Augen. »Ja aber«, setzte der an, »wie …«

»Wie, wie, was fragst du? Ich brauch es dir doch wohl nicht zu erklären. Ich erwarte ein Kind von dir! Hast du eine Ahnung, was das bedeutet?«

Kaspar wusste nicht, was er antworten sollte. »Es darf nicht sein. Es wäre eine Katastrophe, verstehst du das?«

Allmählich drangen Ilses Worte in Kaspars Großhirn vor, Ilses Schwangerschaft durfte nicht sein, das verstand er. »Ja, aber …«, setzte er erneut an, und wieder unterbrach sie ihn barsch: »Ich werde tun, was getan werden muss. Überlass das mir. Von dir brauche ich nur die Mittel dazu, ich nehme an, dass es viele Zigaretten kosten wird, sehr viele sogar, und am besten nur amerikanische.«

Von ihrer Mutter hatte sie eine Adresse in Düren bekommen, in der Nordstadt, dorthin machte Ilse sich auf den Weg. An einem bitterkalten Tag im Februar, an dem der Frost sich bis zum Abend hin auf den Straßen hielt, begab Ilse Winter sich in die ruinierte Stadt an der Rur. Erleichterung befiehl sie, als sie in die Karlstraße einbog. Wie sie gehofft hatte, stand das Haus an der angegebenen Adresse noch. Die Nordstadt war viel besser erhalten geblieben als das Zentrum, in einem engen, dunklen Treppenhaus stieg Ilse hinauf bis in die Mansardenwohnung, wo ihr eine alte, verschrumpelte Frau mit kurzen Beinen und krummem Rücken die Tür öffnete und sie sofort in die Wohnung hineinzog.

Ihr Preis waren fünf Schachteln Amerikanische. Fünf Schachteln! Das war ein Vermögen, doch darunter würde sie keinen Finger rühren, murmelte die Alte.

Schon zwei Tage später machte sich Ilse erneut auf den Weg in die Stadt. Diesmal brachte Kaspar sie dorthin, er lieh sich bei Valentin Simbach die Zündapp z22, wofür Valentin ein halbes Graubrot verlangte, doch Kaspar war es gelungen, ihn stattdessen zu drei Luckys zu überreden. In aller Herrgottsfrühe waren sie aufgebrochen, der Tag war mild, Kaspar fuhr schnell wie der Teufel, und Ilse saß hinter ihm und klammerte sich an ihm fest. Am Bahnhof bat sie ihn anzuhalten, von hier aus werde sie allein gehen, sagte sie, und er tat, was sie verlangte. Sie trennten sich, ohne sich zu verabschieden.

Als sie am späten Vormittag wieder zurück im Tagelöhnerhaus war, konnte sie sich kaum noch auf den Beinen halten. Bis Nörvenich war sie mit der Straßenbahn gefahren, von dort war sie zu Fuß gegangen. Kaspar sprang auf und wollte ihr unter die Arme greifen, doch Ilses Mutter stieß ihn grob zur Seite. »Lass du bloß deine Finger von ihr!«, zischte sie und führte die wankende Ilse hinüber zum Schlafraum. Später kochte sie Tee und machte Wasser heiß, ständig wechselte sie zwischen den beiden Räumen im Tagelöhnerhaus hin und her, wusch blutige Lappen aus am Spülstein und bereitete einen Brei zu. Bis zum späten Abend wachte sie am Bett ihrer Tochter, dann streckte sie sich, begleitet von einem vernehmlichen Ächzen, auf dem Kanapee aus und befahl den Kindern, sich so wie Kaspar auf dem Boden davor zur Nachtruhe zu betten. Bevor sie sich endgültig flach hinlegte, schickte sie einen bitterbösen Blick zu Kaspar. »Bete zu unserer Muttergottes, dass es gut geht«, knurrte sie ihn an, »bete, wenn du kannst, du Teufel.«

Am nächsten Morgen fanden sie Ilse tot im Bett liegend. Ihr Körper war bereits vollständig erkaltet, das Laken von ihrem Blut durchtränkt.

Etwas mehr als ein halbes Jahr lang lebten Kaspar und Ilses Mutter noch zusammen mit den Kindern im Tagelöhnerhaus. Ein halbes Jahr, angefüllt mit wüsten Beschimpfungen und üblen Verwünschungen. Ilses Mann schickte Karten aus Russland, sie solle sich nicht sorgen um ihn, schrieb er ihr, bald wäre die Familie wieder vereint. Sie solle durchhalten und für ihn beten. Im Dorf wollten die Gerüchte um Ilses Tod nicht verstummen. Ein Unglückshaus sei das Tagelöhnerhaus, munkelte man, so war es schon immer. Tot im Bett gefunden hatte man die junge Frau, so viel war bekannt. Und der Umstand, dass Kaspar Niemand zur gleichen Zeit in diesem Haus lebte, trug beileibe nicht dazu bei, das Raunen hinter vorgehaltener Hand verstummen zu lassen.

Dann endlich, an einem neblig-grauen Tag im Spätherbst des Jahres 1946, zogen die Alte und die Kinder in eine der neu errichteten Flüchtlingsbaracken am Dorfrand. Und obwohl Kaspar schon eine Woche später neue Mitbewohner zugewiesen wurden, war er doch sehr erleichtert, den hasserfüllten Blicken entkommen zu sein. Nun sollte er sich das Tagelöhnerhaus mit einem steinalten Ehepaar aus dem Memelland teilen. Der Mann stand klapperdürr, fast taub und zahnlos vor ihm, während seine Frau klein und rund und übel gelaunt den alten Herd inspizierte. Sie hielten sich fast ausschließlich in der Schlafkammer auf, wo der Mann unter mehreren

Bettdecken fror und seine Frau ihn mit Haferschlunze fütterte und ihn dabei einen Rachschlung schimpfte.

Den folgenden Winter durchlebte Kaspar Niemand wie einen nicht enden wollenden Alptraum. Mit jedem Tag wuchs die Bitterkeit in ihm ein klein wenig mehr. Das Organisieren kam so gut wie zum Erliegen, es gab einfach nichts mehr zum Organisieren. Der Tank in dem Kübelwagen gab keinen Tropfen Sprit mehr her, an Naturalien war gar nicht zu denken. Ein bisschen selbst gebrannten Schnaps verhökerte er, den er den Schwarzbrennern abschwatzte, gegen horrende Bezahlung in Amerikanischen. Sein Zigarettenvorrat war fast aufgebraucht, das meiste davon besaß jetzt die krumme Alte in jener Mansardenwohnung in der Dürener Nordstadt. Kaspar fühlte sich verlassen und nutzlos. Er trauerte um seine Familie, und er trauerte auch um Ilse. Mittlerweile war er überzeugt davon, dass er sie wirklich geliebt hatte. Sie hätten heiraten können, er und Ilse, die zwanzig Jahre älter war, aber es hätte ihm nichts ausgemacht. Sie war die erste Frau in seinem Leben, in die er verliebt gewesen war. Und jetzt trauerte er um sie. Und die Trauer verstärkte den Hunger, und der Hunger verstärkte die Mutlosigkeit. Er wartete darauf, dass Pauli zurückkehren sollte, doch Pauli kam nicht zurück. Und auch Bertho kehrte nicht mehr zurück.

An einem Morgen im März, zu einer Zeit, in der sie in manch zurückliegenden Jahren schon die ersten warmen Frühjahrstage erlebt hatten, pochte es plötzlich ungeduldig an der verbretterten Tür des Tagelöhnerhauses. Kaspar öffnete und sah Valentin Simbach in dichtem Schneetreiben dastehen.

Valentin hielt ihm ein Blatt Papier entgegen und brüllte: »Tot ist er! Mit noch nicht einmal neunzehn Jahren! Verscharrt in Frankreich.« Begleitet von feinen Schneeflocken betrat Valentin das Haus und hinkte wild um sich schlagend auf Kaspar zu.

Doch der war schneller, geschickt wich Kaspar den harmlosen Schlägen aus, bis er mit dem Rücken zur Wand stand. Erst jetzt setzte er sich zur Wehr, versetzte Valentin einige Schläge auf die Brust, versuchte ihn dann jedoch zu bändigen, indem er ihn umklammerte. Und dann stürzten sie bei dem Gerangel polternd zu Boden, wo Valentin sich von ihm löste, sich zur Seite rollte und zu weinen begann wie ein kleines Kind.

Sie gaben ihm die Schuld an Berthos Tod, das wusste Kaspar, ohne dass es jemals jemand klar ausgesprochen hätte. Die Trauer verstärkte den Hunger, aus Schmerz wurde Wut, die Kaspar befahl, vom selbst gebrannten Schnaps zu trinken. Er trank, und er fühlte sich besser damit.

Auf den Alptraumwinter folgte ein Alptraumsommer, der zu allem Übel eine noch nie erlebte Hitze über das Land legte. Draußen unter den Obstbäumen war das Gras über dem vergrabenen Koffer schon im Juni verdorrt, und als der Herbst sich anschickte, der Hitze den Garaus zu bereiten, da blickten die Menschen voller Sorge auf ihre vertrockneten Felder und Gärten, aus denen sie in diesem Jahr wohl kaum ausreichend Essbares ernten werden würden. Der Hunger und die Wut, die Trauer und die Verzweiflung waren Kaspars treueste Begleiter geworden, gegen die jetzt, da sich Ilses Tod bald zum ersten Mal jähren sollte, auch der Alkohol kaum noch etwas auszurichten wusste.

Seinen zweiten Winter im Tagelöhnerhaus überlebte der alte Mann aus dem Memelland nicht. Was nach fast drei Jahren Not und Entbehrung von ihm übrig geblieben war, war nicht mehr als ein jämmerliches Häuflein Mensch. Klein und schrumpelig lag er auf dem Bett in Kaspars Schlafkammer. Kaspar ging nicht hinein, lieber blieb er beim Türrahmen stehen und warf nur einen flüchtigen Blick auf den Toten. Dann verließ er mit wenigen ausholenden Schritten das Haus, in das er erst wieder zurückkehrte, nachdem die Leiche abgeholt worden war.

Um günstig an Schnaps zu kommen, versuchte er immer dort, wo gerade in der Gegend gebrannt wurde, seine Finger im Spiel zu haben. Er organisierte Briketts und Holz, wusste, wo man Hefe bekommen konnte, und ließ sich für seine Hilfe mit Schnaps bezahlen. Den größten Teil davon tauschte er gegen Luckys ein, mit dem Rest kämpfte er gegen seine treuen, finsteren Begleiter an. Kam er im Dorf an die Stelle, an der einst das Schusterhaus gestanden hatte, dann ging er mit gesenktem Blick und schnellen Schritten daran vorüber. Der Platz war zu einer schrumpeligen Brachfläche geworden, auf der das Unkraut unter üppigen Fliederbüschen wucherte.

Traute sich ein Bauer, eines seiner Tiere verbotenerweise zu schlachten, war Kaspar zur Stelle, half bei der Arbeit und verhökerte einen Teil des Fleisches gegen Unmengen von Zigaretten auf dem Schwarzmarkt. Er überstand diese verrückte Zeit, die sich so vollkommen von der althergebrachten Norm des gesellschaftlichen Zusammenlebens unterschied, indem er verbotene Dinge tat, was er, um sein Gewissen zu beruhigen, verharmlosend »Organisieren« nannte. Er konsumierte Tabak und selbst gebrannten Schnaps in besorgniserregenden Mengen. Aß wenig und schlief unruhig, aber er überstand diese Zeit. Ein zorniger, junger Mann auf gefährlichen Wegen in eine ungewisse Zukunft. Die Alte aus dem Memelland blieb im Tagelöhnerhaus, doch das war Kaspar völlig gleichgültig. Er hatte sein Leben, sie das ihre, kaum dass sie ein Wort miteinander sprachen, kaum dass sie sich in dem kleinen Haus begegneten. So verbrachte er die Tage, als würde er sich, nur mit einem stumpfen Taschenmesser bewaffnet, durch einen dichten Dschungel vorankämpfen.

Bis er dann, sechs Tage vor seinem zwanzigsten Geburtstag, an einem regnerischen Sonntag mit Dutzenden anderen in einer freudig erregten Menschenschlange vor dem großen Backsteinhaus in Nörvenich wartete. Drinnen stand der Direktor der Raiffeisen-Bank hinter einem einfachen Holztresen, schaute jedem Einzelnen über den Rand seiner Brille ins Gesicht und zählte ihm dann die ersten Scheine des neuen Geldes auf den Tresen.

13. KAPITEL

Frost im Rosenbeet

Die Kette gab ein rasselndes Geräusch von sich, als Kaspar nackt in der Schwarzkaue stand und seine Arbeitsklamotten am Haken hinauf in den Bergmannshimmel zog. Die Schicht war zu Ende, es drängte ihn hinüber zu den Duschen, wo er sich den Staub, den Schweiß und die Müdigkeit vom Leib schrubben wollte.

Seit dreißig Monaten wiederholte sich dieses tägliche Ritual nun schon, seit dreißig Monaten gehörte er zur Belegschaft der Brikettfabrik Hubertus, zu deren Schornsteinen er schon seit seinen Kindertagen hinübergeschaut hatte, um in dem Rauch, der ihnen in verlässlicher Beständigkeit entwich, die unterschiedlichsten Figuren und Formen zu erkennen. Zu den Schornsteinen schaute er jetzt nicht mehr auf, wenn er mit dem Fahrrad zur nächsten Schicht fuhr. Nach anfänglichem Zweifel hatte er die Arbeit in der Fabrik als seine einzige Chance begriffen, dem unsteten Organisatorenleben zu entkommen. Zumal dies den Mann nicht mehr ernährte, nachdem vor drei Jahren alle das neue Geld bekommen hatten und die Amerikanischen plötzlich, über Nacht, nichts mehr wert waren. Für Geld gab es von einem Tag zum anderen alles, Zigaretten hingegen akzeptierte bald niemand mehr als Zahlungsmittel, und das Organisieren und Verhökern hinter den fensterlosen Resten der Häuserwände in Düren war so plötzlich zu Ende, wie es begonnen hatte.

Eines Tages hatte die Alte aus dem Memelland ihre wenigen Sachen zusammengerafft und war weggegangen. »Ich habe eine Wohnung bekommen«, hatte sie gesagt, »in der Stadt, sauber und hell ist es da, nicht so wie hier, in diesem Loch.« Damit hatte sie das Tagelöhnerhaus verlassen, und Kaspar war von da an der alleinige Bewohner. Nur seine treuen Begleiter waren ihm geblieben, wovon die Verzweiflung zum Anführer der finsteren Bande geworden war. Einmal war Kaspar sogar bereit gewesen, beim alten Hieronymus Horn um eine Arbeit nachzufragen. Eines Morgens wollte er hingehen, schon in aller Frühe war er aufgestanden, hatte sich gründlich gewaschen und rasiert, hatte sich seine Worte zurechtgelegt und war im Begriff, das Haus zu verlassen, als es an der Tür klopfte. Krumm und huzzelig stand Friedrich Kroppen vor Kaspar, neben ihm ein junger Kerl mit reichlich verschlagenem Gesichtsausdruck. Ohne Umschweife erklärte der, dass das Haus jetzt seinem Vater gehöre und dass sie Kaspar bis zum Monatsende Zeit ließen, es sauber und aufgeräumt zu verlassen. Das Schriftstück, das er Kaspar unter die Nase hielt, trug einen blassen Stempelaufdruck und eine schwungvolle Unterschrift. Kaspar schenkte ihm keine Aufmerksamkeit. »Ist gut«, sagte er knapp und knallte den Besuchern die Türe vor der Nase zu.

Eine neue Wohnung fand er erstaunlich rasch. Im Bürgermeisteramt in Nörvenich hörte ihm ein schmächtiger Mann, der schwarze Ärmelschoner an seinen dünnen Armen trug, aufmerksam zu, kramte dann in einem langen Karteikasten auf seinem Schreibtisch herum, zog ein Kärtchen daraus hervor und verkündete: »Sie können ein Zimmer hier im Dorf in der Burg beziehen, in der ersten Etage, Waschbecken und Toilette sind im Erdgeschoss.« Kaspar hatte nicht lange überlegt, er hatte nur stumm genickt, worauf der Schmächtige »In Ordnung« gesagt und etwas auf die Karteikarte geschrieben hatte.

In die Burg war Kaspar mit den schäbigen Möbeln aus dem Tagelöhnerhaus eingezogen, sie verströmten in dem Raum die gleiche finstere Trostlosigkeit, wie sie es im Tagelöhnerhaus getan hatten, und standen damit im krassen Gegensatz zu der imposanten Erscheinung der Burg. Alle nannten das Gebäude in der Mitte des Dorfes nur »die Burg«, dabei war es viel zu herrschaftlich für eine der vielen trutzigen Wohnstätten früherer Rittergeschlechter. Es ähnelte vielmehr einem Herrenhaus. Zwar standen vom Wirtschaftsgebäude nur noch die Grundmauern, und die ehemaligen Stallungen waren nicht mehr als Ruinen mit bröckelndem Mauerwerk und eingestürzten Dächern. Das Haupthaus jedoch, das Wohngebäude, versprühte immer noch die Eleganz und den Reichtum vergangener Tage. Sein Dach zierten zahlreiche Türmchen und Gauben. Zwischen zwei üppigen Vorbauten, an deren Fronten zwei prachtvolle Erker hervorsprangen, gab es eine breit angelegte Empore, zu der eine zweiflügelige Treppe hinaufführte. In Kaspars Augen entsprach die Burg eher seiner Vorstellung von einem Schloss, wozu das gepflegte Rondell auf dem Burghof beitrug, in dem eine große Anzahl duftender Rosenstöcke angepflanzt war. Ein dichtes Kleid aus sattgrünem Efeu umhüllte nahezu die gesamte Fassade der Burg. Als Kaspar zum ersten Mal aus seinem Fenster hinunter in den Hof schaute, überkam ihn ein leises Gefühl von Geborgenheit. Der Umzug nach Nörvenich war keine schlechte Sache gewesen, wenn nur nicht das Problem mit der Miete für sein Zimmer gewesen wäre. Er brauchte Geld, er brauchte eine Arbeit, eine, bei der er ehrliches Geld verdienen konnte.

Doch gerade in diesem Moment, so schien es ihm, erinnerte sich das Glück tatsächlich noch einmal an den Sohn des Schusters Martin Niemand, der als Säugling in einem Weidenkorb ausgesetzt worden war. Auf der ersten Etage, am anderen Ende des Gangs, wohnte Hubert Hüsch. Hüsch war drei Jahre älter als Kaspar, ebenfalls alleinstehend und arbeitete im Tagebau der Grube *Vereinigte Ville*. »Kohle wird immer gebraucht«, hatte er gesagt, als Kaspar ihm von seinen Sorgen erzählte, »und Männer, die das Zeug aus der Erde holen und verarbeiten, ebenso. Hab gehört, in der Hubertus suchen sie immer nach Arbeitern, geh da hin, Mann, die haben bestimmt was für dich.«

Hüsch hatte recht behalten, gleich am nächsten Tag war Kaspar mit dem alten Fahrrad, das er im Keller der Burg gefunden hatte, rüber nach Brüggen gefahren. Dort hatten sie ihn lange warten lassen, bis er in ein Büro geführt wurde, in dem ein dicker Mann an einem schweren, dunklen Schreibtisch gesessen hatte, der ihn neugierig beäugt, ihm ein paar Fragen gestellt und ihm dann, nach einem Zug an seiner Zigarre, in geschäftigem Ton mitgeteilt hatte, dass Kaspar am nächsten Montag zur ersten Schicht zu erscheinen habe.

Als er sich an diesem Abend auf dem zerschlissenen Kanapee zur Nachtruhe bettete, hatte Kaspar sich gut gefühlt. Die Hierarchie seiner treuen Begleiter war mächtig durcheinandergeraten, der Hunger war längst schon mucksmäuschenstill geworden, die Verzweiflung versteckte sich hinter dem Abendrot, das durch das Fenster ins Zimmer schien. Nur die Trauer flüsterte ihm zu, er dürfe sie nicht vergessen, er solle sie mitnehmen in seine Träume, und Kaspar hatte getan, wie ihm geheißen wurde.

Für die schlichte Schönheit der aus gelbem Backstein errichteten Industrie-Architektur hatte er von Anfang an keinen Blick übrig. Für Kaspar war die Brikettfabrik nichts weiter als ein riesiger Moloch aus Stein und Stahl, in dem die Arbeiter ihre Tage in Lärm und Dreck verbringen mussten. Er war den Brikettschippern zugeteilt worden, ihre Aufgabe bestand darin, die fertigen Brikett mit Schaufeln aus der Strangpresse aufzunehmen und in bereitstehende Schubkarren zu laden. Der dumpfe Rhythmus der Presse trieb die Männer an, der Kohlestaub bedeckte alles und jeden. Unerbittlich schoben die Maschinen einen nicht enden wollenden Strang schwarz glänzender Kohlebriketts auf die Männer zu, die schaufelten und schwitzten im alles übertönenden Lärm der Pressen. Stunde um Stunde, Tag für Tag. An jedem Strang arbeitete ein Mann, keiner nahm Notiz vom anderen, jeder kämpfte seinen einsamen Kampf gegen den Rhythmus der Pressen.

Neben Kaspar arbeitete Hans Hamann, den sie Häns nannten. Häns mochte Kaspar nicht, das hatte Kaspar gleich am ersten Tag gespürt. Bei der Arbeit warf er ihm feindselige Blicke zu, in den Pausen machte er üble Scherze über Kaspars Pausenbrot, und in der Weißkaue mokierte er sich über dessen Kleidung. Kaspar war ruhig geblieben, hatte versucht, Häns' Bösartigkeiten und das Gelächter der anderen zu ignorieren. Doch Häns ließ ihm keine Ruhe, an jedem Tag aufs Neue spielte er das uralte Spiel vom Demütigen und Verhöhnen mit Kaspar und weidete sich an seinen schmutzigen Siegen. Irgendwann hatte Kaspar Häns beim Verlassen der Fabrik abgepasst, hatte ihn beiseitegezogen und ihm zugeraunt, er solle es nicht übertreiben, doch der hatte ihn nur ausgelacht.

Nachdem Kaspar die Kette, an der der Korb mit seinen Arbeitsklamotten im Bergmannshimmel baumelte, am Wandhaken gesichert hatte, ging er hinüber in den Duschraum. Im feuchten Nebel standen die Kollegen unter den Brauseköpfen und wuschen ihre Leiber, die bis auf die Arme und den Kopf so weiß wie die Kacheln an der Wand waren. Plötzlich tauchte Häns neben ihm im heißen Wasserdampf auf. Während Kaspar hoch aufgeschossen, in gerader Haltung, mit fein geschnittenem Gesicht und wohl proportioniertem Körper dastand und das warme Wasser auf der verschwitzten Haut genoss, grinste Häns in herausfordernd an. Sein Körperbau war gedrungen, seine Beine zu kurz und der zu groß geratene Kopf saß ohne Hals auf hängenden Schultern. Lauernd umkreiste er Kaspar, grinste ihn höhnisch an und ließ ein Stück Seife zwischen ihren nackten Füßen zu Boden fallen.

»Hoppla«, sagte er, und schaute mit gespieltem Erstaunen nach unten. »Hoppla, da ist mir doch die Seife aus den Händen geflutscht. Heb sie auf, Niemand, mir schmerzt mein Rücken zu sehr heute.«

Kaspar ignorierte ihn.

»Na, was ist? Heb sie auf, hab ich gesagt.« Häns trat noch ein wenig näher an Kaspar heran.

»Heb du sie auf, es ist deine Seife«, sagte der.

»Ich will aber, dass du sie aufhebst. Oder traust du dich nicht, uns deinen Arsch zu präsentieren?« Einige Männer waren näher gekommen, sie grinsten voller Vorfreude auf eine willkommene Abwechslung am Ende einer harten Schicht.

»Hör auf damit, Häns«, sagte Kaspar, während er sich den Seifenschaum vom Körper spülte.

Doch Häns dachte gar nicht daran aufzuhören. Angriffslustig baute er sich vor Kaspar auf, er brüllte jetzt: »Los, mach schon, Schwuchtel! Heb die Seife auf.«

Kaspar wollte zuschlagen, ein Schlag hätte vermutlich gereicht, um den Gnom zu Boden zu strecken. Doch er beherrschte sich. Mit dem Fuß stieß er die Seife fort und sagte, so ruhig er konnte: »Hör auf damit, Häns, sonst …«

»Was sonst? Hä? Was willst du Arschloch, hä? Ich mach dich fertig, du Schwuchtel!« Als hätte jemand einen Schalter umgelegt, so plötzlich veränderte Häns seine Körperhaltung. Wie von Sinnen ging er auf Kaspar los, rempelte ihn an, versetzte ihm einen harten Schlag auf den Brustkorb, und genau das war der Moment, in dem Kaspar seine Selbstbeherrschung aufgab. Der erste Faustschlag landete in Häns' Magengrube. Der schnappte prustend nach Luft, beugte sich nach vorn, direkt in Kaspars zweiten Schlag hinein, der ihn mitten im Gesicht traf. Die nackten, weißhäutigen Kollegen hatten die beiden Kämpfenden mittlerweile umringt, einige johlten und feuerten Häns an, der sich aufrappelte und erneut auf Kaspar losging. Blut rann aus seinem Mund, die Seifenlauge zu seinen Füßen verfärbte sich rosa, bevor sie im Abfluss verschwand. Geschickt wich Kaspar Häns' Schlägen aus, er hingegen platzierte einige Treffer, die Häns taumeln ließen, und als der zu Boden ging und Kaspar sich auf ihn stürzen wollte, da sprangen gleich drei Kollegen auf einmal hinzu und rissen ihn zurück. Sie drängten Kaspar gegen die gekachelte Wand, drei Paar kräftige Hände umklammerten seine Arme, ein weiterer Kollege trat hinzu, packte ihn grob am Kinn und zischte: »Pass auf, was du tust, Freundchen! Fass hier nie wieder einen an, nie wieder, hast du verstanden? Sei froh, wenn die Sache hier unter uns bleibt, es würde nämlich verdammt schlecht ausgehen für dich, nach allem, was man von dir gehört hat!« Dann versetzte er Kaspar einen Schlag mit der flachen Hand auf die Stirn, sodass er hart mit dem Hinterkopf gegen die Wand stieß.

Seit dieser unliebsamen Begegnung blieb Kaspar noch schweigsamer, isolierte sich nur noch weiter von den Kollegen während der Arbeit in der Brikettfabrik. Hin und wieder warf Häns ihm einen linkischen Blick zu, ließ ihn jedoch in Ruhe. Selten wechselte Kaspar mit einigen wenigen Kollegen ein paar Worte, bei denen es nicht um die Arbeit ging. Er zwang sich dazu, seine Tage in dem düsteren Moloch aus Lärm und Dreck mit stoischer Gelassenheit zu ertragen, er liebte das leise Knistern des Papiers der Lohntüte am Ende der Arbeitswoche und betrachtete die wenige arbeitsfreie Zeit, die ihm blieb, als sein eigentliches Leben. Ein mickriger Rest ziemlich freudlosen Lebens, in dem er doch dazu verdammt war, ausreichend Kraft und Motivation zu sammeln für die nächste Schicht in der Fabrik.

An manchen Tagen nahm er auf dem Heimweg von der Fabrik einen Umweg in Kauf und fuhr hinüber zu seinem Heimatdorf. Auf seinem klapprigen Fahrrad rollte er dann über die Dorfstraßen, Leute blickten kurz auf, um sich gleich wieder abzuwenden. Sein Ziel war der Friedhof, wo er vor den Gräbern seiner Angehörigen stand und nach Worten suchte, die er zu ihnen hinauf in den Himmel schicken konnte. Auch Ilses Grab suchte er an solchen Tagen auf. Ihr Mann war immer noch nicht zurückgekehrt, dessen war er sich sicher, er hätte es erfahren, ganz sicher, und Kaspar fürchtete sich vor dem Moment, in dem sie sich gegenüberstehen würden. Dort, wo einst das Schusterhaus gestanden hatte, wurde nun ein neues Haus gebaut, aus neuen, roten Backsteinen, mit großen Fenstern und einer breiten Eingangstüre, zu der vier Stufen hinaufführten.

Zu den Obstbäumen fuhr er nie bei Tage. Er fürchtete sich davor, Verdacht zu erwecken, doch er wusste, dass der Koffer noch da war. Schon zwei Mal hatte er in dunkler Nacht dort gegraben, die exakte Stelle fand er mit Leichtigkeit, und jedes Mal war er zu seiner Beruhigung auf den Koffer gestoßen. Als das neue Geld ausgegeben wurde, hatte er sich nach einigen Tagen getraut, beim Direktor der Raiffeisen-Bank in Nörvenich vorzusprechen.

»Ich hab etwas gespart«, hatte Kaspar gesagt, woraufhin ihn der Direktor prüfend über den Rand seiner Brille hinweg gemustert hatte.

»Soso, gespart hast du. Wie viel ist es denn?«

»Ich weiß es nicht, nicht ganz genau, es ist aber eine ziemliche Menge. Ich möchte es gerne gegen das neue Geld eintauschen.« Kaspar war nervös gewesen.

Der Direktor hatte nicht aufgehört, ihn scharf zu mustern. »Wo ist das Geld jetzt?«

»Ich habe es zu Hause.«

»Hmm, zu Hause«, hatte der Direktor wiederholt. »Du musst es herbringen, musst ein Konto eröffnen, damit es verrechnet werden kann. Hier, dieses Formular musst du ausfüllen.« Damit hatte er sich zu seinem Schreibtisch umgedreht und sich in einer hölzernen Ablage zu schaffen gemacht.

So hatte Kaspar sich die Sache nicht vorgestellt, er wollte kein Konto eröffnen, noch nie hatte er ein Konto besessen. Er wollte das Geld tauschen, alte Scheine gegen neue Scheine. Spontan beschloss er, auf eine andere Gelegenheit zu warten, darum stammelte er: »Ist gut, vielen Dank. Ich komme bestimmt bald wieder.« Noch bevor der alte Direktor sich ihm wieder zuwenden konnte, war Kaspar schon wieder aus dem Haus verschwunden. Das Geld und der Schmuck blieben dort, wo Kaspar es vergraben hatte. Es war noch da, er hatte es überprüft, und damit gab er sich fürs Erste zufrieden.

Neben Kaspar und Hubert Hüsch waren zu der Zeit noch weitere Obdachlose in der Burg gestrandet. Eine Familie mit neun Kindern, deren Haus in Düren im Krieg zerstört worden war. Eine weitere mit drei kleinen Kindern und einem Säugling, die irgendwo im Osten ihr Heim verloren hatten. Dann waren da noch die

Dreisers; Kurt und Käthe Dreiser, die beide schon auf die siebzig zugingen. Sie waren kinderlos geblieben, ihr Zimmer lag auf der ersten Etage gleich neben dem etwas kleineren Raum, in dem Kaspar wohnte. Auf dem Flur zeigte ein sauberes Rechteck an der Wand über der Holzvertäfelung die Stelle an, an der einst ein Bild gehangen hatte.

»Hier hing wohl ein Porträt von unserem geliebten Führer«, sagte Kurt Dreiser, »dem größten Verbrecher der Menschheitsgeschichte.«

Schon allein deswegen mochte Kaspar ihn.

Der Lärm, den die Menschen in der Burg verursachten, war allgegenwärtig, der Säugling weinte oft stundenlang, bei Tag und bei Nacht. Die Eltern der neun Kinder stritten sich lautstark in ihrer Wohnung im Erdgeschoss, um Geld und um die Treulosigkeit des Mannes, und Hubert Hüsch hatte die schlimme Angewohnheit, seinen braunen Lederball schwungvoll auf den Boden zu werfen, von wo aus er gegen die Wand prallte und anschließend wieder in Huberts Händen landete. Das Patsch-Patsch drang dann oft ohne Unterlass aus seinem Zimmer. Kaspar litt erbärmlich unter all dem Lärm im Haus, doch er war zu sehr darüber erleichtert, mit dem Hunger gerade einen seiner treuen Begleiter losgeworden zu sein, als dass er die Riege nun gleich wieder mit Groll komplettieren wollte.

Die Dreisers hingegen waren ruhige Nachbarn, ihre freundlichen Wesen waren Balsam für Kaspars wunde Seele. Es begann damit, dass sie ins Schwatzen verfielen, wenn er sie auf dem Flur traf. Oder sie standen auf der breiten Empore vor dem Haupteingang, Kaspar lehnte sich gegen die steinerne Balustrade und lauschte der alten Frau, die mit warmer Stimme von ihrem Leben vor dem Krieg erzählte. Wenn er Kurt Dreiser bei den Rosen antraf, über deren Aufzucht und Pflege der Alte so vieles in so packender Weise zu berichten wusste, dann vergaß Kaspar über das Zuhören regelmäßig die Zeit und seine treuen Begleiter.

Schließlich trafen sie sich in Dreisers Zimmer zum Kartenspiel. Dort gab es mehr Platz, und Dreisers besaßen einen runden Esstisch mit vier Stühlen daran, in deren geschwungenen Rückenlehnen feine Perlmutteinlagen schimmerten. Sie spielten Canasta, Kurt Dreiser hatte die Gabe, die Spielregeln ruhig und verständlich vorzutragen, weshalb Kaspar sie rasch begriff. Das Spiel bereitete Kaspar Freude, auch wenn der alte Dreiser fast jedes Spiel gewann.

Doch öfters noch als hinüber zu den Dreisers ging Kaspar nach seinen Arbeitsschichten in die Gastwirtschaft. Wenn der stählerne Rhythmus der Stempelpressen noch in seinen Ohren dröhnte und der Kohlenstaub noch immer seine Atemwege reizte, dann meinte er zu spüren, wie dort in dem kleinen, ein wenig dämmrigen Schankraum all der Lärm und Schmutz von ihm abfielen, als würden sie von einem warmen Sommerregen fortgespült. Von der Burg führte ihn sein Weg nur ein kurzes Stück hinauf zur Provinzialstraße, die bis vor Kurzem noch Herman-Göring-Straße geheißen hatte, und dort, auf der gegenüberliegenden Straßenseite, wartete die Gastwirtschaft schon auf ihn. Im Sommer stand die Eingangstür einladend weit offen, im Winter drang warmes Licht durch die Fenster nach draußen und spiegelte sich matt auf dem nassen Straßenpflaster. Das Bier war gut hier, frisch und kühl rann es durch Kaspars raue Kehle. Er trank schnell und viel, mehr, als es gebraucht hätte, um in den wohligen Zustand der angeschickerten Leichtigkeit hinüberzugleiten. Wenn das Mobiliar in der Wirtschaft begann, sich in sanftem Tempo um Kaspar zu drehen, wenn die Flaschen im Schrank hinter der Theke sich sanft bewegten, dann war er schon mittendrin in der trunkenen Glückseligkeit, nach der sie alle suchten, die hierhergekommen waren. Dann schrie er laut gegen laut vorgetragene Reden an, stieg mit seiner sauberen Tenorstimme ein in die alten Lieder, die jemand anstimmte, und wenn endlich die Spielkarten hervorgeholt wurden, dann setzte er sich zu den anderen an den runden Tisch. Hier in der Wirtschaft spielte niemand Canasta, hier spielten die Männer Mau-Mau, und Kaspar donnerte bei jeder Sieben, die er abwarf, mit seiner Faust auf den Tisch, dass die Gläser darauf nur so schepperten.

Oft beteiligte sich auch Hubert Hüsch am Kartenspiel. Er war unkonzentriert, verbog sich, um in die Karten des Tischnachbarn zu linsen, und wurde zornig, wenn er ein Spiel verlor. Kaspar war auch ein mäßiger Mau-Mau-Spieler, nur hin und wieder gewann er, doch er spielte stets ehrlich. Mitunter geriet er mit Hubert wegen dessen Mauscheleien in Streit. Sie bezichtigten sich dann gegenseitig, und am späten Abend eines nasskalten Novembertages eskalierte ein solcher Streit derart, dass sie sich am Tisch mit geballten Fäusten gegenüberstanden. Hubert schlug als Erster, der Schlag traf Kaspar hart, der schlug zurück, und sein Schlag war härter.

Schon rann das Blut über ihre verschwitzten Gesichter. Die Luft in der Wirtschaft war verraucht und vom bollernden Feuer im Ofen und den vielen Menschen überhitzt.

Der Wirt sprang hemdsärmelig hinter seiner Theke hervor, blitzschnell packte er die Streithähne mit seinen mächtigen Pranken beim Kragen, als wären sie nichts weiter als zwei Schuljungen. »Wenn du dich noch einmal so aufführst«, brüllte er Kaspar an, »dann brauchst du dich hier nie wieder blicken lassen!« Damit war alles gesagt, mit seinen kräftigen Armen stieß er die beiden auseinander, sah Hubert nur kurz und Kaspar ziemlich lange an. In seinem Blick lag die unausgesprochene Warnung, seine Drohung ernst zu nehmen.

Kaspar schluckte trocken. Es brodelte in ihm, doch er hatte verstanden. Der Wirt verschwand wieder hinter seiner Theke, wo er sich mit einem Handtuch den Schweiß von der Stirn wusch. Nur zu gerne hätte Kaspar einen Stuhl zertrümmert oder Hubert einen weiteren Schlag versetzt, doch er beherrschte sich. Zitternd nahm er sein noch fast volles Glas in die Hand und schleuderte das Bier daraus mitten in Huberts Gesicht. Ohne seine Rechnung zu begleichen, verließ er die Wirtschaft.

Der Herbst war nur kurz in diesem Jahr. Kaum waren die Blätter welk geworden, zerrten stürmische Winde sie von den Bäumen. Erste frühe Nachtfröste taten das ihrige dazu, um die Natur schon bald grau und trostlos unter einem wolkenverhangenen Himmel erscheinen zu lassen. Kaspar fror erbärmlich bei seinen Fahrten hin zur Fabrik und wieder zurück. Seine Glieder schmerzten, und sein Kopf war erfüllt vom ständigen Dröhnen der Stempelpressen vor seinem Strang. Wie gerne wäre er auch am Abend nach seinem Streit mit Hubert in die Wirtschaft gegangen, um nach ein paar rasch geleerten Gläsern die warme Regendusche auf seinem geschundenen Körper zu spüren. Doch er ging nicht hinüber, er blieb allein in seinem Zimmer, lag rücklings auf dem Kanapee und lauschte dem Wind, der um die Ecken der Burg heulte. Und auch am folgenden Tag ging er nicht hin, zu sehr gärte noch die Wut auf den Wirt und auf Hubert in ihm. Stattdessen traf er sich mit den Dreisers in deren Zimmer zu einer Partie Canasta. Die Männer tranken Grüneberger Pils aus Flaschen, Kaspar leerte beinahe doppelte so viele Flaschen wie Kurt Dreiser – und gewann kein einziges Spiel.

Wie aus der Ferne drangen die Stimmen an sein Ohr. Es war noch dunkel draußen, als Kaspar am nächsten Morgen von zwei tiefen Männerstimmen geweckt wurde.

»A so a junger Pursche«, hörte er jemanden sagen, und Kaspar meinte, die Stimme des Ostflüchtlings zu erkennen, in dessen Wohnung ständig ein Säugling weinte. »I mecht sage, mir müsse die Polizei hola.«

Die Männer waren unten im Burghof, sie klangen aufgeregt. Noch etwas benommen erhob Kaspar sich von seinem Nachtlager und stakste hinüber zum Fenster. Das Zimmer war eiskalt, sein Kopf schmerzte, sein Mund war staubtrocken. Mit dem Ärmel seiner Schlafjacke wischte er das Kondenswasser von der Glasscheibe, unten im Hof spendete eine einzige altersschwache

Laterne nur spärliches Licht. Die Männer standen beim Rondell, sie beugten sich hinab zu etwas, das zwischen den Rosenstöcken lag. Kaspar konnte nicht erkennen, was es war, es war zu dunkel, darum beschloss er, hinabzugehen und nachzuschauen, worüber die Männer sprachen. Kaum dass er vor die Tür getreten war, biss ihm der eisige Wind schmerzlich in die Wangen, er war noch nicht einmal von der Empore hinabgestiegen, als er schon vor Kälte zu schlottern begann. Eine hauchzarte Schicht gefrorenen Neuschnees knirschte unter seinen Schuhen, der kahle Bewuchs in dem Rondell war mit glitzerndem Raureif überzogen. Neben dem Säuglingsvater stand der Zeitungsbote, er trug ein dunkles Regencape und eine alte Filzkappe aus Wehrmachtsbeständen, zu ihren Füßen lag Hubert Hüsch. Sein Körper war schneebedeckt, seine Gliedmaßen unnatürlich verrenkt.

»Hier, Friedel, hier liegt er.« Der Zeitungsbote hob sein Fahrrad auf den Ständer und wies auf den Toten. Kaspar und der Säuglingsvater traten einen Schritt beiseite. Nachdem Kaspar beim Rondell erschienen war, hatte der Zeitungsbote eiligst sein Rad bestiegen und war losgefahren, den Dorfpolizisten herbeizuholen. Friedel Bock folgte ihm dichtauf, er lehnte sein Rad gegen das des Zeitungsboten und trat an die Leiche heran. Wachtmeister Bock war in Litzmannstadt gewesen, zum Schluss hatte er den letzten Transport hinunter nach Mauthausen begleitet, von dem er sich während eines nächtlichen Zwischenstopps abgesetzt hatte. Zu Hause in seinem Wohnzimmerschrank, zwischen den geschliffenen Weingläsern, bewahrte er den

Einreihungsbescheid auf, in dem ihm die Militärregierung seine Zuordnung in Kategorie vier bestätigte. Drei Jahre zuvor war er nach Nörvenich gekommen, er mochte an den Menschen hier die rheinische Oberflächlichkeit.

»Schau, Friedel, so hab ich ihn gefunden.« Während der Zeitungsbote aufgeregt neben Friedel Bock gestikulierte, wurde in der Burg in immer mehr Zimmern das Licht eingeschaltet.

Jemand öffnete ein Fenster und rief: »Was ist da los?«

Bock beugte sich zu dem toten Hubert Hüsch hinab, unwirsch machte er sich an ihm zu schaffen, dann richtete er sich auf, tat einen langen Seufzer und entschied: »Das ist nix für uns, da muss die Kripo ran.«

14. KAPITEL

Der oder ich

Langsam rollte der Wagen auf die steinerne Brücke zu, das Eis im darunterliegenden Wassergraben war von einer dünnen Schneeschicht bedeckt. Die Bremsen gaben ein leises Quietschen von sich, als er im Burghof dicht vor Friedel Bock zum Stehen kam, der in strammer Haltung neben der Leiche Stellung bezogen hatte. Ein paar Schaulustige scharten sich um ihn, jetzt traten sie zurück, um den Kriminalern den Weg freizugeben. Zwei Männer in langen, dunklen Mänteln stiegen aus dem schwarzen Opel P4, der Wagen hatte die besten Jahre schon hinter sich, Kotflügel und Motorhaube wiesen etliche Dellen und Schrammen auf.

»Morgen, Harff, Kripo Düren«, begrüßte der Kleinere der beiden Friedel Bock, während er ihm energisch die Hand schüttelte. »Das ist Kollege Glasmacher«, mit einer flüchtigen Handbewegung wies er auf seinen Begleiter, »was ist hier los?« Heinrich Harff war untersetzt und rotgesichtig, Emil Glasmacher deutlich jünger, von schlanker Statur mit scharf geschnittenem Gesicht.

»Leblose Person aufgefunden, vermutlich tot«, trug Bock vor.

Harff runzelte die Stirn. Immer noch lag der Burghof in leidlicher Dunkelheit, ein vernehmliches Ächzen erklang, als Harff sich tief zu der Person im Rosenbeet hinabbeugte. Mit einer flackernden Taschenlampe leuchtete er ihr ins Gesicht. Die Schaulustigen rückten wieder näher heran, Harff richtete sich auf und nickte seinem Kollegen Glasmacher zu. Man schickte nach einem Arzt, befragte den Zeitungsboten, der mittlerweile völlig durchfroren dastand und in knappen Sätzen antwortete. Harff wollte wissen, ob es weitere Zeugen gebe, etwa unter den Hausbewohnern. Vielleicht hatten Leute auf dem Weg zu ihrer Arbeit etwas bemerkt. Schließlich ordnete er an, dass die Burgbewohner, wie er sich ausdrückte, zurück in ihre Wohnungen gehen sollten, Kollege Glasmacher werde sie nacheinander aufsuchen und befragen.

Noch bevor die Kriminalpolizei im Burghof angekommen war, war Kaspar schon zur Frühschicht aufgebrochen. Er hatte die lausige Kälte verflucht, die ihm die Finger hatte steif werden lassen. Hatte seine stinkenden Arbeitsklamotten aus dem Bergmannshimmel herabgelassen, die schweren, staubbedeckten Galoschen angezogen, war missmutig hinüber zu seinem Arbeitsplatz getrottet, wo ihn das Zischen der Dampfmaschinen erwartete, das rhythmische Schlagen und Hämmern der Pressen und der umherschwebende Kohlenstaub.

Von bröseliger Selbstbeherrschung getrieben, ignorierte er die finsteren Blicke des Häns Hamann. Schaufelte mit schmerzendem Rücken schwarz glänzende Briketts aus seinem Strang und dachte dabei an Ilse. Und er dachte an Hubert Hüsch, der am Morgen tot im frostigen Rosenbeet gelegen hatte. Begleitet vom ewig gleichen Rhythmus der Pressen schaufelte er Stunde um Stunde, füllte Karre um Karre, während die Briketts in seinem Strang mehr und mehr vor seinen Augen verschwammen und schließlich ganz dem scharfen Bildnis des toten Hubert Hüsch wichen. Und je näher das Ende dieser endlos langen Schicht kam, umso deutlicher wurde sich Kaspar Niemand der Bedrohung bewusst, die für ihn selbst in dieser Schweinerei lag.

Als er am Nachmittag mit seinem klapprigen Fahrrad über die steinerne Brücke in den Burghof in Nörvenich fuhr, lag das Rosenbeet bereits wieder im trüben Dämmerlicht. Schwere, dunkle Wolken kündigten erneuten Niederschlag an für die Nacht, an der Türe zu seinem Zimmer hing ein Zettel mit einer Nachricht von der Polizei.

Massiv und bedrohlich lag die Villa vor ihm. Schwer verwundet im Krieg, die Außenwände noch übersät mit Spuren von MG-Salven, hatte das Gebäude viel von seinem einstigen Glanz verloren. Der Gesimsstreifen an der Schmuckfassade zur August-Klotz-Straße hin war fast vollständig zerstört, Regenwasser ergoss sich in bewegten Strömen aus der defekten Regenrinne.

Bedrohlich wirkte das Haus, weil Kaspar wusste, dass hinter einem der acht Fenster zur Straße hin ein Kriminaler saß und auf ihn wartete. Eigentlich mochte er massive, herrschaftliche Wohngebäude, viele hatte er während seiner Zeit als Flakhelfer gesehen und bewundert, und auch die Burg in Nörvenich war ein Wohnsitz nach seinem Geschmack, doch je weiter er sich jetzt der Villa näherte, umso beklemmender wirkte sie auf ihn.

Drinnen roch es nach Farbe, die Wände im Flur waren frisch getüncht. Zaghaft klopfte er an die angegebene Zimmertür, sein Puls beschleunigte sich, als dahinter ein polterndes »Herein!« erklang. Ein Mann von etwa dreißig Jahren mit dichtem, blondem Haar saß hinter einem Schreibtisch aus grau lackiertem Metall, der an seiner linken Seite eine tiefe Beule aufwies.

»Sie sind Herr Niemand, nehme ich an, mein Name ist Glasmacher, ich habe Sie herbestellt, weil wir noch ein paar Fragen an Sie haben.« Mit einem knappen Kopfnicken wies er Kaspar an, sich auf einen der beiden Stühle vor dem Schreibtisch zu setzen. »Sie waren gestern als einer der Ersten bei dem Toten im Burghof in Nörvenich?«, hob Glasmacher an, während er Kaspar mit starrem Blick fixierte. Das forsche Auftreten irritierte Kaspar. Er wollte gerade zu einer Antwort ansetzen, als Glasmacher fortfuhr: »Uns wurde berichtet, Sie waren noch vor dem Dorfpolizisten dort, trifft das zu?«

»Ja«, sagte Kaspar, »das stimmt, ich hab die Stimmen gehört ...«

»Sie sind zum Fundort der Leiche gekommen, kurz nachdem der Zeitungsbote und dieser – wie war gerade sein Name? – dieser andere Herr dort eingetroffen waren?«

»Ja, richtig, die waren schon da ...«

»Und Sie haben sofort gesehen, dass Hubert Hüsch da lag?«

Kaspar musste schlucken, dieser Glasmacher war ihm unheimlich. Auf seinem Schreibtisch herrschte eine peinliche Ordnung, er rauchte nicht, einen Aschenbecher konnte Kaspar nirgends erkennen. Stattdessen hielt Glasmacher einen Bleistift zwischen den Fingern, den er unablässig rotieren ließ. Kaspars Blick blieb daran hängen, schließlich sagte er: »Nein, ich musste mich runterbeugen, es war zu dunkel im Hof.«

»Herr Niemand, Sie waren gut bekannt mit dem Toten?«

»Er war ja mein Nachbar, er wohnte in dem Zimmer am anderen Ende des Flurs.«

»Sie waren oft zusammen in der Wirtschaft, direkt gegenüber der Burg?«

»Ja, oder nein, manchmal eben, abends, auf ein paar Bier.«

Jetzt nahm das Verhör Fahrt auf, das schien Glasmacher zu gefallen, er richtete sich ein wenig auf. Behutsam legte er den Bleistift vor sich auf den Tisch und fuhr fort: »Es waren aber doch auch schon mal mehr als nur ein paar Bier. Sie haben viel getrunken, Sie und Hüsch. Und Sie haben sich gestritten.«

»Das war nur eine kleine Rempelei.«

»So, eine kleine Rempelei! So nennen Sie das also, wenn der Wirt dazwischengehen muss und Sie vor die Tür setzt?«

»Es war doch nur wegen der Fuckelei vom Hubert. Das muss man sich doch nicht gefallen lassen.«

»Sie haben ihn tätlich angegriffen und sind danach nicht wieder in der Wirtschaft aufgetaucht.«

»Ich wollt dem Hubert nicht wieder begegnen.«

Glasmacher ließ den Bleistift wieder zwischen seinen Finger rotieren. Dabei starrte er Kaspar eiskalt in die Augen, bis dieser dem Blick nicht mehr standhalten konnte.

»Herr Niemand«, hörte Kaspar sein Gegenüber fragen, und die Stimme klang verändert jetzt, »wo waren Sie zwischen vorgestern Abend zweiundzwanzig Uhr und zwei Uhr gestern am Morgen?«

Die Straßenbahn rumpelte auf den Stadtrand von Düren zu. Es war ein Segen, dass sie nun schon wieder fast bis in die Innenstadt fuhr, gerade stoppte sie an der Haltestelle Distelrath, und Kaspar war immer noch etwas benommen nach seinem Besuch auf dem Polizeirevier.

»Das werden wir überprüfen«, hatte Glasmacher gesagt, nachdem Kaspar ihm geantwortet hatte, dass er bei den Dreisers gewesen sei. Sie hätten Karten gespielt, Canasta, und Kurt Dreiser hätte jedes Spiel gewonnen. »Canasta, verstehe. Wie gesagt, wir werden das überprüfen. Sie können jetzt gehen, Herr Niemand, aber ich muss Sie bitten, sich zu unserer Verfügung zu halten.« Dabei hatte Glasmacher ihn nicht aus den Augen gelassen, und Kaspar hatte sich darüber geärgert, dass er bei dem letzten Satz ziemlich erschrocken war.

Vom Bahnhof in Nörvenich schlenderte er in Gedanken verloren die Provinzialstraße hinunter zur Burg. Das Fräulein in der Personalabteilung war schnippisch gewesen, als er am frühen Morgen in der Brikettfabrik angerufen und ihr mitgeteilt hatte, dass er nicht zur Schicht erscheinen könne. Was der Grund dafür sei, hatte sie wissen wollen, und er hatte es ihr gesagt. Dann war es einen Moment still geworden in der Leitung, bis die gereizte Stimme wieder zurückkam. »Also gut«, hatte sie gemeckert. »Ich trage Sie dann morgen für eine Doppelschicht ein, damit Sie gefälligst Ihre Fehlzeiten wieder ausgleichen.«

Den Rest des Tages verbrachte Kaspar auf seinem Kanapee liegend. Er war kurz eingenickt, doch eine große Unruhe ließ ihn bald wieder aufwachen. Zur Verfügung halten sollte er sich, aber Kaspar wusste nicht, was das zu bedeuten hatte. Sie würden seine Aussage überprüfen, hatte der Polizist gesagt. Das klang ja fast, so kam es ihm in den Sinn, als würden sie ihn verdächtigen, etwas mit Huberts Tod zu schaffen zu haben.

Am Abend ging er hinüber in die Wirtschaft. Der Regen hatte nachgelassen. Als wäre nichts Besonderes geschehen, lag das Rosenbeet im Dämmerlicht der altersschwachen Laterne. In der Wirtschaft hielt sich ein knappes Dutzend Männer auf, die Luft war schwer und warm. Köpfe wendeten sich ihm zu, als Kaspar den Raum betrat. Einige nickten stumm. Er fand einen Platz an der Theke, bestellte ein Bier, das der Wirt schnell, aber wortlos servierte. Am Tisch saßen welche und spielten Karten, wo Hubert und er auch schon oft gesessen hatten. Jetzt war Hubert tot, und Kaspar fühlte sich plötzlich so deplatziert wie ein Schaf in einem Wolfsrudel.

Die Männer an der Theke unterhielten sich in gedämpftem Ton, die Kartenspieler am Tisch verhielten sich so ruhig wie eine Runde alter Weiber beim Strümpfestopfen, und hin und wieder meinte Kaspar, einen versteckten Blick auf sich gerichtet zu spüren. Als der Wirt ihm das dritte Bier hinstellte, mehr als ein knappes »Prost« war dem eigentlich ziemlich geschwätzigen

Mann bisher noch nicht über die Lippen gekommen, spürte Kaspar, wie ihm jemand auf den Rücken klopfte. Er drehte sich um und sah in die glasigen Augen des alten Manes. Den wahren Namen kannte Kaspar nicht, Manes war von schlanker Statur mit hauchdünnen Beinchen und einer leuchtend roten Trinkernase.

»Hör mal, was ich dich fragen wollte«, setzte er an, und Kaspar strömte ein Schwall von üblem Atem entgegen, »stimmt es, dass dein Alter damals einen totgemacht hat?«

Kaspar stellte sein Glas ab und wischte sich mit dem Handrücken über den Mund. Das Bier lief kalt in seinen Magen.

»Einen Tommy, den hat dein Alter doch aufgeschlitzt, von oben bis unten.« Die glasigen Äuglein sahen Kaspar lauernd an, erste Gespräche an der Theke verstummten.

»Was soll das, Manes? So war es nicht.«

»Und in der Bruchbude, wo du vorher gewohnt hast, da ist doch das junge Weibsstück gestorben, während du dabei warst?« Manes sprach lauter jetzt, die Kartenspieler hoben ihre Blicke und schauten zu ihnen herüber.

»Hör auf damit!« Kaspar tat, als focht ihn das Gerede des Trunkenbolds nicht an.

Doch Manes dachte gar nicht daran aufzuhören, er trat vielmehr noch näher an Kaspar heran, hüllte ihn ein mit dem widerlichen Gestank aus seinem Mund und blaffte los: »Nee, ich hör nicht auf. Ich wundre mich nämlich, dass, kaum dass du in der Burg wohnst«, mit seinem Bierglas in der Hand wies er hinüber auf die andere Straßenseite, »ein Toter da gefunden wird!«

»Du bist voll, Manes, geh nach Haus und lass mir meine Ruhe.« Kaspar wollte sich abwenden, doch Manes griff ihm an die Schulter und zog ihn herum. »Und dein Alter, das war doch ein Bastard. Gefunden haben sie den, als Säugling, weil den keiner haben wollte. In einem altem Eimer hat er gelegen. Splitternackt! Mitten im Winter, und wenn der Pastor sich nicht um den gekümmert hätte, dann wär der verreckt wie ein weggeworfenes Katzenjunges.«

Der Schlag traf Manes mit voller Wucht in die Magengrube. Hinter der Theke zersplitterte ein Glas auf dem Boden, weil es dem Wirt aus der Hand geglitten war, als er blitzschnell seinen Platz verließ und auf Kaspar losging. Doch der hatte sich schon wieder unter Kontrolle. Mit erhobenen Händen ließ er von Manes ab, ging zwei Schritte zurück und keuchte: »Es ist gut, Wirt, es ist vorbei. Ich tu ihm nichts.«

»Du tust hier gar nichts mehr!«, brüllte der Wirt ihn an und stieß ihn vor sich her zur Türe hin. »Verschwinde, du Schläger, und setz nie wieder einen Fuß in mein Haus, sonst lernst du mich kennen.«

Mit einer kräftigen Armbewegung löste Kaspar sich vom Wirt, ein knappes Dutzend Augenpaare war auf ihn gerichtet, während er sich trotzig seine Jacke zurechtzog. Unterdessen blieb es mucksmäuschenstill in der Wirtschaft, Kaspar fischte einen Geldschein aus seiner Hosentasche, warf ihn dem Wirt vor die Füße und schlug die Eingangstür mit einer solchen Wucht hinter sich zu, dass der Knall noch drei Häuser weiter entfernt zu hören war.

Mit rasendem Puls stapfte er das kurze Wegstück hinüber zur Burg. Er atmete stoßweise, während sich seine finsteren Begleiter hinter seinem Rücken darum stritten, wer von ihnen ihn in dieser Nacht um den Schlaf bringen durfte.

»Da komme ohne jeden Zweifel nur ich in Frage«, tönte die Wut.

»Ach, sei doch still, du Schwächling«, widersprach die Verzweiflung energisch, »was zählt, ist die Ausdauer, und darin bin ich ja wohl der Meister!«

So wog der Streit noch hin und her, während Kaspar das Rondell passierte, und als er hinauf zur Empore stieg, da kamen ihm der Koffer unter den Obstbäumen und der goldene Schmuck darin in den Sinn. Er öffnete die schwere Eichentür, die vernehmlich in den Angeln knarzte, und war plötzlich wild entschlossen, den Koffer auszugraben und den Schmuck zu versetzen. Er durchquerte den Flur, stieg die breite Treppe hinauf in das obere Stockwerk, wo Huberts Wohnungstür am Ende des Gangs im Dunklen lag. Er würde mit dem erlösten Geld verschwinden, sehr weit weg könnte er gehen. Wie immer hakte der Schlüssel im Schloss seiner Zimmertür ein wenig, er bekam sie auf, dachte daran, vielleicht sogar bis hinüber nach Holland zu gehen. Drinnen warf er sich in seinen Kleidern auf das Kanapee, schloss die Augen und fand doch keinen Schlaf.

Die Doppelschicht in der Brikettfabrik erforderte unvorstellbar viel Kraft. Am Ende überkam ihn leichter Schwindel, er aß wenig in diesen Tagen, und er trank zu viel Alkohol. Ein paar Tage später nahm er nach der Arbeit noch einmal einen Umweg in Kauf. Das Schutzblech an seinem Fahrrad klapperte laut, als er über den gefrorenen Feldweg am Teufelsmaar vorbei in das Dorf seiner Kindheit fuhr. Er würde sich beeilen müssen, den Koffer auszugraben, bald könnte der Boden so hart gefroren sein, dass er ihn nur unter großen Anstrengungen aus seinem dunklen Versteck holen konnte. Ein kurzer Blick hinüber zu den Obstbäumen, mehr getraute er sich nicht am helllichten Tag. Dann hatte er sein Ziel erreicht. Grau und verwittert standen die unscheinbaren Holzkreuze auf den Gräbern, so wie immer fehlte darauf jede Bepflanzung. Das Glas einer winzig kleinen, roten Laterne war schmutzig. Trockenes Laub von den Bäumen ringsum bedeckte die schmalen Streifen zwischen den Erdhügeln, Kaspar schenkte alledem keine Aufmerksamkeit. Vor dem Grab seines Vaters blieb er stehen, der Name *Niemand* war kaum noch zu entziffern auf dem verwitterten Holz. Einem Reflex folgend legte er seine Hände zusammen, sein Kopf war so leer wie ein Bachbett in der Wüste.

Kaspar wusste nicht, dass Ilses Grab auf diesem Friedhof schon seit einiger Zeit von ihrem Mann besucht wurde. Er wusste nicht, dass der Mann Sibirien überlebt hatte und dass er eine Arbeit als Knecht auf dem Hof des alten Horn angenommen hatte. Kaspar wusste nicht, dass Ilses Mutter gelogen hatte, als der Mann sie gefragt hatte, woran seine geliebte Ilse gestorben sei. Das alles wusste Kaspar nicht, und auch, dass er an diesem Tag zum letzten Mal an den Gräbern seiner Familie stehen würde, wusste Kaspar nicht, als er sich ein paar Tränen aus den Augen blinzelte.

Am Abend schabte er mit einem Löffel den hellen Schimmelpilz von der Oberfläche des Linseneintopfs, den ihm Frau Dreiser am Vortag gebracht hatte. Auf dem verrußten Esbitkocher aus Wehrmachtsbeständen erhitzte er ihn, aß ohne Appetit gleich aus dem Topf, bis er den angebrannten Bodensatz erreicht hatte. Und wie an jedem Tag trank er. Gerade hatte er die dritte Flasche Grüneberger Pils an diesem Abend geöffnet, als es an der Tür klopfte. Er wollte nicht öffnen, er setzte die Flasche an den Mund und trank in tiefen Zügen. Er wollte niemanden sehen, doch das Klopfen wiederholte sich. Aus dem Klopfen wurde ein heftiges Pochen, und schließlich brüllte jemand:

»Öffnen Sie! Sofort! Hier ist die Polizei.«

Friedel Bock sah aus wie einer, der sich der Bedeutung seines Handelns voll und ganz bewusst war. Ein wenig zu breitbeinig stand er dicht vor der Tür, mit geradem Rücken und dienstbeflissenem Blick. Hinter ihm stand Emil Glasmacher, er überragte Bock um mehr als einen Kopf, er sah müde aus, als er sagte: »Kaspar Niemand, ich verhafte Sie wegen dringenden Verdachts des Mordes an Hubert Hüsch.«

Heinrich Harff stand vor dem grau lackierten Schreibtisch und fuhr mit dem Finger die Konturen der hässlichen Beule darin nach. Glasmacher beachtete ihn nicht, konzentriert hieb er mit beiden Zeigefingern auf die Tastatur einer schweren, goldverzierten Schreibmaschine ein. Eben hatte er Kaspar Niemand ein weiteres Mal verhört, nun mühte er sich mit dem abschließenden Protokoll. Diese lästige Aufgabe war durchaus in der Lage dazu, ihm die Freude an seiner Arbeit als Polizist zu vergällen. Außerdem war Glasmacher zornig, denn es war ihm auch heute nicht gelungen, Niemand zu einem Geständnis zu bewegen.

Sein Vorgesetzter war fast doppelt so alt wie er, Harff hegte starke Zweifel an Niemands Schuld, doch da sie nichts hatten außer diesem merkwürdigen Kauz, hatte er dem Drängen Glasmachers zugestimmt und einen Haftbefehl für Niemand erwirkt. Jetzt ließ Harff von der Beule ab, nahm die Tasse vom Schreibtisch und trank schlürfend daraus. Der Muckefuck war kalt geworden, Harff verzog das Gesicht und sagte: »Nun, Kollege Glasmacher, hat unser Vögelchen heute endlich gesungen?«

Glasmacher bemerkte den hämischen Unterton, ging jedoch darüber hinweg, indem er weiter auf die Tasten einhieb und dabei flötete: »Nein, hat es nicht, aber bald, das spür ich, ganz bald wird es singen. So laut und so schön, dass es ihm das Genick brechen wird.«

Harff stellte die Tasse zurück auf den Schreibtisch. Während er sich am Hinterkopf kratzte, suchte er nach Worten, die geeignet waren, den Kollegen nicht zu sehr zu verletzen. »Nun«, begann er in sanftem Ton, »ich gebe ja zu, dass Niemand nicht ganz koscher zu sein scheint. Da, wo er auftaucht, gibt's Ärger. Aber ist einer, der geklaute Würste und Kartoffeln auf dem Schwarzmarkt verhökert und hin und wieder die Kontrolle über seinen Jähzorn zu verlieren scheint, ist so einer auch fähig, einen Menschen zu erschlagen?«

Glasmacher ließ von dem schwarz-goldenen Ungetüm ab und richtete sich auf. »Die geklauten Würste sagen gar nichts über seinen Charakter aus, darüber bin ich mir selbstverständlich im Klaren, Chef. Aber es gibt

Menschen in seinem Umfeld, die er bedroht hat, gegen die er sogar aggressiv geworden ist. Es gibt die tote Frau im Tagelöhnerhaus, und es gibt den toten Engländer, den sein Vater auf dem Gewissen hat.«

»Und weil der Vater jemanden ermordet hat, tut der Sohn es auch?« Harff ging um den Schreibtisch herum und blieb dicht vor Glasmacher stehen. »Ist es das, was Sie gegen ihn vorbringen wollen? Vererbte Mordlust oder übersteigerte Neigung zu ungezügelter Selbstjustiz?«

»Wer weiß? Vielleicht spielt das eine Rolle in diesem Fall. Niemand hatte einen heftigen Streit mit dem Mordopfer, der Wirt hat ihn gedemütigt, deshalb wollte er sich rächen, und die Sache ist aus dem Ruder gelaufen?« Unruhig rutschte Glasmacher auf seinem Stuhl herum. Er wusste, dass er sich auf dünnem Eis bewegte.

Harff seufzte vernehmlich. »Nein, nein, Kollege, ohne handfeste Beweise können Sie sich Ihre Theorien gleich aus dem Kopf schlagen …«

»Niemand hat nur ein Alibi bis etwa 10:30 Uhr an diesem Abend, danach gibt es keine Zeugen dafür, dass er friedlich auf seiner schäbigen Schlafstätte gelegen hat.« Mit seinem Zeigefinger klopfte Glasmacher energisch auf den Schreibtisch, die Stunden zwischen dem Ende der Canasta-Runde bei den Dreisers und dem Auffinden des Toten waren seine Trumpfkarte, darauf setzte er all seine Hoffnung.

»Aber das haben wir doch alles schon hundertmal besprochen, Glasmacher. Was uns fehlt, sind Beweise. Zeugen, die etwas gesehen haben. Oder ein Geständnis. Also los, fahren Sie noch einmal nach Nörvenich, finden Sie was, irgendwas. Oder bringen Sie Niemand endlich dazu zu gestehen, und das möglichst bald, denn ewig können wir ihn nicht hierbehalten.«

Während Kriminalkommissar Emil Glasmacher entweder in seinem Büro im ersten Stock der Villa an der August-Klotz-Straße saß und das schwarz-goldene Ungetüm bearbeitete oder an Kaspars ehemaligen sowie aktuellen Aufenthaltsorten nach Zeugen, Spuren oder wenigstens einem klitzekleinen Hinweis für seine Schuld suchte, saß dieser im Keller auf einer harten Pritsche und beobachtete durch das schmale Fenster hinaus zum Hof, wie der Tag in unerträglicher Langsamkeit verging. Während Glasmachers Vorgesetzter, Kriminalhauptkommissar Heinrich Harff, die wiederholten telefonischen Anfragen der Staatsanwaltschaft nach dem Fortgang der Ermittlungen mit schwammigen Formulierungen beantwortete, betrachtete Kaspar angewidert das Essen in der Zinkschale auf seinen Knien und würgte es schließlich doch hinunter.

Kaspar hatte es sich zur Pflicht gemacht, seine Zelle täglich mindestens hundert Mal von der Türe bis zur gegenüberliegenden Wand und wieder zurück zu durchschreiten. Er litt unter der Enge in seinem düsteren, nach feuchtem Moder riechenden Gefängnis. Hin und wieder holte man ihn zum Verhör. Dann war es ihm, als fiele der fast schmerzhafte Druck von ihm ab, den er in seiner Zelle verspürte. Der ihm die Luft zum Atmen nahm und jeden klaren Gedanken verhinderte. Oben stellte der Kommissar die immer gleichen Fragen, und er gab die immer gleichen Antworten. Einmal ging der Kommissar ihn so hart an, dass Kaspar damit rechnete, geschlagen zu werden. Er solle endlich gestehen, brüllte der Kommissar, über kurz oder lang habe man sowieso genügend Beweise gegen ihn in der Hand, um ihn für den Rest seines beschissenen Lebens hinter Gitter zu bringen. Doch Kaspar gestand nicht. Es war grotesk, dieser Kommissar war mit seinen Ermittlungen gescheitert und suchte nun in Kaspar den Verbündeten, der ihn aus seiner vertrackten Lage herausholen sollte. Doch Kaspar gestand nicht, und während man ihn zurück in seine Zelle brachte, hämmerte Glasmacher wieder wütend auf seiner Schreibmaschine herum, bis die Buchstabenhämmer das Papier durchschlugen.

Der ältere Kollege Glasmachers war besonnener, so schien es Kaspar jedenfalls, doch der hatte ihn nur ein einziges Mal verhört, seitdem hatte ihn immer nur dieser junge Kerl bedrängt. Die Zähne sollte der sich an ihm ausbrechen, schließlich ging es bei diesem Spiel nur noch um die Frage: der oder ich! Kaspar fühlte sich wie ein geprügelter Hund in seiner Zelle, er zwang sich dazu, sich die Wochentage und das jeweilige Datum zu merken, er schritt die Zelle ab und ging mit ausgestreckten Armen in die Kiebeugen. Damit kämpfte er gegen den Druck an, der ihm das Denken schwerfallen ließ. Der oder ich, das war die Frage, und Kaspar tat alles, um dieses Spiel zu gewinnen.

Es war ein bitterkalter Tag im Februar 1952, als Kaspar in seiner Zelle saß und ungeduldig darauf wartete, erneut zum Verhör geholt zu werden. In der Nacht hatte es geschneit, Kaspar hatte es durch das schmale Fenster im gelblichen Schein einer Hoflaterne sehen können. Die Laterne war an einem hohen, gebogenen

Mast befestigt, ein strammer Ostwind hatte sie bedächtig schwanken lassen. Kleine Schneeflocken waren fast waagerecht wie kurze, weiße Striche an ihr vorübergeflogen. Jetzt sah Kaspar hinauf zu einem wolkenlosen, blauen Himmel, der Laternenmast stand unbeweglich da, auf dem Dach des Gebäudes gegenüber lag eine dünne Schneeschicht. Doch er wartete vergeblich an diesem Tag, missmutig schritt er seine Zelle ab, bei jedem zehnten Erreichen der Zellentür vollführte er zehn Kniebeugen.

Zur gleichen Zeit, kaum dreißig Kilometer entfernt, arbeitete auch an diesem Tag die Hubertus unter dem gewohnten Ächzen und Stöhnen an der pausenlosen Produktion von immer neuen, schwarz glänzenden Briketts. Die Frühschicht war in vollem Gange, als ein ohrenbetäubender Knall die Routine jäh beendete. Der Knall war weithin hörbar, in Kaspars Heimatdorf hielten die Leute in ihrer Arbeit inne, Köpfe wurden gehoben, Blicke gingen hinüber zu den drei Schornsteinen am Horizont. Es war nicht das erste Mal, dass es in der Brikettfabrik zu einer Explosion kam, die Alten wussten um die Opfer, die eine solche Katastrophe zu fordern vermochte.

Im Trocknerhaus der Fabrik war übertrockneter Kohlenstaub explodiert, Fenster und Türen flogen mitsamt Rahmen aus dem Gemäuer. Alle Verschlüsse der Tellertrockner sprangen auf, und das schwere Eisen verbog sich, als wäre es Blei. Eben hatte Häns Hamann seinen Arbeitsplatz verlassen, er war auf dem Weg zum Speisesaal, das Fenster traf ihn mit voller Wucht. Wie ein Geschoss fegte es ihn hinweg und katapultierte ihn an die gegenüberliegende Mauer. Geborstene Gitterstäbe und zerbrochenes Glas bohrten sich wie Pfeile in seinen Körper, die äußere sowie die innere Halsschlagader wurden glatt durchtrennt, er verblutete in weniger als einer halben Minute. Hamann war das einzige Todesopfer an diesem bitterkalten Tag in Februar, acht Arbeiter wurden schwer verletzt, etliche erlitten üble Verbrennungen, die sie bis ans Ende ihrer Tage grauenvoll entstellten.

Die Produktion wurde sofort gestoppt, in der Direktionsetage des Verwaltungsgebäudes kamen noch am gleichen Abend alte Männer in teuren Anzügen bei Zigarren und Cognac zusammen und begannen mit ihren Beratungen über die Frage nach dem weiteren Fortbestand der Fabrik.

Tagtäglich würgte Kaspar die ihm gereichten Mahlzeiten herunter, nie schaffte er die ohnehin dürftige Portion, er verlor an Gewicht und verbrachte unruhige Nächte. Zum Verhör wurde er kaum noch geholt, an manchen Tagen glaubte er in seinem tiefsten Inneren zu wissen, dass Glasmacher, aus Rache für seine Weigerung zu gestehen, seinen Tod beschlossen hatte. »Die wollen mich hier unten krepieren lassen«, murmelte er auf seinen Runden durch die Zelle leise vor sich hin. »Aber darauf können sie lange warten.« Entschlossen vollführte er jede einzelne Kniebeuge bis tief hinunter in die Hocke.

Der Schnee auf dem Dach gegenüber war längst geschmolzen, ein fescher Amselmann saß jetzt schon am frühen Morgen auf dem gebogenen Laternenmast und schmetterte seinen Frühlingsgesang hinaus in die Welt, als man drüben im Wald bei Vossenack die sterblichen Überreste eines weiteren Angehörigen der deutschen Wehrmacht fand. Die skelettierte Leiche lag in einem schwer zugänglichen Hang hoch über dem Kallbach. Jetzt, im frühen Frühjahr, war dem alten Waldläufer der Stahlhelm unter den noch blattlosen Sträuchern aufgefallen. Er war auf der Suche nach Reisig abseits der Wege umhergestreift, als er den Helm im trockenen Laub wahrnahm. Vorsichtig war er näher gekrochen, hatte die blanken Knochen unter den Stofffetzen gesehen und sich sofort aufgemacht, Julius Erasmus herbeizuholen. Der identifizierte den Toten rasch anhand der Erkennungsmarke, es handelte sich um Paul Kroppen. Nach seiner Einschätzung war Kroppen während der schweren Kämpfe im Winter 1944/45 gefallen. Hunderte Tote waren damals von der nasskalten Hölle Hürtgenwald verschlungen worden, nun gab der Wald sie nach und nach wieder frei.

Ohne zu zögern, stieg Erasmus hinab zu dem Toten. »Ich kann sie nicht da liegen sehen, unbestattet und vergessen. Es lässt mir einfach keine Ruhe«, hatte er gesagt, und sein Leben dem Bergen der Kriegstoten gewidmet. Gegen einen Baum gelehnt klaubte Julius Erasmus die Knochen Paul Kroppens in dem steilen Hang aus dem Laub, verstaute sie in seinem Rucksack und brachte sie hinauf auf den Fahrweg. Später bestattete man sie auf dem Militärfriedhof in Vossenack. Es war Erasmus' 1386. Leichenfund, fast zweihundert weitere sollten noch folgen.

Paul Kroppen, der in ärmlichen Verhältnissen in einem schäbigen Tagelöhnerhaus geboren wurde und

seinen Vater nie kennengelernt hatte, war kaum vier-
undzwanzig Jahre alt, als er starb. Fast genauso alt war
Kaspar Niemand, als er am Morgen des 12. März 1952
aus seiner Zelle geholt und in das Büro des Kriminal-
hauptkommissars Heinrich Harff geführt wurde. Harff
saß an seinem Schreibtisch, der größer als der vom Kollegen Glasmacher war. Auch schien er neu zu sein, ohne
Beulen und Kratzer.

Neben einer schwarzen Tischleuchte stand ein schwerer, gläserner Aschenbecher, darin lag ein glühender Zigarrenstummel. Graublauer Rauch sammelte sich unter
dem Lampenschirm.

Emil Glasmacher stand hinter seinem Vorgesetzten
an die Fensterbank gelehnt. Er hatte die Arme vor der
Brust verschränkt und bedachte Kaspar mit einem mürrischen Blick. Unsicher trat Kaspar näher. »Nun, Herr
Niemand«, hob Harff an, »ich will es kurz machen: Sie
können gehen.«

Wie sehr hatte Kaspar auf diese Wendung der Geschichte gehofft! Wie sehr hatte er diese Worte zu hören
herbeigesehnt. Jetzt, da Harff sie aussprach, erschreck-
ten sie ihn. Ohne erkennbare Regung stand er vor dem
Schreibtisch, auf dem der Zigarrenstummel aus dem
Aschenbecher fiel, weshalb Harff sich vorbeugte, ihn
aufnahm und in den Mund steckte. Mit ein paar tiefen
Zügen brachte er die Glut wieder in Gang, hinter ihm
stieß Glasmacher sich von der Fensterbank ab und sagte. »Sie sind frei, Mann. Hauen Sie schon ab! Aber halten Sie sich zu unserer Verfügung.«

15. KAPITEL

Rosemarie Ramisch

Wenn der Offermann das sieht, dann ist er weg!« Mit zuckenden Augenbrauen bedeutete Jupp Breuer Fräulein Weisenfels, hinüber zum Neuen zu schauen. Lautes Gepolter drang zu ihnen von der Laderampe herüber, schon wieder war ein Karton mit sechs Flaschen *Grüneberger Magenbitter* von der Sackkarre gefallen.

Breuer arbeitete als Lkw-Fahrer in der Brauerei Sturm, Eleonore Weisenfels war in der Buchhaltung beschäftigt, sie befand sich auf dem Weg zum Büro des Lagermeisters Gerhardt Offermann, als sie die Verladerampe passierte. Hämisch grinsend stand Breuer breitbeinig da, nahm seine Kappe vom Kopf, um sich den Schweiß von der Halbglatze wischen zu können, und beobachtete Kaspar Niemand, der jetzt am Boden kniete und eiligst mit einem Handfeger die Scherben zusammenkehrte. Elli, wie Fräulein Weisenfels hier von allen genannt wurde, verlangsamte ihre Schritte, schaute zu dem Neuen hinüber, teilnahmslos, ganz so, als ob sie solcherlei Nebensächlichkeiten keine Aufmerksamkeit schenken wollte, und beschleunigte ihre Schritte gleich wieder. Über ihre Schulter flötete sie an Breuer gerichtet: »Von mir wird Offermann es nicht erfahren.«

Beinahe täglich musste Kaspar den Lastwagen Breuers mit Kartons voller unterschiedlichster Spirituosen beladen, die der dann an die Kunden der Brauerei auslieferte. Schon in der vergangenen Woche waren dabei sechs Flaschen Edelkirsch zu Bruch gegangen, Offermann war zufällig in der Nähe gewesen, hatte es bemerkt und dem Neuen mit Rauswurf gedroht, sollte er nicht sorgfältiger mit der Ware umgehen. Breuer mochte den Neuen nicht, seine verschlossene Art passte ihm nicht. Und dann der Name: Niemand! Kaspar Niemand, Breuer kannte keinen mit einem ähnlich albernen Namen. »Streng dich an, Kaspar«, hatte er dem Neuen zugerufen, als der ihm beim Beladen des Lastwagens zu langsam erschien, »mach mal hin, wir sind ja hier nicht im Kasperletheater!«

Kaspars Aufgabe bestand im Wesentlichen im Sortieren, Kommissionieren und Verladen der Waren, darüber hinaus war er jedoch auch strengstens angehalten worden, in jeder freien Minute auf die Sauberkeit in der Brauerei zu achten. »Der Besen ist dein wichtigster Kollege hier«, hatte Offermann gesagt, »ihr beiden müsst euch gut vertragen. Und eines sollte dir unbedingt klar sein, Niemand, der Besen, der braucht keine Pausen. Niemals, Niemand, haben wir uns verstanden?« Dabei hatte er verschlagen gegrinst, bevor er zurück in sein Büro stolziert war.

Seit fast einem Monat arbeitete Kaspar jetzt schon bei Sturms auf dem Grüneberg in Düren. Bier wurde hier seit dem Kriegsende nicht mehr gebraut, stattdessen hatte man auf die Produktion von Spirituosen und Likören umgestellt, und der Umstand, dass den Mitarbeitern der

Genuss der hauseigenen Erzeugnisse in der Fabrik erlaubt war, war vielleicht der wahre Grund dafür, dass Kaspar sich nach Kräften mühte, diese Arbeit zu behalten.

Nachdem er vor etwas mehr als einem Jahr aus der Untersuchungshaft entlassen worden war, war es Kaspar nicht wieder gelungen, einen halbwegs gesicherten Platz in der Gesellschaft zu erlangen. Am selben Tag war er in seine Wohnung in der Burg zurückkehrt, wo er den Rest des Tages auf dem Kanapee hockend mit leerem Kopf auf die abgelaufenen Fußbodendielen starrend verbracht hatte. Am nächsten Morgen hatte er das Fahrrad aus dem Keller geholt,und war zur Brikettfabrik gefahren. Es war ein milder Frühlingstag gewesen, die letzten Spuren des Winters waren vom ersten Grün verdrängt worden. Frische Weidenkätzchen leuchteten als zarte Vorboten des Frühjahrs in der Sonne, über die Felder strich der sanfte Duft von neuem Leben. Kaspars Blick hellte sich mehr und mehr auf, je näher er der Hubertus kam. Erst als er sie fast erreicht hatte, fielen ihm die Veränderungen an der bekannten Silhouette auf. Zögernd hatte er das Verwaltungsgebäude betreten, drinnen war ihm von dem schnippischen Fräulein in der Personalabteilung ein Kuvert ausgehändigt worden.

»Herr Niemand«, hatte sie genäselt, »ich bin beauftragt, Ihnen das hier auszuhändigen«, mit spitzen Fingern hatte sie das Kuvert über die Theke gereicht, »Ihren noch ausstehenden Restlohn erhalten Sie unten an der Kasse. Ich wünsche Ihnen alles Gute. Auf Wiedersehen.«

Sie hatten ihm gekündigt. Betriebsbedingt, wie es hieß. Dass es in der Fabrik zu einer Explosion gekommen war, weshalb die Produktion noch nicht in vollem Umfang wieder angelaufen war, das hatte er erst am Abend von den Dreisers erfahren. Dass er deswegen jedoch seine Arbeit verlieren würde, daran hatte er bis zu diesem Morgen noch nicht gedacht. Woher sollte er die Kraft nehmen, sich sofort um eine neue Arbeit zu bemühen? Er hatte sich ausgelaugt gefühlt, müde und verlassen. Sein Leben war ihm plötzlich vorgekommen wie eine der einsturzgefährdeten Ruinen in Dürens Innenstadt. Jeden Moment konnte es zusammenbrechen und unter einer riesigen Staubwolke von diesem Planeten verschwinden.

Noch einmal, ein allerletztes Mal, war Kaspar in sein Dorf gefahren. Als er sich dem Ort auf seinem klapperigen Fahrrad näherte, war ihm aufgefallen, dass dessen Anblick ihn nicht mehr erfreute. Diese fade Ansammlung von mittlerweile fast einhundert windschiefen Fachwerkhäusern, ärmlichen Kleine-Leute-Behausungen und gesichtslosen Neubauten rund um den alles überragenden Kirchturm ohne Dach herum, dieses unförmige Gebilde zwischen Teufelsmaar und Wasserturm erschien ihm plötzlich so unwichtig wie die toten Fliegen auf seiner Fensterbank. Die ihm so vertraute Silhouette inmitten der Felder löste vielmehr das Gefühl der Bedrückung in ihm aus. Das Gefühl schien übermächtig, es erfasste ihn bis in jede einzelne Faser seines dürren Körpers, und im selben Moment wusste er, dass er das Dorf zu hassen begann. Er hatte nicht gewusst, was ihn dorthin getrieben hatte, ohne Ziel war er auf seinem Rad über die Dorfstraße gerollt, als er unversehens auf Valentin Simbach getroffen war. Am Arm seiner Asta untergehakt war er, kaum fünfzig Jahre alt, krumm und grau die Straße heruntergehumpelt, als er Kaspar erkannte. »Ihr ward doch immer zusammen«, hatte er Kaspar angerufen, sodass der sein Rad vor Valentin Simbach zum Stehen gebracht hatte, »du und unser Bertho. Warum bist du rausgekommen und unser Junge nicht?«

»Wir hatten uns aus den Augen verloren, Herr Simbach. Das wissen Sie doch.«

Kaspar hatte weiterfahren wollen, doch Simbach hatte ihn am Arm gepackt. »Wir können nicht begreifen, warum du nicht auf ihn aufgepasst hast, Kaspar. Man lässt doch seinen Freund nicht im Stich.«

»Hab ich auch nicht. Er war plötzlich weg.«

»Plötzlich weg! Was für ein Blödsinn. Da muss was passiert sein, Kaspar! Was war da? Du verheimlichst uns doch was, warum tust du das?« Valentin Simbach hatte kräftiger zugegriffen, hatte Kaspars Arm umklammert und daran gezerrt. Hin und her hatte er Kaspar gerissen, bis der vom Rad steigen musste, um auf den Beinen zu bleiben.

»Hören Sie auf damit!«, hatte Kaspar gebettelt, doch Simbach hatte vielmehr seine Asta losgelassen und Kaspar mit der freien Hand eine Ohrfeige verpasst. Der Aufschrei Astas war schrill, Kaspar war einen Schritt zurückgewichen, doch Simbach war weiter auf ihn losgegangen. Mit hasserfülltem Gesicht hatte er nach Kaspar geschlagen, doch seine Hiebe waren ohne Wirkung. Kaspar hatte es nicht gewollt. »Hören Sie auf«, hatte er noch einmal wiederholt, doch als Simbach nur noch heftiger auf ihn einhieb, da hatte Kaspar zurückgeschlagen. Der Fausthieb war an Simbachs Kinn gedonnert. Astas erneuter Aufschrei war noch lauter und noch schriller als der vorherige. Eine Frau im Haus gegenüber hatte ihren Kopf aus dem Fenster gestreckt, und Simbach war Blut aus dem Mund gelaufen.

»Es stimmt also!«, hatte Asta Kaspar entgegengeschleudert, während sie Valentin von ihm fortzog.

»Was stimmt?« Kaspar hatte immer noch seine Fäuste bereitgehalten.

»Dass du ein brutaler Schläger bist«, Asta hatte ihrem winselnden Mann ein Taschentuch gereicht und dabei Kaspar nicht aus den Augen gelassen. »Das sagen alle hier im Dorf. Der brutale Sohn eines brutalen Totschlägers bist du. Das steckt euch im Blut, euch Niemands, ihr habt nur Unheil über uns gebracht. Aber das habe ich auch der Polizei gesagt, genauso habe ich es ihnen gesagt, damit die wissen, was für einer du bist.«

Später war Kaspar in einer finsteren Neumondnacht zu den Obstbäumen gefahren, wo er den Koffer ausgegraben hatte. Diesmal war es nicht leicht gewesen, die Stelle zu finden, fast hätte er die Suche aufgegeben, doch schließlich war er auf etwas Weiches gestoßen. Der Koffer war verbeult, das Leder klamm, doch der Inhalt war unversehrt geblieben. Das Bündel alter Geldscheine hatte er von unten zwischen die Federpolsterung des Kanapees gestopft, für den Schmuck hatte er bei einem schmierigen Hehler in der Dürener Nordstadt eine vermutlich lächerliche Summe bekommen. Es war so leicht gewesen! Ein paar Tage lang hatte er tatsächlich angestrengt darüber nachgedacht, ob er sein trauriges Gesicht auch dann noch in seinem winzigen Rasierspiegel ertragen könne, würde er sich dazu entschließen, sein Leben zukünftig wieder als Organisator zu bestreiten. Bezeichnungen wie Dieb oder Betrüger hatte er aus seinem Wortschatz verdrängt. Auf seine Person bezogen duldete er sie einfach nicht. Er war weder das eine noch das andere gewesen, zu keiner Zeit seines Lebens. Das Leben selbst war ein Betrüger, ein hinterhältiger zudem. Gab es ihm doch immer wieder winzig kleine Dosen Glücks an die Hand, nur um sie sofort wieder gegen eine nach Tonnen wiegende Portion Unbill einzutauschen. Würde er sich an dem hinterhältigen Leben rächen können, indem er seine Mitmenschen bestahl oder hinterging? Über diese Frage hatte er lange nachgedacht, auf dem Kanapee liegend, am helllichten Tag vom Alkohol berauscht, der ihm die Macht verlieh, seine lästigen treuen Begleiter in die hinterste Ecke des Zimmers zu verbannen.

Doch er hatte sich nicht dazu entscheiden können. Vor seinem geistigen Auge sah er sich in einer modrigen Gefängniszelle schmachten, sah Kommissar Glasmacher übergroß vor sich, mit hassverzerrtem Gesicht und langen, spitzen Krallen an den Fingern beugte der sich über ihn und drohte, ihm die Augen auszukratzen, wenn er nicht endlich gestehen würde. Nein, Kaspar hatte kein Organisator mehr sein wollen, stattdessen hatte er vom Geld des Hehlers gelebt, hatte Bier und Tabak davon gekauft und hin und wieder ein paar Lebensmittel. Schließlich war ihm Valentin Simbach wieder in den Sinn gekommen, der bis zu seiner frühzeitigen Verrentung in der Brauerei Sturm in Düren gearbeitet hatte, und getrieben von einem sonderbar zuversichtlichen Gefühl war er nach Düren gefahren und dort auf direktem

Weg zur Brauerei gegangen, wo er ohne Schwierigkeiten eine Arbeit als Lagerarbeiter bekommen hatte.

Noch einmal hielt das Leben eine kleine Portion Glück für Kaspar bereit, und mit der immer gleichen Zuverlässigkeit wurde es ihm gleich wieder vergällt durch die übliche Portion Unbill.

»Mensch, Niemand«, sagte Jupp Breuer, als er über die schmale Holztreppe von der Laderampe herunterstieg, um zu seinem Lkw zu gehen, »Mensch, so einen wie dich haben wir hier noch nicht gehabt. So viel Dummheit auf einmal in einem so schmächtigen Körper ist mir wirklich noch nicht untergekommen.« Neben dem Führerhaus stehend, mit der geöffneten Fahrertür in der einen und mit der anderen Hand sich ausgiebig zwischen den Beinen kratzend, rief er Kaspar zu: »Wenn das Beladen beim nächsten Mal nicht flotter geht und ohne Bruch, dann melde ich es dem Offermann. Dann fliegst du hier raus, im hohen Bogen.« Der letzte Blick, den er Kaspar zuwarf, war finster wie die Nacht, dann ließ er ab von seiner schmutzigen Hose, stieg in den Wagen und startete den Motor.

Trotz allem stellte die Arbeit in der Brauerei so etwas wie eine Wendung hin zum Besseren in Kaspars Leben dar. Er verdiente Geld, und das auf ehrliche Weise. Pünktlich am Samstagnachmittag händigte ihm Fräulein Weisenfels in der Buchhaltung seine Lohntüte aus. Immer schenkte sie ihm dabei ein zartes Lächeln, von dem Kaspar nicht wusste, was er davon halten sollte. Nie lächelte er zurück, schweigend nahm er die kleine, braune Papiertüte aus ihrer blassen Hand mit den langen, dünnen Fingern und verließ mit einem genuschelten Gruß das Büro. 230 Mark fischte Kaspar aus der Tüte, das war mehr als 100 Mark weniger, als er in der Hubertus bekommen hatte, doch das war ihm egal, den größten Teil davon trug er ohnedies in die Gastwirtschaft. In dieser Zeit trank er nur noch selten zu Hause auf dem Kanapee sitzend warmes Bier aus Flaschen. Mit dem Geld des Hehlers war er sparsam umgegangen, trotzdem war es viel zu schnell ausgegeben, doch nun war er glücklicherweise in der Lage, für seinen Lohn Bier und Schnaps in der Wirtschaft zu kaufen. So wie jeder andere anständige Arbeiter auch, nach der Arbeit zwischen dicht gedrängten Kerlen an einer blank polierten Theke zu stehen und den Alkohol in sich hineinzuschütten. Wann immer er wollte. Ohne dass ihm jemand Einhalt gebot. Viel zu oft hielt er sich nach der Arbeit viel zu lange in einer seiner bevorzugten Gastwirtschaften auf. Häufig war er ziemlich betrunken, wenn er endlich mit einer der letzten Straßenbahnen zurück nach Nörvenich fuhr. Dann schwankte er die Provinzialstraße hinunter vom Bahnhof bis zur Burg hin, querte die gepflasterte Straße in voller Breite von rechts nach links und hielt sich hin und wieder einen Moment lang an einem der Bäume am Straßenrand fest. Einmal meinte er, im spärlichen Licht einer Straßenlaterne den dunklen Wagen der Polizei erkannt zu haben. Gerade war er an den Strommast gegenüber vom Bürgermeisteramt herangetreten, wo er in die Brennnesseln urinieren wollte, als er das Motorengeräusch vernahm. Glasmacher saß am Steuer, sein dicker Chef daneben, beide trugen sie ihre dunklen Hüte, und Glasmacher hatte Kaspar direkt ins Gesicht geschaut.

Von dem wenigen Geld, das er nicht den Wirten in Düren in die Hände drückte, kaufte er Tabak, wenige Lebensmittel und ein paar Dinge, die jeder Mensch irgendwann einmal kaufen muss. Da blieb für die Miete am Monatsende fast nichts übrig. Im Bürgermeisteramt gewährte ihm der schmächtige Mann mit den schwarzen Ärmelschonern eine Zeit lang Aufschub. »Ausnahmsweise, Herr Niemand«, sagte er, »oder haben Sie Ihre Arbeit in Düren etwa auch schon wieder verloren?«

»Nein, nein«, antwortete Kaspar rasch, »da bin ich immer noch, ich verdiene ja Geld, aber es ist alles so verdammt teuer geworden in der letzten Zeit.« Der Schmächtige sah ihn lange an, dann unterdrückte er ein Seufzen, notierte etwas auf eine Karteikarte und entließ einen ziemlich zerknirschten Kaspar mit der dringenden Ermahnung, bis zum nächsten Monatsende zumindest die Hälfte der aufgelaufenen Schulden zu begleichen. »Sonst muss ich Sie räumen lassen, Niemand. Es gibt Leute, die warten händeringend auf ein so schönes Zimmer wie das Ihre!«

Wild entschlossen nahm Kaspar sich vor, der Aufforderung nachzukommen. Die Hälfte! Das würde er ganz sicher zu Wege bringen, doch das verdammte Geld rann ihm durch die Finger wie feiner Sand. Lediglich zwanzig Mark trug er am Monatsende ins Bürgermeisteramt. Dieses Mal wurde der Schmächtige laut. Er gebe sich doch nun wirklich alle Mühe, krächzte er mit seiner dünnen Büromenschenstimme. Er könne nicht verstehen, warum ein vollbeschäftigter Arbeiter wie Kaspar nicht in der Lage sein sollte, seine Miete regelmäßig zu begleichen. Und er könne genauso wenig länger seine Gutmütigkeit vor seinem Amtsleiter vertreten. »Sie bekommen Ihre allerletzte Chance, Niemand, weil ich Sie gut leiden kann. Zum nächsten Ersten liegt hier«, mit seinem ausgestreckten Zeigefinger hämmerte er auf der grünen Linoleumplatte vor sich herum, »das gesamte Geld, das Sie uns noch schulden. Ansonsten ...«, mit erhobenen Händen zuckte er mit den Schultern und verzog dabei sein Gesicht.

Wieder nahm Kaspar sich vor, der Aufforderung nachzukommen. Von dem Geld aus den nächsten Lohntüten steckte er jeweils einige Scheine hinter den kleinen Rasierspiegel an der Wand, vielleicht würde er so viel zusammensparen, dass er den Schmächtigen fürs Erste zufriedenstellen konnte. Doch jeweils in der Mitte der kommenden Wochen griff er erneut hinter den Spiegel, um sich wieder etwas von dem Geld zurückzunehmen. Schließlich verlor er den Überblick, zählte nicht mehr, wie viel er gespart hatte, und am Monatsende war es so wenig, dass er sich nicht getraute, dem Schmächtigen damit unter die Augen zu treten.

Eine Woche später fand er das Schreiben der Amtsverwaltung auf dem Boden hinter seiner Zimmertür liegend vor. Sanft bewegten sich die Buchstaben auf und ab vor seinem vom Alkohol getrübten Blick, er brauchte mehrere Anläufe, um den Sinn der tanzenden Lettern zu begreifen, dann verstand er: Die Wohnung in der Burg war ihm zum Monatsende gekündigt worden.

»Ich würde sagen, das bist du selbst schuld«, sagte Kurt Dreiser, »musst dich ja jeden Tag betrinken und dein ganzes Geld in die Gaststätte tragen!«

Seine Frau Käthe versuchte ihren Mann zu beschwichtigen. »Kurt«, sagte sie in sanftem Ton, »er ist doch noch so jung.«

»Ach was, hör auf mit dem Gerede. Er hat grade seine Wohnung verloren!« Dreiser war jetzt richtig in Fahrt gekommen. An Kaspar gewandt fuhr er, weiße Spucke versprühend, fort: »Bist doch kein Dummkopf nicht! Aber wenn du so weitermachst, endest du noch wie das üble Packzeug, was überall in den Straßen rumkraucht.«

Kaspar wusste nichts darauf zu antworten. Er war froh, dass ihn die Dreisers in ihrer Wohnung aufgenommen hatten, nachdem ihm der Schmächtige aus dem Bürgermeisteramt den Zimmerschlüssel abgenommen hatte. »Sie haben ab jetzt zwei Wochen Zeit, Ihre Möbel zu entfernen, danach werden wir das Zimmer auf Ihre Kosten räumen lassen«, hatte er gesagt und Kaspar mit einem bedauernden Kopfschütteln entlassen.

Kurt Dreiser zog sich schmollend in seinen Sessel zurück, an diesem Abend blieben die Canasta-Karten in der Schublade. Zerknirscht und mit hängenden Schultern saß Kaspar daneben am Tisch, ohne Appetit rührte er in der Suppe herum, die ihm Käthe vorsetzte. Sie bemerkte sehr wohl Kaspars leicht zitternde Hände, sie würde ihm einen Baldriantee zubereiten und ein Nachtlager auf dem Sofa herrichten. Den Vorrat an Flaschenbier in ihrer Wohnung, den packte sie jedoch in eine hölzerne Kiste, die sie weit unter ihr Bett schob.

Drei Nächte verbrachte Kaspar auf dem Sofa der Dreisers, dann zog es ihn fort aus der Wohnung, fort aus der Burg und fort aus dem Dorf Nörvenich, in dem der tote Hubert Hüsch im Rosenbeet gelegen hatte.

Nachdem er beschlossen hatte, nach der Arbeit nicht wieder zurück nach Nörvenich zu fahren, war er, anstatt in die nächstbeste Wirtschaft einzukehren, durch Düren gelaufen. Er hatte einen Platz zum Schlafen gesucht, einen, an dem er trocken und vor den schon merklich kühlen Westwinden geschützt blieb. Längst nicht alle Wunden des Krieges waren verheilt zu dieser Zeit, zwar bestimmten Baukräne und Gerüste das Bild in dieser schwer geschundenen Stadt, doch noch immer lagen hohe Schuttberge auf etlichen Brachflächen an den Rändern der Innenstadt. Kaspar fand ein großes Stück verbeultes Wellblech, das legte er auf ein etwa mannshohes Stück Mauerrest auf der einen Seite, und befestigte es mit einem Stück Draht an einem kräftigen Holunderstrauch auf der anderen Seite. Unter diesem Provisorium verbrachte er die folgenden Nächte. Mehr hockend als liegend wartete er darauf, dass sich endlich dieses blasse Lila am Horizont abzeichnen sollte, das ihm das Heraufziehen eines neuen Tages anzeigte, damit ihm die immer noch kräftige Spätsommersonne endlich wieder die steif gewordenen Glieder wärmen konnte.

Immer wieder drängten sich in diesen erbärmlichen Nächten seine Eltern in seine Gedanken. Er sah seine Mutter, die ihn freundlich anlächelte. Seinen Vater sah er, der ihm sanft auf die Schulter klopfte. Er dachte an Ilse und an Hubert Hüsch, und er dachte an den schwarzen Amerikaner, der ihm seine blendend weißen Zähne gezeigt hatte, als er ihn aufforderte, aus dem schlammigen Erdloch bei Monheim zu steigen.

Tagsüber arbeitete er wie gewohnt in der Brauerei. Gerhardt Offermann rümpfte die Nase, sobald er in Kaspars Nähe kam, Jupp Breuer nannte ihn einen stinkenden Köter, doch Fräulein Weisenfels lächelte ihn an, so wie sie es immer tat. Am Morgen war ein kleiner Stoffbeutel an Kaspars Sackkarre gebunden, darin befand sich ein nagelneues Stück herrlich duftender Seife. Am Abend ging Kaspar, noch bevor er in seine Lieblingswirtschaft aufbrach, hinunter zum Ufer der Rur, entkleidete sich in einem Gebüsch und wusch sich von Kopf bis Fuß. Es war ein kühler Abend im Herbst des Jahres 1953, zwei Mal fiel ihm die Seife aus der Hand in den Fluss, doch Kaspar hörte erst auf, seinen Körper zu schrubben, als seine Haut schon feuerrot angelaufen war.

Während er anschließend sehr gut riechend und sehr stark fröstelnd hinüber zur Neuen Jülicher Straße ging, strich auf der Müllhalde am Rand von Nörvenich der kalte Abendwind über das zerschlissene Kanapee. Zusammen mit seinen anderen Habseligkeiten hatte man es an diesem Tag aus der Wohnung in der Burg geschafft, jetzt krochen schon die fetten Ratten in das Möbel hinein, ein perfekter Ort, um den dritten Wurf in diesem Jahr großzuziehen. Ihr Nest entstand zwischen rostigen Polsterfedern, es war angenehm weich mit zerkauten Reichsmarkscheinen ausgekleidet.

In der Neuen Jülicher Straße, nicht weit vom Maurers Eck entfernt, saß Rosemarie Ramisch im Pik Ass an der Theke. Rosi, wie sie von allen nur genannt wurde, war vor Jahren von ihrer Mutter als Amiliebchen vor die Türe gesetzt worden, im Pik Ass trank sie abends ein paar Schnäpse, bevor sie hinaus auf die Straße ging, wo sie mit weit geöffneter Bluse Männer ansprach.

Wie an jedem Abend war auch an diesem Tag das Pik Ass gut gefüllt. Männer im Arbeitsdrillich standen eng gedrängt an der kurzen Theke, ihre lauten Stimmen erfüllten den Raum, der Geruch von Schweiß und Nikotin und abgestandenem Bier hing in der Luft. Kaspar betrat die Kaschemme durch den speckigen Vorhang aus grünem Filz und fand einen Platz ganz am rechten Ende der Theke. Wenn er nicht ins Pik Ass ging, dann ging er in die Oase, eine noch kleinere Wirtschaft drüben an der Ecke Karlstraße/Ottensgasse. Doch viel lieber verkehrte er im Pik Ass, weil hier die Rosi verkehrte.

Rosi kam spät zurück ins Pik Ass. Ihr Geschäft schien gut zu laufen an diesem Abend, doch jetzt wurde es Zeit für einen weiteren Schnaps. Oder auch zwei, die Rosi war da nicht zimperlich. Auf ihr Nicken hin stellte der Wirt ein randvoll gefülltes Pinnchen vor sie auf die Theke. Ihr leuchtend roter Lippenstift war verschmiert, und einige Tropfen der Bierlache, aus der Rosi das Glas aufnahm, fielen in ihr Dekolleté. Sie scherte sich nicht darum, in einem Zug leerte sie das Glas und nickte dem Wirt zu, das Glas erneut zu füllen. Doch der hässliche Heinz, der hatte es genau gesehen, weil sein Blick nämlich gerade wieder in ihrem Dekolleté versunken war. Sein Gesicht war von einer breiten Narbe entstellt, darum nannten sie ihn den Hässlichen, doch wenn er nicht anwesend war, dann sprachen sie nur vom Schlitzer, weil der hässliche Heinz allzu flott mit dem Messer zur Hand war. Blitzschnell trat der Hässliche vor, langte mit seiner Hand an Rosis Busen und flötete: »Hast dich bekleckert, Süße, komm her, ich wisch es weg.«

Die schmutzigen Hände fremder Männer an ihrem Busen war Rosi gewohnt, sie hatte weitaus Schlimmeres erlebt, doch den hässlichen Heinz mochte sie nicht. Er gehörte zu denjenigen, die stets ihren Spaß haben wollten, ohne dafür zu bezahlen. Darum schlug sie ihm auf die Hand. »Finger weg!«, zischte sie, doch der Hässliche umklammerte sie mit beiden Armen und versuchte, sie zu küssen. Sein unrasiertes Gesicht zerkratzte ihr die Wangen, sein Atem war schlecht, er hatte gerade seinen Mund auf den ihren gepresst, als ihn von hinten ein wuchtiger Schlag zwischen die Schulterblätter traf.

»Was willst du?«, schrie er auf, während er sich umdrehte, um zu sehen, wer den Mut hatte, ihn anzugreifen.

»Lass deine schmutzigen Pfoten von ihr«, Kaspar stand mit erhobenen Fäusten vor ihm, wie lauernde Schakale fixierten die beiden Männer sich.

Gespräche verstummten, Gläser wurden abgesetzt, alle Augen richteten sich jetzt auf die Streithähne. Die Vorstellung war eröffnet, wie würde der Neue sich gegen den Schlitzer behaupten?

»Lass sie los!«, wiederholte Kaspar. Aus den Augenwinkeln sah er, wie der Wirt sich hinter seiner Theke bewegte, eine Sekunde lang war er unkonzentriert, ein Moment, den der Hässliche ausnutzte, indem er Rosi von sich stieß und im selben Augenblick ein Messer in seiner Rechten hielt.

»Tu das Ding weg«, rief einer hinter Kaspars Rücken, doch die Geräusche verrieten ihm, dass sie den Rufer festhielten.

Drohend bewegte der Hässliche das Messer hin und her. Gleich würde er angreifen, Kaspar wusste, dass er nur diese eine Chance hatte. In einer einzigen Bewegung riss er den gläsernen Aschenbecher von der Theke und donnerte ihn mit aller Kraft gegen die Schulter des Hässlichen. Viel zu spät duckte der sich weg, war aber sofort von zwei Kerlen umringt, die versuchten, ihn zu Boden bringen. Auch Kaspar wurde attackiert, jemand sprang ihn von hinten an, mit Mühe gelang es Kaspar, den Angreifer abzuschütteln, als die Türe aufflog und drei bullige Polizisten sich auf ihn stürzten.

Er brauchte eine Weile, bis er begriff, wo er war. In der Zelle befanden sich nichts als eine Pritsche an der Wand mit einer stinkenden Matratze darauf und einem Zinkeimer in der Ecke. In den Eimer hatte er sich in der Nacht erbrochen, vom Liegen auf der harten Pritsche schmerzten ihm sämtliche Knochen. Schwerfällig gelang es ihm, auf die Beine zu kommen, ihm schwindelte, während ein mächtiger Vorschlaghammer in seinem Kopf wütete und in seinem Magen eine grimmige Übelkeit rumorte. Sie hatten ihm den Gürtel abgenommen, darum rutschte ihm seine Hose von den Hüften, seine Schuhe und seine altersschwache Uhr mit dem gesprungenen Glas waren auch weg. So wusste er weder die Uhrzeit noch konnte er abschätzen, wie lange sie ihn warten ließen, bis sich endlich die schwere Zellentür öffnete.

»Mitkommen«, kommandierte ein gelangweilter Uniformierter.

Durch einen schmalen Kellergang, über eine hölzerne Treppe mit einem wackeligen Geländer daran, führte er Kaspar bis hinauf in eine Etage, in der er schon einmal gewesen war. Hier lagen die Büros der Kriminalpolizei, drüben, hinter dem Porträt Konrad Adenauers, befand sich die Tür zu Glasmachers Büro, und genau diese öffnete der Uniformierte jetzt. »Hier rein«, kommandierte er wieder, trat dann zur Seite und bedeutete Kaspar einzutreten.

Glasmacher saß an seinem Schreibtisch, es war derselbe, an dem er vor fünfzehn Monaten schon gesessen hatte. Die kleine, senkrechte Falte zwischen den Augenbrauen des Kommissars schien etwas tiefer geworden zu sein. Seine Wangen waren nicht mehr so eingefallen. Glasmacher hatte zugenommen.

»Sieh an«, begann er ihn höflichem Ton zu sprechen, »der Herr Niemand ist mal wieder im Haus.«

Kaspar schaute auf die Delle im Schreibtisch.

»Da haben Sie ja wieder ganz schön zugelangt, was?«

»Er hat mich mit dem Messer bedroht.«

»Sie haben ihm fast den Schädel eingeschlagen.«

»Ist er ...?«

»Er hat eine ordentliche Schulterprellung, mehr nicht.« Glasmacher beugte sich vor und tippte mit einem Finger auf ein Formular auf seinem Schreibtisch. »Das kommt in Ihre Akte, Niemand. Leider hat keiner von den Gestalten im Pik Ass Anzeige gegen Sie erhoben, darum können Sie gleich nach Hause gehen. Aber hier drin«, immer noch tippte er auf dem Papier herum, »hier drin wird es vermerkt werden, und eines Tages, und der Tag wird kommen, Niemand, eines Tages wird es Ihnen zum Nachteil gereichen. Glauben Sie mir, wir kriegen Sie dran, Niemand, ganz sicher, wir kriegen Sie.«

Dann lehnte er sich zurück und sah durch Kaspar hindurch, als hätte er das Interesse an dem Gespräch verloren. Doch dann fiel ihm noch etwas ein. »Sagen Sie, Niemand, Sie wohnen doch noch in Nörvenich, oder nicht?«

»Doch doch«, log Kaspar, »in der Burg, immer noch.« Glasmacher notierte etwas in die Akte, klappte sie dann zu und wollte gerade etwas sagen, als Kaspar ihm zuvorkam.

»Darf ich etwas fragen, Herr Kommissar?« Glasmacher nickte. »Sie wissen noch nicht, wer Hubert totgemacht hat, nein?«

Glasmacher konnte sich ein triumphierendes Grinsen nicht verkneifen, »Doch, das weiß ich ganz genau. Und Sie wissen es auch. Tun Sie nicht so blöde, Niemand. Aber ich sag es noch einmal: ICH KRIEG DICH, NIEMAND. Und jetzt raus mit dir.«

Das Waschen an der Rur wurde zu einer Tortur. Der Wind strich eiskalt von Norden her über das Wasser, in dem seine Hände schmerzten, wenn er nach der Seife darin fischte. Doch wer wollte schon ein stinkender Köter sein? Er jedenfalls nicht, darum zwang sich Kaspar zur täglichen Wäsche am Fluss, auch wenn ihm der Alkohol in seinem Blut die Sache nicht gerade leicht machte. Er trank an jedem Tag während seiner Arbeit in der Brauerei Sturm. Die permanente Verfügbarkeit von Alkohol machte es ihm fast unmöglich, das Versprechen einzuhalten, das er sich an jedem Morgen selbst gab, nämlich an diesem Tag nichts oder zumindest fast nichts zu trinken.

Abends ging er dann hinüber ins Pik Ass. Zuerst sah der Hässliche ihn drohend an, doch Kaspar hielt dem Blick stand, bis der Hässliche sich einfach von ihm abwandte. So gingen sie sich in der engen Kaschemme aus dem Weg, so gut es eben ging, und auch die anderen Gäste schienen das Interesse an der Sache verloren zu haben. Zwar kannte Kaspar mittlerweile einige der Gäste beim Namen, es waren fast immer die gleichen Kerle, die sich hier herumtrieben. Doch häufig hielt er sich bei den lauten Gesprächen zurück, die von einem Ende der Theke hinüber bis an das andere Ende geführt wurden. Eigentlich waren es keine Gespräche, sondern gebrüllte Meinungsäußerungen über faule Politiker, dralle Frauen oder ungerechte Arbeitgeber. Hin und wieder brüllte Kaspar mit, doch viel häufiger stand er unbeweglich wie eine Statue in der quirligen Masse allein für sich und war in dunkle Gedanken versunken.

Dabei verspürte er die Verzweiflung nicht mehr, auch quälte ihn der Hunger nicht mehr. Der einzige ihm gebliebene treue Begleiter war die Trauer. Düster und massiv stand sie neben ihm, starrte ihn aus leeren Augenhöhlen an. Und Kaspar trank, trank Bier und Schnaps, damit sich dieses Monster verflüchtigen sollte, und das Perfide war: Seine Strategie hatte Erfolg. Doch je blasser das finstere Monster neben ihm wurde, umso mehr übernahm der Alkohol das Regiment. Wenn es sich dann endlich vollständig in schwarzen Rauch aufgelöst hatte, das finstere Monster, dann war in Kaspars Kopf jedes Mal schon jener zähe Nebel entstanden, der des Trinkers Sinne verwirrt.

So kam es, dass er nicht sofort verstand, was Rosi Ramisch ihm am Abend vorschlug, als draußen vor der Türe die Neue Jülicher Straße zum ersten Mal in diesem Winter von einer feinen Schneeschicht überzogen wurde. Rosi kam spät ins Pik Ass, um sich mit einem Schnaps aufzuwärmen. Mit klammen Händen schloss sie die oberen Knöpfe ihrer Bluse und legte sich ihre rote Wolljacke um die Schultern, dann setzte sie sich auf einen freien Hocker neben Kaspar, trank den Schnaps in einem Zug. Kaspar schenkte ihr ein aufmunterndes Lächeln, er zwinkerte ihr zu, sie verstanden sich, sie beide, und dann sagte Rosi: »Willst du nicht ein wenig auf mich aufpassen, Kaspar?«

16. KAPITEL

Das Lächeln im Sonnenschein

Rosi kippte ihren zweiten Schnaps, und weil sie sah, dass Kaspar nicht verstanden hatte, beugte sie sich zu ihm hin und sagte in gedämpftem Ton: »Weißt du, Kaspar, da draußen«, mit dem Daumen wies sie hinaus auf die schneebedeckte Straße, »da sind die Männer manchmal ziemlich unfreundlich zu einer schwachen Frau, wie ich es bin.«

»Du und schwach!«, hob Kaspar an, doch Rosi gebot ihm zu schweigen.

»Du hast ja keine Ahnung, wie gemein die Kerle sich manchmal benehmen. Die sind echt nicht zimperlich, glaub das mal. Meistens weiß ich mich schon zu wehren, eigentlich fast immer, aber das Schlimme ist, dass es so viele gibt, die nicht zahlen wollen hinterher. Oder die mir weniger geben wollen als vereinbart. Da komme ich manchmal einfach nicht gegen an, so als Frau, verstehst du mich?«

Kaspar nahm einen tiefen Zug aus seinem vollen Bierglas, wischte sich den Mund ab und sagte: »Hm, verstehe.« Weiter nichts. Er blickte in Rosis braune Augen und nickte ihr zu, ja, sie verstanden sich, sie beide.

Rosi wartete, ihr Blicke versanken ineinander. Dann richtete sie sich auf, kippte ihren dritten Schnaps, rutschte von ihrem Hocker, öffnete wieder ein paar Knöpfe an ihrer Bluse und sagte dabei, ohne Kaspar anzusehen: »Also hör zu, Süßer, ich brauche einen, der den Zechprellern mal ordentlich auf die Finger klopft. Einen, der so kräftig und gescheit ist wie du. Der mich beschützt, wenn die Kerle da draußen frech werden. Einen, dem ich vertrauen kann, und ich finde, das wäre eine feine Aufgabe für dich.« Mit spitzen Fingern fuhr sie sich durchs Haar, holte dann einen knallroten Lippenstift aus ihrer Tasche und zog damit gekonnt die Konturen ihrer vollen Lippen nach.

Kaspar war ein wenig verdattert, als Rosi ihn anschließend auf den Mund küsste, mit ihrem knallroten Honigmund, und er war noch ein wenig mehr verdattert, als sie ihm zuraunte: »Ich brauche dringend einen Loddel, und ich will dich.«

Gerade zur rechten Zeit, gerade als die Kälte unter dem verbeulten Stück Wellblech unerträglich wurde und ihm das Waschen in der Rur hinter dem nun blattlosen Strauch unzumutbar erschien, gerade zu dieser Zeit zog Kaspar zu Rosi in ihre warme Wohnung in der zweiten Etage in der Josefstraße. Er wusste nicht, ob sie jetzt ein Paar waren, sie zog ihn auf ihr Bett, und er fühlte sich gut dabei. Tagsüber ging er in die Brauerei, lud Kartons voller Kirsch- und Zitronenlikör, Sturms Magenbitter und jede Menge Bierkästen auf Jupp Breuers Lkw, abends hielt er sich im Pik Ass auf, jederzeit bereit, auf Rosis Zuruf hin ihre Freier in die Schranken zu weisen. Sie waren ein gutes Gespann, er und die Rosi. Zu seinem Erstaunen gab Rosi ihm Geld, jeden Abend nach ihrer Schicht zählte sie ihm zehn oder auch schon mal fünfzehn Mark in die Hand. »Das ist gut angelegt«, sagte sie, »du bist ein Schatz, mein Süßer, wenn du nur immer ganz nah bei mir bist, während ich arbeite.« Obendrauf gab es glühend heiße Küsse und noch viel mehr für den naiven Burschen aus dem Dorf unter dem Wasserturm, der allmählich begriff, wie der Hase lief auf Dürens Straßen hinter der Bahn.

Wenn er dann am Morgen die Wohnung verließ, um zur Arbeit zu gehen, lag Rosi noch im Tiefschlaf versunken im Bett. Nur ganz selten wurde sie wach, dann blinzelte sie, lächelte ihm zu und schloss die Augen gleich wieder.

In der Brauerei lächelte ihm Fräulein Weisenfels zu. Schüchterner zwar als Rosi, aber auf ihre Art wahnsinnig anziehend, fand Kaspar. Er sah ihr nach, wie sie in ihrem schwarz-weiß karierten Kostüm aus weicher Wolle über die Rampe ging, voller Anmut, und er hätte nicht sagen können, welches Lächeln ihm besser gefiel.

An einem Abend kurz vor Weihnachten gab es Radau auf der Neuen Jülicher Straße. Der Hässliche hörte es als Erster, sofort sprang er von seinem Hocker, hastete zum Fenster und starrte durch die vergilbten Gardinen hindurch nach draußen. »Schnell, Kaspar«, brüllte er nach hinten zur Theke, »dein Täubchen braucht dich.«

Ein Kerl, kleiner als Rosi und von schmächtiger Statur, hatte sie gegen eine Hauswand gedrückt. Mit seiner Linken hielt er sie am Hals gepackt, mit seiner Rechten begrapschte er sie. Rosi schrie laut, was dem Kerl nichts auszumachen schien, er fühlte sich sicher, und sein Gesichtsausdruck hätte nicht überraschter sein können, als Kaspar ihn herumriss und ihm einen stahlharten Schlag an die Schläfe versetzte. Nur dieser eine Schlag genügte. Erschrocken fuhr der Kerl herum, heulte kurz auf wie ein Kind und stob wie ein aufgescheuchter Hase davon.

Kaspar wollte ihm hinterher, doch Rosi hielt ihn zurück. Die beiden besprachen sich noch, als ein Mann von der anderen Straßenseite herübergelaufen kam.

»Ich hab's genau gesehen«, rief er ihnen zu, »der Drecksack hat Sie sofort angegriffen.« Dann stand er keuchend hinter ihnen und japste. »Der kann nicht weit gekommen sein, wir holen ihn bestimmt noch ein.« Er zog an Kaspars Ärmel.

Doch der wehrte ab. »Es ist gut, lassen Sie nur«, sagte Kaspar, während er Rosi in seine Arme nahm. Einen Moment herrschte Ruhe, Rosi schluchzte an Kaspars Schulter. Der Fremde blieb dort, wo er war, das Paar beachtete ihn nicht, und auch den Schaulustigen, die sie umringt hatten, schenkten sie keine Beachtung. Da die Vorstellung anscheinend beendet war, wendeten sie sich nun einer nach dem anderen wieder ab und gingen ihrer Wege. Es wurde ruhig, doch plötzlich vernahm Kaspar seinen Namen.

»Kaspar?«, hörte er den Mann hinter sich sagen. »Kaspar, bist du das?«

Da drehte Kaspar sich um, sah diesen Mann vor sich stehen, auf dem feuchten Trottoir, in dem sich die Reklamebeleuchtung des Pik Ass spiegelte. Er schien ein wenig älter zu sein, trug eine breite Kappe auf dem Kopf, unter der strähnige, dunkle Haare hervorlugten. Um seinen Hals hatte er einen dicken Schal gewickelt, seine Haut war fahl, seine Wangen eingefallen und unrasiert.

Die beiden Männer sahen sich prüfend an, dann sagte der Fremde: »Klar, Mensch, du bist es. Kaspar Niemand.«

Und auch Kaspar erkannte ihn im selben Moment. »Heck«, sagte er, »Günter Heck, aus Muldenau.«

Der Tisch in der Ecke links vom Eingang war frei. Er war winzig, die Tischplatte klebrig vom getrockneten Schnaps und Bier, das andere Gäste irgendwann einmal hier verschüttet hatten. Trotzdem drängten sie sich zu dritt um ihn herum, die beiden ehemaligen Flakhelferkanoniere und Rosi Ramisch. Kaspar hatte nur noch Augen und Ohren für Heck, Rosi knuffte ihn in die Seite und zog einen Schmollmund.

»Ach Rosi«, sagte Kaspar zu ihr. »Weißt du was? Ich finde, für heute solltest du Feierabend machen. Ich kann mich heute sowieso nicht mehr um dich kümmern. Geh schon nach Hause und ruh dich aus. Ich komme bald nach.« Damit fasste er ihr sanft unter den Arm und half ihr auf. Rosi schmollte noch immer, doch sie ging. Er war ihr Loddel, und er wusste, was gut für sie war.

»Mensch, Heck, das gibt's doch gar nicht! Dass wir uns hier treffen. Nach …«, Kaspar rechnete nach, wie lange es zurücklag, dass sie sich aus den Augen verloren hatten, »… nach fast neun Jahren.«

Sie stießen mit ihren Biergläsern an, und dann berichtete Günter Heck, wie es ihm ergangen war, nachdem sie sich in Mondorf am Rhein aus den Augen verloren hatten.

»Ich dachte, du hättest es nicht geschafft«, staunte Kaspar. »Als ich sah, wie die Amis dich auf der Trage fortschafften, da hab ich echt gedacht, den kriegen die bestimmt nicht mehr hin.«

»Ach was«, winkte Günter ab und leerte sein drittes Glas. Die Amis hätten ihn operiert, Lungensteckschuss, alles halb so wild, berichtete er. Nach ein paar Wochen hätten sie ihn aus dem Krankenhaus entlassen, einfach so. Das war in einem riesigen Gebäude in der Nähe von Bonn untergebracht. Ringsum nur zerschossene Obstbäume, und er habe nicht gewusst, wo er hinsollte, darum sei er herumgelaufen. Ja, er sagte herumgelaufen, und er meinte damit, dass er sich querfeldein Richtung Westen auf den Weg nach Hause gemacht habe. Erst im Spätherbst sei er in Muldenau angekommen, doch seine Eltern waren in der Evakuierung ums Leben gekommen, nur noch die Oma sei dort gewesen, doch die war eine mürrische Hexe, darum habe er sich zuerst in Zülpich, dann in Euskirchen und jetzt, seit Sommer, in Düren durchgeschlagen.

Dann berichtete Kaspar. Sie leerten noch einige Gläser zusammen, und ihnen fielen immer neue verrückte Sachen ein, die sie gemeinsam erlebt hatten. »Weißt du noch?«, lachte Heck los, »der Amlong? So ein Affe war der!«

»Ja, genau«, prustete Kaspar los, »gschwind, gschwind, gemma, gemma!«, imitierte er den Wiener Dialekt des Unteroffiziers, und er beherrschte ihn vortrefflich. Sie bogen sich vor Lachen und schlugen mit den flachen Händen auf den Tisch, dass es nur so platschte.

Draußen vorm Pik Ass rollte sehr langsam ein schwerer, dunkler Wagen mit einem verbeulten Kotflügel über die Straße. Kommissar Glasmacher saß am Steuer, er verrenkte sich beinahe den Hals, um einen Blick auf die Gäste in der Kaschemme werfen zu können. Der Niemand saß am Tisch, gleich beim Eingang, neben ihm ein anderer Kerl, vermutlich einer vom gleichen Schlag. Es stimmte also, Kaspar Niemand verkehrte jetzt im Dürener Milieu. Das passte zu ihm.

Als sich Kaspar und Heck endlich auf den Heimweg begaben, war Kaspar stark betrunken. Die Arbeit am nächsten Tag in der Brauerei war die reinste Tortur, und daran änderten auch die zwei Schnäpse nichts, die er am Mittag seinem geschundenen Körper in rascher Folge zuführte. Sonntags schlief Kaspar gewöhnlich bis zur Mittagszeit, doch dann musste er das Zimmer verlassen, weil Rosi um diese Zeit meistens schon mit ihren ersten Kunden von der Straße zurückkam. Gut riechende Männer in sauberen Sonntagsanzügen, die schon den Gottesdienst in der Sankt-Joachims-Kirche besucht hatten. Die höflich waren, ohne zu murren zahlten und gut gelaunt wieder zurück zu ihren Ehefrauen gingen. Dann verdrückte Kaspar sich nach draußen, ins Pik Ass oder in die Oase, doch viel lieber wäre er den ganzen Tag über in Rosis Bett geblieben, und darum beschwerte er sich schließlich bei Rosi darüber, dass sie am Sonntag sogar schon kurz nach Mittag arbeitete.

»Das habe ich schon immer so gemacht, sind viele Stammkunden darunter, alles nette Kerle«, verteidigte Rosi sich. »Aber wenn es dir zu viel wird, kannst du ja ausziehen.«

»Ausziehen? Ich? Aber wo soll ich denn hin? Ich dachte, wir wären jetzt irgendwie zusammen, oder so was Ähnliches.«

»Aber Süßer, du Dummerchen, klar, wir sind zusammen, aber hier ist schließlich mein Arbeitsplatz. Du musst ja nicht weit weg, nur quasi einmal um die Ecke, in der Karlstraße ist nämlich gerade eine Wohnung frei geworden.«

Kaspar staunte. Wollte die Rosi ihn etwa loswerden? War es ihr doch zu viel Geld, das sie ihm gab?

Sie sah sein erstauntes Gesicht. Aber Rosi wusste immer das Richtige zu tun, darum zog sie ihn zu sich auf das Bett, es war wieder wunderschön, und danach spielte sie mit ihren Fingern in seinem dichten Haar und säuselte: »Es ist eine feine kleine Mansardenwohnung. Möbliert. Die Alte, die da gewohnt hat, ist vor ein paar Tagen erst verstorben, wir haben gute Chancen, die Wohnung zu bekommen.«

»Hm«, sagte Kaspar, »ist ja wirklich nicht weit.«

»Es ist nur ...«, setzte Rosi an, »es ist etwas Besonderes mit der Wohnung.«

»Was denn?«

»Es ist ... das ist ja eigentlich ohne Bedeutung für dich, aber es ist so, dass die Alte da oben früher aus so manch ungeborenem Balg ein Engelchen gemacht hat.«

»Wie, ein Engelchen?«

»Na, wenn's halt wegmusste, dann ist die Alte den Frauen mit der Stricknadel zu Leibe gerückt«, erklärte Rosi, »so wird's jedenfalls erzählt, ob's stimmt, weiß ich gar nicht«, entschuldigend zuckte sie mit den Schultern.

»Das ist ja furchtbar.« Kaspar war erschrocken, grässliche Bilder entstanden gerade in seinem Kopf. »Ich weiß nicht«, sagte er, »da muss ich aber erst noch einmal drüber schlafen.«

Den ganzen Tag über sah er Ilse vor sich, sah ihr bezauberndes Lächeln und ihre traurigen Augen, mit denen sie ihn angeschaut hatte, als er sie damals mit Valentin Simbachs Motorrad nach Düren gebracht und am Bahnhof hatte absteigen lassen.

Abends traf er sich mit Günter Heck im Pik Ass. Sie waren gute Freunde geworden, Kaspar meinte sogar, Heck wäre der beste Freund, den er je hatte, und außerdem gab es da etwas Verbindendes zwischen ihnen. Teilten sie doch das gleiche Schicksal, beide waren sie ganz allein auf der Welt, und beide hatten sie dieses Loch in ihren Herzen. Womit Heck sein Geld verdiente, wo er wohnte, das alles wusste Kaspar noch nicht, doch als der ihm riet, auf jeden Fall in die Mansardenwohnung zu ziehen, da war es Kaspar, als hätte er einen ehrlich gemeinten, guten Rat eines guten Freundes erhalten.

Die Wohnung war winzig klein, die Möbel abgenutzt, das Klo stank und lag in einem engen, düsteren Treppenhaus, unter der zerschlissenen Decke auf der Liege in der Wohnküche war der Stoffbezug mit dunklen Flecken übersät. An seiner Beziehung zu Rosi änderte sich erst mal nichts. Sie verbrachte die Werktage irgendwie, bis sie am Abend anfing zu arbeiten. Kaspar ging tagsüber weiter zur Brauerei und war danach am Abend immer in ihrer Nähe. Meistens im Pik Ass, wo er vom Tresen aus alles unter Kontrolle hatte. Von Rosis Geld kaufte er sich neue Kleider. Zwei Hosen, zwei Hemden und einen warmen Pullover. Dazu ein paar nützliche Dinge für seine Wohnung, und von Günter Heck kaufte Kaspar regelmäßig Pervitin. Denn das war es, womit

Heck sein schmales Gehalt, das er als Handlanger auf dem Bau verdiente, aufbesserte.

»Du siehst müde aus«, hatte Günter zu ihm gesagt, »kein Wunder, bei der Plackerei jeden Tag bei Sturms und dann die langen Abende im Pik Ass.«

Kaspar hatte genickt. Ja, es stimmte, er war oft ziemlich fertig, schon am Morgen bei Dienstantritt. Immer wieder kam er zu spät. Wenn Offermann Wind davon bekam, drohte er jedes Mal damit, ihn fristlos vor die Türe zu setzen. Doch Kaspar war zäh, irgendwie schaffte er an jedem neuen Tag sein Pensum.

Darum schlug er ohne zu zögern ein, als Heck ihm vorschlug, es mal mit den weißen Pillen zu versuchen, von denen er Kaspar fünf Stück in die Hand drückte.

»Panzerschokolade«, flüsterte er, »hat unsere Landser damals drei Tage lang marschieren lassen, ohne eine einzige Minute Schlaf zu bekommen.«

»Wie?«, hatte Kaspar gefragt, »das geht?«

»Mensch, Niemand, du Schaf. Du hast wohl gar nichts verstanden damals? Das Zeug hatten die alle im Tornister. Das haben die in der Wehrmacht gefressen wie Bonbons. Hat sie wach, satt und sorglos gemacht.« Und dann erzählte Günter Heck, wie er einen zerschossenen Kübelwagen gefunden hatte. Im Straßengraben, irgendwo in der Eifel. Die wollten wohl weg von der Front, als es die Besatzung des Wagens voll erwischt hatte, meinte er. Leichen hätten keine mehr dort gelegen, aber im Wagen fand er, unter einem ganzen Haufen wertlosem Plunder, einen Karton, randvoll mit nigelnagelneuen Röhrchen Pervitin. Das sei das Abschiedsgeschenk der Wehrmacht an ihn, hatte er entschieden und den Inhalt des Kartons in seinen Rucksack gekippt. Zunächst hatte er die Röhrchen nur mit sich herumgeschleppt. Erst viel später hatte er begonnen, sie zu verkaufen. Als er merkte, wie viele Kerle immer noch auf das Zeug scharf waren.

»Und davon gibt es 'ne ganze Menge, Kaspar. Das kriegt halt nicht jeder auf Rezept, aber viele wollen es haben, und die kommen dann zu mir.« Heck grinste, das Geschäft schien zu laufen. Und das Zeug war tatsächlich gut, die fünf Probepillen hatte Kaspar in drei Tagen verbraucht, danach wurde er einer der zahlreichen Kunden des Günter Heck, wobei der ihm natürlich einen großzügigen Rabatt einräumte.

In der Brauerei Sturm beobachtete Fräulein Weisenfels die Entwicklung des Lagerarbeiters Niemand so unauffällig, wie es ihr möglich war. Wenn sie über die Verladerampe federte oder im Lagerraum auftauchte und augenscheinlich sehr wichtige Bestandskontrollen durchführte, dann gab es für Kaspar zwar jedes Mal ihr hinreißendes Lächeln, zu mehr rang sie sich jedoch nicht durch. Aber Kaspar bemerkte sehr wohl, wie sie ihm verstohlen aus den Augenwinkeln heraus nachsah. Elli Weisenfels war eine Frau, wie Kaspar sie bislang nicht gekannt hatte. Rosi lachte laut und breit, bewegte sich wie ein Mann, und ohne Schminke war sie weniger hübsch, als Ilse es gewesen war. Ja, im Vergleich mit Fräulein Weisenfels meinte Kaspar sogar, dass sie hässlich sei. Elli Weisenfels hingegen hatte eine grazile Figur, ihre Bewegungen waren voller Anmut, sie sprach mit warmer Stimme und lachte niemals laut. Dass dieses charmante Wesen ihn verstohlen beobachtete, erfüllte Kaspar mit einem Gefühl, als würde sich warmer Honig über sein kaputtes Herz ergießen. Ob es der warme Honig oder das Pervitin waren, konnte Kaspar nicht sagen, jedenfalls ertappte er sich dabei, wie er sie offen anstarrte, als sie wieder einmal im Lagerraum herumwuselte. Sie bemerkte es, sah ihn an, und Kaspar errötet so sehr, dass sein Gesicht aussah wie das eines Truthahns. Beide wendeten sie sich im selben Moment ab, und es dauerte drei ganze Tage, bis Kaspar den Mut fand, sich ihr auf der Verladerampe noch einmal zu nähern.

»Guten Morgen, Fräulein Weisenfels«, rief er ihr zu, als sie wieder vorüberfederte.

Sie grüßte zurück, machte jedoch keine Anstalten, stehen zu bleiben.

Es war ein warmer Frühlingstag, darum rief er: »Was für ein schönes Wetter heute!« Er bemerkte, wie sie ihren Schritt verlangsamte, darum ging er rasch zu ihr hin, lehnte sich lässig an einen Stapel Kartons voller Sturm Zitronenlikör und schob eilig hinterher: »Endlich kommt der Frühling zurück, der Winter war lang genug.«

Da blieb sie stehen, umfasste mit beiden Händen einen grauschwarzen Aktenordner, den sie vor ihre Brust hielt, und lächelte ihn an. »Ja«, sagte sie mit ihrer warmen Stimme, »der Winter war lang und kalt, da tut die warme Sonne wirklich gut.« Und weil die Sonne gerade aus dem Mund einer so schönen Frau gelobt wurde, darum blitzte sie jetzt zufrieden auf und tauchte das lächelnde Gesicht Elli Weisenfels' in ihr schönstes Licht. Ihre Haare waren dunkelbraun, mit einem kräftigen Rotschimmer darin. Brünett, dachte Kaspar, sie ist brünett, und sie nickten sich noch einmal zu, und dann ging jeder seiner Arbeit nach.

Das war der Anfang, von nun an blickten sie sich nicht mehr verstohlen aus den Augenwinkeln an. Immer wenn sie sich irgendwo in der Brauerei trafen, plauderten sie ein wenig miteinander. Offermann und Breuer steckten schon ihre Köpfe zusammen, andere Frauen hatten endlich wieder Nachschub gefunden, um ihre Tratschsucht zu befeuern. Doch was Offermann und Breuer und die anderen Frauen in der Brauerei tratschten, interessierte Kaspar nicht. Und auch sein Verhältnis zu Rosi veränderte sich. Klar, er passte auf sie auf. Dass Rosi nur mit dem Finger zu schnippen brauchte, damit er ihre Freier in die Schranken wies, hatte sich herumgesprochen. Sie war die bestgeschützte Frau auf den Straßen hinter der Bahn in Düren, und dafür bezahlte sie ihn gut.

Aber noch niemals hatte sie gesagt, dass sie ihn liebte. Seine Fragen, ob sie nun zusammen seien, hatte sie immer nur vage beantwortet. Vielleicht kann die Rosi gar nicht lieben, dachte Kaspar. Bei Frauen wie ihr hat der liebe Gott das vermutlich nicht vorgesehen. Damit gab er sich zufrieden, das machte es ihm leichter. Er betrachtete sie als so etwas wie seine Kollegin, als die Kollegin in seinem anderen Leben, von dem Elli Weisenfels nichts ahnte.

An einem Freitag, es war der zweite Freitag im Mai 1954, plauderten sie wieder einmal miteinander. Als sich das Gespräch dem Ende näherte, nahm er all seinen Mut zusammen und fragte sie, ob er sie am Sonntagnachmittag treffen dürfe. Elli stutzte. Ihr Gesicht verriet ihm nicht, was sie davon hielt. Darum fuhr er rasch fort: »Ich meine zum Spazierengehen. Nicht zum Tanzen oder Trinken oder so was. Nur zu einem Spaziergang, an der Rur.«

Sie schluckte, und dann floss der Honig wieder. »Ja, gerne«, antwortete sie, und ihre Stimme klang schöner als der Gesang der Lerchen dabei.

Die Sonne schien, am blauen Himmel standen dicke Haufenwolken, deren flache Unterseiten fast die Spitzen der Eifelberge gleich hinter der Stadt berührten. Sie hatten sich an der Statue des heiligen Nepomuk auf der Johannesbrücke getroffen, waren dann am Ufer entlanggeschlendert, meist schweigend, und nun saßen sie in der Nähe der Kuhbrücke nebeneinander auf einem Baumstamm. Vor ihnen plätscherte die Rur, ringsum standen im Gras die ersten Wildblumen in voller Blüte. Dicke Hummeln landeten auf den Blütenköpfen, krabbelten darauf herum und flogen gleich wieder brummend davon.

Gerne hätte Kaspar gesagt, wie froh er war, hier neben ihr zu sitzen. Stattdessen sagte er: »Da haben wir uns ja ein feines Wetterchen ausgesucht.« Ein warmer Wind strich sanft von Süden her um sie herum. Er trug einen neuen Anzug, Elli ein leichtes Sommerkleid von grasgrüner Farbe, es passte perfekt zu ihrer Haarfarbe. Der Wind blähte ihren Rock auf, Kaspar sah auf ihre schlanken Beine, Elli strich den Rock glatt und sagte: »Ja, herrlich, aber wenn Engel reisen …«

Er wollte ihr sagen, wie hübsch sie war, und sagte: »Das stimmt, wir haben es uns aber auch verdient.« Er wollte ihr sagen, dass er sich in sie verliebt hatte, und schwieg. Als sie auf dem Rückweg waren, blickte er nach einer Weile hinüber zur Stadtmitte, die sich gerade ächzend aus den Trümmern ihrer einstigen Blüte erhob. Weiter hinten sah er noch immer das verbeulte Blech in der Sonne aufblitzen, unter dem er noch vor Kurzem campiert hatte. Es hatte sich aus dem Holunderstrauch gelöst und lag nun schräg auf dem Mauerrest. War ein Jahr oder waren zehn Jahre vergangen, seit er dort im Schutt unter dem Blech gelegen hatte? Kaspar wandte seinen Blick ab.

Die Spaziergänge mit Elli am Sonntagnachmittag wurden ihm zur Gewohnheit, Rosi wollte wissen, was mit ihm los sei, er hätte sich irgendwie verändert. Angestrengt bemühte Kaspar sich darum, seinen Alkoholkonsum zu reduzieren. Ein paar Schnäpse tagsüber und ein paar Biere abends weniger schaffte er wohl, ganz ohne das Zeug ging es jedoch nicht. Er traf sich weiterhin mit Heck, kaufte Pervitin von ihm, verprügelte Rosis Freier und ging jeden Morgen frisch rasiert und gewaschen zur Arbeit in die Brauerei.

Schließlich lud er Elli ins Kino ein. Am Sonntagnachmittag, weil Rosi dann ein paar Stunden lang nicht arbeitete und er nicht auf sie aufpassen musste. In der Schauburg sahen sie … *und ewig bleibt die Liebe*. In dem Film spielte ein unverschämt gut aussehender Karl-Heinz Böhm einen jungen Mann, der zwischen zwei Frauen stand. Als sie das Kino verließen, war Kaspar sehr ruhig. Noch schweigsamer als sonst brachte er Elli bis zur Straßenbahnhaltestelle. Zum Abschied wollte er sie küssen, stattdessen stand er so starr wie der Nepomuk auf der Johannesbrücke da und nahm dankbar das Lächeln entgegen, dass sie ihm aus der Straßenbahn heraus schenkte.

Rosi wollte wissen, wo er gewesen war, er wich ihr aus, und sie warf den Kopf in den Nacken. Nachdem sie sich fertig gemacht hatte für die Straße, sah sie ihn mit kalten, dick geschminkten Augen an und zischte: »Ist sie wenigstens hübsch?« Dann quittierte sie seinen erschrockenen Gesichtsausdruck noch mit einem triumphierenden Lachen und warf die Tür hinter sich ins Schloss.

Nachdem Elli mit ihm ins Kino gegangen war, getraute Kaspar sich den nächsten Schritt zu machen. Er lud sie ein, mit ihm zum Essen zu gehen. Er hatte davon gehört, dass der moderne Mann die Frau seines Herzens zum Essen ausführte. In ein schönes Lokal, mit einem richtigen Ober, der sie dort höflich bedienen würde. Da kam das Pik Ass natürlich nicht in Frage, die Oase schon gar nicht, und weil er nichts anderes kannte, darum lud er sie ein, mit ihm ins Maurers Eck zu gehen.

Am frühen Abend trafen sie sich vor dem Eingang der Gaststätte. Kaspar betrat als Erster das Lokal, galant hielt er Elli die Türe auf. Drinnen empfing sie ein solides, gutbürgerliches und wirklich gut riechendes Ambiente. Der Fußboden war sauber gewischt, die Gardinen an den Fenstern strahlend weiß. Auf jedem Tisch gab es eine gestärkte Tischdecke, einen sauberen Aschenbecher und hier und da eine kleine Vase mit ein paar frischen Blumen darin. An der Theke lungerten nicht die verschlagenen Gestalten herum, wie es sie im Pik Ass gab. Einige Tische waren bereits besetzt, die

Gäste hier waren allesamt sauber gekleidet und unterhielten sich freundlich lächelnd in gedämpftem Ton. Kaspar staunte, so elegant hatte er sich das Maurers Eck gar nicht vorgestellt, aber es gefiel ihm. Unsicher schaute er sich um, bis ihn ein Kellner erlöste. »Bitte sehr, bitte gleich.« Höflich wies der Mann ihnen einen Tisch in der Ecke nahe am Fenster zu. Er trug eine weiße Jacke, sein pechschwarzes Haar war mit reichlich Pomade gebändigt, und in keinem seiner Sätze fehlte das Wort Bitte. »Bitte schön – darf ich bitten – bitte – danke.«

Der Abend war ein voller Erfolg. Elli war die Schönste im ganzen Lokal, und sie schien sich wohlzufühlen in seiner Gesellschaft. Sie bestellten Rheinwein und zwei Mal Sauerbraten mit Kartoffeln. Zum Schluss tranken sie mit gespitzten Lippen jeder ein Likörchen, und Kaspar schlug vor, sich zu duzen. Daraufhin bestellten sie noch ein Likörchen, und Kaspar gestand ihr seine Liebe. Elli senkte ihren Blick, doch ihr Mund lächelte wieder dieses bezaubernde Lächeln. Nach einer Weile sah sie ihn an. »Kaspar«, sagte sie, und sie sah durch seine Augen bis auf den Grund seiner verletzten Seele hinab, »die Liebe ist ein merkwürdiges Ding. Sie schwirrt herum wie die Hummeln auf den Blüten unten an der Rur. Mal ist sie hier und dann gleich wieder fort. Es war wunderschön, mit dir hier zu sitzen, doch jetzt sollten wir gehen.«

Als sie vor die Gaststätte traten, war Kaspar wild entschlossen, ihr einen Abschiedskuss zu geben. Er trat ganz nahe an sie heran, und er war sich sicher, dass sie es auch wollte, als in seinem Rücken ein lautes Geschrei ausbrach. »Hilfe«, schrie eine Frau, und ein Mann brüllte etwas Unverständliches. Kaspar drehte sich um, und in selben Moment erkannte er, dass Rosi geschrien hatte. »Hilfe!« schrie sie wieder. »Hilfe, Kaspar, der Kerl hat ein Messer.«

Sofort rannte Kaspar los, sprang den Mann aus vollem Lauf an, riss ihn zu Boden, bekam seine Hand mit dem Messer zu fassen, hart schlug er sie auf das Trottoir, bis ihm das Messer endlich aus der Hand sprang. Gleich war Kaspar wieder auf den Beinen, stand drohend über dem Mann, doch der hatte verstanden, dass er gegen Rosis Loddel keine Chance hat. Umständlich rappelte er sich auf, kam auf die Füße und entfernte sich rückwärts gehend. »Du dreckige Nutte«, schleuderte er Rosi noch entgegen, dann drehte er sich um und rannte davon. Rosi blutete am rechten Handgelenk, Kaspar wickelte sein sauberes Taschentuch darum, legte seinen Arm um sie und führte sie fort.

»War das deine Neue?«, wollte Rosi wissen und deutete mit dem Kinn hinüber zum Maurers Eck. Kaspar schaute hinüber, doch Elli war verschwunden.

Er hätte es wissen müssen. Das Maurers Eck lag nur einen Katzensprung entfernt vom Pik Ass, wie konnte er nur mit Elli in eine Gaststätte einkehren, die so gerade eben noch in Rosis Revier lag? Da war es doch unvermeidlich, dass die beiden Frauen sich begegneten. Das Feuer zwischen ihm und Rosi war seit diesem Abend jedenfalls endgültig erloschen. Auf ihr Bett zog sie ihn von da an nie wieder, und seine spröden Lippen spürten nicht mehr, wie wunderbar weich ihr knallroter Honigmund war. Doch das alles bedeutete ihm nichts.

Rosis kalte Blicke, wenn sie im Pik Ass einen Schnaps zusammen tranken, ihre zur Schau gestellte Überlegenheit, wenn sie ihm nach ihrer gemeinsamen Schicht das Geld in die Hand drückte, das war für ihn ohne jede Bedeutung. Er hätte es sogar akzeptiert, wenn sie ihm plötzlich einen fremden Kerl als ihren neuen Loddel vorgestellt hätte. Doch das tat sie nicht, sie blieben einfach das, was sie waren: zwei verlorene Seelen im schmuddeligen Hinterhof der Stadt, die einfach nur funktionierten und das taten, was die Vorsehung von ihnen verlangte.

Elli hatte sich am Montag nach dem Schlamassel in der Neuen Jülicher Straße krank gemeldet.

»Brauchst dir gar nicht den Kopf zu verrenken«, tönte Breuer, »die Weisenfels ist nicht da. Hab gehört, sie hat sich krank gemeldet. Ich glaub, die wollte wohl nicht länger von dir belästigt werden.« Er packte Kaspar am Arm und drohte: »Lass endlich deine schmutzigen Finger von ihr. So eine hat was Besseres verdient als so einen Schmierlappen, wie du einer bist.«

Kaspar riss sich los, wollte Breuer schlagen, doch der beeilte sich, hinüber in die Verpackungshalle zu kommen, wo Frauen in Arbeitskitteln an langen Tischen standen und bunte Etiketten auf frisch befüllte Flaschen klebten. Als sie Kaspar entdeckten, stießen sie sich an, raunten sich Bemerkungen zu, die, nach ihren Gesichtsausdrücken zu urteilen, vor Häme nur so trieften.

Zwei Wochen blieb Elli ihrer Arbeit in der Brauerei fern, dann plötzlich sah Kaspar sie am Morgen über den Hof federn. Wieder trug sie das wollene Kostüm, sie sah hinreißend aus, und Kaspar wäre gerne zu ihr gegangen, um mit ihr zu reden. Doch er blieb bei seiner Sackkarre stehen. Es gab keine verstohlenen Blicke, kein scheues Lächeln mehr für ihn. Der Honig hatte aufgehört zu fließen, und Kaspar schmerzte die Erkenntnis, dass er sie verloren hatte.

Er wusste sich nicht anders zu helfen, als seinen Liebeskummer im Alkohol zu ertränken. »Komm, trink noch ein Bier«, schlug Günter Heck vor, »das hilft gegen den Ärger mit den Weibern. Halte dich nur an mich, Kaspar, dann kann dir nix passieren.«

Und Kaspar trank. Jeden Abend hockten sie zusammen im Pik Ass, spielten Karten um Geld mit ausgebufften Zockern. Es ging um viel Geld, darum gaben sie sich verdeckte Zeichen oder reichten sich die richtigen Karten unterm Tisch hin und her. Rosi kam und trank einen Schnaps an ihrem Tisch, fuhr sich durch die Haare und zog ihren Lippenstift nach, bevor sie wieder hinausging, ohne Kaspar auch nur angeschaut zu haben.

Kaspar meinte nun wieder dieses miese Leben zu führen, das die behäbigen Ackerpferde geführt hatten, an die er sich aus seiner Kindheit auf dem Dorf erinnerte. Jeden Tag die gleichen Wege, die gleichen Tätigkeiten, gegängelt nach dem Willen seines Herrn. Er wurde nachlässig bei seiner Arbeit in der Brauerei. Und auch sein Ruf als härtester Loddel hinter der Bahn begann zu bröckeln. In der Brauerei hielt er jeden Tag aufs Neue Ausschau nach Elli. Wenn er sie sah, schmerzte sein Herz, wenn er sie nicht sah, schmerzte es noch mehr. Das Kommissionieren fiel ihm schwer, er hatte Mühe, sich darauf zu konzentrieren. Zwei Kartons Zitronenlikör für diese Gaststätte, drei Kartons Saurer für jene.

Klaren Korn für das Pik Ass und Edel Kirsch für die Damen im Maurers Eck. Dazu mannshohe Stapel aus Bierkästen. Kaspar verzählte sich, vergaß bei der ersten Fuhre am Morgen etwas, verwechselte bei der nächsten am Nachmittag etwas anderes.

Jupp Breuer brüllte ihn an, schimpfte ihn einen Trottel, und als Kaspar es fertigbrachte, einen ganzen Stapel Kartons voll Spirituosen umzustoßen, da triumphierte er: »Jetzt hab ich dich, Niemand. Jetzt ist es so weit!« Kaspar hatte noch nicht einmal damit begonnen, die Scherben aufzufegen, da erschien Breuer mit Gerhardt Offermann im Schlepptau schon wieder auf der Rampe. »Hier, schauen Sie sich das an. Alles kaputt!«

Der schwere Geruch des süßen Kirschlikörs lag in der Luft, bei jedem Schritt klebten Kaspars Schuhe am Boden. Offermann blieb ruhig, er schaute auf die Lache aus blutrotem Likör, und dann sah er auf zu Kaspar. »Sie melden sich im Personalbüro, Niemand. Sofort.«

Mit versteinertem Gesicht schob Eleonore Weisenfels dem fristlos gekündigten Lagerarbeiter Kaspar Niemand die Tüte mit dem ausstehenden Lohn über die Theke zu. Ohne ihn anzusehen, ohne ein Wort zu sprechen, und auch er sah sie nicht an, sprach sie nicht an. Er nahm die Tüte und verließ grußlos den Raum.

Am folgenden Samstagabend gingen Kaspar und Günter in die Oase. Er hatte sich mit Rosi gestritten, sie hatte ihm Vorwürfe gemacht, und er war gereizt, hatte gleich losgebrüllt, sie solle zum Teufel gehen. »Lass sie sausen«, tönte Heck, »es gibt genug andere.«

In der Oase hockten an diesem Abend noch üblere Gäste beisammen als im Pik Ass. Biergläser in groben

Pranken, Zigarettenkippen in vernarbten Gesichtern. Ein alter Mann stand in Gummistiefeln an der Theke und biss zahnlos in eine angebrannte Frikadelle. Nur die drei Burschen am Tisch in der Ecke passten nicht ins Bild. Ihr Haar war sauber gescheitelt, sie trugen saubere Kleidung, und ihre braun gebrannten Gesichter verrieten ihre Jugend.

»Bauerntölpel aus der Eifel«, analysierte Günter nach einem abschätzenden Blick auf die drei. »Wollen sich wohl mal richtig amüsieren in der großen Stadt. Geh hin und sag ihnen, wo die schärfste Braut im Viertel auf sie wartet.« Kaspar zögerte, dann schien es, dass er wirklich zu den Burschen hinübergehen wollte, doch Heck zog ihn mit sich zur Theke hin. »Ach, kümmer dich nicht um die Landeier, das werden die schon selber rausfinden.«

An der Theke fanden sie einen Platz zwischen den Narbengesichtern, dann schob ihnen der Wirt auch schon die frischen Biere über die Theke und rasch zwei weitere, kaum dass sie ihre Gläser geleert hatten. Doch sosehr er sich auch mühte, an diesem Abend gelang es Kaspar nicht, seine Trauer zu verflüssigen. Die hielt sich hartnäckig dicht an seiner Seite auf, und zu allem Übel hatte sie sogar noch ihre alte Vertraute, die Wut, mitgebracht. Gemeinsam zerrten sie nun unablässig an Kaspar herum, kniffen ihn in die Wange, und als hinter ihm am Tisch der Bauerntölpel ein Krawall ausbrach, da stießen sie ihn von der Theke weg geradewegs hinein in die wüste Wirtshausschlägerei. Die Braungesichter hielten sich erstaunlich gut, die Narbengesichter hatten ihre liebe Not mit ihnen. Kaspar blieb gänzlich neutral, er verteilte Hiebe an jeden, der ihm vor die Fäuste kam. Das Pervitin verdrängte seinen Schmerz, der Alkohol machte ihn hemmungslos.

Die Schlägerei hatte sich gerade nach draußen auf das Trottoir ergossen, als ein bulliger Polizist ihn zu Boden rang und ihm Handschellen anlegte. Den nächsten klaren Gedanken bekam Kaspar zu fassen, als er sich zusammen mit rund einem Dutzend anderer Beteiligter in einer vergitterten Zelle auf dem Polizeirevier wiederfand. Blutende Nasen, blau verfärbte Augenlider und aufgeplatzte Lippen, wohin er sah. Doch die Braungesichter waren noch nicht am Ende, in ihnen brodelte es immer noch, das sah Kaspar ihnen an, doch sie blieben ruhig, ohne jedoch die Narbengesichter auch nur einen Moment lang aus den Augen zu lassen.

Die Nacht war eine Tortur. Die aufgeplatzten Knöchel an seiner Rechten schmerzten höllisch, der Durst quälte ihn, während er sich auf dem nackten Boden ausgestreckt hatte und sich unruhig im Halbschlaf hin und her wälzte. Am Morgen schreckte ihn ein klirrendes Geräusch auf. Laut wurde die Gittertüre ihrer Zelle geöffnet, und einer nach dem anderen stiegen sie hinauf aus dem Keller, den Kaspar erst jetzt wiedererkannte. Hinauf in das Erdgeschoss des Polizeipräsidiums. Wieder lag der Geruch von Bohnerwachs in der Luft. Man ließ sie im Flur auf langen Holzbänken Platz nehmen, wo sie darauf warteten, einzeln in eine Schreibstube gleich bei der Eingangstüre gerufen zu werden. Kaspar war fast ganz zum Schluss an der Reihe. Neben ihm saßen nur noch Heck und zwei von den Braungesichtern mit hängenden Köpfen da.

Drinnen nahm ein Uniformierter seine Personalien auf. »Name?«

»Kaspar Niemand.«

Der Man sah zu seinem Kollegen hinüber, der stand auf und verließ den Raum.

»Adresse?«

»Karlstraße 20.«

»Arbeitsplatz?«

»Zurzeit ohne.«

Der Mann hob die Augenbrauen. »Vorstrafen?«

»Keine.«

Eine Weile hieb der Mann noch auf die Schreibmaschine ein, bis sie einen hellen Klingelton von sich gab, worauf er das Blatt von der Walze zog und Kaspar vorlegte. »Hier unterschreiben«, kommandierte er, während er mit dem Finger auf eine Stelle am unteren Rand tippte.

Kaspar hatte gerade den Stift in die Hand genommen, als ihn von hinten jemand ansprach: »Sieh einer an! Der Herr Niemand ist auch mal wieder im Haus.« Neben Kaspar erschien Kommissar Glasmacher. »Mein Gott, Niemand, Sie sehen verdammt mitgenommen aus. Aber bevor wir Sie nach Hause lassen, folgen Sie mir doch bitte nach drüben in mein Büro.«

Das Bild vom Adenauer im Flur, drinnen die Delle im Schreibtisch, die schwarze Tischlampe, alles war wie immer. Nur der Gummibaum auf der Fensterbank schien neu zu sein. Glasmacher fläzte sich auf seinen Schreibtischstuhl, er bot Kaspar nicht an, sich ebenfalls zu setzen. Warum er hier sei, wollte Glasmacher wissen. Ob es Verletzte gegeben habe und ob er Rauschmittel konsumiere. Kaspar antwortete einsilbig. Dann stellte Glasmacher fest: »Läuft nicht besonders gut im Moment für Sie, was, Niemand?«

Und Kaspar sagte: »Könnt besser sein.«

Lauernd sah Glasmacher ihn an, er beugte sich noch ein wenig tiefer hinab in seinem Sessel, so tief, dass er Kaspar von unten herauf fixieren konnte. So wie ein Raubtier sich duckt, bevor es seine Beute anspringt. Jetzt gleich kommt es wieder, dachte Kaspar, gleich sagte er wieder, dass er mich kriegen wird. Früher oder später.

Glasmacher fletschte die Zähne: »Da haben also diesmal alle Ihre Gegner überlebt. Alle davongekommen. Wie schön für die. Haben wohl einfach nur Glück gehabt.« Und dann sendeten Glasmachers Augen gefährliche Blitze aus: »Ganz anders ist es ja bei Hubert Hüsch gewesen, nicht wahr, Niemand? Der hatte nicht so viel Glück, der Arme.«

Kaspar wusste nicht, was er erwidern sollte.

Doch Glasmacher schien gar nicht an einer Unterhaltung interessiert zu sein, denn unbeirrt fuhr er fort: »Wir wissen mittlerweile, dass Hüsch ziemlich beliebt war in Nörvenich. Besonders bei der Damenwelt. Er war ein stattlicher, junger Mann, da flogen ihm die Herzen der jungen Damen im Dorf nur so zu. Könnte es sein, dass Sie beide, Sie und Hubert Hüsch, sich in die gleiche Frau verguckt hatten?«

Der Kerl gibt tatsächlich keine Ruhe, dachte Kaspar, verdrehte seine Augen und antwortete: »So ein Blödsinn.«

»Oder hat Hüsch Ihnen gar die Freundin ausgespannt? Soll schon vorgekommen sein, so was. Deswegen waren Sie wütend auf ihn, konnten die Schmach nicht ertragen. Sie haben ihn zur Rede gestellt, wie man das so macht unter Männern. Und dann haben Sie zugeschlagen, so wie Sie es in der Oase getan haben. Brutal und rücksichtslos haben Sie auf Hüsch eingeschlagen, bis er sich nicht mehr gerührt hat.« Aus seiner geduckten Sitzposition heraus fixierte Glasmacher den verdatterten Kaspar, dem es nur mit Mühe gelang, sich zu beherrschen.

Mit geschlossenem Mund atmete Kaspar zweimal tief ein und wieder aus. Dann sagte er: »Nein, so war es nicht.«

Blitzschnell richtete Glasmacher sich auf: »Nein? So nicht? Wie war es denn dann? Freundchen, Sie haben Hüsch auf dem Gewissen! Hören Sie endlich auf zu leugnen und reden Sie. Sie machen alles nur noch schlimmer. Probleme mit den Fäusten lösen, das ist es, was ihr Niemands macht. So wie Ihr Alter es auch getan hat.« Glasmachers Kopf war rot angelaufen. Er war aufgesprungen, beugte sich über den Schreibtisch.

Kaspar stand regungslos vor ihm. Gestehen sollte er, endlich reden. Doch Kaspar blieb stumm, stand mit verschlossener Miene vor dem Kommissar und starrte auf den Gummibaum auf der Fensterbank, der neu war und dessen Blätter mit Staub bedeckt waren.

Glasmacher schnaufte hörbar, dann zischte er in gepresstem Ton: »Na gut, aber das Eis wird dünner für dich, Freundchen, und irgendwann bricht es. Und dann, Niemand, dann hab ich dich! Ich krieg dich! Ganz sicher, Niemand, ganz sicher krieg ich dich!«

17. KAPITEL

Der schöne Forello

Unterdessen entwickelte sich die Stadt in stoischer Beharrlichkeit weiter zu einem modernen, hellen Ort, in dem fleißige Menschen einer anständigen Arbeit nachgingen. »Erstanden aus den Trümmern«, würden die Leute später sagen. Schon gab es breite, saubere Straßen, an deren Kreuzungen Polizisten in weißen Uniformjacken auf runden Podesten standen und mit trillernden Pfeifen und ausgestreckten Armen den Verkehr regelten. Es gab Häuser mit glatten Fassaden, an denen abends bunte Neonreklame über Bekleidungs- und Haushaltswarengeschäften leuchteten, gefällig gestaltete Mehrfamilienhäuser mitten im Stadtzentrum, in denen eine nie gekannte Anzahl von Fenstern eingebaut war. Es gab ebenmäßige Satteldächer über langgestreckte Häuserzeilen hinweg, und zwischen all dem Sauberen und bereits Fertigen gab es immer noch mächtige Baukräne, um die ein Heer von Arbeitern wuselte, um immer noch mehr Neues und Sauberes zu erschaffen. Wie auf der Baustelle für die neue Annakirche, die man aus Liebe zu der großen Schönheit des einstigen, im Krieg zerstörten Bauwerks aus den noch vorhandenen Bruchsteinen errichtete und die bald schon einem riesigen, steinernen Quader ohne Kirchturm ähneln sollte. Oder auf dem Kaiserplatz, wo die Kräne und Arbeiter sich auf der Baustelle für das neue Rathaus Dürens mühten. Die Stadt war nicht totzukriegen, sie war voller Energie, und bald schon sollte sie ein Rathaus besitzen, das in seiner ganzen futuristischen Anmutung gut und gerne auch in New York oder einer anderen Metropole dieser Welt hätte stehen können.

Gänzlich unberührt geblieben von all diesem umtriebigen Getue war der Nordteil der Stadt. Gleich nachdem man die Bahngleise durch die schummrige Unterführung gequert hatte, konnte man meinen, sich in einer anderen Stadt zu befinden. Hier gab es sie noch, die dunklen, schwermütigen Fassaden aus der Gründerzeit. Die engen Hinterhöfe, in denen von Aschestaub bedeckte Mülleimer neben alten Fahrrädern standen. In denen die Wäsche auf den Leinen lange feucht blieb, weil die Sonne nur zur Mittagszeit für einen kurzen Moment in die Höfe hineinschien. Hier spielten die Kinder im Schatten rauchender Fabrikschlote, hier übertönte das Fauchen der Rangierloks die Gespräche der Menschen auf der Straße. Hier standen die abgerissenen Bettler an der Straßenecke zwischen Prostituierten und halbseidenen Gestalten. Und hier stieg Kaspar Niemand in jeder Nacht das enge Treppenhaus hinauf in seine Mansardenwohnung. Ein Jahr nachdem er zusammen mit den Braungesichtern aus der Eifel und den Narbengesichtern aus der Oase eine Nacht in der Ausnüchterungszelle auf dem Polizeirevier verbracht hatte, nach der ihn der Kommissar anschließend wieder bedrängt hatte, endlich zu reden, ein ganzes Jahr später war immer noch die einzige geregelte Arbeit, der Kaspar nachging, die des Loddels für Rosi Ramacher. Ein einziges Mal hatte er sich seitdem um eine Arbeit bemüht. Er war in die Dürener Metallwerke gegangen, doch die Tage dort waren monoton, die Fabrik lärmte und staubte. Schlimmer als in der Hubertus ist es hier, hatte er schon nach drei Tagen entschieden, weshalb er nach nur einer Woche nicht mehr hingegangen war.

Rosi war immer noch angesagt im Viertel, sie nahm jeden Freier, den sie kriegen konnte, und Kaspar lebte gut von dem, was sie ihm an jedem Abend zusteckte, bevor er von Alkohol und Rauschmittel betäubt hinauf in seine Mansardenwohnung wankte.

»Es ist vorbei«, hatte Günter Heck eines Tages gesagt, »ich hab nix mehr.« Ein letztes Röhrchen Pervitin noch, dann solle Kaspar sich nach einer anderen Quelle umsehen, hatte er gesagt. Und weil Heck schließlich sein guter Freund war, sein allerbester, hatte er hinzugefügt: »Hör auf mich, Kaspar, dann kann dir nix passieren.« Wieder einmal erwies Günter Heck sich als sprudelnder Quell der guten Ideen. »Geh zu der dicken Frau Plötz aus dem Erdgeschoss«, hatte er Kaspar geraten. »Klopf sie weich.«

Und dann hatte er Kaspar daran erinnert, dass die Plötz sich jeden Morgen unter lautem Gestöhne hinauf in den ersten Stock schleppte, wo sie das stinkende Etagenklo aufsuchte, in das sie kaum noch hineinpasste. Frau Plötz brachte wenigstens dreimal so viel auf die Waage wie Kaspar, sie schwitzte und keuchte bei der geringsten Belastung.

»Wie? Weichklopfen«, Kaspar verstand nicht, doch sein allerbester Freund war ihm auch diesmal zur Seite gesprungen.

»Warum mühen Sie sich so sehr?«, hatte Heck der dicken Frau Plötz zugeflötet, »es gibt doch Wege und Mittel, wie Ihnen geholfen werden kann.«

Zuerst hatte sie ihn angeglotzt, als wollte sie ihm den Kopf abreißen, dann hatte sie gebrüllt: »Soll ich mich etwa schröpfen lassen, oder was?«

»Aber nicht doch, Frau Plötz, wo denken Sie hin?« Heck hatte sein freundlichstes Gesicht hervorgezaubert und ihr erklärt, worum es ging. Sie solle zu ihrem Arzt gehen und sich Pervitin als Appetitzügler verschreiben lassen.

»Ich fress doch keine Pillen, damit mir nichts mehr schmeckt!«, hatte die Plötz geblafft, aber nachdem Heck ihr erklärt hatte, dass sie das auch gar nicht müsse, sondern dass sie die Pillen ihrem freundlichen Nachbarn aus der Mansardenwohnung verkaufen solle, da hatte sie, ohne lange zu überlegen, eingewilligt. Der freundliche Nachbar hatte freundlich grinsend danebengestanden, und Heck hatte von ihm für diesen tadellosen Schachzug dreißig Mark Vermittlungsprovision kassiert. Seitdem steckte Kaspar an jedem Ersten im neuen Monat Geld in den rostigen Briefkasten der Plötz und fand am nächsten Tag in absoluter Zuverlässigkeit eine frische Ration Methamphetamin in seinem eigenen Briefkasten, der vollkommen unverdächtig zwischen den anderen, säuberlich aneinandergereihten, blechernen Kästen im Parterre hinter der Eingangstüre hing.

Im Juli tauchten die ersten Kirmeswagen in der Stadt auf. Hoch beladen und bunt bemalt fuhren sie hinüber zum großen Platz an der Rur, wo Männer in schmutzigen Unterhemden oder mit nackten Oberkörpern sofort damit begannen, ihre Buden und Karussells aufzubauen. Die Annakirmes war zurück in der Stadt, und die Dürener strömten ab dem Tag der feierlichen Eröffnung, so wie zu allen Zeiten, in großer Zahl herbei. Gerade so, als gelte es, die Mühsal eines ganzen Jahres in ein paar Tagen voller rauschendem Kirmestreiben vergessen zu machen.

Auch in Nord-Düren machten sie sich bereit für einen Besuch auf der Kirmes. Es war Sonntag, am frühen Nachmittag, als Kaspar an Rosis Wohnungstür klopfte, um sie abzuholen. Sie hatten beschlossen, dass Rosi an diesem Tag nicht mehr arbeiten sollte, wie üblich war es ruhig im Viertel, während die Kirmes noch andauerte, da konnte man getrost einmal die Straße den anderen Damen überlassen. Kaspar trug einen dunklen Anzug, zu dem weißen Hemd hatte er eine rote, schmale Krawatte angelegt. Er hatte sich fein gemacht, schließlich war der Besuch der Kirmes an einem Sonntag etwas anderes, als einen Abend an der schmuddeligen Theke im Pik Ass zu verbringen. Nur die beiden Flecken in seinem Gesicht, einer auf der Stirn und ein weiterer am Kinn, wären dem Kenner verdächtig vorgekommen. Hier war die Haut stark gerötet, spröde und trocken. Zusammen mit dem matten Glanz in Kaspars Augen waren sie klare Anzeichen dafür, dass man es mit einem zu tun hatte, der die Finger nicht vom Pervitin lassen konnte.

Rosi trug ein ärmelloses Sommerkleid, bunt gemustert und mit einem langen Reißverschluss auf dem Rücken. Sie betupfte die Flecken in Kaspars Gesicht mit Make-up, dann gingen sie hinunter auf die Straße, wo Günter

Heck und der Hässliche Heinz bereits auf sie warteten. Zu viert zogen sie los, durchquerten den schummrigen Eisenbahntunnel. Genau wie Kaspar trugen der hässliche Heinz und Heck ihre besten Anzüge, sie umringten Rosi wie zum Schutz, obwohl sie jetzt schnurstracks durch den anständigen, sauberen, von trillernden Pfeifen verkehrsgeregelten Teil der Stadt zogen.

Direkt beim Haupteingang zum Kirmesplatz gab es eine Gastwirtschaft. Es war gegen halb vier, als Kaspar und seine Begleiter dort ankamen, eine sehr gute Zeit, um ein Glas Bier zu trinken. Die Eingangstüre stand weit offen. Alle waren sie einverstanden, und so gingen sie hinein in die Gaststube, von der Kaspar nur wusste, dass sie den Namen *Zur schmutzigen Mutti* trug. Eine Kaschemme genau wie das Pik Ass, dachte Kaspar, als sie sich einen Platz am gut gefüllten Tresen suchten.

Das Bier war kühl und frisch, draußen tauchte die Sonne die Stadt in schönstes Sonntagsleuchten, und der Leierkastenmann am Eingang zum Kirmesplatz drehte mit Hingabe an der Kurbel, zog unablässig seinen von einem Schweißrand bedeckten Hut und schickte seine Melodien bis hinein in die kleine Wirtschaft, in der sich kantige Kerle und fein herausgeputzte, alleinstehende Frauen aufreizend anlächelten. Die Frauen hörten auf Namen wie Mimi oder Kicki, die Männer sprach man mit Johnny oder Charly an. Dem Anschein nach allesamt Tagediebe und komische Vögel, Vergessene genauso wie verlorene Seelen befanden sich unter ihnen.

Heck schlug vor, Johnny und Charly zum Kartenspiel aufzufordern, doch Kaspar war nicht nach Spielen und Tricksen zumute. Er trank die Biere, so wie der Wirt sie ihm servierte, eines nach dem anderen, nicht hastig, nicht gierig, sondern beinahe andächtig, und dabei wollte er es belassen. Rosi trank Sekt, an einem Sonntagnachmittag leerte sie drei Piccolo-Flaschen in weniger als einer Dreiviertelstunde. Der Hässliche sprach dem klaren Korn zu, und als sie zwei Stunden später die Schmutzige Mutti wieder verließen, da waren sie alle schon reichlich angeschickert.

Der Leierkastenmann war verschwunden, Männer und Frauen mit ihren Kindern in Sonntagskleidern und weißen Söckchen kamen ihnen entgegen, als Kaspar und die anderen den Eingang zum Kirmesplatz passierten. Der Duft von süßem Zuckerzeug und Bratwürsten hing in der Luft, ein Mann stand mit aufgekrempelten Hemdsärmeln und weit gelockerter Krawatte hinter einer Losbude und erleichterte sich. Die Stimmung war ausgelassen fröhlich, fast dazu angetan, Kaspars wiedererstarkte Begleiter zu irritieren. Doch die waren viel zu erfahren, um sich von all dem oberflächlichen Tant in die Schranken weisen zu lassen. Mit diabolischer Freude lenkten sie seine Blicke auf die Pferdchen im Ponykarussell, die mit gesenkten Köpfen Runde um Runde weinende Kinder im Kreis herumtragen mussten. Auf die kleine Tierschau, in der ein Stachelschwein, eine Landschildkröte mit tränenden Augen und eine zigfach gewundene Würgeschlange in enge, vergitterte Holzkisten gesperrt waren. Obenauf war ein grauer Languren-Affe neben einem Pappschild angekettet, auf dem mit krakeliger Schrift um eine Spende für Tierfutter gebeten wurde. Sie lenkten seinen Blick auf die »Liliput-Stadt«, in der die kleinwüchsige Menschen in verglasten Wohnwagen hinter Rüschengardinen hockten und sich von gut gelaunten Kirmesbesuchern begaffen lassen mussten. Als ein kleinwüchsiger Mann in der goldverzierten Montur eines Zirkusdirektors in der offenen Tür seines Wohnwagens erschien, da ging ein Raunen durch die versammelten Zuschauer. Kinder drückten sich ängstlich an ihre Mütter, während er mit leerem Blick in die Runde schaute, bevor er unbeholfen die hölzerne Treppe vor seinem Wagen hinabstieg, den Platz hinter dem bunt lackierten Bretterzaun überquerte, um genauso unbeholfen wieder in einen anderen, ebenfalls mit großen Fensterscheiben versehenen Wagen zu steigen. Ein Kirmesbesucher nahm die Zigarette aus dem Mund und lachte höhnisch, seine Frau in eng anliegendem Sommerkostüm und einem farblich passenden Hut auf der dauergewellten Frisur stieß ihn in die Rippen, worauf er fröhlich gluckste: »Schau doch nur, der watschelt doch wirklich wie 'ne Ente.«

Weiter hinten, wo die Rur auf ihrem langen Weg von den Eifelhöhen hinab zur Mündung in die Maas bei Roermond träge dahinfloss, wo sich das Laub der Lindenbäume an ihrem Ufer in ihrem dunklen Wasser spiegelte. Dort, wo die Buden und Zelte bis fast an den Rurdammweg heranreichten, dort saß Mike Masur in seinem Wohnwagen und schlug mit der Faust auf den Tisch. Mike hieß eigentlich Manfred, doch er hasste diesen Namen, und außerdem passte Mike sehr viel besser zu einem rechten Schausteller. »Mike Masurs Boxbude« war eine weithin bekannte Institution und auf vielen Volksfesten eine gut besuchte Attraktion. Vor ihm saß Forello. Forello hatte wirres, pechschwarzes Haar, unter dem beinahe ebenso dunkle Augen erschrocken aufblitzten. Sein Gesicht so kantig wie ein Schuhkarton, seine Oberarme kräftiger als die eines Möbelpackers.

Keiner in der Truppe kannte Forellos Nachnamen, an solcherlei Nebensächlichkeiten war Masur nicht interessiert. Forello sah blendend aus, er war groß und besaß eine gebräunte Haut mit samtigem Glanz. Das genügte, um ein guter Boxbudenboxer zu werden. Doch Forello tat sich schwer, seit zwei Monaten reiste er nun schon mit Mike Masur über die Rummelplätze im Land, doch jeder seiner Kämpfe brachte Masur in die Nähe eines Herzinfarktes. Masur verstand nicht, warum Forello nicht einfach das tat, was man ihm sagte: Zuerst eine große Show abziehen, über drei, vier Runden, das hätte schon genügt, und dann, wenn das Publikum fast sicher war, dass der leichtsinnige Tölpel aus ihren Reihen tatsächlich eine Chance besaß, den Kampf zu gewinnen, dann brauchte Forello doch nur ein paar richtig gute Treffer zu landen, damit er als Sieger gewertet werden konnte. Doch Forello tat sich schwer. Erst am Vorabend war es dem Kampfrichter Mike Masur nur dadurch wieder gelungen, ihn als Sieger des Kampfes zu küren, weil er zuvor jede gute Aktion des Gegners unterbrach, ihn nach jedem guten Schlag verwarnte, bis dieser endlich zermürbt war und unkonzentriert wurde.

»Geh doch endlich mal richtig ran an deine Gegner«, brüllte Mike Masur, »mach sie mürbe mit allem, was du hast. Benutze deinen Schädel, schlag sie so. Oder so.« Masur demonstrierte über dem Tisch verschiedene Schlagbewegungen. »Heute Abend will ich was sehen von dir, Forello. Action! Show!« Mit seinen Armen fuchtelte er wild in der Luft herum. »Wenn das heute Abend keine Riesensache wird bei deinem Kampf, dann rate ich dir, bis morgen früh von hier verschwunden zu sein! Hast du das jetzt endlich kapiert, Forello?«

Forellos Blick hing noch an Masurs fuchtelnden Armen. Dann sah er Masur an, seine dunklen Augen funkelten entschlossen. »Klar, Mike, hab ich verstanden, Action, Show. Klar, heute Abend, Mike, da wird's ganz sicher eine Riesensache werden.«

Als Kaspar und seine drei Begleiter auf die Boxbude zusteuerten, war die Sonne schon fast hinter den Lindenbäumen am Ufer der Rur verschwunden. Sie stand im Schatten des Riesenrads, an dem Glühbirnen in unterschiedlichen Farben einen großen, rotierenden Kreis bildeten, der hoch hinauf in den dämmrigen Abendhimmel reichte. Boxbude und Riesenrad waren von zwei Getränkeständen flankiert, um die sich jetzt die Kirmesbesucher in ausgelassener Stimmung drängelten. Bier und Schnaps flossen reichlich, der Rauch unzähliger Zigaretten zog in dichten Schwaden an den bunten Lampen vorüber, die überall angebracht waren, und nun nach und nach eingeschaltet wurden. Auch die Freunde aus der Nordstadt zog es an einen Bierstand, geschickt quetschte Heck sich zwischen die schwitzenden Leiber vor der Theke hindurch, orderte eine Runde und reichte die Gläser über die Köpfe der anderen Gäste hinweg nach hinten. Sie tranken schnell, auch Kaspars Umgang mit den ständig nachgereichten Gläsern hatte jetzt nichts mehr von Andacht an sich. Er hatte gerade das dritte Glas geleert, als drüben vor der Boxbude das

Spektakel anhob, auf das ganz viele der hier anwesenden Kirmesbesucher schon gewartet hatten.

Vor der mit Planen verhangenen Boxbude trat Mike Masur auf die kleine Bühne und begann, mit lauter Stimme zu sprechen: »Meine sehr verehrten Damen und Herren, hochgeschätztes Publikum, liebe Gäste, es ist mir eine übergroße Freude, Ihnen hier und jetzt den ersten Kampf am heutigen Abend anzukündigen.« In bedeutungsschwerem Ton fuhr er fort: »Mike Masurs Boxbude ist als die beste Kampfstätte ihrer Art im ganzen Land bekannt.«

Schon hatten sich Dutzende der Bierbudengäste vor der mickrigen Bretterbühne versammelt, auf der Masur herumstolzierte wie ein aufgeplusterter Gockel. Ein paar alberne Witzchen folgten, garniert mit Komplimenten für die schönen Frauen und die mutigen Männer Dürens. Masur war in seinem Element, und als er meinte, die Menge vor seiner hochdekorierten Kampfstätte wäre groß genug geworden, da kündigte er mit großem Tamtam die Kämpfer des heutigen Abends an. Zuerst trat Igor aus dem Kaukasus in den winzigen Boxring am Rand der Bühne. Während Masur seine Fähigkeiten in schillernden Farben lobte, bückte Igor sich schwerfällig unter die Hanfseile hinweg. Sein Oberkörper war nackt, Masur forderte die Zuschauer auf, ganz genau hinzuschauen, und Igor begann auf routinierte Weise zu posen. Auf seinem mächtigen, ölig glänzenden Körper saß ein ziemlich kleiner Kopf. Sein Gesicht glich dem einer Schildkröte, der Kaukase spannte seine Muskeln, drehte sich hin und drehte sich her und schlug rechte wie linke Haken in die Luft. Er war für jeden Gegner ein harter Brocken, das war unverkennbar, Masur bot demjenigen, der sich traute, gegen Igor in den Ring zu steigen, eine Siegprämie von sage und schreibe fünfzig Mark an.

Einige Männer im Publikum pfiffen, andere johlten ausgelassen. Jemand rief »Blender«, ein anderer: »Den hau ich in der ersten Runde k. o.!« Beifall und lautes Gelächter brandeten auf, doch keiner der Maulhelden wagte sich nach vorne, um die Herausforderung anzunehmen.

Mike Masur wusste, dass es Zeit war, den nächsten Kämpfer vorzustellen, die Stimmung musste hochgehalten werden. »Und jetzt«, brüllte er gegen das Getöse vor seiner Boxbude an, »kommen wir zum nächsten Kämpfer.«

Das Schildkrötengesicht verließ den Boxring, und Forello trat an seine Stelle. Nackter Oberkörper, muskelbepackt und schön wie Adonis tänzelte er zwischen den Seilen herum. Schlug rechte und linke Haken, während Masur gegen das Gejohle anschrie: »Ein Bild von einem Boxer! Flink wie ein Windhund und stark wie eine Dampfmaschine! Hier vereinigen sich Kraft und Ästhetik zu einer wundervollen Symbiose im Körper eines Ausnahmeboxers, der aus der Sonne des Südens zu uns gekommen ist ...«

»Die Sümbiose vernasch ich zum Frühstück!«, brüllte jemand, und Masur wendete sich sofort in seine Richtung. »Nur zu, junger Mann, kommen Sie herauf zu uns.« An das Publikum gewendet verkündete er: »Meinen Damen und Herren, hier haben wir einen mutigen Gegner, der gegen Forello antreten will und sich die

Prämie von sechzig, ich wiederhole: von sechzig Mark verdienen will.«

Doch der mutige Gegner hatte sich plötzlich in der Menge unsichtbar gemacht. Einig Leute lachten, andere schrien: »Feigling.« Der Hässliche stieß Günter Heck in die Rippen, »Mensch Günter, der wär doch was für dich. Sechzig Märker sind kein Pappenstiel, was ist? Traust du dich?«

Heck warf seine Kippe zu Boden und trat sie aus. »Quatsch«, sagte er und sah Kaspar an, »für mich ist der zu groß. Das ist aber das richtige Kerlchen für Kaspar. Los, Kaspar, geh hoch.« Heck legte seinem Freund den Arm um die Schulter und schob ihn nach vorne. »Verpass ihm ordentlich ein paar in die Fresse, dann kippt der doch gleich aus den Latschen.«

»Genau«, schrie der hässliche Heinz jetzt. »Hier! Hier ist einer, der sich traut!« Dabei fuchtelte er wild mit den Armen herum und deutete auf Kaspar. Die Umstehenden sahen zu ihnen hin, Masur stand jetzt direkt vor ihnen und winkte Kaspar von der Bühne aus, zu ihm heraufzukommen.

Keine fünf Minuten waren vergangen, als Kaspar in der Boxbude neben dem Ring stand und von Igor zwei Handschuhe übergezogen bekam. Draußen drängelten sich die Leute an der Kasse, mehr und mehr strömten ins Innere und suchten sich einen Platz auf den Holzbänken, die um das Karree aufgestellt waren. Es roch nach muffigen Zeltplanen, nach zertrampeltem Gras und auch ein wenig nach Schweiß. Die Handschuhe fühlten sich von innen feucht an, Kaspar waren Hemd und Krawatte ausgezogen worden, und Masur erklärte ihm die Kampfregeln. Dann schickte er ihn über eine wackelige Holztreppe hinauf in den Boxring, wo Forello bereits in seiner Ecke herumhüpfte und Lufthaken schlug. Masur trat zwischen die beiden in den grellen Lichtschein der Lampe, die über ihren Köpfen angebracht war, hob eine Hand in die Höhe und gab damit das Zeichen, dass der Kampf eröffnet war.

Wenn ein Mensch eine Sache ohne Hingabe tut, ohne innere Beteiligung, dann will sie ihm nie so recht gelingen. Kaspar behagte es nicht, von so vielen Menschen angestarrt zu werden, das Stachelschwein in seiner engen Kiste kam ihm in den Sinn. Forello umkreiste ihn mit erhobenen Fäusten. Die Handschuhe an Kaspars Händen fühlten sich falsch an, Forellos Beine waren ständig in Bewegung, er hüpfte nach links und dann wieder nach rechts, beugte seinen Oberkörper vor und zurück, und plötzlich klatschte seine Rechte auf Kaspars Brust. Der taumelte zwei Schritte zurück, rang nach Luft und hörte Heck von unten brüllen: »Deckung! Kaspar, achte auf deine Deckung verdammt noch mal!«

Kaspar hob seine Fäuste vors Gesicht, Forello umkreiste ihn wieder und versetzte seinem Gegner einen weiteren Schlag.

»Wehr dich«, schrie jemand, »schlag zu!«

Und Kaspar gelang es, dem nächsten Fausthieb Forellos auszuweichen und dann selbst einen Schlag zu platzieren, seinen ersten Treffer an diesem Abend. Mit Wucht traf er Forello am Hals, worauf Mike Masur sofort dazwischenging und Kaspar ermahnte. Schon schrie jemand »Schiebung« von unten, doch Forello war schnell und aggressiv, und seine Schläge prasselten in rascher Folge auf Kaspar ein. Der spürte jetzt die Seile in seinem Rücken, konnte nicht weiter ausweichen und konzentrierte sich nur noch darauf, Forellos Schläge mit seinen Fäusten abzufangen. Die Runde schien endlos lang, Forello schlug, und Kaspar wich zurück. Dann endlich ertönte der Gong, und Kaspar sank schwer atmend auf den Schemel in seiner Ecke nieder.

»Du musst deine Hände hochhalten, Kaspar, hörst du mich? Mach's wie er, schau hin. Hände hochhalten und im richtigen Moment zuschlagen.« Heck stand hinter ihm am Ring, klatschte ihm auf die Schulter, und dann begann auch schon die zweite Runde.

Kaspar sah die Menschen auf den Rängen, davor Forellos entschlossenes Gesicht. Er erkannte Rosi und erhielt einen Schlag gegen das Kinn. Er sah, wie der Hässliche aufgesprungen war und etwas zu ihm heraufschrie. Die Worte lösten sich ungehört über den Köpfen der Menschenmenge auf. Der nächste Treffer brachte ihn fast zu Boden. Dann, für einen winzigen Moment, ließ Forello seine Fäuste sinken, Kaspars Gerade traf ihn mitten ins Gesicht. Sofort sprang Masur hinzu, stieß Kaspar zurück und brüllte etwas, das Kaspar im Lärm der jubelnden Menge jedoch nicht verstand. Forello schüttelte seinen Kopf, nahm dann die Hände wieder hoch und schlug Kaspar mit der Innenhand gegen das linke Ohr. Der warf sich nach vorne, ihre Oberkörper berührten sich, und Forello versetzte Kaspar einen stahlharten Kopfstoß. Masur reagierte nicht. In Kaspars Ohr dröhnte ein höllisches Pfeifen, der Schmerz hinter seiner Stirn zwang ihn, seine Augen zu schließen. Als Nächstes explodierte ein Asteroid hinter seinen Lidern und versprühte Millionen leuchtender Sterne. Forellos Gerade war wie ein Geschoss gegen seinen Kopf geknallt, die Rundenzeit war längst abgelaufen, doch der Gong ertönte nicht. Erst als es Kaspar gelang, seine Augen wieder zu öffnen, noch benommen von den letzten Schlägen, die ihn in rascher Folge getroffen hatten, erst als er allmählich begann, die Kraft in seinen Muskeln zu spüren, als seine Körperspannung schneller als seine aufkeimende Wut anschwoll, erst dann gelang ihm ein wirklich schwerer Treffer, der Forello zum ersten Mal taumeln ließ, und erst dann ertönte der Gong und entließ die Kämpfer endlich in die Sicherheit ihrer Ecke.

»Der Kerl boxt unfair«, raunte Heck hinter Kaspar, »pass auf, geh nicht zu nah an ihn ran, lass ihn kommen, und versuche immer seine schöne Visage zu treffen.«

Die dritte Runde begann, Kaspars Ohr dröhnte von Forellos Schlag darauf und vom Gebrüll der Zuschauer. Zigarettenrauch sammelte sich unter der Lampe über dem Boxring, die Luft war stickig, und ihre Körper glänzten von ihrem Schweiß. Heiß wie in der Gluthitze Zentralafrikas war es im Boxring, der Schweiß brannte Kaspar in den Augen. Immer wieder wischte er mit den Handschuhen über die schorfigen Stellen in seinem Gesicht, Rosis Make-up war längst verschwunden, die Flecken leuchteten rot wie die Blüten des jungen Klatschmohns. Sofort war Forello bei ihm, doch Kaspar war jetzt hellwach. Er wich den Schlägen aus, drehte sich mal links und mal rechts um Forello herum, und als es ihm gelang, zwei Treffer hintereinander auf seinem glänzenden Körper zu landen, da warf Forello sich ihm entgegen und umklammerte ihn. Masur schritt nicht ein. Forello prustete und versetzte Kaspar einen weiteren Schlag mit der Innenhand gegen das linke Ohr. Beim Zurückweichen spuckte er Kaspar mitten ins Gesicht und landete fast gleichzeitig einen wuchtigen Schlag gegen seine Schläfe. Mike Masur hampelte neben ihnen herum, er war aufgebracht, er deutete auf Kaspar und zählte mit erhobener Hand für alle sichtbar mit seinen Fingern die Sekunden.

In diesem Moment schoss Kaspar wie ein Schnellzug in den Tunnel hinein, um ihn herum wurde es schlagartig dunkel, nur noch Forellos verschwitzter Körper war jetzt noch da. Direkt vor ihm, und Kaspar schnellte auf ihn zu, auf diesen Körper, auf den er einschlug, eintrat, ohne Unterlass, mit aller Kraft, die er aufzubieten vermochte. Die Geräusche von den Zuschauerrängen drangen wie aus weiter Ferne an sein Ohr, Masur brüllte mit weit aufgerissenem Mund auf ihn ein, ohne dass Kaspar auch nur ein einziges Wort verstand. Auf Forellos Körper war Blut jetzt, in seinem schönen Gesicht ebenfalls, er stand mit dem Rücken in der Ecke, krümmte sich unter Kaspars Attacken, sackte dann langsam zu Boden. Jetzt war Kaspar über ihm, ließ nicht nach, schlug und trat um sich, spürte grobe Hände auf seinen Schultern, spürte Schläge gegen seinen Rücken. Für den Bruchteil einer Sekunde tauchte Hecks erschrockenes Gesicht vor ihm auf, daneben war der Hässliche zu sehen. Plötzlich spürte er Tausende Hände und Arme an seinem Körper, sie engten ihn ein, rangen ihn zu Boden, und dann konnte er seine Fäuste nicht mehr bewegen.

Er lang bäuchlings auf dem Boden, seine Arme waren auf dem Rücken in Handschellen gefesselt, und etliche Paare schwarze, glänzende Schuhe bewegten sich unruhig vor seinem Gesicht hin und her. Der Tunnel war verschwunden, mit Wucht drang das Getöse in der Boxbude wieder in sein Bewusstsein. Zwei Polizisten fassten ihn unter die Oberarme und stellten ihn auf die Beine. Johnny und Charly aus der Schmutzigen Mutti waren da, sie standen unten zwischen den anderen Zuschauern direkt hinter den Seilen und brüllten etwas zu Kaspar hinauf.

Polizisten hatten Mike Masur umringt, der mit hochrotem Kopf in einer Ecke wütete, ganz und gar außer sich. Kaspar erkannte den Hässlichen vor sich, er betupfte ihm das Gesicht mit einem Taschentuch, es verfärbte sich blutrot.

Vor der Boxbude hatte sich eine große Anzahl Menschen versammelten. Als die Polizisten ihn hinausführten, traten sie widerwillig zurück. Kaspar spürte nicht die Kühle der Nacht auf seinem nackten Oberkörper, die Lampen des sich immer noch gemächlich drehenden Riesenrads tauchten sein entstelltes Gesicht in ein fröhlich buntes Licht. Er hatte keine Schuhe mehr an den Füßen, Blut rann ihm über das Auge, als die Polizisten ihn in ein Auto zwängten. Vorbei an gaffenden Kirmesbesuchern rollte der Wagen durch die Budenstadt, an der Aachener Straße angekommen, bog er nach rechts ab und hielt schon bald vor dem Polizeipräsidium an. Autotüren wurden aufgerissen, laute Befehle drangen an Kaspars Ohr, der jetzt unter halb geschlossenen Lidern erkannte, wo er gelandet war. Wieder drohte er in einer vergitterten Zelle im muffigen Keller dieses Gebäudes zu landen. Sofort war sein unbändiger Wille da, sich dagegen zur Wehr zu setzen. Mit Macht überkam ihn von irgendwoher eine neue Kraft, die es ihm ermöglichte, die Polizisten mit Kopfstößen und Fußtritten zu attackieren. Kräftige Hände griffen nach ihm, versuchten ihn aus dem Auto zu zerren, doch er wand sich wie toll geworden, stemmte seine Beine gegen die vorderen Sitze, bis die Polizisten endlich von ihm abließen.

»Der ist ja völlig irre geworden, der Kerl. Lasst ihn, wo er ist, und bringt ihn rüber zum Jeckeberg.«

18. KAPITEL

Zelle sechs

Die Schranke am Ende der Meckerstraße war geschlossen. In dem Backsteingebäude mit dem großen Fenster zur Straße hin saß der Pförtner und starrte auf seine Thermosflasche. Nur zu gerne würde er jetzt schon den ersten Becher Kaffee daraus trinken, doch die Nachtschicht war lang, endlos lang. Bis um sechs Uhr am Morgen musste er hier sitzen und auf die im Halbdunkel vor ihm liegende Einfahrt zu den Landesheilanstalten Düren schauen. Außer ein paar streunenden Katzen und vielleicht einmal einem Igel, der mit trippelnden Schritten über die Straße huschte, gab es da vermutlich wieder nicht viel zu sehen, während der endlos langen Stunden, die noch vor ihm lagen. Da wollte er sich das belebende Koffein besser für die Zeit um Mitternacht aufbewahren. Denn der Pförtner war erfahren, mit einem leisen Seufzer stellte er die Thermoskanne zurück auf den halbhohen Aktenschrank hinter sich und begnügte sich mit einem Glas Wasser, um das Käsebrot, in das er jetzt hineinbiss, herunterzuspülen. Gestern war etwas Aufregendes passiert, gestern war ein Fuchs an ihm vorbeigelaufen. Mitten auf der Straße war er von der in tiefer Nachtruhe versunkenen Nordstadt herangekommen, trabte unter der Schranke hindurch, war kurz stehen geblieben und dann zwischen den Bäumen verschwunden, die die Straße hinauf zu den Anstaltsgebäuden flankierten.

Einen Fuchs hatte er hier noch nie gesehen. Unglaublich, dachte er jetzt bei sich und sah die Meckerstraße hinunter in die Richtung, aus der das Tier gekommen war, und da erblickte er die Scheinwerfer eines Wagens, der sich in raschem Tempo seiner Schranke näherte. Es war ein Polizeifahrzeug, das verhieß nichts Gutes, darum stand er auf und öffnete schon das kleine Fensterchen in der großen Scheibe zur Straße hin. Der Fahrer bremste den Wagen hart ab, kam vor der Schranke zum Stehen, während sein Kollege schon den Kopf durch das heruntergekurbelte Seitenfenster streckte.

»Zum Bewahrhaus«, rief er zum Pförtner hinüber.

Der nickte als Zeichen, dass er verstanden habe, und begann ohne zu zögern die Kurbel zu drehen. Die Schranke hob sich, der Pförtner rief: »Zweite rechts!«

»Ist bekannt«, kam es vom Polizeiwagen zurück, der schon unter der Schranke herbrauste, kaum dass sie halb geöffnet war.

Auf dem Rücksitz saß Kaspar zwischen zwei Polizisten eingezwängt. Sein Widerstand schien gebrochen, vor ihm schimmerte das Blätterdach der Alleebäume im Schein der Autoscheinwerfer. Hier und da warf eine Straßenlaterne einen schwachen Lichtkegel auf die gepflasterte Straße. Es ging bergauf, oben angekommen bog der Wagen rechts ab, fuhr mit hohem Tempo vorbei an mehreren im Dunkeln daliegenden Gebäuden und hielt vor einer massiven Backsteinmauer. Kaum war der

Wagen zum Stehen gekommen, öffnete sich eine eiserne Türe darin, die Polizisten führten Kaspar geradewegs darauf zu. Vier Männer erschienen, sie umringten den Neuzugang, packten ihn und schoben ihn durch die Türe auf die andere Seite der Mauer. Das vor ihnen liegende Gebäude wirkte wie eine Trutzburg. Finster ragte der steinerne Koloss hoch hinauf in den nachtblauen Himmel, Kaspar erkannte vergitterte Fenster zu beiden Seiten des Eingangsportals. Drinnen war der Fußboden mit roten und weißen Fliesen belegt, auch das Treppenhaus war vergittert, durch eine quietschende Tür in der gelb gestrichenen Eisenkonstruktion führten sie ihn in einen hell erleuchteten Flur, den sie schon bald wieder verließen, um in einen weiß gekachelten Raum einzutreten. Hier nahmen sie ihm die Handfesseln ab, wiesen ihn an, sich vollständig zu entkleiden.

Jemand griff ihm mit kalten Gummihandschuhen an den Oberarm, die Spritze brannte in seinem schmerzenden Muskel. Nachdem der Mann mit den kalten Gummihandschuhen ihm mit einem nassen Lappen das Blut aus dem Gesicht gewaschen hatte, reichte er Kaspar einen dunkelgrünen Leinenkittel, den er willenlos überstreifte. Anschließend führten sie ihn zurück in den Flur, barfüßig wankte Kaspar zwischen zwei Männern bis zum Ende, an dem sie eine Gittertüre durchschritten, um einen weiteren Flur zu betreten, der Kaspar endlos lang erschien. Vorbei an mehreren Holztüren mit hoch angesetzten Klinken und kleinen Guckfensterchen, hielten sie vor der Türe mit der Nummer sechs. Zwei massive Riegel waren an ihr angebracht, das Glas des kleinen Fensters war verschmiert. Hinter der Holztür standen sie noch einmal vor einer Gittertür, weiße Farbe war an vielen Stellen stark abgerieben, einer der Männer schloss sie mit einem der unzähligen Schlüssel auf, die er an einem riesigen Eisenring bei sich trug. Die Schlüssel klapperten, die Türe knarzte leise, Kaspar erkannte mehrere Betten in dem schummerigen Raum dahinter, in denen jeweils ein gekrümmter Körper unter einer dünnen Decke lag. Seine Bewacher führten ihn zu dem freien Bett, das unter einem vergitterten Fenster stand, hier bedeuteten sie ihm, sich hinzulegen. Einer drückte seinen ausgestreckten Finger auf die Lippen und stieß ein zischendes »Pscht« aus, dann verließen sie die Zelle, in der Kaspar Niemand im selben Moment hinter einem wahren Gewirr aus Gittern und Türen in einen abgrundtiefen Schlaf versank.

In Zelle sechs im Bewahrhaus der Landesheilanstalten Düren waren in dieser Nacht fünf Patienten untergebracht. Nicht alle schliefen sie, in dem Bett gleich rechts vom Eingang lag ein dürrer Mann auf dem Rücken, er starrte zum Fenster hinaus in den Nachthimmel. Sein schütteres Haar war lang und wirr, die Hände unter dem Kopf verschränkt, die nackten Beine übereinandergeschlagen, so lag er jede Nacht da und starrte nach draußen, und wenn der volle Mond in ihre Zelle schien, dann blitzten seine weit aufgesperrten Augen wie dunkle Granatsteine.

In der gegenüberliegenden Ecke lag noch jemand wach. Als die Pfleger den Neuen in die Zelle brachten, da hatte sich der Patient mit dem kahl rasierten Schädel in dem einzigen Stockbett im Raum auf der oberen Pritsche schlafend gestellt. Jetzt lag er auf seinen Ellenbogen gestützt da und schaute herab auf den Kerl dort vorm Fenster. So ein junges Gesicht, so ein schlanker Körper! Nicht alle schliefen zu dieser Stunde in Zelle sechs, nur aus den beiden übrigen Betten drang leises Schnarchen. Der Neue lag still und regungslos wie ein Stein in seinem Bett, der Kahle blickte auf ihn hinab, er entblößte sein lückenhaftes Gebiss, als er leise und zufrieden lächelte. Nicht in dieser Nacht, nicht heute schon, aber bald würde er zu dem Neuen ins Bett steigen, um sich an diesen jungen, schlanken Körper zu schmiegen.

Am Morgen öffnete Kaspar seine Augen und erblickte die vergilbte Zellendecke über sich. Dann hob er das Kinn, richtete seinen Blick nach hinten, bis er das vergitterte Fenster über sich sah, hinter dem ein sonniger Montag im August anbrach. Kaspar blickte zu dem raumhohen Gitter auf der gegenüberliegenden Seite der Zelle, das vor der hölzernen Zellentür einen Halbkreis bildete. Misstrauisch besah er sich die Personen, die er auf ihren Betten sitzend rund um ihn herum wahrnahm. Die Kerle hier waren alle verrückt, so viel war ihm schon jetzt klar, und er befand sich mitten unter diesen Verrückten. Plötzlich überkam ihn eine heftige Übelkeit. Er beugte sich vor und erbrach zähen Schleim auf den dunkelrot lackierten Dielenboden.

Sie hatten ihn in die Irrenanstalt gebracht, in eine Zelle mit lauter Verrückten. Nur weil er auf der Kirmes gegen diesen schwarzhaarigen Schönling gekämpft hatte. Kaspar versuchte noch seine Gedanken zu ordnen, als das Gesicht des dürren Mannes mit den wirren Haaren neben seinem Gesicht auftauchte. »Gut, dass du gekommen bist, Werner«, flüsterte der ihm zu, »du musst mir helfen, hier rauszukommen.« Mit seinem dürren Zeigefinger deutete er zum Fenster hinaus auf die Sonne, die schon leuchtend gelb hinter den Gitterstäben am Himmel stand. »Du hast es versprochen, Werner, aber wir müssen vorsichtig sein. Sie geben uns Tabletten, damit wir verrückt werden.« Der Zeigefinger kreiste jetzt vor der Schläfe des Dürren. Dann wollte er weitersprechen, brachte seinen Mund ganz nah an Kaspars Ohr, doch der stieß ihn barsch zurück, worauf der Dürre von ihm abließ, durch die Zelle hüpfte, direkt in sein Bett neben dem Eingang hinein.

Kaspar schwitzte. Die Übelkeit wütete in seinem Magen, sein gesamter Körper schmerzte. Er bemerkte den Kahlen über sich, der ihn mit finsterem Blick fixierte. Er sah den Mann in dem Bett darunter, der mit dem Rücken zur Wand saß und leise murmelnd seinen Oberkörper hin und her wiegte. Nur der vierte Zellenbewohner hatte sein Bett verlassen. Mit angezogenen Beinen saß er mit dem Rücken gegen die freie Wand neben dem Eingang gelehnt und furzte.

In diesem Moment erschienen zwei Wärter in der geöffneten Zellentür, schlossen die dahinterliegende Gittertür auf, worauf sich alle erhoben und nacheinander die Zelle verließen.

»Los, auf mit dir, pinkeln gehen«, forderte der kleinere der Wärter Kaspar auf.

Am Mittag wurden sie in gleicher Weise in einen Speisesaal geführt. Kaspar wurde ein Platz zwischen dem Kahlen und dem Dürren zugewiesen, er litt unter heftigem Schwindel, das Essen war ungenießbar, und sogar das Wasser, das er hier aus einem Blechbecher trank, schmeckte bitter. Am Abend betraten zwei Pfleger in weißen Kitteln die Zelle. Sie übergaben jedem Patienten mehrere Pillen und überwachten die Einnahme. Kaspar bekam eine Pille, er schluckte sie, ohne nachzudenken.

Dann sprach er den Pfleger an: »Warum bin ich hier?«, wollte er wissen, doch statt einer Antwort bekam er nur ein müdes Lächeln. »Wann kann ich wieder gehen?«, schob Kaspar nach, und der Pfleger antwortete: »Du gehst nirgendwo mehr hin, du bleibst jetzt hier, bei uns.«

Kaspar verschluckte sich am letzten Rest Wasser aus seinem Becher, der Pfleger klopfte ihm auf den Rücken. »Morgen kommt der Doktor zu dir«, sagte er in ruhigem Ton, »dann sehen wir weiter.«

Als die Pfleger gegangen waren, spuckte der Kahle seine Tabletten in die Hand und ließ sie unter der Matratze verschwinden. Der vierte Zellenbewohner, der ständig furzte, saß wieder gegen die Wand neben dem Eingang gelehnt, an seinen Lippen hing ein langer Faden aus schaumigem Speichel.

Der Doktor kam nicht am folgenden Tag, dafür spürte Kaspar in der Nacht, wie jemand an seinem Leinenkittel herumzerrte. Er sprang auf und sah den Kahlen nackt in seinem Bett liegen. Als Kaspar auf ihn losgehen wollte, erhob er sich und kletterte blitzschnell hinauf in sein Bett. Von dort grinste er Kaspar lüstern an, während er seine Hände unter die Bettdecke schob. Erst am darauffolgenden Tag, am Abend des Mittwochs, erschien ein hochgewachsener Mann in Begleitung von drei Pflegern in weiße Kittel gekleidet in ihrer Zelle. Sie steuerten geradewegs auf Kaspar zu, der auf seinem Bett saß. Immer noch verspürte er heftige Übelkeit bei gleichzeitigem Heißhunger nach Süßem. Sein Kopf dröhnte, der Schwindel war unerträglich, sobald er sich erhob. Der Hochgewachsene hatte seinen weißen Kittel bis zum Hals zugeknöpft. Er reichte fast bis zum Boden hinab, um die schlanke Hüfte hatte er einen Gürtel eng gebunden. Vor sich hielt er einige Papiere, auf die er jetzt schaute, während er Kaspar ansprach: »Wie geht es Ihnen, Herr Niemand?«

»Gut«, log Kaspar.

»Soso, es geht Ihnen gut. Sehr schön. Haben Sie Schmerzen?« Immer noch schaute der Arzt auf die Papiere.

»Nein, keine Schmerzen.«

Schließlich wendete er sich Kaspar zu. Er leuchtete ihm in die Augen, sah in seinen geöffneten Mund, wies ihn an, den Leinenkittel auszuziehen, sich im Kreis zu drehen, tastete seinen Körper ab und befühlte seinen Kopf. »Welcher Tag ist heute?« Die Frage kam plötzlich, doch Kaspar antwortete direkt: »Mittwoch, der 3. August 1956.« Da neigte der Arzt seinen Kopf zu einem der Pfleger neben ihm, flüsterte ihm etwas ins Ohr, worauf der Pfleger verständig nickte. Der Arzt übergab ihm die Papiere und strebte mit großen Schritten dem Ausgang zu. Wie ein Haufen Gänseküken folgten die Pfleger ihm, in dem kleinen Zwischenraum zwischen Gitter- und Zellentür rief er noch zurück in die Zelle: »Gute Nacht, meine Herren«, bevor er im grellen Licht auf dem Flur verschwand.

Am nächsten Morgen waren die Patienten gerade vom Toilettengang in Zelle sechs zurückgekehrt, als ein Pfleger erschien. »Mitkommen«, befahl er und zeigte auf Kaspar. Viel zu schnell sprang Kaspar auf von seinem Bett, er musste sich am Bettpfosten festhalten, bis der Schwindel nachließ, dann ging er noch leicht wankend auf den Pfleger zu.

Der Dürre sah ihn erschrocken an. »Du kommst doch bestimmt wieder, Werner«, stammelte er ängstlich und sprang jetzt ebenfalls auf.

Ein zweiter Pfleger kam hinzu, hielt ihn zurück und bedeutete Kaspar, die Zelle zu verlassen. Immer noch barfuß und nur mit dem dunkelgrünen Leinenkittel bekleidet, trat Kaspar vor den Arzt, der ihn am vergangenen Abend in der Zelle untersucht hatte. Der wünschte freundlich einen guten Morgen, fragte Kaspar nach seinem Befinden, doch seine Aufmerksamkeit war auf die Papiere auf seinem Schreibtisch gerichtet. Dann sah er Kaspar an, Kaspar konnte sein Rasierwasser riechen.

»Nun«, begann er bedächtig, »lassen Sie es mich kurz zusammenfassen, Herr Niemand. Es liegt nichts gegen Sie vor. Keine Anzeige seitens eines Beteiligten an der Schlägerei. Keine Schadensersatzforderung von irgendwem. Aus meiner Sicht besteht darüber hinaus kein Anlass, Sie in den Maßregelvollzug zu überführen.« Hinter ihm stand das Modell eines menschlichen Gehirns auf einem Beistelltisch. Direkt neben einer Blumenvase, in der ein üppiger Strauß frischer, roter Nelken steckte. Der Doktor bemerkte Kaspars Blick darauf, sah jetzt ebenfalls zu den Blumen hin und sagte: »Die sind schön, nicht wahr? Ganz frisch, noch voller Kraft und Fröhlichkeit.« Eine Weile noch hing sein Blick an dem Blumenstrauß, dann riss er sich ruckartig los, sah jetzt Kaspar mit ernster Miene an. »Die Zwangseinweisung in unsere Heilanstalt scheint mir, mit Verlaub, ein wenig übereilt vorgenommen worden zu sein. Sie haben wohl ein bisschen zu sehr um sich geschlagen, Herr Niemand, da verstehen die Kollegen von der Polizei keinen Spaß.« Angestrengt versuchte Kaspar das Gesagte richtig einzuordnen. Gleich wird er mich nach Hause schicken, dachte er, und das üble Gefühl in seinem Magen ließ ein ganz kleines bisschen nach.

»Eine letzte Frage bleibt dennoch, Herr Niemand«, hörte er den Doktor jetzt sagen, »konsumieren Sie Rauschmittel?«

Kaspar schluckte. »Ich trinke Alkohol, Herr Doktor, bestimmt das ein oder andere Glas zu viel. Aber ich könnte aufhören damit, sofort.«

Der Doktor richtete die goldene Brille auf seiner Nase, faltete dann seine Hände vor sich auf dem Schreibtisch und überging Kaspars Ausflüchte. »Ich habe einen starken Verdacht, Herr Niemand, die Anzeichen sind untrüglich.« Kaspar spürte, wie ihm die Röte ins Gesicht stieg. »Dieses Zeug zerfrisst Ihnen das Gehirn, das wissen Sie doch, oder wissen Sie das nicht?« Er schien keine Antwort auf die Frage zu erwarten, stattdessen fuhr er fort: »Da ist dann nichts mehr zu reparieren, wenn Sie mich verstehen. Ich rate Ihnen dringend zu einer Entgiftung! Das können Sie hier bei uns als betreuten Entzug vornehmen. Sie sind jung, Sie können es schaffen, allerdings lässt sich zum jetzigen Zeitpunkt noch keine Aussage zu den bereits vorliegenden Schädigungen treffen.«

Kaspar spürte, wie seine Knie weich wurden, er atmete stoßweise. »Da ist nichts«, brachte er hervor.

Nachdem sie sich eine Weile schweigend angesehen hatten, nickte der Doktor dem Pfleger zu, der an der Türe gewartet hatte.

Die gepflasterte Meckerstraße fühlte sich weich wie ein dicker Perserteppich unter seinen Schuhen an. Kaspar trottete vorbei am Pförtnerhaus, in dem der Pförtner gerade in sein Butterbrot biss, ließ die Schranke, ließ die Landesheilanstalt hinter sich, blieb bald darauf an einem Verkehrsschild im Schatten der Joachimskirche stehen, umfasste das kalte Metall, das ihm Halt gab, Zeit gab, sein rasendes Herz zur Ruhe kommen zu lassen. Nach mehreren Atemzügen ging er weiter, langsam, als wäre er plötzlich um Jahre gealtert. Er überquerte die Alte Jülicher Straße, bog nach rechts ab, hinein in die Karlstraße, wo er durch die stets offene Haustür in den dämmrigen Flur eintrat, sich an den Briefkästen vorbeischob, die knarzende Treppe hinaufstieg, das stinkende Etagenklo passierte und schließlich, oben angekommen, seine Wohnung betrat – und endlich das Röhrchen auf dem Tisch liegen sah.

19. KAPITEL

Der Kohlenkeller

Mit dem Rücken an die Wand gelehnt, stand Rosi in der Neuen Jülicher Straße. Hinter ihr hielt sich nur noch eine Handvoll Zecher im Pik Ass auf, es war spät, es ging auf zwei Uhr zu. Sie wollte nicht mehr auf und ab laufen, sie wollte nur noch hier stehen und ihre Ruhe haben. Eine halbe Stunde noch, so lange würde sie noch bleiben, sollte bis dahin kein weiterer Freier mehr auftauchen, dann würde sie nach Hause gehen.

Drüben beim Maurers Eck erschienen zwei Kerle im fahlen Licht der Straßenlaterne, gerade hatte sie sich von der Wand abgestoßen, um sich in Position zu bringen, als Günter Heck die Tür zum Pik Ass aufstieß und heraustrat. »Na, Rosi, läuft nicht gerade dufte heute, was?«, sprach er sie an und steckte sich eine Zigarette in den Mund.

»Nee, aber bleib du mal weg, da kommen noch welche, wer weiß, vielleicht wird's noch was.«

Blitzschnell verschwand Heck wieder hinter der Tür, doch die beiden Kerle gingen vorüber, ohne Rosi zu beachten. Heck sah es durch die vergilbten Gardinen und trat wieder vor die Tür. »Ach, was soll's, Rosi, morgen ist Freitag, dann brummt der Laden wieder. Mach Schluss für heut, ich komm gleich nach, muss hier nur noch flott was regeln.« Er deutete hinter sich in das Pik Ass hinein, drückte Rosi einen Kuss ins Gesicht und gab ihr einen Klaps auf den Po.

Seit fast einer Woche wussten sie nicht, wo Kaspar sich aufhielt. Keine Nachricht, keine Auskunft bei der Polizei, nichts. Kaspar war wie vom Erdboden verschwunden, seit fast einer Woche – und eine Woche war eine verdammt lange Zeit auf den Straßen in der Nordstadt. Heck hatte begonnen, Kaspars Rolle zu übernehmen, irgendjemand musste sich schließlich um Rosi kümmern, da war er halt eingesprungen für seinen Freund. Einmal war sogar schon einer von diesen Itakern hier aufgetaucht, der hatte Rosi fünf Mark in die Hand drücken und sie dafür mitnehmen wollen. Irgendjemand musste sich kümmern, und seitdem zog Rosi ihn auf ihr Bett, Günter Heck, den besten Freund ihres Loddels, und wenn sie es recht bedachte, war Heck sogar ein noch besserer Loddel als Kaspar.

In der Mansardenwohnung in dem schmalen Backsteinhaus in der Karlstraße lag Kaspar auf der Liege und starrte an die Decke. Die Liege, auf der schon Ilse Winter und so viele andere verzweifelte Frauen gelegen hatten, war sein ständiger Aufenthaltsort geworden. Nur um das Etagenklo aufzusuchen, verließ er sie. Oder wenn er hinüber zum Laden von Frau Zens ging, in dem sie, umgeben vom sauberen Geruch von Seife und Waschpulver, hinter der Theke stand und ihm freundlich lächelnd Bier und Zigaretten verkaufte. Auf der Straße huschte er bei diesen Ausflügen an den Hauswänden entlang, im Treppenhaus grüßte er die fette

Frau Plötz nur knapp. Dann lag er wieder auf der fleckigen Liege, starrte an die Decke und meinte hin und wieder, zarte, milchig weiße Schleier in der Wohnung zu erkennen, von denen er nicht wusste, dass es die kleinen Seelen der ungeborenen Kinder waren. Hin und wieder aß er kaltes Corned Beef aus einer Konservendose, das Bier, das er dazu trank, war warm. Diese Wohnung war nicht gut für ihn, das Pervitin war es auch nicht. Nichts und niemand meinte es zu dieser Zeit gut mit Kaspar Niemand, der der Sohn des Totschlägers Martin Niemand war. Den die Polizei des Mordes an Hubert Hüsch überführen wollte und der die Liebe Eleonore Weisenfels verloren hatte.

Seine treuen Begleiter hatten sich mit allen bösen Mächten vereint, gemeinsam trieben sie ihn immer weiter hinein in dieses tiefe, dunkle Tal, in das schon fast keine Sonne mehr schien. Es hatte keinen Zweck mehr, alles Streben war sinnlos geworden. Kaspar war müde, unendlich müde, und dann, nachdem er vier Flaschen warmes Bier getrunken und die vorletzte Tablette aus dem letzten Röhrchen geschluckt hatte, vernahm er es ganz deutlich: »Tu es!«, schallte es ihm entgegen.

Er richtete sich auf von der Liege, setzte die Füße auf den Boden und nickte stumm vor sich hin. Ja, dachte er, ich werde es tun.

In diesem Moment vernahm er Schritte auf der Treppe vor seiner Wohnung, jemand klopfte an die Tür, und ohne auf eine Antwort zu warten, erschien Günter Heck in seiner Wohnung. »Mensch Kaspar, alter Junge, bist ja doch wieder zurück.« Mit raschen Schritten kam er auf Kaspar zu, klopfte ihm freudig auf die Schulter und setzte sich neben ihn auf die Liege. »Hab dich gesucht, überall. Zweimal war ich schon hier oben, aber nichts, keine Spur von dir. Und jetzt sitzt du hier, Menschenskinder, das gibt's doch gar nicht.«

Kaspar war nicht in der Lage, ausführlich zu berichten. »Bin schon 'ne ganze Weile hier. Hab mich nur noch nicht blicken lassen. Geht mir nicht so gut im Moment.«

Jetzt beugte Heck sich vor, als ob er ihn zum ersten Mal anschauen würde, so blickte er Kaspar ins Gesicht. »Stimmt«, sagte er, »du siehst irgendwie schlecht aus.«

Kaspar schwieg.

Heck sah auf die leeren Flaschen auf dem Boden vor der Liege, sah die leere Konservendose und das Röhrchen Pervitin in Griffweite. Er seufzte leise. Dann knetete er seine Hände, »Hör zu, Kaspar«, begann er zögernd. »Ich glaube, du brauchst Hilfe, einen Arzt oder so was. Da kümmern wir uns nächste Woche drum. Aber jetzt müssen wir zuerst mal was regeln.«

Im Regeln war Günter Heck ziemlich gut. Immer hatte er irgendwas zu regeln. Über ihren Besuch in der Boxbude, über den Tumult dort, über die Polizei und den schönen Forello, über all das sprach Heck nicht mehr. Es gab etwas zu regeln jetzt, das Leben ging schließlich weiter.

Aber Kaspar stand nicht der Sinn danach, etwas zu regeln, müde winkte er ab. »Ach, lass nur, Günter, es ist sicher nicht wichtig.«

»Nicht wichtig?« Heck richtete sich auf, »Nicht wichtig, Mensch Junge, es ist sehr wichtig. Was glaubst du eigentlich, wie es mit Rosi gelaufen ist, während du fort warst?« Heck sprach, als hätte Kaspar einen Urlaub am

Meer verbracht. »Die war ganz alleine mit diesen Idioten. Hat Hilfe gebraucht, und du warst nicht da. Aber ich bin eingesprungen. Musste ja jemand machen, ja und nun, tja also, ich meine, ich mache das jetzt immer. Das Kümmern, meine ich.« Neugierig beobachtete er Kaspar, doch der reagierte gar nicht auf das, was sein Freund Günter Heck ihm da gerade um die Ohren gehauen hatte. »Pass auf, Kaspar, wir machen ein Geschäft, ich kauf sie dir ab.« Jetzt sah Kaspar ihn zum ersten Mal an. »Ich geb dir Geld, hier«, rasch zog Heck ein Bündel Geldscheine aus seiner Jackentasche und legte es neben die leere Konservendose. »Hier, 600 Märker. Für Rosi. Mehr ist nicht drin. Ich meine …«

»Verschwinde!«, zischte Kaspar durch seine gepressten Zähne. Die schorfigen Flecken in seinem Gesicht, es waren drei Stück mittlerweile, leuchteten wieder rot wie die Blüten des jungen Klatschmohns. Gleichzeitig sprangen die Männer auf, standen sich gegenüber.

»Was soll das, Kaspar? Ich mein's doch nur gut mit dir.«

»Mach, dass du rauskommst, sonst passiert was«, wiederholte Kaspar trocken, doch das, was da jetzt begann, das war kein echtes Gerangel, war kein Kampf. Es war ein Stoßen, ein Schieben, keiner wollte den ersten Schlag tun. Nicht so, nicht blutig wollten sie auseinandergehen. Heck wich zurück, gedrängt von Kaspar, bis zur Türe, immer weiter wich er zurück, bis er die Tür aufriss, noch ein »Verdammter Idiot« ausstieß und dann das schmale Treppenhaus hinunterpolterte.

Am nächsten Vormittag, es war ein wolkenverhangener Samstag, machte Kaspar sich auf den Weg zur Oase.

Dort verkehrte ein schmieriger Kerl, den sie SS-Siggi nannten, das wusste Kaspar, er kannte Siggi zwar nur flüchtig, doch er wusste, dass er von ihm das bekommen konnte, wonach er suchte. Die Kaschemme lag nur ein kurzes Stück die Karlstraße hinunter, an der Ecke zur Ottensgasse. Dort angekommen, lehnte Kaspar sich gegen eine der kannelierten Pilaster neben der Eingangstür und lugte vorsichtig durch die ungeputzte Fensterscheibe hinein. Er sah ihn gleich, er hockte an der Theke, auf die der Wirt gerade ein Gedeck vor SS-Siggi abstellte. Den Schnaps kippte Siggi sofort, dann trat Kaspar ein, und als er neben Siggi stand, da war das Bierglas auch schon halb leergetrunken. Nur eine Handvoll Gäste hielt sich neben SS-Siggi noch in der Oase auf, sie nahmen keine Notiz von Kaspar, der, so heruntergekommen wie er an diesem Samstagvormittag daherkam, hier gar nicht weiter auffiel. Aus dem Radio im Regal hinter der Theke ertönte eine Frauenstimme. »Tiritomba«, sang Margot Eskens, »Tiritomba, immer möchte ich in deine Augen sehn ...«

SS-Siggi sah Kaspar mit glasigen Augen in einem aufgequollenen Gesicht an. »Willst du was?« knurrte er, und seine Stimme klang nach Nikotin und Alkohol. Mit seiner Rechten formte Kaspar die Silhouette einer Pistole vor seinem Bauch. »Pah«, knurrte Siggi und trank den Rest aus seinem Bierglas. Sie tranken zusammen fünf Glas Bier und fünf Schnäpse, dann waren sie sich einig, die Übergabe sollte noch am gleichen Abend stattfinden.

Bis zum späten Nachmittag hatte er in der Oase getrunken, hatte eine Frikadelle und zwei Soleier gegessen,

dann war er hinauf in seine Mansardenwohnung ge-
stiegen, wo er die Zeit bis zum vereinbarten Treffen mit
SS-Siggi auf der Liege verbrachte. Es war kurz nach Mitternacht, als Kaspar auf die Neue Jülicher Straße einbog.
Die Walther P 38 wog schwer in seiner Jackentasche, die
600 Mark, die Günter Heck neben die leere Konservendose gelegt hatte, hielt er zusammengerollt in seiner Hand.
Rosi stand vorm Pik Ass, neben ihr erkannte Kaspar die
Frau mit Namen Mimi aus der Schmutzigen Mutti. Ihre
Lippen leuchteten im gleichen Rotton, auch ihre Frisu-
ren ähnelten sich, streng gescheitelte Dauerwellen, beide
blondiert, doch Mimi war ein wenig größer und auch ein
wenig schlanker als Rosi. Kaspar wollte Rosi das Geld
in die Hand drücken, Hecks Geld, das er nicht bei sich
haben wollte. Er hatte die Frauen fast erreicht, als Heck
plötzlich aus dem Pik Ass heraustrat, Kaspar erblickte und sofort auf ihn losging. »Verschwinde von hier!«,
brüllte er, »das hier ist nicht mehr deine Sache.«

»Lass mich zu ihr«, sagte Kaspar, doch Heck versperr-
te ihm den Weg. »Ein letztes Mal noch«, bat Kaspar, und
er sah über Hecks Schultern hinweg, wie Rosi zu ihm
herüberschaute. Aber Kaspar war müde, zu müde zum
Streiten, darum griff er nach Hecks Arm und drückte ihm das Bündel Geldscheine in die Hand. »Gib ihr
das«, sagte er, bevor er sich abwendete und zurück in die
Karlstraße ging.

Er war entschlossen, Schluss zu machen. Die Zweifel
waren verflogen, auf alle Fragen hatte er sich eine Antwort gegeben. Es war besser so. Die Sonne stand bereits
hoch am Himmel, als Kaspar sich von der Liege erhob,
sich wusch und rasierte, das Haar kämmte und dann

ankleidete. In dem Röhrchen befand sich noch eine letzte Tablette, er warf sie sich in den Mund und spülte sie mit einem Schluck Wasser herunter. Nie wieder Pervitin, dachte er, lebe wohl, meine Freundin, ich brauche dich nicht mehr.

Als er die Wohnung verlassen wollte, stieß er mit dem Fuß gegen eine stattliche Ansammlung leerer Bierflaschen, scheppernd fielen sie um, er ließ sie liegen, blieb nicht stehen im Türrahmen, blickte nicht zurück, sondern stieg die knarzende Treppe hinunter, vorbei am stinkenden Etagenklo, als machte er sich auf den Weg zu einem gewöhnlichen Sonntagsausflug.

Nur wenige Menschen waren an diesem friedlichen Sonntagmorgen schon auf den Beinen. Ein Mann führte seinen Pudel aus, Kaspar war auf dem Weg hinüber zum Kaiserplatz, wo er die Straßenbahn hinaus nach Nörvenich nehmen wollte. Von irgendwoher ertönte das Geläut von Kirchenglocken, in Nörvenich angekommen, wollte er durch die Felder spazieren, bis hinüber zu der Wegkreuzung etwas außerhalb seines Dorfes. Eine Familie mit zwei kleinen Kindern kam ihm entgegen, die Eltern lachten miteinander, das kleine Mädchen trällerte verträumt ein Kinderlied, an der Wegkreuzung wollte er sich unter das Holundergebüsch setzen, wollte noch einmal die Feldlerchen hören und dann den schmalen Lauf der P 38 in seinen Mund schieben. Am Kaiserplatz spiegelte sich die Sonne im Schaufenster der Kaffeerösterei, er würde abdrücken, ein kurzer Moment nur – und alles würde sein Ende finden.

Der Kaiserplatz war fast menschenleer, drüben stand ein alter Mann und betrachtete die Baustelle für das neue

Rathaus, vom Marktplatz her näherte sich eine Frau. Von dunklen Gedanken gefangen, starrte Kaspar auf den Boden vor sich, er mochte nicht auf den Fahrplan schauen, der auf dem Brett unter dem Haltestellenschild klebte. Die Straßenbahn würde irgendwann kommen, es war nicht wichtig, wie lange er warten sollte. Ein dumpfer Schmerz wütete hinter seinen Schläfen, die Frau hatte ihn fast erreicht, als er seinen Blick hob. Sie ging auf der anderen Straßenseite. Als sie die Kaffeerösterei erreicht hatte, schaute sie zu ihm herüber, und er schaute zu ihr, und der Stich in seinem Herzen ließ seine Atmung stocken. Elli Weisenfels trug ein luftiges Sommerkleid, darüber eine dünne, grüne Strickjacke, ihr rotbraunes Haar war länger, als er es in Erinnerung hatte, es reichte ihr bis auf die Schultern herab. Abrupt blieb sie stehen, wendete sich ihm zu, und sie war schön wie ein heller Sonnenstrahl im dichten Laub eines finsteren Waldes.

»Kaspar?«, hörte er sie sagen. »Kaspar, bist du das?« Ohne zu zögern, überquerte sie die Straße, er hörte ihre Absätze auf dem Pflaster, sah ihr gewelltes Haar auf ihren Schultern wippen. Dann stand sie vor ihm, fasste ihn am Arm und blickte ihm ins Gesicht. »Mein Gott, Kaspar, du bist es tatsächlich!« Entsetzt schlug sie ihre Hände vors Gesicht.

Er konnte nicht sprechen, er öffnete den Mund, doch seine Stimme versagte den Dienst. Hinter ihnen fuhr die Straßenbahn vor, Bremsen quietschten, Türen wurden geräuschvoll geöffnet. Kaspar stand wie angewurzelt, sein Blick versank in ihren dunklen Augen, in denen er diesen wundervollen Glanz schimmern sah, der vor unendlich langer Zeit den warmen Honig zum Fließen gebracht hatte. Und er sah noch etwas anderes in diesen Augen, er sah die Liebe, und er wollte etwas sagen, doch er brachte keinen Ton hervor. Stattdessen spürte er, wie er die Kontrolle über seine Beherrschung verlor. Mit Gewalt brach es aus ihm heraus. Plötzlich begann er haltlos zu weinen, Elli verschwand hinter den Tränen in seinen Augen, er riss den Mund auf und weinte laut wie ein Kind. Zwischen seinen Lippen hingen dünne Fäden aus Rotze und Tränen, sie nahm ihn in ihre Arme und er spürte, wie ihre Strickjacke nass wurde.

Die Straßenbahn war bereits wieder abgefahren, als sie sich voneinander lösten. Elli holte ein Taschentuch aus ihrer Handtasche und betupfte sein Gesicht. Sie schwiegen. Nach einer Weile fasste sie ihn am Ärmel. »Komm«, sagte sie nur, und Kaspar gelang es, ihr hinüber zu der Bank zu folgen, auf der sie nebeneinander Platz nahmen. Die Sonne schien ihm ins Gesicht, in das Elli jetzt mit mitleidsvollem Blick schaute.

»Du siehst schlimm aus Kaspar«, sagte sie leise, »was ist denn nur passiert mit dir?«

Kaspar räusperte sich, er suchte nach Worten, brachte jedoch nur ein zusammenhangloses Stammeln zustande.

Schließlich unterbrach sie ihn: »Lass nur, Kaspar, ich bringe dich jetzt erst mal nach Hause, du gehörst ins Bett, und dann sehen wir weiter.«

»Nein, nicht nach Hause«, brach es aus Kaspar heraus, »nicht zurück in die Karlstraße.«

Elli stutze, doch sie reagierte souverän. »Gut«, entschied sie, »dann kommst du mit zu uns, alleine hierbleiben kannst du jedenfalls nicht.«

Am Haus der Weisenfels' angekommen, schloss Elli die Haustüre auf und schob Kaspar in einen geräumigen, hellen Flur. »Das ist Kaspar«, sagte sie zu dem alten Herrn Weisenfels, der vor der verglasten Türe zum Wohnzimmer erschien und fragend seine schlohweißen Augenbrauen hob. »Er bleibt für heute bei uns, ich bringe ihn hinauf ins Gästezimmer.«

Zur gleichen Zeit saß Käthe Dreiser in der Burg in Nörvenich an ihrem Wohnzimmertisch. Ihre fleischigen Hände lagen auf der weißen Tischdecke. Die Lippen blass, wie zwei Striche so schmal, über ihre Wange liefen dünne Tränen. Käthe weinte still in sich hinein; sie hatte es gewusst, die ganze Zeit hatte sie es gewusst, doch nun, da ihr Kurt es ausgesprochen hatte, da traf sie die Gewissheit härter, als sie geglaubt hatte.

Kurt saß ihr gegenüber, auch seine Augen waren gerötet, seine Lippen bebten, als er fortfuhr zu sprechen: »Ich hab das nicht gewollt«, stammelte er, »wollt ihn doch nicht abmurksen, so ein junger Kerl.«

Käthe trocknete ihre Tränen mit einem Taschentuch, dann seufzte sie. »Was willst du jetzt tun?« Ohne Kurt anzusehen, schob sie das Taschentuch unter den Ärmel ihres Pullovers.

»Ich kann nicht mehr, Käthe, ich halt das nicht mehr aus.«

Käthe schniefte. »Dann willst du zur Polizei gehen? Du weißt, was das heißt? Kurt, du weißt, dass du dafür ins Zuchthaus gehst!«

Weich wie Pudding saß er vor ihr, vornübergebeugt, zuckte schweigend mit den Schultern. »Du und deine verfluchten Kerle«, seufzte Käthe, dann erhob sie sich und verließ das Zimmer.

Der folgende Montag war wolkenverhangen. Schon am frühen Morgen hatte Regen eingesetzt, Menschen hasteten mit verdrießlichen Gesichtern durch die Stadt, um zu ihren Arbeitsplätzen zu gelangen. Gerade hatte Kommissar Emil Glasmacher am Schreibtisch in seinem Büro Platz genommen, als es an der Tür klopfte. Der Schreibtisch war neu, das Regal in seinem Rücken ebenfalls, auf dem Boden lagen mehrere Akten gestapelt, die darauf warteten, sortiert und in das Regal eingeräumt zu werden. »Herein«, rief er, während er Kaffee aus seiner Thermoskanne in einen Becher goss.

Zaghaft öffnete sich die Tür, fast wie in Zeitlupe, bis schließlich ein schmächtiger, älterer Mann erschien. »Guten Morgen, Herr Kommissar, ich möchte eine Meldung machen.«

Keine drei Minuten später saßen Glasmacher, Kriminalhauptkommissar Heinrich Harff und Kurt Dreiser um den neuen Schreibtisch herum und sahen sich an. Sofort war Glasmacher aufgesprungen und hatte seinen Vorgesetzten hinzugezogen, nachdem Dreiser mit brüchiger Stimme den Grund seines Erscheinens genannt hatte. Jetzt blickte er nervös zu den Akten hinüber, hätte er sie doch nur schon geordnet, nun war es ihm unmöglich, so schnell die Akte zum Mordfall Hubert Hüsch zur Hand zu nehmen. Harff sah seinen Blick und räusperte sich. Dieses Räuspern deutete Kurt Dreiser als Aufforderung zu sprechen. Er begann mit brüchiger Stimme, zunächst leise, worauf Glasmacher ihn bat, lauter zu sprechen.

Dreiser gehorchte, mit erhöhtem Druck in seiner Altmännerstimme sprach er von seinem Leben vor dem Krieg und von dem nach dem Krieg. Er sprach von Käthe und von den Männern, die er lieber mochte. Doch das habe er erst gemerkt, nachdem Käthe und er geheiratet hatten. Dabei schaute er ununterbrochen auf seine knochigen Hände, die flach auf seinen Oberschenkeln ruhten. So, als würde er sich für diese Hände schämen, und so, als würde er sich schämen für das, was er getan hatte, sprach er weiter. Er sprach von Hubert Hüsch, der sein Nachbar in der Burg in Nörvenich wurde, der so ein hübscher, junger Kerl war. Er sprach davon, wie dieser Kerl ihn ausgelacht hatte, als er versuchte, ihn zu küssen, unten im Hof der Burg, in jener kalten Nacht vor fast fünf Jahren. Wie der ihn beschimpft hatte, so laut, dass das halbe Dorf es hätte hören können. Und von dem rostigen Spaten, der noch im Rosenbeet steckte, mit dem er plötzlich zugeschlagen hatte. Damit Hüsch endlich ruhig werden sollte. Glasmacher sah zu seinem Vorgesetzten, die letzten Worte hingen schwer wie der Geruch von Weihrauch im Raum. Alle schwiegen sie, bis Harff sich erneut räusperte. »Gut«, sagte er, »Sie gestehen also, Hubert Hüsch getötet zu haben, Herr Dreiser?«

Jetzt nickte Kurt Dreiser heftig mit dem Kopf. »Ja, das habe ich, und jetzt kann ich mit meiner Schuld nicht länger leben. Ich bete darum, dass Gott mir verzeiht, und ich bin bereit, meine gerechte Strafe zu empfangen.«

Nachdem Dreiser abgeführt worden war, machte Kommissar Glasmacher sich an dem Haufen Akten vor dem neuen Regal zu schaffen.

»Was suchen Sie?«, wollte Harff wissen, der immer noch regungslos auf seinem Stuhl saß und müde zu Glasmacher hinübersah.

»Die Akte Hüsch natürlich«, Glasmacher klang ein wenig kleinlaut. »Hier«, kam es nach einer Weile vom Boden vor dem Regal, »hier habe ich sie, ich wusste, dass ich sie hier hatte.«

Zurück auf seinem Platz, blätterte Glasmacher darin herum, nahm die Notizen zur Hand, die er sich während Dreisers Geständnis gemacht hatte, und verglich sie mit den Papieren in der Akte.

»Ich wette, den Namen Dreiser werden Sie darin nicht oft finden«, sagte Harff, »dafür vermutlich tausend Mal den von Kaspar Niemand.«

»Kurt Dreiser gehörte nicht zum Kreis der Verdächtigen, Herr Kriminalhauptkommissar, dazu lagen mir doch keine Anhaltspunkte vor.« Glasmacher rutschte nervös auf seinem Stuhl herum.

»Kurt Dreisers Homosexualität wäre einer gewesen, Kollege Glasmacher. Aber Sie hatten sich ja auf diesen Niemand eingeschossen, weil sein Vater schon jemanden totgeschlagen hatte. Und weil er ein unstetes Leben führte. Aber so einfach ist es eben nicht bei der Kripo. Das war keine Glanzleistung, Herr Kollege, ganz und gar nicht.« Damit erhob Heinrich Harff sich von seinem Stuhl und verließ das Büro.

Emil Glasmacher starrte auf seine Notizen. »Ein 175er«, murmelte er kopfschüttelnd, stand dann ebenfalls auf und trat mit voller Wucht gegen seinen Schreibtisch. Der war aus dicker Spanplatte gefertigt, mit einer modernen Beschichtung aus Resopal in Eichenholz-

Optik. Der Zeh brach lautlos in Glasmachers leichtem Sommerschuh, der Polizeiarzt verschrieb ihm eine Gehhilfe und verweigerte eine Dienstunfähigkeitsbescheinigung.

In der Brauerei Sturm stapelten sich an diesem Tag wieder einmal die Papiere auf Eleonore Weisenfels' Schreibtisch. Lieferscheine, Rechnungen, die Anschlaghämmer ihrer Schreibmaschine schlugen den Takt, den ihre flinken Finger vorgaben, da war an einen freien Nachmittag gar nicht zu denken. Sie hatte das Büro etwas früher als sonst verlassen wollen an diesem Tag, doch daraus war nichts geworden, darum sehnte sie jetzt das Läuten der Glocke herbei, die ihr endlich erlauben würde, nach Hause zu eilen. Den ganzen Tag über war ihr Kaspar nicht aus dem Sinn gegangen. Dieser bedauernswerte Mensch, der am Morgen wie ein Toter in dem Bett im Gästezimmer gelegen hatte. Noch in tiefem Schlaf versunken, in dem frischen Bettzeug und mit einem Schlafanzug ihres Vaters bekleidet. Sein gequälter Gesichtsausdruck, seine unreine Haut und das ungewaschene, struppige Haar hatten ganz und gar nicht ins Bild gepasst. Unruhig und besorgt war sie gewesen, hatte ihm einen Teller mit Broten hingestellt, eine kurze Nachricht auf einem Zettel dagelassen, und jetzt war sie voller Sorge, dass er womöglich nicht mehr da war, wenn sie gleich das Gästezimmer betreten würde.

Doch die Sorge war unbegründet. Zusammengerollt wie ein Hund lag Kaspar auf dem Bett. Das Bettzeug zerwühlt, sein Gesicht schweißnass, die Brote lagen unberührt auf dem Teller. Elli zog die Gardinen beiseite und öffnete das Fenster. Dann setzte sie sich auf die Bettkante, strich ihm über das Haar.

»Du hast ja gar nichts gegessen«, sagte sie in dem Ton, in dem die Mutter ihr Kind tadelt. Kaspar blieb still. »Und getrunken hast du auch nichts, wie konnte ich das nur vergessen? Warte, Kaspar, bin gleich wieder da.« Sie ging hinunter in die Küche, wo ihr Vater auf der Eckbank saß und sie fragend ansah. »Er braucht Hilfe, Papa, er ist krank.«

Der Vater nickte stumm, und Elli füllte ein Glas randvoll mit Leitungswasser. Oben richtete sie Kaspar in seinem Bett auf, stützte ihm den Rücken und ließ ihn trinken. Kaspar gluckste, trank das Glas in einem Zug leer, dann sah er sie aus trüben Augen an.

»Ich schäme mich so«, stammelte er, »ich hab alles versaut.«

Da machte sie »Pscht«, so wie die Mutter es macht, um ihr Kind zu beruhigen, ließ ihn zurück auf das Kopfkissen sinken und schenkte ihm ein warmes Lächeln.

Draußen kam die Stadt allmählich zur Ruhe, die Sonne stand im Westen, tief über der Rur. Eine Hummel brummte durch das offene Fenster in das Zimmer herein, während der polizeibekannte, Methamphetamin-abhängige, ehemalige Zuhälter Kaspar Niemand zu reden begann. Seine Worte kamen stockend, klangen rau. Er sprach nicht lange, schon nach wenigen Sätzen schluchzte Kaspar: »Ich schäme mich so«, doch das wenige, das Elli verstanden hatte, genügte, um sie traurig und entschlossen zugleich zu machen. Dieser Mann brauchte Hilfe, daran gab es keinen Zweifel, und ihm fehlte die reine Liebe einer Frau. Sie, Eleonore Weisenfels, würde ihm helfen, mit all ihrer Kraft. Und sie würde die Frau sein, die diesem Mann ihre Liebe gab. Nicht noch einmal wollte sie Kaspar alleine lassen. Lächelnd beugte sie sich zu ihm hinab. »Pscht«, machte sie wieder und küsste ihn auf seine verschwitzte Stirn.

Am nächsten Tag sah Kaspar abends noch schlimmer aus als am Abend zuvor. Ellis Vater hatte tagsüber nach ihm geschaut, hatte ihn zur Toilette geführt, hatte ihm Wasser gegeben, die Brote angepriesen, die Kaspar partout nicht essen wollte. Jetzt lag er kraftlos auf dem Bett, seine Augenlider flackerten, sein Gesicht sah aus wie von Brandmalen gezeichnet. An diesem Abend erfuhren Elli und ihr Vater von Kaspars Sucht, bei dem Wort Pervitin verzog der alte Mann das Gesicht zu einer wissenden Grimasse. »Das ist eine furchtbare Sache, ihn davon loszubekommen«, sagte er unten in der Küche, »das ist etwas für Experten, du allein bist damit überfordert.«

Am Morgen rief Elli in der Brauerei an und meldete sich mit zittriger Stimme krank. Danach suchte sie ihren Arzt auf, der sie schon als Kind gekannt hatte. Als sie dem alten Doktor Fischenich gegenübersaß und ihm ohne Umschweife den Grund ihres Besuchs berichtete, da sah der sie lange durch seine dicken Brillengläser an.

»Mein Gott, Eleonore«, sagte er mit sorgenvollem Blick, »was hast du dir da angetan? Dieser Mensch gehört in eine Klinik, das ist ein Fall nur für Experten. Ich rufe gerne für dich in der Landesheilanstalt an, dort kennt man sich aus …«

»Nein«, rief Elli spitz, »nicht in der Anstalt, es muss anders gehen. Wir müssen es allein schaffen.«

Doktor Fischenich seufzte, gab dann aber nach und beschrieb in groben Zügen, was sie während eines kalten Entzugs zu erwarten hätten. Am Ende seiner Ausführungen sagte er: »Eigentlich gibt es nur eine einzige Sache, die schlimmer ist als ein kalter Entzug, und das ist, keinen Entzug zu machen.« Dann begleitete er sie zur Tür. »Mein Gott, Eleonore«, sagte er noch einmal, »was tust du dir da an?« Zum Abschied reichte er ihr seine Hand, sie war fleischig und feucht.

Dieser Tag war bereits der dritte Tag, an dem Kaspar ohne Pervitin war. Die ersten Symptome des Entzugs waren schon aufgetreten. Er war erschöpft vom Liegen auf dem Bett, gleichzeitig befiehl ihn starker Schüttelfrost. Elli deckte ihn zu, und er warf die Decke von sich. Sie brachte ihm Wurstbrote, und er schrie nach Marmelade. Sie brachte ihm Wasser, und er leerte mehrere Gläser hintereinander, erbrach sich und verlangte gleich wieder nach Wasser. Als die Woche zu Ende ging, fiel Kaspar die P 38 ein, die immer noch in der Jackentasche steckte. Die Jacke hing über der Stuhllehne, der Stuhl stand in greifbarer Nähe neben dem Kleiderschrank. Kaspar rappelte sich auf, um ihn zu erreichen, die Pistole war geladen, nur ein Schuss, dann hätten seine Qualen ein Ende. Gerade wollte er die Jacke greifen, als Ellis Vater im Zimmer erschien, Kaspar riss die Jacke vom Stuhl, warf sie dem alten Mann zu.

»Bring sie weg«, brüllte Kaspar, »bring das Scheißding von hier weg.«

Ellis Vater fing die Jacke auf, verließ das Zimmer und spürte den harten Gegenstand darin. »Um Gottes willen!«, entfuhr es ihm, als er die Pistole in seiner Hand hielt. Wohin nur damit, dachte er panisch, wohin nur? Nicht auszudenken, wenn Kaspar die Pistole noch einmal in die Finger bekam. Angestrengt dachte Herr Weisenfels nach, dann stieg er hinab in den Keller, wo er im Kohlenkeller ein Loch in den Briketthaufen grub und die P 38 darin verschwinden ließ.

Währenddessen wälzte Kaspar sich oben im Gästezimmer auf dem Fußboden hin und her. Sah das Paradies in den schillerndsten Farben vor seinen Augen, während er im selben Moment abstürzte in die finsterste Hölle. Er erbrach zähen Schleim auf den ausgelegten Teppichläufer, er fror so sehr, dass ihm die Nasenflügel zuklappten, gleichzeitig rann ihm der Schweiß von der Stirn. Am siebten Tag schleiften Elli und ihr Vater Kaspar hinunter in den Kohlenkeller. Die treuen Begleiter waren wieder bei ihm gewesen, die Wut und die Verzweiflung, doch dieses Mal standen sie so real vor Kaspar wie Forello in der Boxbude oder Häns Hamann in der Brikettfabrik. Allerdings hatten sie nichts Menschliches an sich, groß wie Riesen stießen ihre Köpfe gegen die Decke, hässlich wie Teufel standen sie im Raum, leibhaftige Monster, die ihn belauerten, die nach ihm griffen mit ihren skelettierten Fingern. Kaspar schrie sie an, verbot ihnen, sich ihm zu nähern, doch sie gehorchten einfach nicht. Da hatte er den Stuhl gegriffen und nach ihnen geworfen, er war durch die Fensterscheibe in den Garten geflogen.

Kaspar in ihrer Mitte, stolperten sie die enge Kellertreppe hinunter, er wimmerte, schien Schmerzen zu haben, bis sie die Türe zum Kohlenkeller erreicht hatten. »Hier hinein mit ihm«, schrie Elli, und ihr Vater schrie:

»Nein! Nicht hier.« Doch Elli hatte schon den Riegel zurück und die Türe aufgerissen.

Sie ließen ihn an die Wand gelehnt sitzend zurück; nachdem Elli den Riegel draußen wieder vorgeschoben hatte, brach sie in Tränen aus. Kaspars Aufenthalt im Kohlenkeller der Weisenfels' währte ganze zwei Wochen. Zwei Wochen voller Alpträume und Schmerzen, voller endlos langer Stunden Schlafen auf den alten Matratzen, die Herr Weisenfels neben die Briketts gelegt hatte. Zwei Wochen voller lichter Momente und unbändigem Verlangen nach der P 38. Dann, auf Bitten seines alten Patienten Weisenfels, dessen Hausarzt Fischenich schon seit Menschengedenken war, erschien der alte Doktor mit den dicken Brillengläsern am Abend in dessen hellem, geräumigem Hausflur.

»Er ist im Keller«, sagte Weisenfels.

Fischenich hob seine buschigen, schneeweißen Augenbrauen, doch er folgte ihnen hinab zum Kohlenkeller. Elli drückte ihr Ohr an die schwerere Holztüre, dahinter blieb es ruhig, sie schob den Riegel zurück, und einer nach dem anderen traten sie ein. Fischenich rümpfte die Nase. Im spärlichen Licht der verstaubten Deckenlampe hockte Kaspar auf der Matratze, sein Anblick war mitleiderregend. Fischenich schluckte. Dann sagte er leise: »So geht das nicht, so kann ich ihn nicht untersuchen. Bring ihn nach oben, Eleonore, er soll sich waschen, und ich brauche mehr Licht.«

Wie jemand, der jahrelang in einem finsteren Verlies gesessen hat, so unbeholfen wankte Kaspar vor Elli die Treppe hoch, oben schob sie ihn ins Bad, entkleidete ihn vollständig und half ihm, in die Badewanne zu steigen.

Sein magerer Körper erschreckte sie, die Haut so weiß wie Schnee, an der der Kohlenstaub haftete wie Pech. Das Wasser war kalt, sie waren nicht vorbereitet, doch Kaspar schien es nicht zu bemerken. Tränen liefen über ihr Gesicht, als Elli diesen geschundenen Körper mit Seife einrieb, als sie Kaspars Haut schrubbte. Sie biss die Zähne zusammen, als spürte sie selbst den Schmerz, den die Borsten der Körperbürste dabei verursachen mussten. »Es tut mir leid«, schluchzte sie, »es tut mir so leid, Kaspar.«

Er hörte es, und er wusste nicht, ob sie den Kohlenkeller oder die Bürste meinte, aber er spürte den Tropfen Honig, der sich weich auf sein Herz legte.

Doktor Fischenich wartete in der Küche der Weisenfels' auf Kaspar. Er roch die Frische der Seife auf seiner Haut, dann schloss er die Türe hinter sich und begann mit seiner Untersuchung.

Es dauerte lange, sehr lange, wie Elli meinte, doch dann öffnete sich endlich die Türe, und Fischenich kam zu ihnen herüber ins Wohnzimmer. »Es ist noch nicht zu Ende«, sagte er mit ernstem Ton, »aber das Schlimmste hat er überstanden. Sein Herz ist stark, er wird es schaffen.«

EPILOG

Die beiden Männer standen auf der Dorfstraße in Höhe der Kirche, die noch immer ohne Turmspitze war. Der Ältere von ihnen auf einen Gehstock gestützt, der Jüngere hatte seine Hände in den Hosentaschen vergraben und sah dem jungen Pärchen nach, das gerade an ihnen vorübergegangen war.

»Das hätte es früher nicht gegeben«, sagte Valentin Simbach. Auch er blickte zu den jungen Leuten hin.

Der Junge trug lange Haare, seine Ohren waren schon vollständig bedeckt, das Mädchen, kaum siebzehn Jahre alt, war mit einem grünen, unverschämt kurzen Rock bekleidet. Der schwarze Asphalt auf der Dorfstraße glänzte in der Sonne, ein rotes Auto kam vom Oberdorf herangefahren, als der Fahrer sie passierte, hob er seine Hand zum Gruß. Einen Schuster gab es nicht mehr im Dorf, und auch keine Ziegen. Das alte Tagelöhnerhaus in der schmalen Gasse hatte man abgerissen, an der Stelle stand jetzt ein moderner Bungalow, mit Flachdach und einem alten Pferdepflug im Vorgarten.

»Wenn die mir wäre, würde die so nicht vor die Türe gehen«, sagte der Jüngere. Bernd Bresius war erst vor drei Jahren mit seiner Familie ins Dorf gezogen, er arbeitete in der Dürener Filiale der Ford-Werke, immer im Schichtdienst, und manchmal, nach der Spätschicht, fuhr er nicht sofort zurück nach Hause. Dann fuhr er hinunter in die Stadt, parkte seinen nagelneuen gelben Ford Escort in der Josef-Schregel-Straße, durchquerte zu Fuß die Bahnunterführung zur Nordstadt hin, wo er eine der Prostituierten ansprach.

»Wo soll das alles nur enden?«, sagte Valentin Simbach und schüttelte seinen Kopf. Dann wandte er sich wieder an Bresius, dessen Blick immer noch an dem grünen Rock klebte. »Und mit so Typen«, Simbach deutete hinüber zum Langhaarigen, »mit so Typen wollen die auf den Mond fliegen!« Was er von solchen Verrücktheiten der übergeschnappten Menschheit hielt, stand ihm deutlich ins Gesicht geschrieben. »Alle bekloppt geworden«, winkte er ab und schlurfte davon.

Bresius war wachsam, wenn er durch die Straßen in der Nordstadt zog. Wenn er das Pik Ass aufsuchte, vor dem die alte Rosi stand, die aber zum Glück immer eine junge Kollegin bei sich hatte. Besonders schlimm war es in der Karlstraße, hier war die Gefahr am größten, auf einen seiner Kollegen aus der Fabrik zu treffen. Einer dieser Kollegen war ein junger Türke mit pechschwarzen Augen, der mit seiner Frau in eine winzige Mansardenwohnung dort eingezogen war.

»Hatice hat mich wieder gefragt, ob ich sie auch gesehen hätte«, erzählte der Kollege hin und wieder. »Hab ich erzählt, ja? Das weiße Zeug, das ist wie Nebel, sagt Hatice, immer am Abend, wie Nebel in der Wohnung, weißt du?«

Dann grinste Bresius breit. »Klar, weiß ich«, und er verzog das Gesicht zu einer Grimasse, »das sind Gespenster. Huuhuah! Ihr habt Gespenster in der Bude.« Es war jedes Mal ein Heidenspaß, wenn der Türke davon sprach. Sie lachten schallend darüber und klopften sich auf die Schenkel.

In der Burg in Nörvenich wohnte jetzt ein Künstler, der massive Felsbrocken herankarren ließ, um sie im Burghof zu behauen. Nebenher vertrieb er die Dorfjungen, wenn sie mit ihren Steinschleudern auf die Frösche im Burggraben schossen, und hin und wieder ging er mit seinen Nachbarn, einer Gruppe langhaariger, junger Männer, hinüber in die Gaststätte auf der gegenüberliegenden Straßenseite, wo sie ein paar Biere tranken und Brühwürste mit Senf aßen. Die langhaarigen Männer waren Musiker, Rockmusiker, die in mit Eierkartons ausgeschlagenen Räumen unter bröckelnden Stuckdecken ihre Instrumente malträtierten, wie manche Dorfbewohner sich ausdrückten. Käthe Dreiser lebte nicht mehr in der Burg, sie war in das Altenheim am Marktplatz gezogen. Nie hatte sie ihren Kurt im Gefängnis besucht. »Ich habe so viel für ihn getan, einmal muss Schluss sein«, sagte sie der Pflegeschwester, die dann immer nickte und ein stilles Gebet für Kurt Dreiser sprach.

Am Sonntag, dem 3. August 1969, strömte in Düren wieder eine fast unüberschaubare Menschenmenge zum Kirmesplatz an der Rur hin. Vermutlich dachte niemand von ihnen an diesem Tag an Gustaf Gründgens, dessen Todestag sich bald schon zum sechsten Mal jähren sollte. Gründgens war im Dezember 1899 geboren worden, etwa zu der Zeit, als der Stallknecht

Johann Kreutzer jenen Korb draußen vor dem Dorf in der verschneiten Feldflur gefunden hat. Auch Kaspar dachte nicht an Gründgens, er wusste nichts über ihn, ja er hatte noch nicht einmal dessen Namen gehört.

An diesem aufgeregten Nachmittag ging Kaspar neben seiner Frau Eleonore, die er nur Elli nannte, durch die Stadt. Sie trugen ihre Sonntagskleider, sie schwatzten und lachten miteinander. Vor ihnen gingen ihre Kinder, Martin durfte seine neue Hose tragen, sie war aus dunkelblauem Stoff gefertigt, und sie war lang, worauf der Junge besonders stolz war. Seine Schwester ging an seiner Hand neben ihm, voller Vorfreude auf die Annakirmes summte sie ein fröhliches Kinderlied.

Zwölf Jahre zuvor, im Frühsommer 1957, war Kaspar mit der Straßenbahn nach Nörvenich gefahren. Vom Bahnhof am Dorfrand war er hinüber zum Wald und von dort aus durch die Felder auf das Dorf hinter dem Wasserturm zumarschiert. Die Sonne hatte geschienen, die noch grünen Ähren auf den Getreidefeldern wogen sich sanft im leichten Sommerwind. Als Kaspar das Holundergebüsch an der Wegkreuzung erreicht hatte, da war er zuerst nur still dagestanden, hatte dem Gesang der Feldlerchen gelauscht – und dann plötzlich haltlos zu weinen begonnen. Es war ihm, als wäre in diesem Moment alle Last dieser Welt von seinen Schultern gefallen. Mit jeder Träne hatte er sich leichter gefühlt, bis sie endlich versiegt waren und er diese nie gekannte Leere in sich verspürte. Er wusste nicht, wie lange er dort gestanden und getrauert hatte, schließlich hatte er das kleine Schäufelchen aus seiner Jackentasche gezogen und ein Loch gegraben. Gleich unter dem Holunderbusch, da, wo sein Vater den Hund Feldmann vergraben hatte, dort hatte er sich durch die Grasnabe und durch Wurzelwerk gewühlt und dann die P 38 in das Loch fallen lassen.

Auf dem Kirmesplatz angekommen, kaufte er gleich ein Eis für Elli und die Kinder. Sie lächelte ihn an, und er küsste sie dafür. Hand in Hand schlenderten sie voran, Kaspar ließ sich gefangen nehmen von der bunten Kirmeswelt, er sah die fröhlichen Gesichter, hörte das Lachen gut gelaunter Menschen. Weiter hinten, da, wo sich wie eh und je das Riesenrad drehte, bettelten die Kinder um eine Fahrt damit. Elli willigte ein, und Kaspar winkte ihnen nach, als sich die Gondel in Bewegung setzte. Nachdem sie über ihm im blauen Himmel verschwunden war, wendete er sich ab, um hinüber zur Boxbude zu gehen. Die stand auch in diesem Jahr wieder drüben an ihrem angestammten Platz, zwischen den Bierbuden, an denen die Menschen auf den nächsten Einlass warteten. Gerade eben betrat ein untersetzter Mann in weißem Hemd und Krawatte die kleine Bühne, über den Hemdsärmeln trug er schwarze Gummibänder. Wortreich und mit großen Gesten stellte er seine Boxer vor, forderte die umstehenden Männer auf, ihren Mut zu beweisen und gegen sie anzutreten. »400 Mark«, rief er ihnen zu, »400 Märker gehören Ihnen, wenn Sie gegen Antonio gewinnen.« Ein schlaksiger Kerl hob seinen Arm, Antonio grinste ihn an, und der Untersetzte im weißen Hemd applaudierte.

Ja, geh nur, mein Freund, dachte Kaspar bei sich, geh und zeig Antonio, was du kannst.

ENDE

Herbert Pelzer

ES WIRD JEMAND STERBEN

Taschenbuch, 280 Seiten
ISBN 978-3-95441-561-8
13,00 EURO

Als das Böse ins Dorf kam ...
Sie glaubten, es würde alles wieder gut.

Ein namenloses Dorf am Rande der Eifel. Zehn Jahre nachdem die deutsche Wehrmacht kapituliert hat, sind fast alle Kriegsspuren beseitigt, und man ist bereit für den wirtschaftlichen Aufschwung. Die Dorfbewohner schauen voller Zuversicht nach vorn. Doch im heißen Sommer des Jahres 1955 wird die scheinbare Idylle ohne jede Vorwarnung von einer Reihe schrecklicher Vorfälle getrübt. Menschen verschwinden spurlos, finden bei vermeintlichen Unfällen den Tod oder werden mit eingeschlagenem Schädel aufgefunden. Die Verunsicherung unter der Bevölkerung wächst. Wer steckt hinter dem Bösen, das so plötzlich über das Dorf gekommen ist?

Mit Verdächtigungen ist man schnell bei der Hand: Der Dorftrottel könnte es sein, oder der verkommene Sonderling vom Dorfrand, der seine Frau schlägt. Und was weiß die sonderbare Alte, die sich sicher ist, dass kein Irdischer für die mysteriösen Untaten verantwortlich ist?

Als die Serie von Todesfällen nicht abreißt, wird schließlich Kommissar Kaul aus der Kreisstadt Düren ins Dorf geschickt. Er ist jung und ehrgeizig, und er blickt schnell hinter die biederen Fassaden. Doch wird es ihm auch gelingen, Licht in das Dunkel zu bringen?

KBV KRIMINALROMAN

Andrea Revers

KOMM GUT HEIM

Taschenbuch, 312 Seiten
ISBN 978-3-95441-578-6
13,00 EURO

**Der Tod geht durchs Dorf –
Ein neuer Fall für die Eifeler Miss Marple**

»Ich fresse einen Besen, wenn das ein natürlicher Tod ist!« –
Während Doktor Hoffmann bei der toten Martha Bethmann
auf Herzinfarkt tippt, ist sich Frederike Suttner sofort sicher:
Hier hat irgendjemand nachgeholfen.

Mit ihrem Mordverdacht sorgt die pensionierte Kriminal-
kommissarin in dem beschaulichen Eifeldorf für erhebliche
Aufregung. Eigentlich wollte sie gemeinsam mit Kater Han-
nelore in Ruhe ihre Rente genießen, doch plötzlich stolpert
sie über mehrere »natürliche« Todesfälle. Ihr Misstrauen ist
geweckt.

Geht es hier wirklich mit rechten Dingen zu? Wer hat Martha
auf dem Gewissen? Und was ist mit den anderen Toten?
Unterstützt von ihrer Freundin Klara versucht Frederike,
dem Mörder auf die Spur zu kommen. Und das hat für sie
fatale Folgen ...

*»... dass das Lesen von ›Schlaf schön‹ den ein oder anderen Einblick
in die Psychologie verschafft, für spannende Unterhaltung sorgt und
gute Laune macht (...) Garantiert!«*
(Trierischer Volksfreund zu »Schlaf schön«)

KRIMINALROMAN

Carsten Berg

DAS HERZ, DER KREIS UND DER TOD

Taschenbuch, 400 Seiten
ISBN 978-3-95441-609-7
14,00 EURO

Ein Detektiv auf Spurensuche im Dreiländereck

Privatdetektiv Libuda aus Aachen erhält von dem Eifeler Hotelier Til Schornstein den Auftrag, dessen Schwester Marie zu finden. Zu seiner Überraschung erkennt er auf dem Foto die Frau, die er wenige Wochen zuvor auf der Insel Texel kennengelernt hat.

In einem Brief in Maries Wohnung bittet eine verzweifelte Frau darum, ihr Geld zurückzubekommen. Marie war offenbar bei einem »Herz-Kreis« aktiv, einem illegalen Gewinnspiel, an dem nur Frauen teilnehmen können. Sind die 40.400 Euro, die Marie als »Sterntalerin« gewonnen hat, der Grund für ihr Verschwinden?

Eine weitere Spur führt zu einem Geheimbund mit dem Namen »a mão azul« – Die Blaue Hand – und zu einem lange zurückliegenden Überfall in Aachen.

Als Libuda schließlich auf merkwürdige Fotos eines Mannes in georgischer Uniform aus dem Zweiten Weltkrieg stößt, offenbart sich eine völlig neue Dimension des Falls. Spätestens als er zur Emmaburg in Belgien gelockt und dort niedergeschlagen wird, muss er erkennen, dass er einem schrecklichen Geheimnis auf der Spur ist, dessen Lösung tief unten in einem Schacht in der Eifel liegt ... und dass sein eigenes Leben in Gefahr ist.

KBV KRIMINALROMAN